瑞蘭國際

瑞蘭國際

Des verbes pour le dire

流利法語的 157個 關鍵動詞

淡江大學、文化大學法語系副教授
Alain Monier（孟尼亞） 著

黃雪霞 譯

Avant-propos

"Des verbe pour le dire" a pour objectif de familiariser les étudiants avec l'univers parfois un peu complexe des verbes, sous leurs aspects sémantique et structural. Les verbes français sont souvent plus difficiles à construire que les verbes anglais et si nous voulons que nos étudiants aient une bonne maîtrise de la langue française, nous ne pouvons faire l'impasse sur cette difficulté.

Le verbe est le moteur de la phrase et va lui donner une grande partie de son sens. On peut même dire qu'un verbe, seul, a du sens. En effet, si je dis :«Mangez !», le verbe se suffit à lui-même. L'une des difficultés dans la construction verbale est l'usage ou non d'une préposition et, dans ce cas, de quelle préposition. La présence ou non de cette préposition va donner au verbe des sens différents. Prenons l'exemple du verbe «venir». Si je dis :«Je viens manger», je peux m'attendre à ce que la personne à qui je m'adresse me réponde :«Je suis désolé, mais je ne t'attendais pas pour déjeuner.». Si je lui dis :«Je viens de manger.», peut-être serai-je invité à boire le café. Il faut encore ajouter à cette difficulté l'usage de la forme pronominale. La connaissance de ces constructions est donc indispensable à une bonne maîtrise de la langue.

Les verbes choisis dans ce manuel l'ont été pour la variété de leurs sens et la diversité de leurs constructions. On n'y trouvera pas l'intégralité des verbes, ce qui est une tâche au dessus de nos possibilités, mais une sélection basée sur deux critères : des verbes couvrant un champ sémantique comme par exemple «mentir - dire la vérité» et des verbes ayant un même radical comme «porter - apporter - emporter - déporter...».

Chaque dossier est composé de quatre parties.
- Dans la première partie, on trouvera les constructions verbales, réparties en deux groupes :
    - «les essentielles», qui nous semblent indispensables à maîtriser et,
    - «les autres constructions» qui permettront d'aller plus loin dans la connaissance de ces verbes.
- La seconde partie est un exercice de construction pour lequel les éléments nécessaires à l'élaboration de la phrase sont proposés.
- Dans la troisième partie, on trouvera des expressions populaires qui peuvent être soit des dictons, soit des proverbes, mais également des locutions verbales ou des citations d'auteurs.

- Enfin, la quatrième partie propose une série de questions pour lesquelles le bon usage des verbes est indispensable si l'on veut pouvoir répondre. Pouvoir répondre correctement à ces questions est bien sûr l'objectif de notre démarche et c'est à la qualité de ces réponses que l'on pourra juger de l'efficacité de notre approche.

Pour la rédaction de ce manuel, nous nous sommes aidés des ouvrages suivants :
- *Le Robert d'aujourd'hui*
- *Le petit Larousse illustré*
- *Dictionnaire Hachette Multimédia*
- *Dictionnaire des citations, maximes, dictons et proverbes français*
  Thomas Decker, Ed. Moréna, Paris 1997
- *Dictionnaire des proverbes et dictons de France*
  Dournon, Ed. Hachette, 1987
- *Dictionnaire des citations de langue française*
  Pierre Ripert, Ed. Bookking International, 1993

Nous voudrions également remercier la maison d'éditions Genki, qui a accepté de rééditer ce livre et particulièrement :
- Madame Yuan-chi WANG, directrice,
- Melle. Inès LIN, responsable de la publication et traductrice,
- M. Grégory SIMON pour la relecture de la traduction et M. Si-yao WANG,
- Madame Chia-hui YU pour la mise en page,
- Madame Li-Hsueh LIU pour le style de design,
- M. Chen-hua WU pour les illustrations,
... Un grand merci à toute l'équipe !

Nous espérons que ce manuel permettra aux lecteurs d'être plus à l'aise dans le maniement des verbes et ainsi de pouvoir mieux communiquer dans la langue française. Si notre travail permet de contribuer à la qualité de ces échanges, ce sera notre plus belle récompense.

前言

《流利法語的 157 個關鍵動詞》（Des verbes pour le dire）一書的目的在於使學生熟悉相當複雜的法語動詞世界，不論是意義方面或結構方面。法語動詞的結構比英語動詞的結構困難。身為教師的我們如果希望學生能掌握法語，就不能忽視動詞結構對學生造成的困擾。

動詞是句子的核心，而且往往提供整個句子的大部分內涵意義。我們甚至可以說，光是動詞就可以表達意思。如果我說：「吃啊！」（Mangez !），動詞一個字就足以表達我的意思。動詞結構的困難之一就是需不需要與介系詞一起使用；如果需要的話，又是哪一個介系詞。有沒有介系詞攸關動詞的意義變化。以動詞「Venir」為例：如果我說：「我來吃飯。」（Je viens manger.），對方可能回答我：「抱歉，但是我並沒有等你來吃午飯。」；如果我說「我剛吃飽飯。」（Je viens de manger.），人家可能就會請我喝咖啡。除了這個困難以外，還有代動詞的形式，在使用上也不容易。因此要掌握法語，必須認識動詞結構。

本教材選擇的動詞是基於其意義與結構的多樣化。但並非所有的動詞都收錄於本教材之中，對我們來說，那是一項不可能的任務。我們選擇動詞的標準有二：涵蓋某個語意範圍的動詞，如「mentir - dire la vérité」以及具有相同字根的動詞，如「porter - apporter - emporter - déporter...」。同樣地，我們並沒有提供書中每一個動詞的所有動詞結構，只是一些我們認為最常用的動詞結構。

本教材中的每一課包含四個部分：

第一部分是動詞結構，又分成兩大類：

——主要的動詞結構，我們認為學生必須非常熟悉這些結構；

——其他的動詞結構，使學生更深入地了解動詞的用法。

第二部分是練習。我們提供組成句子所需的成分，讓學生學以致用，充分練習。

第三部分是通俗慣用語，可能是諺語、格言，但也有可能是動詞成語或名家語錄。

最後的第四部分是一系列的問題。必須熟悉動詞的正確用法才能回答問題。使用本教材的人能正確地回答問題是我們追求的目標，而答案的品質將足以評估我們的方法是否有效。

為了撰寫本教材，我們曾參考下列書籍：

- *Le Robert d'aujourd'hui*
- *Le petit Larousse illustré*
- *Dictionnaire Hachette Multimédia*
- *Dictionnaire des citations, maximes, dictons et proverbes français*,
  Thomas Decker, Ed. Moréna, Paris 1997
- *Dictionnaire des proverbes et dictons de France*,
  Dournon, Ed. Hachette, 1987
- *Dictionnaire des citations de langue française*,
  Pierre Ripert, Ed. Bookking International, 1993

我們也想要感謝瑞蘭出版社願意重新編輯此書，尤其是：
——總編輯王愿琦女士
——責任編輯、翻譯林珊玉小姐
——校對翻譯的 Grégory SIMON（孟詩葛）先生，以及協助的王思堯先生
——協助排版的美編余佳憓小姐
——版面、封面設計的劉麗雪小姐
——插畫家吳晨華先生
大大感謝所有團隊成員！

我們盼望本教材能使讀者掌握法語動詞的用法，並且因而得以法語作更好的溝通。如果達成這份成果能成功地提升交談的品質，那就是我們最大的報償與驕傲。

Alain Monier（孟尼亞）

Comment utiliser la méthode
如何使用本書

超完美集中整理

近義詞、反義詞、相同字根的詞集中整理,一次完全搞懂,讓表達
融會貫通!特別附加動詞延伸的名詞,幫助你更加了解該詞的字根
與結構。

---

003 CONSEILLER（建議）
DÉCONSEILLER（勸阻）

un conseil（建議）- une recommandation（叮嚀、推薦）
une incitation（鼓動）- une suggestion（建議、暗示）
une dissuasion（勸阻）

Dans un magasin de téléphones. Une cliente et le vendeur...
在一家手機行裡。客人和店員……

Le vendeur : Bonjour Madame !
你好,女士!

La cliente : Bonjour ! Je voudrais changer mon téléphone.
你好!我想要找支手機。

Le vendeur : Très bien ! Quel usage en faites-vous ?
好的!您通常用手機做什麼呢?

La cliente : J'utilise beaucoup les réseaux sociaux comme Line ou Messenger. Je fais aussi des photos et j'aimerais un téléphone avec un bon appareil photo.
我都用手機上社交軟體,像 Line 或 Messenger。我也用手機拍照,我要買新手機有好的相機功能。

Le vendeur : Nous avons ces 3 modèles dont l'appareil photo est exceptionnel.
我們這裡 3 款手機都有優秀的拍照功能。

La cliente : Et au niveau des prix ?
那價錢區間呢?

Le vendeur : Le moins cher est à 12000 dollars taiwanais et le plus cher à 15000.
最便宜的電台幣 1 萬 2 千,最貴的要 1 萬 5 千。

La cliente : Et lequel me conseillez-vous ?
那你推薦哪一個?

028

Le vendeur : Tout dépend des autres usages que vous faites de votre téléphone. Si vous écoutez de la musique ou regardez beaucoup de vidéos, je vous déconseille celui-ci car la batterie s'épuise plus vite.
這要看你其他手機的使用習慣。如果你會聽音樂或看許多影片,我就不建議購買這支,因為它電池耗電比較快。

La cliente : Donc, il me reste le choix entre ces deux modèles.
所以,就剩這兩支可以選。

Le vendeur : C'est ça ! Mais si je peux me permettre, je vous conseillerai plutôt celui-là. Il est très rapide à réagir, la qualité des photos est excellente et sa batterie permet d'utiliser le téléphone plus longtemps.
我的!如果可以的話我,我會比較建議這支,它反應很快、拍照功能也很好、電池續航力也好好。

La cliente : Très bien, je vais suivre vos conseils et prendre celui-là.
好,我聽你的建議買這支。

01 Constructions des verbes et synonymes

(1) Les essentielles 主要的動詞結構

- conseiller qqn (= indiquer à qqn ce qu'il doit / ne doit pas faire)
  建議某人（告訴某人什麼該做、什麼不該做）
  - Je conseille souvent mes parents.

- conseiller qqch à qqn (= indiquer qqch à qqn = recommander qqch à qqn)
  建議某事給某人
  - Je te conseille la prudence.

- conseiller à qqn de + V (inf.) (= recommander à qqn de faire qqch)
  建議某人做某事（原形動詞）
  - Le médecin m'a conseillé de perdre du poids.

- déconseiller qqch à qqn (= pousser qqn à ne pas faire qqch)
  勸某人不要做某事
  - Je te déconseille ce film ; il est nul.

- déconseiller à qqn de + V (inf.) (= pousser qqn à ne pas faire qqch)
  勸某人不要做某事（原形動詞）
  - Je vous déconseille de prendre l'autoroute.

029

暖身情境對話

每單元開頭皆有輕鬆有趣的法語
對話,讀一讀、暖暖身,看看法
國人怎麼說,你會發現不同動詞
的多種用法,驚訝相同的動詞居
然有許多不同的意思!

一定要學會的動詞結構

流利法語基本功第一步,這
裡列出了最常見、最好用的
動詞結構,搭配例句、中文
翻譯,這次要你全部搞懂、
自信開口!

口語更加分的的動詞結構

其他動詞結構部分，列出了較少見，但也十分好用的動詞用法。若有興趣，不妨一起學起來，多多益善！

動詞變化小提示

怕開口時，突然忘記動詞如何變化嗎？這邊列出了現在式、過去式、未來式、條件式的第一人稱動詞變化，不小心忘記時偷瞄一下吧！

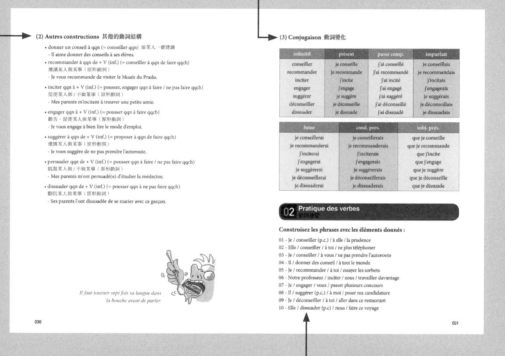

簡單小練習

學完前面的內容後，試試看把主詞、動詞、受詞組合成一個完整的句子吧！沒有書寫空間的設計，就是要讓你只用口語練習！

法語俗語、名言

除了動詞標準結構外，這邊也列出了法語諺語、名言，不僅口説升級，法語文化也滿分，一説出口就讓法國人驚艷！

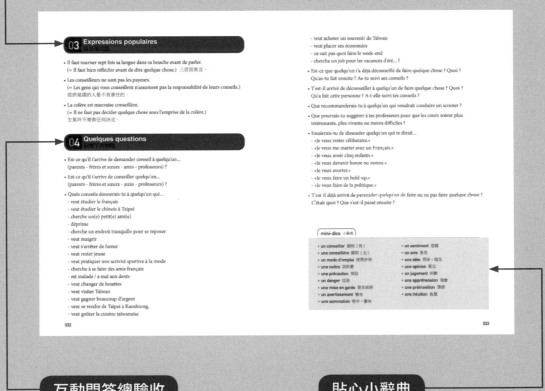

互動問答總驗收

充分掌握動詞結構及用法後，運用每單元 10 題以上、可以互相提問的問答題來考驗自己是否完全吸收吧！

貼心小辭典

在口説時，突然忘記哪些字怎麼説嗎？單元的最後，為你貼心列出了可能會用到的名詞、形容詞，讓你開口前臨陣磨槍一下！

Sommaire

目次

Table des abréviations

略語表

- V	verbe 動詞
- ind.	indicatif 直陳式
- prés.	présent 現在時
- p.c.	passé composé 複合過去時
- imp.	imparfait 未完成過去時
- p.q.p.	plus-que-parfait 愈過去完成時
- fut.	futur simple 未來簡單時
- fut. ant.	futur antérieur 前未來時
- cond.	conditionnel 條件式
- cond. prés.	conditionnel présent 現在條件式
- cond. passé	conditionnel passé 過去條件式
- subj.	subjonctif 虛擬式
- subj. prés.	subjonctif présent 現在虛擬式
- subj. passé	subjonctif passé 過去虛擬式
- inf.	infinitif 原形動詞
- inf. passé	infinitif passé 過去式原形動詞
- part. prés.	participe présent 現在分詞
- part. passé	participe passé 過去分詞
- f. pron	forme pronominale 代動詞形式
- adj.	adjectif qualificatif 品質形容詞
- adv.	adverbe 副詞
- comp.	complément 補語
- COD	complément d'objet direct 直接受詞
- COI	complément d'objet indirect 間接受詞
- qqch	quelque chose 某事、某物
- qqn	quelqu'un 某人
- qpart	quelque part 某地
- S1	sujet de la principale 主要子句的主詞
- S2	sujet de la subordonnée 從屬子句的主詞

Principales formes des constructions verbales

動詞結構的主要形式

- sujet + verbe 主詞＋動詞

  Je mange - Tu dors - Elle lit - Nous parlons

- sujet + verbe + attribut (adjectif - nom - participe passé)

  主詞＋動詞＋表語（形容詞、名詞、過去分詞）

  Le Cognac est cher - Elle est étudiante - Elle reste couchée

- sujet + verbe + complément circonstanciel (de lieu, de temps, de cause, de but...)

  主詞＋動詞＋狀況補語（地點、時間、原因、目的……）

  Elle rentre chez elle - Il travaille chaque matin - Nous avons gagné grâce à vous

- sujet + verbe + COD (complément d'objet direct)

  主詞＋動詞＋直接受詞

  Il adore le chocolat - J'écoute la radio - Tu bois du Coca

- sujet + verbe + COI (complément d'objet indirect)

  主詞＋動詞＋間接受詞

  Je lui parle- Elle téléphone à ses parents - Il t'a écrit

- sujet + verbe + COD + COI

  主詞＋動詞＋直接受詞＋間接受詞

  J'achète un gâteau à ma fille - Il a donné un manteau au clochard

- sujet + verbe + COD + verbe (infinitif)

  主詞＋動詞＋直接受詞＋原形動詞

  J'ai vu une femme voler une montre - J'entends les oiseaux chanter

- sujet + verbe + verbe (infinitif)

  主詞＋動詞＋原形動詞

  J'aime danser - Il veut partir - Elle doit venir

- sujet + verbe + à + verbe (infinitif)

  主詞＋動詞＋à＋原形動詞

  J'apprends à conduire - Elle demande à te voir - Il hésite à sortir

- sujet + verbe + de + verbe (infinitif)

  主詞＋動詞＋de＋原形動詞

  J'accepte de faire la cuisine - Il refuse de m'aider - Je me dépêche de manger

- sujet + verbe + COD + à + verbe (infinitif)

  主詞＋動詞＋直接受詞＋à＋原形動詞

  J'invite tes parents à dîner demain - Il force sa femme à rester à la maison

- sujet + verbe + COD + de + verbe (infinitif)

  主詞＋動詞＋直接受詞＋de＋原形動詞

  Il charge son associé de négocier - Je prie le public de rester calme

- sujet + verbe + COI + de + verbe (infinitif)

  主詞＋動詞＋間接受詞＋de＋原形動詞

  Je conseille à mes étudiants d'étudier régulièrement - Elle t'a demandé de partir

- sujet 1 + verbe + que + sujet 1 / 2 + verbe (indicatif)

  主要子句的主詞＋動詞＋que＋主要或從屬子句的主詞＋動詞（直陳式）

  Je pense que je dois partir - J'espère qu'il viendra - Je crois qu'elle a raison

- sujet 1 + verbe + que + sujet 2 + verbe (subjonctif)

  主要子句的主詞＋動詞＋que＋從屬子句的主詞＋動詞（虛擬式）

  Elle veut que tu viennes - Il demande que tu te taises - Elle aimerait que tu partes

Dossiers
01-43

單元 01-43

MENTIR（說謊）
DIRE LA VÉRITÉ（說實話）

un mensonge（謊言）- une vérité（事實）

La mère et sa fille au téléphone... 媽媽與女兒在講電話……

Mère : Suzanne, où étais-tu samedi soir ?

Suzanne，妳星期六晚上在哪裡？

Fille : Je suis allée voir un film avec des camarades de classe.

我跟同學去看電影。

Mère : S'il te plaît Suzanne, ne me mène pas en bateau ! Tu mens comme une arracheuse de dents !

拜託，Suzanne，不要騙我！妳的謊話就跟牙醫說拔牙不會痛一樣！

Fille : Je te promets maman que je te dis la vérité.

媽，我跟妳保證我說的是實話。

Mère : Alors, pourquoi des amis t'ont vue dans une discothèque ?

那為什麼妳朋友說在一家舞廳看到妳？

Fille : Quels amis ? Je te dis toujours la vérité, tu le sais.

哪些朋友？妳知道我說的都是實話。

Mère : Ça, je n'en suis pas sûre ! Ce n'est pas la première fois que tu me racontes des histoires.

我可不確定，妳不是第一次編故事騙我了。

Fille : Écoute maman, j'ai 20 ans et je suis grande ! Je sais ce que je peux faire et ne pas faire. Alors, si tu veux que je te dise toujours la vérité, il faut me faire confiance !

聽好了，媽，我已經二十歲、長大了！我知道什麼事情該做、什麼不該做。所以，如果妳要我對妳都說實話，妳就要相信我！

01 Constructions des verbes et synonymes
動詞結構與同義詞

(1) Les essentielles 主要的動詞結構

- mentir (à qqn) (= dire un mensonge, nier la vérité) （向某人）說謊
  - Elle ment tout le temps.
  - Il a menti à sa mère.

- raconter un mensonge à qqn (= mentir) 向某人撒謊
  - Il nous raconte des mensonges.

- raconter des histoires à qqn (= mentir) 向某人編故事、跟某人胡扯
  - Tu nous racontes toujours des histoires !

- inventer qqch (= imaginer des histoires, mentir) 捏造某事、杜撰某事
  - Tu ne peux pas toujours inventer des histoires.

- dire la vérité à qqn (= ne pas mentir) 向某人說實話
  - Je dis toujours la vérité à tout le monde.

(2) Autres constructions 其他的動詞結構

- fabuler (= mentir, raconter des histoires) 說謊
  - Elle fabule souvent.

- broder (= exagérer, amplifier par plaisir une histoire) 誇張、美化
  - Il ne sait que broder !

- mener (qqn) en bateau (fam. = mentir à qqn) 把某人騙得團團轉
  - Tu es en train de nous mener en bateau !

- se mentir à soi-même (= essayer de se convaincre de ce que l'on sait être faux) 自欺欺人
  - Il se ment à lui-même.
  - Arrête de te mentir !

- faire mentir le proverbe (= agir de manière à contredire une idée généralement admise) 與常理背道而行
  - Cet événement fait mentir le proverbe.

(3) Conjugaison 動詞變化

infinitif	présent	passé comp.	imparfait
mentir	je mens	j'ai menti	je mentais
raconter	je raconte	j'ai raconté	je racontais
dire	je dis	j'ai dit	je disais
fabuler	je fabule	j'ai fabulé	je fabulais
inventer	j'invente	j'ai inventé	j'inventais
broder	je brode	j'ai brodé	je brodais
mener	je mène	j'ai mené	je menais

futur	cond. prés.	subj. prés.
je mentirai	je mentirais	que je mente
je raconterai	je raconterais	que je raconte
je dirai	je dirais	que je dise
je fabulerai	je fabulerais	que je fabule
j'inventerai	j'inventerais	que j'invente
je broderai	je broderais	que je brode
je mènerai	je mènerais	que je mène

Ne vous inquiétez pas,
ça ne fait aucun mal !

Construisez les phrases avec les éléments donnés :

01 - Tu / mentir (p.c.) / à ton professeur

02 - Je / ne jamais mentir (p.c.) / à toi

03 - Il / mentir (p.c.) / à moi

04 - Elle / raconter / moi / des mensonges

05 - Il / raconter un gros mensonge (p.c.) / à moi

06 - Il / dire la vérité / à elle

07 - Je / dire la vérité (p.c.) / à vous

08 - Elle / raconter des histoires (p.c.) / à moi

09 - Tu / mener en bateau / moi

10 - Il / mener en bateau (p.c.) / elle

03 Expressions populaires
通俗慣用語

- mentir comme un arracheur de dents (Les dentistes ont la réputation de ne jamais parler de la douleur.) 說謊像拔牙的牙醫一樣（牙醫從來不說拔牙會痛。）
  - Tu mens comme un arracheur de dents !

- mentir comme on respire 說謊像呼吸一樣自然；說謊連眼睛都不眨一下
  - Il ment comme il respire !

- mentir effrontément (= mentir sans honte, sans gêne) 毫無廉恥地說謊
  - Elle ment effrontément !

- sans mentir (= vraiment) 真的
  - Je vais me marier. Sans mentir !

- Toute vérité n'est pas bonne à dire ! 並非所有的事實都是美好的！

- T'arrive-t-il de mentir ? À qui ? Pourquoi ?
  Quelles raisons / excuses invoques-tu ?

- Peux-tu nous raconter un de tes gros mensonges ?

- Quels sont les sentiments qui t'habitent quand tu es amené(e) à mentir ?
  La honte, la crainte, la curiosité…

- Est-ce que tu penses que tes parents ne te mentent jamais ? Ton / ta petit(e) ami(e) ?
  Tes amis ?

- Dis-tu toujours la vérité à tes parents ? à ton / ta petit(e) ami(e) ? à tes professeurs ?

- Pourquoi est-on amené(e) à mentir ?

- D'après toi, quelles catégories de personnes sont les plus menteuses ?

- Est-ce que tu penses qu'il y a des mensonges acceptables / inacceptables ?

- Existe-t-il, en chinois, des expressions populaires semblables à «mentir comme un arracheur de dents» ou «mener quelqu'un en bateau» ?

---

mini-dico 小辭典

- **un menteur** 說謊的人（男）
- **une menteuse** 說謊的人（女）
- **menteur / menteuse** 說謊的
- **mythomane** 有說謊癖好的
- **fabulateur** 捏造故事的
- **la honte** 羞恥
- **la peur** 害怕
- **la curiosité** 好奇心
- **la couardise** 膽怯
- **l'appréhension** 害怕
- **l'oubli** 遺忘
- **l'ignorance** 無知
- **l'amusement** 消遣
- **le jeu** 遊戲
- **un homme politique** 政治家
- **les politiciens** 政客
- **un expert** 專家
- **un dentiste** 牙醫
- **un médecin** 醫生
- **un traître** 叛徒
- **un couard** 膽小的人
- **un délinquant** 輕罪犯

002 OFFRIR（贈送）
RECEVOIR（接受）

un cadeau（禮物）- **un présent**（禮物）- **un don**（捐贈）
les étrennes（新年禮物）- **un reçu**（收據）
une réception（接待（處））

Deux amis, Thomas et Ophélie, sont au café...
Thomas 和朋友 Ophélie 在咖啡廳……

Thomas : Ophélie, qu'est-ce que tu as fait comme cadeau à ta mère pour la Fête des Mères ?

Ophélie 妳母親節的時候送媽媽什麼？

Ophélie : Je lui ai offert un flacon de parfum. Et toi ?

我送她一罐香水，你呢？

Thomas : Moi, j'ai complètement oublié que c'était la Fête des Mères. Tu sais, dans notre famille on ne se fait pas trop de cadeaux.

我喔，我完全忘記那天是母親節。妳知道的，我們家沒怎麼在送禮物。

Ophélie : Mais tu n'aimes pas recevoir des cadeaux ?

那你不喜歡收到禮物嗎？

Thomas : Bien sûr que j'aime ça. Mais quand tu en reçois, il faut en faire. Et comme je n'ai pas beaucoup d'argent, je ne peux pas offrir tellement de cadeaux.

我當然喜歡啊。但如果收到禮物了，就要回禮。我手頭不寬，很難回送好的禮物。

Ophélie : C'est un peu triste car tu sais que les cadeaux entretiennent l'amitié !

這樣有點難過，因為禮物可以維持友誼。

Thomas : Oui, et aussi la corruption !

沒錯，還能用來攏絡！

Ophélie : Et pourtant, tu m'as offert des fleurs pour la Saint Valentin...

Thomas : Parce que toi, tu es spéciale pour moi !

可是，你情人節送我花……

因為啊，妳對我來說是特別的啊！

01 Constructions des verbes et synonymes
動詞結構與同義詞

(1) Les essentielles 主要的動詞結構

- offrir qqch à qqn (= donner qqch en cadeau à qqn) 贈送某物給某人
  - Je vais offrir un collier à ma petite amie.

- faire un cadeau à qqn (= offrir qqch à qqn) 送一個禮物給某人
  - J'ai fait un beau cadeau à ma mère pour la fête des mères.

- donner qqch à qqn (= mettre qqch en la possession de qqn = faire cadeau de qqch à qqn) 把某物給某人
  - J'ai donné mon portable à ma sœur.

- s'offrir qqch (= se permettre qqch = se payer qqch (fam.))
  為自己提供、允許自己、為自己買
  - Je me suis offert une semaine de vacances.
  - Je me suis permis (de prendre) une semaine de vacances.
  - Je me suis payé une semaine de vacances. (fam.)

- recevoir qqch de qqn (= être mis en possession de qqch par qqn)
  從某人那裡接受某物
  - J'ai reçu une lettre de ma sœur.
  - Pour ma fête, j'ai reçu beaucoup de cadeaux.
  - Elle a reçu un bouquet de fleurs de ses collègues.

(2) Autres constructions 其他的動詞結構

- offrir à qqn de + V (inf.) (= proposer à qqn de faire qqch)
  提議為某人做某事（原形動詞）
  - Je lui ai offert de la raccompagner en voiture.
  - Je lui ai proposé de la raccompagner en voiture.

- faire cadeau de qqch à qqn (= donner qqch à qqn / offrir) 把某物送給某人
  - J'ai fait cadeau de mon ordinateur à mon frère.
  - J'ai donné mon ordinateur à mon frère.

- faire don de qqch à qqn (= abandonner gratuitement qqch à qqn)

  無條件把某物送給某人

  - Elle a fait don de sa propriété aux Restos du Cœur.

(3) Conjugaison 動詞變化

infinitif	présent	passé comp.	imparfait
offrir	j'offre	j'ai offert	j'offrais
faire	je fais	j'ai fait	je faisais
donner	je donne	j'ai donné	je donnais
s'offrir	je m'offre	je me suis offert	je m'offrais
recevoir	je reçois	j'ai reçu	je recevais

futur	cond. prés.	subj. prés.
j'offrirai	j'offrirais	que j'offre
je ferai	je ferais	que je fasse
je donnerai	je donnerais	que je donne
je m'offrirai	je m'offrirais	que je m'offre
je recevrai	je recevrais	que je reçoive

02 Pratique des verbes
動詞練習

Construisez les phrases avec les éléments donnés :

01 - Je / offrir (p.c.) / un ordinateur / à mon fils

02 - Elle / offrir (fut.) / une pipe / à son père

03 - Mes enfants / faire un beau cadeau (p.c.) / à moi

04 - Elle / faire cadeau (p.c.) / à moi / son portable

05 - Je / faire cadeau / à toi / ma collection de papillons

06 - Je / donner (p.c.) / à elle / ma montre

07 - Il / offrir / à moi / passer le week-end / à la mer

08 - Je / s'offrir (p.c.) / un dîner au Ritz

09 - Tu / se permettre / utiliser mon parfum !

10 - Elle / recevoir (p.c.) / de(s) bonnes nouvelles

03 Expressions populaires
通俗慣用語

- Les petits cadeaux entretiennent l'amitié.
  小禮物維持好朋友的情誼；略施小惠，友誼長存。

- C'est un cadeau empoisonné. (= Ce cadeau amène des problèmes.)
  這是一個惹麻煩的禮物。

- Il ne m'a pas fait de cadeau. (= Il a été dur avec moi.) 他對我很刻薄。

- Ce n'est pas un cadeau. (= C'est une chose / personne désagréable.)
  這件事（這個人）很討厭。

04 Quelques questions
回答下列問題

- Quand as-tu reçu ton dernier cadeau ? De qui ? À quelle occasion ? C'était quoi ?

- Quand as-tu offert ton dernier cadeau ? À qui ? À quelle occasion ? C'était quoi ?

- Est-ce que tu préfères offrir ou recevoir un cadeau ? Pourquoi ?

- Est-ce que tu fais souvent des cadeaux ? À qui ?

- Est-ce que tu reçois souvent des cadeaux ? De qui ?

- Si un cadeau ne te plaît pas, qu'en fais-tu ?

- En général, qu'est-ce que tu offres à ta mère pour la Fête des mères et à ton père pour la Fête des pères ?

- Quelles sont les occasions de faire des cadeaux ?

- Y a-t-il des cadeaux qu'il ne faut pas faire ? Lesquels ? À qui ?

- Y a-t-il des cadeaux qui représentent un symbole particulier ?

- Quel a été le plus beau cadeau que tu as reçu ?

- Quel serait le plus beau cadeau que l'on pourrait te faire ?

- Est-ce que parfois tu t'offres quelque chose de spécial comme un bon repas ?

- Est-ce que tu fais parfois des dons ? À qui ? Pourquoi ?

- Que penses-tu de l'expression :«Les petits cadeaux entretiennent l'amitié» ?
  Est-ce vrai dans la vie sociale à Taïwan ? Peux-tu nous citer quelques exemples ?

- T'est-il déjà arrivé(e) que des gens ne te fassent pas de cadeau ?

- As-tu déjà reçu des cadeaux empoisonnés ? C'était quoi ?
  Peux-tu nous dire dans quelles circonstances ? Que s'est-il passé ?

- Est-ce qu'il y a des gens qui ne sont pas des cadeaux pour toi ? Qui ? Pourquoi ?

---

mini-dico 小辭典

• un présent 禮物	• une commémoration 紀念儀式
• une offrande 祭品	• l'amitié 友情
• un cadeau 禮物	• des fleurs 花
• un don 捐贈	• un gâteau 蛋糕
• une offre 提議	• un DVD DVD
• les étrennes 新年禮物	• un livre 書籍
• une naissance 出生	• un bijou 珠寶
• une fête 節慶、主保日	• un portable 手機
• un anniversaire 生日	• un vêtement 衣服
• un mariage 結婚	• un jouet 玩具

C'est un cadeau empoisonné !

CONSEILLER（建議）
DÉCONSEILLER（勸阻）

un conseil（建議）- une recommandation（叮嚀、推薦）
une incitation（鼓動）- une suggestion（建議、暗示）
une dissuasion（勸阻）

Dans un magasin de téléphones. Une cliente et le vendeur...
在一家手機行裡。客人和店員……

Le vendeur : Bonjour Madame !

您好，女士！

La cliente : Bonjour ! Je voudrais changer mon téléphone.

您好！我想要換支手機。

Le vendeur : Très bien ! Quel usage en faites-vous ?

好的！您通常用手機做什麼呢？

La cliente : J'utilise beaucoup les réseaux sociaux comme Line ou Messenger. Je fais aussi des photos et j'aimerais un téléphone avec un bon appareil photo.

我都用手機上社交軟體，像 Line 或 Messenger。我也用手機拍照，我想要新手機有好的拍照功能。

Le vendeur : Nous avons ces 3 modèles dont l'appareil photo est exceptionnel.

我們這 3 款手機都有優秀的拍照功能。

La cliente : Et au niveau des prix ?

那價錢區間呢？

Le vendeur : Le moins cher est à 12000 dollars taïwanais et le plus cher à 15000.

最便宜的要台幣 1 萬 2 千，最貴的要 1 萬 5 千。

La cliente : Et lequel me conseillez-vous ?

那您推薦哪一個？

Le vendeur : Tout dépend des autres usages que vous faites de votre téléphone. Si vous écoutez de la musique ou regardez beaucoup de vidéos, je vous déconseille celui-ci car la batterie s'épuise plus vite.

La cliente : Donc, il me reste le choix entre ces deux modèles.

Le vendeur : C'est ça ! Mais si je peux me permettre, je vous conseillerai plutôt celui-là. Il est très rapide à réagir, la qualité des photos est excellente et sa batterie permet d'utiliser le téléphone plus longtemps.

La cliente : Très bien, je vais suivre vos conseils et prendre celui-là.

要看您其他手機的使用習慣。如果您會聽音樂或看很多影片，我就不建議您用這支，因為它電池耗電很快。

所以，就剩這兩支可以選。

是的！但如果您問我，我會比較建議這支。它反應很快、拍照功能很好，電池續航力很好。

好，就聽您的建議買這支。

01 Constructions des verbes et synonymes
動詞結構與同義詞

(1) Les essentielles 主要的動詞結構

- conseiller qqn (= indiquer à qqn ce qu'il doit / ne doit pas faire)
  建議某人（告訴某人什麼該做、什麼不該做）
  - Je conseille souvent mes parents.

- conseiller qqch à qqn (= indiquer qqch à qqn = recommander qqch à qqn)
  建議某事給某人
  - Je te conseille la prudence.

- conseiller à qqn de + V (inf.) (= recommander à qqn de faire qqch)
  建議某人做某事（原形動詞）
  - Le médecin m'a conseillé de perdre du poids.

- déconseiller qqch à qqn (= pousser qqn à ne pas faire qqch)
  勸某人不要做某事
  - Je te déconseille ce film ; il est nul.

- déconseiller à qqn de + V (inf.) (= pousser qqn à ne pas faire qqch)
  勸某人不要做某事（原形動詞）
  - Je vous déconseille de prendre l'autoroute.

(2) **Autres constructions** 其他的動詞結構

- donner un conseil à qqn (= conseiller qqn) 給某人一個建議
  - Il aime donner des conseils à ses élèves.
- recommander à qqn de + V (inf.) (= conseiller à qqn de faire qqch)
  建議某人做某事（原形動詞）
  - Je vous recommande de visiter le Musée du Prado.
- inciter qqn à + V (inf.) (= pousser, engager qqn à faire / ne pas faire qqch)
  促使某人做 / 不做某事（原形動詞）
  - Mes parents m'incitent à trouver une petite amie.
- engager qqn à + V (inf.) (= pousser qqn à faire qqch)
  勸告、促使某人做某事（原形動詞）
  - Je vous engage à bien lire le mode d'emploi.
- suggérer à qqn de + V (inf.) (= proposer à qqn de faire qqch)
  建議某人做某事（原形動詞）
  - Je vous suggère de ne pas prendre l'autoroute.
- persuader qqn de + V (inf.) (= pousser qqn à faire / ne pas faire qqch)
  說服某人做 / 不做某事（原形動詞）
  - Mes parents m'ont persuadé(e) d'étudier la médecine.
- dissuader qqn de + V (inf.) (= pousser qqn à ne pas faire qqch)
  勸阻某人做某事（原形動詞）
  - Ses parents l'ont dissuadée de se marier avec ce garçon.

Il faut tourner sept fois sa langue dans
la bouche avant de parler.

(3) Conjugaison 動詞變化

infinitif	présent	passé comp.	imparfait
conseiller	je conseille	j'ai conseillé	je conseillais
recommander	je recommande	j'ai recommandé	je recommandais
inciter	j'incite	j'ai incité	j'incitais
engager	j'engage	j'ai engagé	j'engageais
suggérer	je suggère	j'ai suggéré	je suggérais
déconseiller	je déconseille	j'ai déconseillé	je déconseillais
dissuader	je dissuade	j'ai dissuadé	je dissuadais

futur	cond. prés.	subj. prés.
je conseillerai	je conseillerais	que je conseille
je recommanderai	je recommanderais	que je recommande
j'inciterai	j'inciterais	que j'incite
j'engagerai	j'engagerais	que j'engage
je suggèrerai	je suggèrerais	que je suggère
je déconseillerai	je déconseillerais	que je déconseille
je dissuaderai	je dissuaderais	que je dissuade

02 Pratique des verbes
動詞練習

Construisez les phrases avec les éléments donnés :

01 - Je / conseiller (p.c.) / à elle / la prudence

02 - Elle / conseiller / à toi / ne plus téléphoner

03 - Je / conseiller / à vous / ne pas prendre l'autoroute

04 - Il / donner des conseil / à tout le monde

05 - Je / recommander / à toi / essayer les sorbets

06 - Notre professeur / inciter / nous / travailler davantage

07 - Je / engager / vous / passer plusieurs concours

08 - Il / suggérer (p.c.) / à moi / poser ma candidature

09 - Je / déconseiller / à toi / aller dans ce restaurant

10 - Elle / dissuader (p.c) / nous / faire ce voyage

03 Expressions populaires
通俗慣用語

- Il faut tourner sept fois sa langue dans sa bouche avant de parler.
  (= Il faut bien réfléchir avant de dire quelque chose.) 三思而後言。

- Les conseilleurs ne sont pas les payeurs.
  (= Les gens qui vous conseillent n'assument pas la responsabilité de leurs conseils.)
  提供建議的人是不負責任的。

- La colère est mauvaise conseillère.
  (= Il ne faut pas décider quelque chose sous l'emprise de la colère.)
  生氣時不要做任何決定。

04 Quelques questions
回答下列問題

- Est-ce qu'il t'arrive de demander conseil à quelqu'un...
  (parents - frères et sœurs - amis - professeurs) ?

- Est-ce qu'il t'arrive de conseiller quelqu'un...
  (parents - frères et sœurs - amis - professeurs) ?

- Quels conseils donnerais-tu à quelqu'un qui…
  - veut étudier le français
  - veut étudier le chinois à Taipei
  - cherche un(e) petit(e) ami(e)
  - déprime
  - cherche un endroit tranquille pour se reposer
  - veut maigrir
  - veut s'arrêter de fumer
  - veut rester jeune
  - veut pratiquer une activité sportive à la mode
  - cherche à se faire des amis français
  - est malade / a mal aux dents
  - veut changer de lunettes
  - veut visiter Taïwan
  - veut gagner beaucoup d'argent
  - veut se rendre de Taipei à Kaoshiung,
  - veut goûter la cuisine taïwanaise

- veut acheter un souvenir de Taïwan
- veut placer ses économies
- ne sait pas quoi faire le week-end
- cherche un job pour les vacances d'été... ?

• Est-ce que quelqu'un t'a déjà déconseillé de faire quelque chose ? Quoi ? Qu'as-tu fait ensuite ? As-tu suivi ses conseils ?

• T'est-il arrivé(e) de déconseiller à quelqu'un de faire quelque chose ? Quoi ? Qu'a fait cette personne ? A-t-elle suivi tes conseils ?

• Que recommanderais-tu à quelqu'un qui voudrait conduire un scooter ?

• Que pourrais-tu suggérer à tes professeurs pour que les cours soient plus intéressants, plus vivants ou moins difficiles ?

• Essaierais-tu de dissuader quelqu'un qui te dirait...
  - «Je veux rester célibataire.»
  - «Je veux me marier avec un Français.»
  - «Je veux avoir cinq enfants.»
  - «Je veux devenir bonze ou nonne.»
  - «Je veux avorter.»
  - «Je veux faire un hold-up.»
  - «Je veux faire de la politique.»

• T'est-il déjà arrivé(e) de persuader quelqu'un de faire ou ne pas faire quelque chose ? C'était quoi ? Que s'est-il passé ensuite ?

---

mini-dico 小辭典

- un conseiller 顧問（男）
- une conseillère 顧問（女）
- un mode d'emploi 使用手冊
- une notice 説明書
- une précaution 預防
- un danger 危險
- une mise en garde 警告説明
- un avertissement 警告
- une sommation 勒令、警告

- un sentiment 感覺
- un avis 意見
- une idée 想法、理念
- une opinion 看法
- un jugement 判斷
- une appréhension 領會
- une prémonition 預感
- une intuition 直覺

004 OCCUPER（占有、占據）PRÉOCCUPER（使擔心）

une occupation（占有）- une préoccupation（擔心）

Dans un bureau, deux collègues discutent...
辦公室裡，兩個同事在討論……

Sophie : Léo, tu as l'air très occupé !

Léo 你看起來很忙！

Léo : Oui, j'ai un tas de travail à faire et je n'en vois pas le bout.

對啊，我有一大堆工作要做，而且不知道什麼時候才能做完。

Sophie : Est-ce que je peux t'aider ?

我可以幫忙嗎？

Léo : C'est gentil de ta part mais tu es aussi très occupée avec tes dossiers.

妳人真好，但是妳也在忙妳的文件。

Sophie : Tu as l'air d'avoir aussi d'autres préoccupations.

你看起來也在擔心其他事情。

Léo : Comment tu le vois ? En fait, c'est vrai. Je suis préoccupé par la santé de ma mère.

妳怎麼看出來的？其實，是的，我在擔心我媽的身體健康。

Sophie : Ta mère a des problèmes de santé ?

你媽身體出問題嗎？

Léo : Oui, elle a été hospitalisée hier. Elle a attrapé une mauvaise grippe.

嗯，她昨天被送去醫院。她得了嚴重的流感。

Sophie : Ne t'en fais pas trop, je la connais, elle est solide. Je suis sûre qu'elle n'y restera pas longtemps.

不要太擔心，我認識她，她很強健的。我相信她不會生病太久。

Léo : J'espère que tu as raison. En tout cas, elle occupe beaucoup mon esprit en ce moment.

Sophie : Écoute, pour te soulager je vais m'occuper de ces trois dossiers. Comme ça, tu pourras te détendre un peu !

Léo : Tu es très gentille Sophie. Et puis, je devrais peut-être m'occuper davantage de toi...

希望妳說的是對的。總之，現在我全部的心思都在她身上。

聽好了，為了讓你輕鬆一點，我會負責這 3 份文件。這樣的話，你就能放鬆一點了！

Sophie 妳真貼心。之後我也應該照應妳⋯⋯

01 Constructions des verbes et synonymes
動詞結構與同義詞

(1) Les essentielles 主要的動詞結構

- occuper qqn (= accaparer qqn) 使某人忙碌
  - Mes études m'occupent beaucoup.

- occuper un endroit / espace (= habiter / emplir / garnir / meubler)
  占用一個地方 / 空間
  - J'occupe tout un étage.
  - Le lit occupe la moitié de la chambre.

- occuper du temps (= prendre / absorber du temps) 占用時間
  - Les travaux m'ont occupé une bonne semaine.

- occuper du temps à + V (inf.) (= passer du temps)
  花時間去做某事（原形動詞）
  - Elle occupe ses journées à dormir et ses nuits à écrire.

- s'occuper de qqn (réfléchi = prendre soin de qqn / soigner qqn / se charger de qqn)
  照顧某人
  - Elle s'occupe très bien de son bébé.
  - Je dois m'occuper de ma grand-mère.

- s'occuper de qqch (réfléchi = prendre en charge qqch / se charger de qqch)
  負責某事
  - Je vais m'occuper de ce dossier.

- s'occuper de + V (inf.) (réfléchi = se charger de faire qqch)
  負責做某事（原形動詞）
  - Je vais m'occuper de lui téléphoner.
  - Occupe-toi de monter la tente !

- être occupé(e) par / avec qqch / qqn / à faire qqch (forme passive)
  為某事 / 某人忙碌、為了某事而忙（被動形式）
  - Il est occupé par son travail.
  - Elle est très occupée avec ses enfants.
  - Je suis très occupé(e) à chercher un travail.

- préoccuper qqn (= causer des soucis à qqn - occuper entièrement l'esprit de qqn)
  使某人擔心
  - Sa santé le préoccupe beaucoup.

- se préoccuper de qqch (réfléchi = s'inquiéter / se soucier de = chiffonner /
  travailler (fam.)) 關心、擔心某事
  - Je me préoccupe beaucoup de l'avenir de mes enfants.
  - Il se préoccupe sans cesse de sa santé.
  - Sa santé le travaille / le chiffonne.

- être préoccupé par qqch / qqn (= se faire du souci pour qqch / qqn)
  為某事 / 某人操心
  - Il est très préoccupé par la santé de son père.
  - Elle est très préoccupée par sa fille.

(2) Autres constructions 其他的動詞結構

- occuper (= employer qqn) 雇用
  - Cette entreprise occupe 3000 ouvriers.

- occuper un poste, une fonction (= exercer / remplir un poste...)
  擔任某個職位
  - Il occupe le poste de Secrétaire Général du Président.

- occuper qqn à + V (inf.) (= employer qqn à faire qqch)
  雇用某人做某事（原形動詞）
  - L'état-major a occupé les soldats à nettoyer les plages polluées.

- s'occuper à + V (inf.) (réfléchi = tuer / passer le temps en faisant qqch)
  做某事以打發時間（原形動詞）
  - Je m'occupe à jardiner.

(3) Conjugaison 動詞變化

infinitif	présent	passé comp.	imparfait
occuper	j'occupe	j'ai occupé	j'occupais
s'occuper	je m'occupe	je me suis occupé	je m'occupais
préoccuper	je préoccupe	j'ai préoccupé	je préoccupais
se préoccuper	je me préoccupe	je me suis préoccupé	je me préoccupais

futur	cond. prés.	subj. prés.
j'occuperai	j'occuperais	que j'occupe
je m'occuperai	je m'occuperais	que je m'occupe
je préoccuperai	je préoccuperais	que je préoccupe
je me préoccuperai	je me préoccuperais	que je me préoccupe

02 Pratique des verbes
動詞練習

Construisez les phrases avec les éléments donnés :

01 - Elle / occuper (p.c.) / les enfants / dessiner

02 - Je / occuper / mes loisirs / faire du jardinage

03 - Il / occuper / ses week-ends / construire sa maison

04 - Je / s'occuper / écrire mes mémoires

05 - Il / s'occuper (p.c.) / très mal / sa famille

06 - Tu / s'occuper / acheter les billets

07 - Ses examens / préoccuper / peu / elle

08 - L'avenir de mon entreprise / préoccuper / moi

09 - Elle / ne pas beaucoup se préoccuper / ses problèmes

10 - Je / ne jamais se préoccuper / des questions d'argent

03 Expressions populaires
通俗慣用語

- T'occupe pas de ça ! 你別管！/ 沒有你的事！

- Mêle-toi / Occupe-toi de tes oignons ! (fam.= Ne t'occupe pas de mes affaires.)
  別管我的事！/ 你把自己的事管好就好了！

- se mêler des affaires de qqn (fam. = s'occuper des problèmes de qqn) 多管閒事
  - Ne te mêle pas de mes affaires !
  - Mêlez-vous de vos affaires !

04 Quelques questions
回答下列問題

- Comment tu occupes tes loisirs / tes soirées / tes week-ends ?

- Quels sont tes violons d'Ingres / tes passions / tes hobbies ?

- Qu'est-ce qui occupe le plus ton temps ?

- L'argent / l'amour / le sport occupent-t-ils une grande place dans ta vie ?

- Est-ce que tu t'occupes de tes parents / tes frères et sœurs / d'autres personnes ?

- Qu'est-ce qui occupe le plus de place dans les rues de Taipei ?

- Qu'est-ce qui t'occupe le plus l'esprit ? Qu'est-ce qui te préoccupe le plus ?

- Quelles sont les préoccupations majeures...
  - des étudiants
  - des parents
  - des Taïwanais ?

- Est-ce que tu t'occupes toi-même de ranger ta chambre ? Si non, qui s'en occupe ?

- Tes devoirs t'occupent combien d'heures par jour ?

- regarder la télé 看電視
- écouter de la musique 聽音樂
- lire 閱讀
- surfer sur la toile 做風浪板運動
- jouer à un jeu vidéo / aux cartes
  玩電玩 / 玩紙牌
- sortir au cinéma / au concert / au théâtre / danser
  出去看電影 / 聽音樂會 / 看戲 / 跳舞
- téléphoner 打電話
- se reposer 休息
- faire le ménage / ses devoirs / la lessive / une promenade / son courrier
  做家事 / 做功課 / 洗衣服 / 散步 / 寫信
- une passion 酷愛
- un violon d'Ingres 業餘愛好
- la musique 音樂
- le cinéma 電影
- la danse 舞蹈
- le théâtre 戲劇
- la peinture 繪畫
- la calligraphie 書法
- la lecture 閱讀
- la philatélie 集郵
- l'astronomie 天文學
- la minéralogie 礦物學
- le travail 工作
- un job 工作

- un boulot 工作
- un dossier 檔案
- une affaire 事務
- les études 課業
- les transports 交通
- les devoirs 作業
- les loisirs 休閒活動
- le temps libre 空閒的時間
- le week-end 週末
- les vacances 假期

- une maison 房屋
- un appartement 公寓
- une chambre 房間、臥室
- un espace 空間

- les parents 父母
- le père 父親
- la mère 母親
- les grands-parents 祖父母
- le grand-père 祖父
- la grand-mère 祖母
- un bébé 嬰兒
- un(e) enfant 小孩、兒童
- un(e) handicapé(e) 殘障人士
- un(e) malade 病人

C'est sûr de les mettre dans le coffre ?
Occupe-toi de tes oignons !

une peur（害怕、恐懼）- une crainte（害怕、擔心）

Deux amies visitent un magasin d'animaux de compagnie...
Elles cherchent un animal pour Léa...

兩位朋友去寵物店⋯⋯她們要幫 Léa 找一隻寵物⋯⋯

Martine : Léa, regarde ces petits caniches, ils sont adorables ! Tu n'en voudrais pas un ?

Léa，妳看這些小卷毛狗，牠們好可愛！妳要不要一隻？

Léa : Non, j'ai peur des chiens, même quand ils sont petits et je suis allergique aux poils de chats.

不要，我怕狗，就算是小狗也一樣。然後我也對貓毛過敏。

Martine : Alors, il te faut un animal sans poils. Un serpent comme celui-là, c'est cool, non ?

那就要找一隻沒有毛的。像這條蛇，這樣不是很酷嗎？

Léa : Oh mon dieu, j'ai une peur bleue des serpents !

喔，天啊，我超級怕蛇的！

Martine : Et cette jolie mygale dans son aquarium, elle ne te tente pas ? Tu sais, il y a des mordus d'araignées ! Ou que dirais-tu d'un iguane ?

那這隻在水族箱的狼蛛，妳不覺得很迷人嗎？妳知道有很多人是蜘蛛愛好者！或是一隻鬣蜥怎麼樣？

Léa : Il a l'air de s'ennuyer dans son vivarium. Et puis, il ne communique pas beaucoup !

牠在牠的飼養箱裡看起來很無聊。而且，牠不太能跟我說話！

Martine : Tu es bien difficile. Je crains qu'on ne trouve aucun animal qui te convienne.

妳真的很難搞。我看我們恐怕沒辦法找到一隻合妳意的動物。

Léa : Regarde là-bas, il y a des oiseaux. J'adore être réveillée par le chant des oiseaux.

妳看那裡，有很多鳥。我喜歡被鳥的歌聲喚醒。

Martine : Qu'est-ce que tu dis de ce perroquet ? Tu pourras communiquer avec lui !

那妳覺得這隻鸚鵡如何？妳可以跟牠說話！

Léa : On va aller lui parler pour voir s'il n'a pas peur de nous... Bonjour Perroquet !

我們去跟牠說話，看牠會不會怕我們！……鸚鵡你好！

Le perroquet : Bonjour Léa !

Léa 妳好！

Léa : Incroyable, il connaît déjà mon nom !

不敢相信，牠已經知道我的名字了！

01 Constructions des verbes et synonymes
動詞結構與同義詞

(1) Les essentielles 主要的動詞結構

- avoir peur de qqch / qqn (= appréhension, crainte de qqch / qqn) 害怕某事 / 某人
  - Elle a peur du noir.
  - Les étudiants ont peur de leur professeur.

- avoir peur de + V (inf.) (= appréhender de faire qqch) 害怕做某事（原形動詞）
  - J'ai peur de nager.
  - Elle a peur de le rencontrer.

- avoir peur que + S2 + V (subj.) (= appréhender que qqn fasse qqch ou que qqch soit...)
  害怕＋從屬子句的主詞＋動詞（虛擬式）
  - J'ai peur que l'examen soit difficile.
  - J'ai peur que mes parents sachent que j'ai un petit ami.

- de peur de + V (inf.) / de peur que + S2 + V (subj.)
  (= appréhension de la conséquence)
  害怕＋原形動詞 / 害怕＋從屬子句的主詞＋動詞（虛擬式）
  - Il rentre discrètement de peur de réveiller ses parents.
  - Il rentre discrètement de peur que ses parents ne se réveillent.

- (qqch / qqn) faire peur à qqn (= être l'objet de la peur de qqn)
  （某事 / 某人）使某人害怕
  - Les araignées lui font peur.
  - Tu m'as fait peur.

- faire peur à qqn de + V (inf.) (provoquer de l'appréhension)
  使某人害怕（原形動詞）
  - Ça lui fait peur de sauter à l'élastique.

- se faire peur (réfléchi = faire qqch qui provoque de l'appréhension) 使自己害怕
  - Je me suis fait très peur en sautant à l'élastique.
  - Elle aime se faire peur.

- craindre qqch / qqn (= avoir peur de qqch / qqn) 害怕某事 / 某人
  - Elle craint le noir.
  - Les étudiants craignent ce professeur.

- avoir peur pour qqch / qqn / craindre pour qqch / qqn
  (= appréhender pour qqch / qqn)
  為某事 / 某人害怕、擔心
  - J'ai peur pour mes économies. / Je crains pour mes économies.
  - Il a peur pour elle. / Il craint pour elle.

- craindre de + V (inf.) (= appréhender de faire qqch = avoir peur de faire qqch)
  害怕做某事（原形動詞）
  - Je crains de la choquer.
  - Je crains de ne pas réussir.

- craindre que + S2 + V (subj.) (= avoir peur que qqn fasse qqch, que qqch se passe)
  害怕＋從屬子句的主詞＋動詞（虛擬式）
  - Je crains qu'elle ne veuille plus te voir.
  - Je crains qu'il fasse mauvais.

(2) Autres constructions 其他的動詞結構

- appréhender / redouter qqch (= avoir peur de cette chose) 害怕某事
  - Il appréhende cette rencontre.
  - Je redoute l'examen de conversation.

- appréhender / redouter de + V (inf.) (= avoir peur de faire qqch)
  害怕做某事（原形動詞）
  - J'appréhende de partir.
  - Il appréhende d'être licencié.
  - Je redoute de partir.
  - Il redoute d'être licencié.

- appréhender / redouter que + S2 + V (subj.) (= appréhender que qqn fasse qqch)
  害怕＋從屬子句的主詞＋動詞（虛擬式）
  - J'appréhende qu'il revienne.
  - Elle redoute que tu la voies.

(3) Conjugaison 動詞變化

infinitif	présent	passé comp.	imparfait
avoir	j'ai	j'ai eu	j'avais
faire	je fais	j'ai fait	je faisais
craindre	je crains	j'ai craint	je craignais
appréhender	j'appréhende	j'ai appréhendé	j'appréhendais
redouter	je redoute	j'ai redouté	je redoutais

futur	cond. prés.	subj. prés.
j'aurai	j'aurais	que j'aie
je ferai	je ferais	que je fasse
je craindrai	je craindrais	que je craigne
j'appréhenderai	j'appréhenderais	que j'appréhende
je redouterai	je redouterais	que je redoute

02 Pratique des verbes
動詞練習

Construisez les phrases avec les éléments donnés :

01 - Je / avoir peur / chiens

02 - Il / avoir peur / conduire / dans Taipei

03 - Tu / avoir peur / ta femme / le savoir

04 - Je / partir de bonne heure (p.c.) / de peur de / arriver en retard

05 - Je / partir tôt / de peur que / il y a des embouteillages

06 - Les araignées / faire peur / à lui

07 - Les spécialistes / craindre / un nouveau typhon

08 - Il / craindre pour (p.c.) / son emploi

09 - Je / redouter / devoir repasser l'examen

10 - Nous / redouter / le temps se gâte

03 Expressions populaires
通俗慣用語

- Il est vert de peur / de trouille. (fam. = Il a très peur.)
  他嚇得臉色發綠。（他非常害怕。）

- avoir une peur bleue (de qqch / qqn) (= avoir très peur de qqch / qqn)
  非常害怕（某物 / 某人）
  - Il a une peur bleue des serpents.
  - Elle a une peur bleue de son oncle.

- Il est blême de peur. (= Il a très peur.) 他嚇得臉色發青。（他非常害怕。）

- Il tremble comme une feuille. (= une grosse peur le fait trembler)
  他抖得像一片樹葉。（嚇得直打哆嗦）

- Il a la frousse. (fam.) - Il a la pétoche. (fam.) - Il a les jetons. (fam. = Il a peur.) 他害怕。

- La peur donne des ailes. (= Quand on a très peur, on court vite.)
  害怕使人長翅膀。（害怕時，人跑得特別快。）

- en être quitte pour une (grosse) peur (= ne pas avoir subi de dommage autre que la peur)
  虛驚一場
  - L'avion s'est posé en catastrophe et nous en avons été quittes pour une belle peur.

04 Quelques questions
回答下列問題

- De quoi as-tu peur ? Pourquoi en as-tu peur ? Est-ce dangereux ?

- As-tu peur de quelqu'un ? De qui ? Pourquoi ?

- As-tu peur des prisonniers, des sidéens, des policiers… ?

- Est-ce qu'il y a des animaux qui te font peur ? Pourquoi en as-tu peur ?

- Dans la vie, qu'est-ce qui te fait le plus peur ? Pourquoi ?

- Est-ce qu'il t'arrive, pour t'amuser, de faire peur à quelqu'un ? À qui ? Que se passe-t-il ?

- As-tu peur des fantômes ? En as-tu déjà vu ? À quoi ressemblent-ils ?

- Quand tu as peur, comment réagit ton corps ? À quoi penses-tu ?

- Peux-tu nous raconter une expérience où tu as eu très peur ?

- D'après toi, de quoi les Taïwanais ont-ils le plus peur ?

- Penses-tu que l'on peut vaincre / surmonter sa peur ? Comment ?

- Que penses-tu des films d'horreur / d'épouvante ?
  Vas-tu en voir ? Te caches-tu parfois les yeux ?

- Est-ce que tu crains le soleil / le froid... ?

- Est-ce que tu crains tes parents ? Pourquoi ? Et les professeurs ?

- Est-ce que tu appréhendes les typhons ? Et les tremblements de terre ?

- Est-ce que tu redoutes certains examens ? Pourquoi ?

- Est-ce que tu redoutes de te retrouver seul(e), un jour ?

mini-dico 小辭典

- un cafard 蟑螂
- un rat 大老鼠
- une araignée 蜘蛛
- un serpent 蛇
- un chien 狗
- un oiseau 鳥

- un tremblement de terre 地震
- un orage 雷雨
- un typhon 颱風
- une éruption volcanique 火山爆發
- un incendie 火災
- une inondation 水災
- la guerre 戰爭
- la maladie 疾病
- la vieillesse 年老
- la mort 死亡
- le chômage 失業

- un échec 失敗
- la solitude 孤獨
- l'avenir 未來
- devenir obèse 變肥胖
- être seul(e) 單獨
- l'eau 水
- le noir 黑色
- la nuit 夜晚
- le silence 安靜
- le sang 血
- un professeur 老師
- un médecin 醫生
- un dentiste 牙醫
- un policier 警察
- un fantôme 鬼魂
- un hôpital 醫院
- un cimetière 墓園

La peur donne des ailes.

006 PERMETTRE（允許、許可） AUTORISER（允許、許可） DÉFENDRE（禁止） INTERDIRE（禁止）

une permission（允許、許可）
une autorisation（允許、許可） ≠ **une défense**（禁止）
une interdiction（禁止）- **légal / illégal**（合法的 / 不合法的）

> ### Dans la rue, Pierre essaie de trouver une place pour garer sa voiture. Il est avec Anne.
> 在路上，Pierre 在找停車位。他跟 Anne 在一起。

Pierre : Je vais me garer là.

Anne : Non, tu ne peux pas ! Regarde, il y a un panneau "Interdit de stationner".

Pierre : Et là ?

Anne : C'est aussi défendu, c'est une place pour les livraisons.

Pierre : Tout est défendu ici ! Ça me rappelle ma jeunesse quand on écrivait sur les murs "Il est interdit d'interdire" !

Anne : Ça, c'est du passé. Maintenant, il faut trouver une place de stationnement autorisé.

Pierre : On va chercher dans la rue à droite. Ah ! Je vois une place là-bas.

我要停那。

不行，你不能停那。你看，那裡有一個「禁止停車」的標誌。

那那裡呢？

那裡也不行，那是裝卸貨專用的地方。

這裡每個地方都被禁止！這讓我想到年輕的時候，大家在牆上寫的那句「嚴禁禁止」！

以前的事情都過去了。現在，必須要找一個允許停車的地方。

我們去右轉那條路找。喔！我看到那裡有一個位子。

Anne : Oui, ça a l'air d'être autorisé.

Pierre : Je vais faire un créneau... Oh zut, j'ai un peu poussé la voiture derrière !

Anne : Où as-tu passé ton permis de conduire ?

Pierre : Pas dans une pochette surprise ! Je l'ai repassé 3 fois avant de réussir...

Anne : Je comprends pourquoi !

Un agent de police arrive...

L'agent de police : Monsieur, madame, c'est défendu de stationner ici de 8 heures à midi. Regardez, il y a un panneau là-bas "Stationnement interdit de 8 heures à 12 heures. Marché du matin".

Pierre : Il ne nous reste qu'à trouver un parking payant !

對，看起來是可以停的。

我路邊停車囉……喔，該死，我有點 A 到後面的車了！

你在哪裡考到駕照的？

不是從驚喜包裡拿的！我拿到駕照之前考了 3 次……

我知道為什麼會這樣了！

警察來了……

先生，小姐，這裡早上 8 點到中午禁止停車。請看，那裡有個看板寫「因早上有市集。早上 8 點到中午 12 點禁止停車。」。

我們只能找付費停車場了！

01 Constructions des verbes et synonymes
動詞結構與同義詞

(1) Les essentielles 主要的動詞結構

- permettre à qqn de + V (inf.) (= ne pas empêcher qqn de faire qqch)
  允許某人做某事（原形動詞）
  - Je permets à mes enfants de regarder la télévision jusqu'à minuit.

- permettre que + S2 + V (subj.) (forme polie)
  允許＋從屬子句的主詞＋動詞（虛擬式）
  - Vous permettez que je sorte cinq minutes ? (Me permettez-vous de sortir 5 minutes ?)

- il est / c'est permis de + V (inf.) (= ce n'est pas interdit de...)
  可以做某事（原形動詞）
  - Est-ce que c'est permis de stationner ici ?

- autoriser qqn à + V (inf.) (= ne pas interdire à qqn de faire qqch)
  允許某人做某事（原形動詞）
  - J'autorise mes enfants à regarder la télévision jusqu'à minuit.

- défendre à qqn de + V (inf.) (= ne pas autoriser qqn à faire qqch)
  禁止某人做某事（原形動詞）
  - Je défends à mes enfants de regarder la télévision après 10 heures.

- défendre qqch à qqn (= ne pas autoriser qqch à qqn) 禁止某人某事
  - Le médecin vous a défendu le vin.

- se défendre de / contre qqch / qqn (réfléchi = se protéger / lutter contre qqch / qqn)
  保護自己對抗某事 / 某人
  - J'ai une bombe lacrymogène pour me défendre contre les voyous.
  - Ils se défendent du froid en buvant de la vodka.

- il est / c'est défendu de + V (inf.) (= ce n'est pas autorisé de faire qqch)
  禁止做某事（原形動詞）
  - Il est défendu d'afficher sur ce mur.
  - C'est défendu d'entrer.

- interdire à qqn de + V (inf.) (= ne pas autoriser qqn à faire qqch)
  禁止某人做某事（原形動詞）
  - J'interdis à mes enfants de regarder la télévision après 10 heures.

- interdire qqch à qqn (= ne pas autoriser qqch à qqn) 禁止某人某事
  - Le médecin vous a interdit le vin.

- s'interdire qqch (réfléchi = ne pas s'autoriser qqch) 禁止自己做某事
  - Vous devez vous interdire tout commentaire !

- il est / c'est interdit de + V (inf.) (= ce n'est pas autorisé de faire qqch)
  禁止做某事（原形動詞）
  - Il est interdit de fumer dans les bureaux.
  - C'est interdit de stationner ici.

(2) Autres constructions 其他的動詞結構

- se permettre qqch / de + V (inf.) (réfléchi = ne pas s'interdire de faire qqch)
  允許自己有某物 / 允許自己做某事（原形動詞）
  - Il se permet des écarts de langage.
  - Elle se permet d'arriver tous les jours en retard.

- s'autoriser qqch (réfléchi = ne pas s'interdire qqch) 允許自己有某物
  - Il s'autorise quelques excès de chocolat.

- se défendre de + V (inf.) (réfléchi = se justifier de qqch, nier qqch)
  為自己辯白、否認某事（原形動詞）
  - Il se défend d'être démagogue.
  - Elle se défend d'avoir voulu l'accuser.

- s'interdire de + V (inf.) (réfléchi = ne pas s'autoriser à faire qqch)
  不允許自己做某事（原形動詞）
  - Je m'interdis de commenter cette affaire.

(3) Conjugaison 動詞變化

infinitif	présent	passé comp.	imparfait
permettre	je permets	j'ai permis	je permettais
se permettre	je me permets	je me suis permis	je me permettais
autoriser	j'autorise	j'ai autorisé	j'autorisais
s'autoriser	je m'autorise	je me suis autorisé	je m'autorisais
défendre	je défends	j'ai défendu	je défendais
interdire	j'interdis	j'ai interdit	j'interdisais
s'interdire	je m'interdis	je me suis interdit	je m'interdisais

futur	cond. prés.	subj. prés.
je permettrai	je permettrais	que je permette
je me permettrai	je me permettrais	que je me permette
j'autoriserai	j'autoriserais	que j'autorise
je m'autoriserai	je m'autoriserais	que je m'autorise
je défendrai	je défendrais	que je défende
j'interdirai	j'interdirais	que j'interdise
je m'interdirai	je m'interdirais	que je m'interdise

02 Pratique des verbes
動詞練習

Construisez les phrases avec les éléments donnés :

01 - Elle / permettre (p.c.) / moi / utiliser son ordinateur

02 - Est-ce que / vous / permettre / que / je / tutoyer / vous ?

03 - Il / se permettre (p.c.) / prendre 100 euros (€) / dans ton sac

04 - Est-ce que / être permis / utiliser le dictionnaire pendant l'examen ?

05 - Il / autoriser (p.c.) / moi / s'absenter une heure

06 - Je / défendre (p.c.) / à vous / manger dans la classe !

07 - Ton père / interdire (p.c.) / à toi / parler / à lui

08 - Je / s'interdire / boire de l'alcool

09 - Est-ce que / être interdit / importer de la viande ?

10 - Il / défendre (p.c.) / à nous / sortir

11 - Mes parents / permettre / à moi / sortir le soir

12 - Il / se permettre / tutoyer / moi

13 - C'est permis / utiliser les parasols

14 - Il / autoriser (p.c.) / sa fille / prendre sa voiture

15 - Je / défendre / à vous / utiliser vos calculettes

16 - C'est défendu / marcher sur les pelouses

17 - Mon avocat / interdire (p.c.) / à moi / parler aux journalistes

18 - Il / s'interdire / boire seul

19 - Il est interdit / fumer dans le bâtiment

20 - C'est illégal / cultiver de la marijuana

03 Expressions utiles... mais pas toujours populaire !
有用的慣用語⋯⋯但不完全是通俗用法！

- Défense d'entrer（禁止進入）- Défense de stationner（禁止停車）
  - Défense de parler au chauffeur（禁止與司機交談）
  - Défense de passer（禁止通行）- Défense de fumer（禁止吸菸）

- Interdiction de stationner（禁止停車）
  - Interdiction de déposer des ordures（禁止丟放垃圾）
  - Interdiction d'allumer un feu（禁止點火）- Interdiction de parler（禁止說話）

- Chose défendue, chose désirée. (dicton) 越是禁止的事，人們就越想做。

- se défendre (pas mal) en qqch (= avoir une compétence dans un domaine)
  能夠應付得不錯
  - Elle se défend pas mal en anglais. (= Elle parle bien anglais.)

- se croire tout permis (= croire que l'on peut faire tout ce qu'on veut)
  自以為可以為所欲為
  - Il se croit tout permis !
  - Ne vous croyez pas tout permis.

- Avec votre permission. (formule de politesse = si vous le permettez) 如果您允許的話

- faire qqch à son corps défendant (= accepter de faire qqch à contrecœur, contre sa volonté)
  勉強地、無可奈何去做某事
  - Il a collaboré avec la police à son corps défendant.

- Ça se défend. (= c'est raisonnable, c'est logique, explicable) 說得過去、相當合理
  - Ce qu'elle dit, ça se défend.
- Il est interdit d'interdire ! (slogan des étudiants en 1968)
  嚴禁禁止！（1968年法國大學潮時的標語）

04 Quelques questions
回答下列問題

- Est-ce que c'est permis de…
  - manger dans la classe ?
  - ne pas venir en cours ?
  - rouler en scooter sur le campus ?
  - fumer dans les bâtiments publics ?
  - tricher aux examens ?
  - se garer en double file ?
  - se promener nu(e) sur une plage ?

- Est-ce que tes parents t'autorisent à…
  - sortir toute la nuit ?
  - inviter ton / ta petit(e) ami(e) à la maison ?
  - organiser des boums à la maison ?
  - utiliser leur carte de crédit ?

- Est-ce que tu permets à tes amis de…
  - passer te voir sans te prévenir ?
  - copier tes devoirs ?
  - te critiquer ?
  - se servir dans ton frigo ?

- Est-ce que tu t'interdis de faire certaines choses ? Lesquelles ? Pourquoi ?

- À Taïwan, est-ce que c'est légal de…
  - fumer du cannabis ?
  - vendre de la drogue ?
  - avoir plusieurs femmes ?
  - posséder plusieurs passeports ?
  - rouler en scooter à 15 ans ?
  - télécharger de la musique en MP3 ?

- vendre des produits sur le trottoir ?
- élever un crocodile à la maison ?

• Quelles sont les interdictions que tu ne respectes pas ? Pourquoi ?

• Penses-tu qu'il y a des interdictions qui sont stupides ? Lesquelles ? Pourquoi ?

• Penses-tu que ce serait possible de vivre dans une société sans interdits ?
Que faudrait-il pour que ce soit possible ?

• Quelles sont les personnes chargées de faire respecter les interdictions ?

mini-dico 小辭典

s'interdire de... 禁止自己做某事
• faire des excès 飲食過量
• se mettre en colère 生氣
• gêner les autres 妨礙別人
• faire des choses illégales 做非法的事
• acheter ce dont on n'a pas besoin
購買不需要的東西
• juger qqn 評論某人
• critiquer qqn 批評某人
• se moquer de qqn 嘲笑某人
• insulter qqn 侮辱某人
• blesser qqn 傷害某人
• se battre avec qqn 跟某人打架
• se disputer avec qqn 跟某人吵架
• rouler sans casque 沒有戴安全帽騎車
• traverser en dehors des passages cloutés
從人行道以外的地方穿越

• manger dans le métro / le bus
在地鐵 / 公車內吃東西
• fumer dans un bâtiment public
在公共建築物裡抽菸
• fumer du hachisch 抽大麻
• se droguer 吸毒
• consommer des amphétamines
吸安非他命
• copier aux examens 考試抄襲

• un policier 警察
• un gardien de la paix 治安警察
• un gendarme 憲兵、警察
• un juge 法官
• un éducateur 教育家
• les parents 父母
• un professeur 老師

C'est interdit de stationner ici !

un souhait（希望、願望）- un vœu（願望）- un espoir（希望）
un désir（願望）- un rêve（夢想）- une rêverie（幻想、空想）

Pendant le réveillon du Nouvel an, des amis échangent leurs vœux.
新年前夕，朋友們互相祝賀。

Marie : Joël, je te souhaite une très bonne année !

Joël，祝你新年快樂！

Joël : Moi, je te souhaite de trouver un bon travail l'an prochain ! Et toi Sylvain, qu'est-ce que tu désires réaliser l'année prochaine ?

我，我祝福妳來年能找到好工作！Sylvain 你呢，你明年有什麼事情想實現的呢？

Sylvain : J'espère pouvoir entrer en médecine de spécialité.

我希望能就讀醫學專科。

Joël : Tu es très bon étudiant et ce sera facile de réaliser ton rêve de devenir dermatologue.

你是一個好學生，當皮膚科醫生的夢想一定很容易就能實現。

Sylvain : Merci Joël, j'espère aussi !

謝謝 Joël，我也希望如此！

Annie : Et à moi, qu'est-ce que vous me souhaitez ?

那我呢？你們想要祝福我什麼？

Joël : Je te souhaite de trouver l'homme de ta vie !

祝妳能找到命中注定的男人！

Marie : Moi, je te souhaite de réaliser ton grand voyage en Asie !

我祝妳可以實現妳的亞洲大冒險！

Annie : Je rêve de le faire depuis plusieurs années ! Et je souhaite que Sylvain vienne avec moi !

Joël : Pourquoi ?

Annie : C'est une surprise... Sylvain et moi, on va bientôt se marier et ensuite, on va partir en Asie pour notre lune de miel

這個夢想我好幾年前就想實現了！而且我希望 Sylvain 能跟我一起！

為什麼？

這是個驚喜……Sylvain 和我要結婚了，之後我們會去亞洲度蜜月！

01 Constructions des verbes et synonymes
動詞結構與同義詞

Dans ce dossier, toutes les constructions sont essentielles.
在這一課中，所有的動詞結構都非常重要。

(1) Les essentielles 主要的動詞結構

- souhaiter + V (inf.) (= désirer faire qqch) 希望做某事（原形動詞）
  - Il a souhaité vous rencontrer rapidement.

- souhaiter qqch à qqn (= désirer qqch pour autrui) 祝福某人某事
  - Je vous souhaite une bonne année.
  - Je te souhaite un joyeux anniversaire.

- souhaiter à qqn de + V (inf.) (= désirer que qqn puisse réaliser qqch)
  祝福某人可以實現某事（原形動詞）
  - Je vous souhaite de réussir dans vos projets.

- souhaiter que + S2 + V (subj.) (= désirer que qqn réalise qqch)
  希望＋從屬子句的主詞＋動詞（虛擬式）
  - Je souhaite que vous preniez ce travail.

- espérer que qqn a fait / fait / fera qqch (= souhaiter, aimer à penser qqch)
  希望某人已經做了 / 做 / 會去做某事
  - J'espère que vous vous êtes bien reposé(e).
  - J'espère que tu n'as pas oublié les clés.
  - J'espère que vous réussirez dans vos projets.
  - J'espère que vous allez bien.
  - J'espère que tout va se passer comme prévu.

- espérer que qqch se passe / ne se passe pas (= souhaiter, aimer à penser qqch)
希望某事發生 / 不要發生

  - J'espère que demain il ne pleuvra pas.

  - J'espère que les examens ne seront pas trop difficiles.

- espérer + V (inf.) (= souhaiter pouvoir faire qqch) 希望能做某事（原形動詞）

  - J'espère signer ce contrat rapidement.

  - Il espérait atteindre le sommet en cinq heures.

- désirer qqch / qqn (= vouloir qqch - éprouver du désir pour qqn)
想要某物 / 喜歡某人

  - Pour son anniversaire, elle désire une robe de soirée.

  - Un an après leur mariage, il ne désirait plus sa femme. (= Il ne l'aimait plus.)

- désirer + V (inf.) (= avoir le désir de faire qqch, vouloir faire qqch)
想做某事（原形動詞）

  - Je désirerais visiter ce pays.

  - Elle ne désire pas vous revoir.

  - Il n'a pas désiré répondre à nos propositions.

- désirer que + S2 + V (subj.) (= avoir le désir que qqn fasse qqch, vouloir que qqn...)
希望＋從屬子句的主詞＋動詞（虛擬式）

  - Il désire que vous veniez le voir le plus rapidement possible.

- aimer (conditionnel) que + S2 + V (subj.) (= apprécier que qqn fasse qqch)
希望（條件式）＋從屬子句的主詞＋動詞（虛擬式）

  - Il aimerait que vous veniez le voir le plus rapidement possible.

  - Elle aimerait que tu lui téléphones.

  - J'aimerais que vous ne fumiez pas à côté de moi.

- rêver de qqch / qqn (= voir qqch / qqn dans ses rêves - imaginer avec plaisir
qqch / qqn) 夢想、嚮往某事 / 某人

  - Je rêve de ce pays.

  - Je rêve d'elle jour et nuit.

  - Arrête de rêver de lui !

- rêver de + V (inf.) (= désirer, vouloir très fort faire qqch)
渴望做某事（原形動詞）

  - Je rêve de visiter ce pays.

  - Il rêve de la rencontrer.

  - Elle rêve de devenir médecin.

(2) Conjugaison 動詞變化

infinitif	présent	passé comp.	imparfait
souhaiter	je souhaite	j'ai souhaité	je souhaitais
espérer	j'espère	j'ai espéré	j'espérais
désirer	je désire	j'ai désiré	je désirais
aimer	j'aime	j'ai aimé	j'aimais
rêver	je rêve	j'ai rêvé	je rêvais

futur	cond. prés.	subj. prés.
je souhaiterai	je souhaiterais	que je souhaite
j'espèrerai	j'espèrerais	que j'espère
je désirerai	je désirerais	que je désire
j'aimerai	j'aimerais	que j'aime
je rêverai	je rêverais	que je rêve

02 **Pratique des verbes**
動詞練習

Construisez les phrases avec les éléments donnés :

01 - Elle / souhaiter / rencontrer / toi

02 - Je / souhaiter / bon voyage / à toi

03 - Je / souhaiter / à elle / trouver un bon travail

04 - Il / souhaiter / tu / venir chez lui

05 - Je / espérer / tu / pouvoir (fut.) / réaliser ton projet

06 - Je / espérer / demain / ne pas pleuvoir

07 - Elle / désirer / rencontrer le directeur

08 - Je / désirer / vous / ne plus m'importuner

09 - Elle / aimer (cond. prés.) / tu / prêter ta voiture / à elle

10 - Je / rêver / devenir / pilote d'avion

- Je te / vous souhaite bien du plaisir ! (ironique = bon courage, ce sera difficile)
  加油，你 / 您有的折騰了！（挖苦的說法：振作點，許多困難等著你 / 您呢！）

- À tes / vos souhaits ! (quand quelqu'un éternue) 長命百歲！（有人打噴嚏時說的）

- L'espoir fait vivre. (dicton) (= exprime la résignation devant les difficultés de la vie)
  希望使人生活下去。（諺語：面對生活的困難表達無奈）

- Tant qu'il y a de la vie, il y a de l'espoir. (dicton) (= il faut toujours espérer)
  只要有生命就有希望。（諺語）

- Tout le malheur des hommes vient de l'espérance. (A. Camus)
  人類所有的不幸都是來自希望。

- Petit poisson deviendra grand / Pourvu que Dieu lui prête vie. (La Fontaine)
  只要上帝給牠時間，小魚也會變大魚。

- Tous les espoirs sont permis à l'homme, même celui de disparaître. (J. Rostand)
  人可以期待一切，甚至死亡。

- Plus on désire une chose, plus elle se fait attendre. (dicton) 好事多磨。（諺語）

- Chose défendue, chose désirée. (dicton) 越是禁止的事，人們就越想做。（諺語）

- C'est un grand bonheur d'avoir ce que l'on désire, mais c'est encore plus grand
  bonheur de ne désirer que ce que l'on a. (proverbe)
  能得到心之所欲固然可喜，但知足更樂。（格言）

- Il ne faut pas prendre ses désirs pour des réalités. (dicton) (= s'imaginer que la
  réalité correspond à ce que l'on souhaite) 切勿以為願望就是事實。（諺語）

- On ne peut désirer ce qu'on ne connaît pas. (Voltaire) 我們無法渴望不認識的東西。

- laisser à désirer (= ne pas être complet, parfait) 有待改進（不完整、不完美）
  - Votre travail laisse à désirer. (= n'est pas très bon)

- se faire désirer (ironique = faire attendre les gens) 讓人久等（諷刺的說法）
  - Mais que fait-elle ? Elle se fait vraiment désirer !

- Le rêve, c'est le luxe de la pensée. (J. Renard) 夢想是奢侈的想法。

- Rêve de grandes choses, cela te permettra d'en faire au moins de toutes petites. (J. Renard)
  作大夢，這樣你至少可以做小事。

- Le rêve est l'aquarium de la nuit. (V. Hugo) 夢想是夜晚的水族館。

- On croit rêver ! (indignation = c'est incroyable)
  我們不是在作夢吧！（憤怒的語氣：不可能吧！）

- faire des châteaux en Espagne (= rêver de choses impossibles à réaliser)
  建造空中閣樓（夢想不可能做到的事）
  - Quand arrêteras-tu de faire des châteaux en Espagne ?

04 Quelques questions
回答下列問題

- Qu'est-ce que tu souhaites pour toi-même à l'occasion de la nouvelle année ?

- Qu'est-ce que tu vas souhaiter à tes parents, tes frères et sœurs ?

- Qu'est-ce que tu souhaites à ton / ta petit(e) ami(e) ?

- Que souhaites-tu à tes camarades de classe ? À tes professeurs ?

- Que souhaites-tu aux Taïwanais ?

- À quelles occasions exprime-t-on des vœux, des souhaits ?

- Quels sont les souhaits les plus fréquemment exprimés ?

- Existe-t-il, en chinois, des expressions semblables à «Je vous souhaite bien du plaisir !»
  ou « À vos souhaits !» ?

- Quels sont tes désirs les plus chers ?

- As-tu déjà désiré une fille ou un garçon ? Es-tu parvenu(e) à la / le séduire ?
  Comment t'y es-tu pris(e) ?

- Est-ce qu'il t'arrive de rêver d'une autre vie ? Comment la vois-tu ?

- Te rappelles-tu certains rêves ? Peux-tu nous en raconter un ?

- Penses-tu que c'est important de rêver ? Pourquoi ?

- As-tu des rêves que tu aimerais réaliser ? Lesquels ?

- As-tu déjà eu le sentiment que ce que tu vivais était comme dans un rêve ?
  Peux-tu nous raconter ?

- bonne année 新年快樂
- bonne santé 祝身體健康
- bon courage 加油、振作點
- bonne chance 祝你好運
- bonne fête 佳節愉快
- bon anniversaire 生日快樂
- bonnes vacances 假期愉快
- bon voyage 一路順風
- bonne nuit 晚安
- bonne journée 祝你有美好的一天
- bonne soirée 晚安
- bonjour 日安、你好
- bonsoir 晚安
- joyeux Noël 聖誕快樂
- joyeux anniversaire 生日快樂
- joyeuses Pâques 復活節快樂

- la santé 健康
- la réussite 成功
- le succès 成功
- l'amour 愛情
- l'amitié 友情
- le courage 勇氣
- la volonté 意願
- la force 力量
- l'argent 金錢

- le Nouvel An 新年
- Noël 聖誕
- un anniversaire 生日
- une fête 節慶
- une naissance 出生
- un mariage 結婚
- un examen 考試
- une compétition 比賽
- un concours 競賽
- une rencontre 運動比賽

- être en bonne santé 身體健康
- riche 富有的
- célèbre 有名的
- heureux(se) 幸福的
- fort(e) 強壯的
- courageux(se) 勇敢的
- tranquille 安靜的

- devenir riche 變富有
- trouver la paix / le bonheur / l'amour
  找到安寧 / 幸福 / 愛情
- rencontrer l'âme sœur / l'amour
  找到另一半 / 愛情
- vivre sans problèmes / paisiblement /
  dans le bonheur / dans la paix / en paix
  無憂無慮地生活 / 平靜地生活 / 生活在幸福
  中 / 生活在安詳和睦的氣氛中

*J'espère qu'il n'y aura pas
la guerre entre les deux rives...*

008

SERVIR（服務）
UTILISER（使用）

un service（服務）- un usage（用途）- une utilisation（使用）

**Dans un lycée technique, un élève apprend
à utiliser des machines-outils.**

在高職裡，有個學生正在學如何操作電子機台。

Le lycéen : Monsieur ! Est-ce que vous pouvez me montrer
comment utiliser cette machine ?

老師！請問您可以示範如何
使用這台機器嗎？

Le professeur : Pour se servir de cette machine, il faut d'abord
l'allumer et afficher sur l'écran ce que tu veux
qu'elle fasse.

要使用這台機器，要先開機，
然後在螢幕上輸入你要下的
指令。

Le lycéen : Monsieur, à quoi ça sert ce bouton ?

老師，這個按鈕是做什麼的？

Le professeur : Il sert à positionner la pièce à travailler. Regarde !
Le rayon laser t'indique la hauteur de travail de
la machine.

它是用來放好零件的。你看！
雷射光指示機器升高的高度。

Le lycéen : Ah ! Je comprends. Est-ce que je peux l'utiliser ?

喔！我了解了。請問我能操
作它嗎？

Le professeur : Pas encore. Il faut d'abord apprendre à bien s'en
servir. Sinon, tu risques d'avoir des défauts sur
la pièce. Tu pourras l'utiliser après une semaine
de formation avec un moniteur.

還不行。你要先學著如何好
好操作。不然，你的零件會
有瑕疵。等你跟助教培訓一
個星期後，你才可以做。

Le lycéen : J'ai hâte de pouvoir l'utiliser. On doit pouvoir faire des choses chouettes avec ça !

Le professeur : Oui, mais encore faut-il savoir bien s'en servir !

Le lycéen : Je vais faire de mon mieux pour apprendre à bien m'en servir.

Le professeur : Bon courage !

我等不及了。我們可以用這機器做很酷的事！

沒錯，但還是要先學著如何好好操作！

我會盡力學習怎麼好好做的。

加油！

01 Constructions des verbes et synonymes
動詞結構與同義詞

(1) Les essentielles 主要的動詞結構

- servir qqch / qqn (= présenter qqch à qqn, fournir qqn, être utile à qqch / qqn)
  為某人提供、為某人服務、有利於某人 / 某事
  - Le restaurant sert 200 couverts par jour. (présenter / fournir)
  - Cette affaire sert les partis d'opposition. (être utile à...)
  - Ce boucher sert de la viande cashère. (fournir)

- servir qqch à qqn (= mettre qqch à la disposition de qqn) 為某人提供某物
  - Patron, pouvez-vous nous servir deux pastis, s'il vous plaît ?
  - Elle nous a servi du foie gras et du magret de canard.

- se faire servir (passif = être servi par qqn) 被人服務
  - Dans ce magasin, on se fait servir rapidement.
  - Dans ce magasin, on est servi rapidement.

- servir à qqn (= être utile à qqn) 對某人有用
  - Ce dictionnaire lui sert beaucoup.

- servir à + qqch / V (inf.) (= être utilisé pour faire qqch - avoir pour but)
  用於某用途（某物）、用於做某事（原形動詞）
  - Cet argent me servira à payer mes dettes.
  - À quoi sert cet appareil ? Il sert à purifier l'eau.
  - Cette machine sert au pressage du raisin.
  - Ne te plains pas, ça ne sert à rien !

- se servir (réfléchi = prendre soi-même ce dont on a besoin - acheter habituellement)
  自己服務（取用自己所需的東西，通常是自己購買。）
  - Dans ce restaurant on se sert comme on veut. (= on prend soi-même)
  - Je me sers toujours chez le même boucher. (= j'achète toujours)

- se servir de qqch / qqn (réfléchi = utiliser qqch / qqn - exploiter qqch / qqn)
  使用、利用某物 / 某人
  - Pour ouvrir la canette, il se sert de ses dents.
  - Il se sert de toi.
  - Servez-vous de votre expérience !
- utiliser qqch / qqn (= se servir de qqch / qqn) 使用、利用某物 / 某人
  - Pour ouvrir la canette, il utilise ses dents.
  - Elle t'utilise. (= Elle se sert de toi.)
  - Il a utilisé ses relations pour se faire une place.

(2) Autres constructions 其他的動詞結構

- servir de qqch (à qqn) (= être utilisé comme qqch par qqn) 被某人當做⋯⋯使用
  - Le canapé (me) sert de lit.
  - Mon parapluie (me) sert aussi d'ombrelle.
- (qqch) se servir (passif = être servi) 被食用、被飲用
  - Le champagne doit se servir frappé. (= doit être servi)

(3) Conjugaison 動詞變化

infinitif	présent	passé comp.	imparfait
servir	je sers	j'ai servi	je servais
se servir	je me sers	je me suis servi	je me servais
se faire servir	je me fais servir	je me suis fait servir	je me faisais servir
utiliser	j'utilise	j'ai utilisé	j'utilisais

futur	cond. prés.	subj. prés.
je servirai	je servirais	que je serve
je me servirai	je me servirais	que je me serve
je me ferai servir	je me ferais servir	que je me fasse servir
j'utiliserai	j'utiliserais	que j'utilise

02 Pratique des verbes
動詞練習

Construisez les phrases avec les éléments donnés :

01 - La patronne / servir / moi / toujours avec le sourire

02 - Je / se faire servir (p.c.) / le petit déjeuner / dans ma chambre

03 - Tes conseils / servir beaucoup (p.c.) / à lui

04 - Cet ordinateur / servir / moi / tous les jours

05 - Ce téléphone / servir / appeler la police

06 - Le phare / servir / à nous / de repère

07 - Tu / se servir / toi-même

08 - Je / se servir / ma voiture / pour mon travail

09 - Je / utiliser / mon portable / pour me réveiller

10 - Tu / ne pas devoir / utiliser / ma brosse à dents

03 Expressions populaires
通俗慣用語

- On n'est jamais si bien servi que par soi-même. (= c'est mieux de faire soi-même les choses) 事情自己做最好。

- Rien ne sert de courir, il faut partir à point (La Fontaine) 與其跑，不如起步早。

- Service compris / non compris (dans les restaurants : pourboire compris / non compris) 含服務費 / 不含服務費（餐廳用語：含小費 / 不含小費）

- avoir été servi (ironique = nous en avons eu beaucoup) 飽受（諷刺的說法：有很多）
  - Pour les difficultés, nous avons été servis.

04 Quelques questions
回答下列問題

- À quoi ça sert...
  - une machine à laver - une cafetière - un magnétophone - une caméra - un portable… ?

- À quoi servent les parents ? les amis ? les professeurs ? les policiers ? les militaires ? les pompiers... ?

- À quoi ça sert d'étudier ? de travailler ? de se marier ?

- À quoi sert l'argent ? la religion ?

- De quoi te sers-tu…
  - pour manger - pour faire la lessive - pour payer - pour écrire… ?

- Ton dictionnaire te sert-il beaucoup ? Est-ce que tu l'utilises souvent ?

- Dans quoi se sert le kaoliang ? le thé ? le champagne ? la soupe ?

- Est-ce que tu aimes te faire servir ou préfères-tu te servir toi-même ? Pourquoi ?

- Préfères-tu manger dans les self-services ou dans les restaurants où l'on est servi à table ? Pourquoi ?

- T'arrive-t-il de servir tes parents ?

- Est-ce que tu sais te servir d'un ordinateur ? Sais-tu utiliser un ordinateur ?

- T'est-il arrivé(e) de te mettre au service d'une organisation humanitaire ? Laquelle ? Qu'y as-tu fait ? Combien de temps as-tu travaillé avec cette organisation ?

- Est-ce que tu sais comment on utilise des baguettes ? Peux-tu nous montrer ?

- T'est-il arrivé(e) de te servir de quelqu'un pour réaliser un projet ? Comment ?

- Des gens se sont-ils servis de toi pour arriver à leurs fins ? De quelle façon ?

---

mini-dico 小辭典

- laver 清洗
- faire du café 泡、煮咖啡
- enregistrer 錄音
- écouter 聽
- visionner 觀看
- téléphoner 打電話

- une fourchette 叉子
- une cuillère 湯匙
- un couteau 刀子
- des baguettes 筷子
- les doigts 手指
- une machine à laver 洗衣機
- les mains 雙手
- une lessiveuse 洗衣機
- l'argent liquide 現金

- un chèque 支票
- une carte de crédit 信用卡
- un crayon 鉛筆
- un stylo bille / plume 原子筆 / 鋼筆
- un feutre 簽字筆
- un ordinateur 電腦

- un verre 玻璃杯
- une tasse 磁杯
- un bol 碗
- une coupe 高腳杯
- une flute 高腳香檳杯

- Médecins Sans Frontières 無國界醫師
- Médecins du Monde 世界醫師
- Amnesty International 國際特赦組織

009

AVOIR HONTE（感到羞恥） **SE MOQUER**（嘲笑）
SE PLAINDRE（抱怨） **PLAISANTER**（開玩笑、說笑話）
BLAGUER（胡謅、開玩笑）

la honte（羞恥）- **une moquerie**（嘲笑）- **une plainte**（怨言、抱怨）
une plaisanterie（玩笑、笑話）- **une blague**（玩笑）

À la terrasse d'un café sur une piste de ski...
在滑雪道旁的戶外咖啡廳座位……

Marc : C'est la honte pour moi !

真是太丟臉了！

Sophie : Pourquoi tu dis ça ?

怎麼說？

Marc : Je viens de rentrer dans une skieuse sur la piste ! J'étais rouge de honte.

我剛剛在雪道上撞到一個女滑雪者！我不好意思到滿臉通紅。

Sophie : Comment c'est arrivé ?

怎麼會這樣？

Marc : Je crois que j'allais un peu vite et elle a tourné trop rapidement devant moi. Je n'ai pas eu le temps de changer de direction.

應該是我滑太快，然後她在我面前很快轉向。我沒有足夠的時間變換我的方向。

Sophie : Est-ce qu'elle avait mal ?

她還好嗎？

Marc : Elle avait un peu mal mais elle ne s'est pas trop plainte. Elle a même essayé de plaisanter en me disant que j'étais la providence pour elle.

她有點不好，但不太叫痛。她甚至還開玩笑說，遇見我是命中注定。

Sophie : C'est bizarre comme réflexion.

Marc : Quand je l'ai quittée, je lui ai donné mon numéro de téléphone et je l'ai invitée à dîner ce soir. Elle skiait seule et elle s'ennuyait.

Sophie : Ça veut dire que demain elle va venir skier avec nous ?

Marc : Probablement. Tu verras, elle est vraiment charmante !

Sophie : C'est une blague ?

這個感想還真怪。

我離開前給了她我的電話號碼，然後邀請她今天一起吃晚餐。她自己一個人來滑雪，覺得很無聊。

意思是說，她明天要跟我們一起滑雪？

可能吧。妳之後會知道，她真的很迷人。

你在開玩笑嗎？

01 Constructions des verbes et synonymes
動詞結構與同義詞

(1) Les essentielles 主要的動詞結構

- avoir honte de qqch / qqn (= sentiment d'humiliation, de déshonneur)
  對某事 / 某人感到羞愧
  - J'ai honte de mes résultats à l'examen.
  - Elle a honte de ses parents.

- être honteux(se) de qqch (souvent utilisé sans complément)
  對某事感到慚愧（通常沒有補語）
  - Je suis honteux(se) (de mes résultats à l'examen).

- avoir honte de + V (inf. prés. / passé) 感到羞愧＋動詞（現在式 / 過去式的原形）
  être honteux(se) de + V (inf. prés. / passé) (souvent utilisé sans complément)
  感到羞愧＋動詞（現在式 / 過去式的原形，通常沒有補語）
  - J'ai honte de te montrer mon devoir.
  - J'ai honte d'avoir menti à ma mère.
  - Je suis honteux(se) (de te montrer mon devoir).
  - Je suis honteux(se) (d'avoir menti à ma mère).

- faire honte à qqn (= rendre qqn honteux) 使某人感到羞愧
  - Ton comportement fait honte à toute la famille.

- se moquer de qqch / qqn (2 sens : railler et ne faire aucun cas de qqch / qqn)
  嘲笑某事 / 某人；完全不在乎某事 / 某人
  - Je me moque de ton opinion. (ne faire aucun cas de)
  - Elle se moque souvent de ses camarades. (railler)
  - Il se moque de toi. (2 sens possibles : ne faire aucun cas de / railler)

- se moquer de + V (inf. prés. / passé) (même sujet = ne faire aucun cas de qqch)
  完全不在乎＋動詞（現在式 / 過去式的原形）
  - Je me moque de te choquer.
  - Elle se moque de t'avoir trompé.

- se moquer que + S2 + V (subj.) (= ne faire aucun cas de qqch)
  完全不在乎＋從屬子句的主詞＋動詞（虛擬式）
  - Je me moque que tu ne veuilles pas m'épouser.

- plaindre qqn (= avoir pitié de qqn / éprouver de la compassion pour qqn)
  同情某人
  - Je vous plains beaucoup.
  - Nous te plaignons sincèrement.

- se plaindre de qqch / qqn (= manifester une douleur ou un mécontentement)
  叫痛、抱怨（表達某種痛苦或不滿）
  - Elle se plaint du bruit. (mécontentement / douleur)
  - Il se plaint d'avoir mal au genou. (douleur)
  - Il se plaint souvent de ses enfants. (mécontentement)

- se plaindre à qqn (= exprimer son mécontentement à qqn au sujet de qqch / qqn)
  向某人抱怨
  - Quand elle a des problèmes avec ses collègues, elle va se plaindre au directeur.

- se plaindre de + V (inf.) (= exprimer son mécontentement) 抱怨＋原形動詞
  - Il se plaint d'avoir trop de travail.
  - Elle se plaint d'être maltraitée.

- se plaindre que + S2 + V (ind. / subj.) (= exprimer son mécontentement)
  抱怨＋從屬子句的主詞＋動詞（直陳式 / 虛擬式）
  - Il se plaint que son patron lui donne trop de travail. (ind.)
  - Je me plains que vous refusiez de m'accorder ce prêt. (subj.)

- plaisanter (= dire ou faire qqch pour faire rire ou amuser qqn)
  開玩笑（說或做某事，以逗人發笑或娛樂別人）
  - Votre fille adore plaisanter.
  - Finis de plaisanter !
  - Il ne faut pas plaisanter avec votre santé. (= Il ne faut pas se moquer de votre santé.)

- blaguer (= dire une plaisanterie, un mensonge, une blague = plaisanter)
  開玩笑（說笑話、胡扯）
  - Ce n'est pas vrai, tu blagues encore. (= Tu dis un mensonge.)
  - Votre fille adore blaguer. (= plaisanter)

(2) Autres constructions 其他的動詞結構

- se ficher de qqch / qqn (fam.) (= se moquer de qqch / qqn)
  完全不在乎某事 / 某人（通俗用法）
  - Je me fiche de ton opinion.
  - Elle se fiche souvent de ses camarades.
  - Il se fiche de toi.
  - Il s'est fichu de tes remarques.

- se foutre de qqch / qqn (très fam.) (= se moquer)
  完全不在乎某事 / 某人（非常通俗的用法）
  - Je me fous de ton opinion.
  - Elle se fout souvent de ses camarades.
  - Il se fout de toi.

- foutre (très fam.) (= ficher (fam.) = faire) 做 / 幹（非常通俗的用法）
  - Qu'est-ce que vous foutez / fichez / faites ?

- foutre qqch à qqn (très fam.) (= balancer (fam.) = donner = mettre)
  扔、給、放某物給某人（非常通俗的用法）
  - Je vais te foutre / balancer / donner / mettre une gifle !
  - Il m'a foutu un coup de pied au cul. (très fam.)

- foutre (= autres sens) 其他的意義，請看例句
  - Foutez-moi la paix ! (Laissez-moi tranquille !)
  - Fous le camp ! (Pars !)

- se payer la tête de qqn (fam.) (= se moquer de qqn) 嘲笑某人（通俗用法）
  - Il se paye ta tête. (= Il se moque de toi.)

- porter plainte contre qqn (expression juridique = dénoncer qqn dont on est la victime)
  控告某人（司法用語）
  - Votre femme a porté plainte contre vous pour coups et blessures.

- blaguer qqn (= se moquer de qqn, sans méchanceté = railler qqn = plaisanter sur qqn)
  開某人玩笑（嘲笑某人，但無惡意）
  - Ils la blaguent sans arrêt. (= Ils se moquent d'elle tout le temps.)

(3) Conjugaison 動詞變化

infinitif	présent	passé comp.	imparfait
se moquer	je me moque	je me suis moqué(e)	je me moquais
se ficher	je me fiche	je me suis fichu(e)	je me fichais
foutre	je fous	j'ai foutu	je foutais
se foutre	je me fous	je me suis foutu(e)	je me foutais
plaindre	je plains	j'ai plaint	je plaignais
se plaindre	je me plains	je me suis plaint(e)	je me plaignais
porter	je porte	j'ai porté	je portais
plaisanter	je plaisante	j'ai plaisanté	je plaisantais
blaguer	je blague	j'ai blagué	je blaguais

futur	cond. prés.	subj. prés.
je me moquerai	je me moquerais	que je me moque
je me ficherai	je me ficherais	que je me fiche
je foutrai	je foutrais	que je foute
je me foutrai	je me foutrais	que je me foute
je plaindrai	je plaindrais	que je plaigne
je me plaindrai	je me plaindrais	que je me plaigne
je porterai	je porterais	que je porte
je plaisanterai	je plaisanterais	que je plaisante
je blaguerai	je blaguerais	que je blague

02 Pratique des verbes
動詞練習

Construisez les phrases avec les éléments donnés :

01 - Je / avoir honte / dire / à vous / la vérité

02 - Il / avoir honte (p.c.) / montrer son carnet de notes à ses parents

03 - Je / ne jamais se moquer / des problèmes des autres

04 - Elle / se moquer / tu / offrir des fleurs / à elle

05 - Je / se ficher / tes problèmes de cœur

06 - Tu / se foutre / ma gueule ! (très familier)

07 - Je / plaindre / les gens qui doivent travailler sous ce soleil

08 - Tu / se plaindre / sans arrêt / ta femme

09 - Il / se plaindre / tu / ne jamais téléphoner / à lui

10 - Elle / se plaindre / ses enfants / mal travailler / à l'école

03 Expressions populaires et citations
通俗慣用語及名家語錄

- Honni soit qui mal y pense. (= honte à celui qui pense à mal)
  凡事往壞處想的人實在可恥。

- Il y a une espèce de honte d'être heureux à la vue de certaines misères. (La Bruyère)
  我們會有某種羞愧的感覺，當我們看到某些不幸仍然能感到快樂。

- Nous aurions souvent honte de nos plus belles actions si le monde voyait tous les motifs qui les produisent. (La Rochefoucault)
  我們往往會為我們最美好的行為感到羞愧，如果世人知道我們做這些事的全部動機。

- La moquerie est souvent indigence d'esprit. (Jean de La Bruyère) 嘲弄往往是缺乏機智。

- rougir de honte (= devenir rouge quand on est gêné(e)) 羞愧地臉紅
  - Quand le professeur lui a rendu sa copie, il a rougi de honte.

- ne pas être d'humeur à plaisanter (= être de mauvaise humeur) 心情不好
  - Aujourd'hui, je ne suis pas d'humeur à plaisanter.

- ne pas être à prendre avec des pincettes (= être de mauvaise humeur)
  心情不好、脾氣不好
  - Quand elle se réveille, elle n'est pas à prendre avec des pincettes.

- Les plaisanteries les plus courtes sont les meilleures. (dicton)
  最短的玩笑是最好的玩笑。（諺語）

- Trêve de plaisanterie. (= parlons sérieusement) 停止開玩笑（說真的）
  - Nous avons trop parlé de banalités. Trêve de plaisanterie, passons aux choses sérieuses.

- Vous êtes un plaisantin ! (= vous plaisantez trop / vos plaisanteries ne sont pas très bonnes)
  你太愛開玩笑了！（你玩笑開得多、你的玩笑一點都不好笑）
  - Mais enfin, Monsieur, vous êtes un plaisantin ! Ce que vous dites est aberrant.

- Sans blague ! (= ce que tu dis paraît incroyable) 別瞎扯！（你說的令人無法相信）
  - Sans blague ! Ton histoire est vraie ?

- faire une (bonne) blague à qqn (= faire qqch pour se moquer de qqn)
跟某人開玩笑（非惡意的）
 - Demain nous ferons une bonne blague au prof.

- Blague à part. (= ce que je dis est sérieux = trêve de plaisanterie) 不開玩笑了，說真的
 - Blague à part, qu'as-tu fait de mes vêtements ? (= où as-tu caché mes vêtements)

- Ne jamais se plaindre et toujours consoler. (J. Renard)
別為自己抱怨，但一定要安慰別人。

04 Quelques questions
回答下列問題

- Est-ce que tu as parfois honte ? De quoi ? En quelles occasions ?

- Est-ce que des personnes t'ont déjà fait honte ? Qui ? Pourquoi ?

- Est-ce qu'il t'arrive de te moquer de tes camarades ? Tes professeurs ? Tes parents ?

- Est-ce que des gens se sont déjà moqués de toi ? Qui ? Pourquoi ?

- Est-ce qu'il y a des choses dont tu te fiches ? Quelles choses ?

- Est-ce qu'il t'est arrivé(e) de plaindre quelqu'un ? Qui ? En quelles circonstances ?

- De quoi peut-on se plaindre...
 au lycée / à l'université / dans la rue / à la maison / dans la société... ?

- Est-ce qu'il t'arrive de te plaindre ? De quoi / qui ? À qui te plains-tu ?

- As-tu déjà eu à te plaindre de quelqu'un ? De qui ? Pour quelles raisons ?

- As-tu déjà porté plainte contre quelqu'un ? Contre qui ? Pour quelles raisons ?

- Est-ce que tu aimes plaisanter ? Quels genres de plaisanteries aimes-tu faire ?
 À qui ? Quels genres de plaisanteries tu détestes ?

- Est-ce que tu aimes les gens qui plaisantent ? Pourquoi ?

- Quelle est la meilleure blague que tu as eu l'occasion de faire ?

- Est-ce que tes copains te font des blagues ? Quelles blagues ?
 Est-ce que tu as marché dans une blague ? (= Est-ce que tu as cru cette blague ?)

- Quelle est la meilleure blague dont tu as été la victime ?

- le visage 臉
- le poids 重量
- la maigreur 瘦
- un bouton d'acné 青春痘
- le corps 身體
- un échec 失敗
- un mensonge 謊言
- un devoir 作業
- un examen 考試
- une note 分數

- le regard des autres 別人的眼光
- les parents 父母
- les professeurs 老師
- les camarades 同學
- l'argent 金錢
- les études 學業
- le travail 工作

- l'emploi du temps 時間表
- le manque de matériel / de temps / de choix 缺乏器材 / 缺乏時間 / 缺乏選擇

- les scooters 小摩托車
- la pollution 汙染
- le manque de trottoirs 缺乏人行道
- le bruit 聲音
- les trous 洞

- les dalles déscellées 鬆動的石板
- les éclaboussures 濺出的泥水
- les chausse-trappes 陷阱
- les obstacles 障礙

- la promiscuité 擁擠
- le manque de liberté / d'indépendance 缺乏自由 / 缺乏獨立
- un ordre 命令
- une obligation 義務
- une réunion de famille 家庭聚會
- la télévision 電視
- une dispute 爭吵

- la violence 暴力
- l'insécurité 不安全
- la morale 道德
- la surpopulation 人口過剩
- l'hypocrisie 虛偽
- la lutte 爭取
- la compétition 比賽
- les querelles idéologiques / politiques / religieuses / d'argent 意識形態上 / 政治上 / 宗教上 / 金錢上的爭吵

- l'égoïsme 自私
- la solitude 孤獨
- l'anonymat 匿名

Son comportement fait honte à toute la famille !

010 ACCEPTER（接受）ADMETTRE（承認、接受）TOLÉRER（忍受、容忍）SUPPORTER（支撐、忍受）REFUSER（拒絕）

une acceptation（接受）- une admission（接納）

une tolérance（包容）- un support（支持）- un refus（拒絕）

Deux étudiantes discutent de leurs parents...
兩位女學生在討論她們的父母……

Bénédicte : J'en ai ras le bol, ma mère n'accepte pas que je sorte avec Martin.

我受夠了，我媽不讓我跟 Martin 出去。

Suzie : La mienne, elle ne supporte pas que j'aille en boîte.

我媽呢，她不喜歡我去夜店。

Bénédicte : Je crois qu'elle n'admet pas de me voir devenir une femme.

我猜她不想承認我已經是女人了。

Suzie : On a quand même 20 ans, on n'est plus des gamines !

我們已經 20 歲了，我們已經不是小孩了！

Bénédicte : Ça, c'est notre idée. Je crois que beaucoup de parents refusent de voir leurs enfants grandir et s'émanciper.

這個啊，只是我們的想法。我相信很多父母拒絕意識到小孩長大、想擺脫束縛這件事。

Suzie : Ils doivent admettre que les enfants n'appartiennent pas à leurs parents.

他們應該要接受他們的小孩不是屬於他們的。

Bénédicte : Le pire, c'est que ma mère refuse de rencontrer mon copain et de discuter avec lui.

Suzie : Ta mère, elle n'est pas très tolérante ! Elle devrait l'être un peu plus.

Bénédicte : Ta mère non plus ! Si tu veux sortir avec des amis, elle doit l'accepter.

Suzie : De toute façon, elle ne sait pas que je lui raconte des histoires...

Bénédicte : C'est la même chose pour moi. Si je lui dis que je vais au restaurant, elle l'admet !

Suzie : J'espère que si un jour j'ai des enfants je pourrai accepter qu'ils aient leur propre vie.

糟糕的是，我媽拒絕認識我男友，以及與我談論他。

妳媽，她不是很有肚量！她應該要再寬容一點。

妳媽也是！如果妳想跟朋友出去玩，她應該同意。

無論如何，她不知道我對她説謊……

我也一樣。如果我説我是去餐廳吃飯，她就會同意！

如果我以後有小孩的話，希望我能接受他們有自己的生活。

01 Constructions des verbes et synonymes
動詞結構與同義詞

(1) Les essentielles 主要的動詞結構

- **accepter qqch / qqn** (= recevoir volontairement qqch - admettre qqn)
  接受某事 / 某人
  - Elle a accepté mon invitation.
  - Mes parents acceptent mon petit ami.

- **accepter qqch de qqn** (= être d'accord pour recevoir qqch de qqn)
  同意接受來自某人的某事
  - J'accepte les critiques de mes enfants.

- **accepter de + V (inf.)** (= être d'accord pour faire qqch) 接受做某事（原形動詞）
  - J'accepte de monter sur votre scooter si vous ne roulez pas trop vite.

- **accepter que + S2 + V (subj.)** (= être d'accord pour que qqn fasse qqch)
  接受＋從屬子句主詞＋動詞（虛擬式）
  - Mes parents ont accepté que j'aille étudier en France.

- **admettre qqch / qqn dans un endroit** (= accepter qqch / qqn - laisser entrer qqn)
  接受、承認某事 / 某人、讓某人進入
  - J'admets mon erreur.
  - Mes parents ont enfin admis mon petit ami.
  - Cette discothèque n'admet pas les gens en baskets.

- admettre qqch de qqn (souvent au négatif = ne pas accepter / tolérer qqch)
接受某人的某事（通常用否定形式）
  - Je n'admets pas les cadeaux de mes étudiants.
  - Il n'admet pas le comportement de ses parents.

- admettre que + S1 / 2 + V (ind. / subj.) (= reconnaître qqch - accepter que qqn fasse qqch) 接受＋主要子句／從屬子句的主詞＋動詞（直陳式／虛擬式）
  - J'admets que j'ai fait une erreur.
  - Je n'admets pas qu'on me dise des mensonges.

- tolérer qqch / qqn (= accepter qqch avec réserves, avec réticence = supporter qqch / qqn) 有所保留地接受某事／某人、接受某事／某人
  - Elle tolère difficilement les enfants
  - Il tolère bien les antibiotiques.
  - Elle ne tolère pas les gens de couleur.
  - Il ne tolère pas les mensonges.

- tolérer que + S2 + V (subj.) (= supporter que qqn fasse qqch)
容忍＋從屬子句的主詞＋動詞（虛擬式）
  - Il ne tolère pas qu'on le tutoie.
  - Comment tolérez-vous qu'ils fassent tant de bruit ?

- supporter qqch / qqn (= subir qqch / qqn sans faiblir ou sans réagir = endurer = résister) 忍受某事／某人（不氣餒地也不反抗地忍受）
  - Comment arrivez-vous à supporter un tel bruit ?
  - Elle a supporté son mari pendant quatre années.

- supporter que + S2 + V (subj.) (= endurer = résister)
忍受＋從屬子句的主詞＋動詞（虛擬式）
  - Il ne supporte pas qu'on lui coupe la parole.
  - Elle n'a pas supporté que ses enfants aillent vivre avec leur père.

- refuser qqch / qqn (= ne pas accepter qqch / qqn) 拒絕某事／某人
  - Elle a refusé mon bouquet.
  - Ils m'ont refusé dans leur club.

- refuser de + V (inf.) (même sujet) (= ne pas accepter de faire qqch)
拒絕做某事（原形動詞）
  - Il a refusé de me donner son numéro de téléphone.

- refuser que + S2 + V (subj.) (= ne pas accepter que qqn fasse qqch / que qqch se passe)
拒絕＋從屬子句的主詞＋動詞（虛擬式）
  - Certains ouvriers refusent que leur entreprise soit occupée par les grévistes.
  - Elle refuse que tu viennes travailler avec nous.

(2) Autres constructions 其他的動詞結構

- s'accepter (réfléchi = s'accommoder de ses défauts et qualités) 接受自己（的優缺點）
  - Pendant l'adolescence, elle ne s'acceptait pas très bien.

- tolérer qqch de qqn (= supporter qqch de qqn) 忍受某人的某事
  - Je ne tolère pas la jalousie de mon mari.
  - Elle tolère les insultes de ses enfants.

- supporter qqch (= recevoir le poids de qqch sur soi = soutenir)
支撐某物（可以承受加諸於上的重量）
  - Ce plafond peut supporter une charge d'une tonne au mètre-carré.

- refuser qqch à qqn (= ne pas accepter de donner / d'offrir qqch à qqn)
拒絕把某物給某人
  - Il a refusé une prime aux employés.
  - Elle m'a refusé un baiser.

- se refuser à + V (inf.) (insistance) (réfléchi = ne pas accepter de faire qqch)
拒絕做某事（原形動詞）（態度很堅決）
  - Il se refuse à me donner son numéro de téléphone. (= Je lui ai demandé plusieurs fois.)

(3) Conjugaison 動詞變化

infinitif	présent	passé comp.	imparfait
accepter	j'accepte	j'ai accepté	j'acceptais
s'accepter	je m'accepte	je me suis accepté(e)	je m'acceptais
admettre	j'admets	j'ai admis	j'admettais
tolérer	je tolère	j'ai toléré	je tolérais
refuser	je refuse	j'ai refusé	je refusais
se refuser	je me refuse	je me suis refusé(e)	je me refusais

futur	cond. prés.	subj. prés.
j'accepterai	j'accepterais	que j'accepte
je m'accepterai	je m'accepterais	que je m'accepte
j'admettrai	j'admettrais	que j'admette
je tolèrerai	je tolèrerais	que je tolère
je refuserai	je refuserais	que je refuse
je me refuserai	je me refuserais	que je me refuse

02 Pratique des verbes
動詞練習

Construisez les phrases avec les éléments donnés :

01 - Il / accepter (p.c.) / ma proposition

02 - Elle / accepter (p.c.) / travailler avec moi

03 - Je / accepter / ma femme / sortir avec des amis

04 - Je / admettre / on / pouvoir se tromper

05 - Il / ne pas tolérer / les employés / boire du café pendant le travail

06 - Elle / ne pas tolérer / les écarts de langage / des journalistes

07 - Elle / ne pas supporter / on / déranger / quand elle / faire la sieste

08 - Je / refuser (p.c.) / donner mon accord pour ce projet

09 - Il / refuser / admettre son erreur

10 - Je / refuser / faire des choses que je ne veux pas faire

03 Expressions populaires et citations
通俗慣用語及名家語錄

• La tolérance est la vertu du faible. (Marquis de Sade) 寬容是弱者的美德。

• Il faut accepter son sort avec résignation. (proverbe) 人人都要向命運屈服。（格言）

• S'il fallait tolérer aux autres tout ce qu'on se permet à soi-même, la vie serait plus tenable. (G. Courteline)
如果每個人都能容忍別人做我們允許我們自己所做的事，那生活就比較能令人忍受。

• Ça ne se refuse pas ! (= Ce n'est pas qqch que l'on refuse.) 這是無法拒絕的事！

• Ce n'est pas de refus. (= J'accepte avec plaisir.) 非常樂於接受。

- Tu ne te refuses rien ! (= Tu satisfais tous tes désirs, tes caprices.)
  你從不拒絕你自己！（你總是想辦法滿足自己的慾望。）

- se heurter à un refus (de la part de qqn) 碰釘子（在某人處碰釘子、被某人拒絕）
  - Je me suis heurté(e) à un refus catégorique. (= Il / Elle a refusé ma proposition / demande.)

04 Quelques questions
回答下列問題

- Est-ce que tu acceptes que...
  - tes parents te demandent où tu vas quand tu sors ?
  - ton frère ou ta sœur entrent dans ta chambre quand tu n'y es pas ?
  - ton père ou ta mère lisent ton courrier ?
  - des camarades se moquent de toi ?

- À la maison, est-ce que tu acceptes de...
  - faire la vaisselle / faire le ménage / faire les courses... ?
  - aider ta maman dans les tâches ménagères ?
  - dire à tes parents où et avec qui tu vas quand tu sors ?

- Penses-tu que tu t'acceptes comme tu es ?

- Y a-t-il des choses que tu n'acceptes pas très bien dans ton physique ou ta personnalité ?
  Quoi ? Comment fais-tu pour y remédier ?

- Est-ce qu'il y a des choses que tu n'admets pas de la part de...
  - tes parents / tes frères et sœurs / tes amis / tes camarades / tes professeurs ?

- Est-ce que tu admets que tes parents...
  - te punissent quand tu as fait une bêtise ?
  - fouillent dans tes affaires ?

- Tolères-tu que...
  - des camarades te téléphonent à 2 heures du matin ?
  - des camarades copient tes devoirs ?
  - des amis te racontent des mensonges ?
  - tes frères et sœurs utilisent ton ordinateur / ton portable / tes vêtements ?

- Dans la vie de tous les jours, qu'est-ce que tu trouves inacceptable ?

- Qu'est-ce que tu supportes difficilement chez les gens ?

- Est-ce qu'il y a des choses que tu te refuses à faire ? Quoi ? Pourquoi ?

- T'est-il déjà arrivé(e) de refuser quelque chose ? À quelle occasion ? Pourquoi ?

- As-tu déjà refusé de faire des choses que te demandaient tes parents ? Quoi ?

- Acceptes-tu que quelqu'un refuse de faire ce que tu lui demandes ?

mini-dico 小辭典

- la beauté 美
- la laideur 醜
- le poids 重量
- la maigreur 瘦
- la minceur 苗條
- la ligne 身材
- le visage 臉
- les cheveux 頭髮
- le nez 鼻子
- les yeux 眼睛
- les oreilles 耳朵
- la bouche 嘴巴
- les lèvres 嘴唇
- les dents 牙齒
- le menton 下巴
- les joues 臉頰
- le cou 脖子
- les épaules 肩膀
- les bras 手臂
- les mains 雙手
- les doigts 手指
- le dos 背部
- la poitrine 胸部
- le corps 身體
- le bassin 骨盆
- les fesses 屁股
- les jambes 腿
- les cuisses 大腿
- les mollets 腿肚

- les pieds 腳
- les orteils 腳趾

- agressif(ve) 有侵略性的
- belliqueux(se) 好鬥的
- impatient(e) 沒耐心的
- intolérant(e) 不寬容的
- avare 小氣的
- gourmand(e) 貪吃的
- vorace 貪婪的
- émotif(ve) 易動感情的
- impressionnable 易受感動的
- influençable 易受影響的
- nerveux(se) 神經質的
- irritable 易怒的
- indifférent(e) 漠不關心的
- égoïste 自私的
- idiot(e) 白癡的
- stupide 愚笨的
- déraisonnable 不理性的
- excessif(ve) 過分的
- irrationnel(le) 不合理的
- illogique 不合邏輯的
- calculateur(trice) 會算計的
- méfiant(e) 多疑的
- suspicieux(se) 猜疑的
- jaloux(se) 嫉妒的
- envieux(se) 羨慕的

RENDRE（歸還）
METTRE（放、置）FAIRE（做）

un rendu（報復、退貨）- une mise（放、裝）- un fait（行為、事實）

Sur une plage... 在海灘上……

Francine : Excusez-moi Monsieur, est-ce que je peux me mettre à côté de vous ?

先生不好意思，請問我可以坐您旁邊嗎？

Le monsieur : Bien sûr ! Je vous en prie.

當然！別客氣。

Francine : Merci beaucoup ! Savez-vous où je peux mettre mon maillot de bain ?

謝謝！您知道哪裡可以換泳裝嗎？

Le monsieur : Il y a des cabines pour se changer là-bas.

那邊有幾間更衣間。

Francine : J'y vais. Pouvez-vous me rendre un petit service et faire attention à mes affaires ?

那我要去一下。您能不能幫我顧一下我的東西呢？

Le monsieur : Pas de problème, vous pouvez me faire confiance.

沒問題，您可以相信我。

Francine part se changer et revient sur la plage...

Francine 去換泳衣，然後回到海灘上……

Francine : Ça y est ! Je suis prête à me jeter à l'eau !

好了！我準備好要下水了！

Le monsieur : Faites quand même attention, elle est un peu froide. Et puis, je vous conseille de mettre de la crème solaire car le soleil tape fort. Les coups de soleil, ça fait mal !

要注意一下，海水還有點冷。然後我建議您擦個防曬乳，陽光很強。曬傷就不好了！

Francine : J'en mettrai quand je sortirai de l'eau. Et vous, vous ne vous baignez pas ?

Le monsieur : C'est déjà fait ! Et puis, j'aime m'asseoir sur le sable et regarder les gens s'amuser sur la plage. Ça me rend heureux !

我玩完水就擦。那您呢？您不下水嗎？

我已經玩過了！況且，我喜歡坐在沙子上，看著大家在海灘上玩讓我感到幸福！

01 Constructions des verbes et synonymes
動詞結構與同義詞

Dans ce dossier, toutes les constructions sont essentielles
在這一課中，所有的動詞結構都非常重要。

(1) Les essentielles 主要的動詞結構

- rendre qqch à qqn (= restituer, remettre qqch à son possesseur) 歸還某物給某人
  - J'ai rendu son livre à Sophie.
  - Elle ne m'a pas rendu la monnaie.

- rendre qqn + adj. (= faire devenir qqn) 使某人變成＋形容詞
  - Elle me rend fou !
  - L'alcool le rend triste.

- se rendre qpart (réfléchi = aller qpart) 前往某處
  - Je me suis rendu(e) au bureau à huit heures.

- mettre qqch (sur soi) (= poser qqch sur soi, se vêtir) 穿、戴某物於身上
  - Ce matin, j'ai mis une cravate bleue.

- mettre qqch (= disposer - dresser) 擺設某物
  - Est-ce que tu as mis la table ?

- mettre qqch qpart (= poser qqch qpart) 放置某物到某地方
  - J'ai mis le gâteau dans le frigo.
  - As-tu mis les fleurs dans un vase ?

- mettre du temps à + V (inf.) (= employer du temps à faire qqch)
  花時間去做某事（原形動詞）
  - J'ai mis une heure à rédiger cette lettre.

- mettre qqn qpart (= changer qqn d'endroit et le changer d'état, de situation)
  送某人進入某處、安排某人進入某處
  - Le juge a mis l'accusé en prison.

- Elle a mis au monde une fille.
- J'ai mis les enfants au lit.

• mettre qqn + nom (= faire passer qqn d'un état à un autre) 使得某人成為＋名詞
- Le sport me met en forme.
- La musique la met de bonne humeur.
- La mauvaise foi le met hors de lui.

• se mettre à + V (inf.) (réfléchi = commencer à faire qqch) 開始做某事（原形動詞）
- Je me suis mis à faire la cuisine à 11 heures.
- Il s'est mis à hurler.

• se mettre qpart (réfléchi = se placer qpart) 置身某處
- Mettez-vous devant la fenêtre !

• se mettre + nom (réfléchi = passer d'un état à un autre) 成為、處於……狀態＋名詞
- Je me mets facilement en colère.
- Il s'est mis dans une situation difficile.

Attention : le verbe FAIRE a de très nombreux usages. Nous n'en avons sélectionné que quelques-uns dans cette présentation.
注意：動詞FAIRE有很多用法。在此，我們只提供其中的一部分。

• il fait (état de l'atmosphère) 用作表示氣象狀況的無人稱動詞（固定用法）
- Il fait beau / mauvais.
- Il fait chaud / froid.
- Il fait nuit / jour.
- Il fait un temps pourri.

• cela / ça fait (distance) 用作表示距離的無人稱動詞（固定用法）
- De Taipei à Kaohsiung, ça fait 350 kilomètres.

• cela / ça fait + temps + que + S + V (ind.) (temps, durée = depuis)
cela / ça fait＋時間長度＋que＋主詞＋動詞（直陳式）
- Ça fait une heure que je t'attends ! (= Je t'attends depuis une heure.)
- Ça fait trois heures qu'il pleut. (= Il pleut depuis trois heures.)

• faire + quantité (= mesurer, peser, coûter...) faire＋數量詞，表尺寸、重量、價值等
- Cette fille fait un mètre quatre-vingt. (= mesure)
- Ce melon fait un bon kilo. (= pèse)
- Cet article fait 400 dollars taïwanais. (= coûte)

- faire qqch (peut avoir une multitude de sens comme réaliser qqch, produire qqch, créer qqch, composer qqch, pratiquer qqch, jouer à / de qqch, bâtir / construire qqch, effectuer qqch...) 做某事（意義眾多，如：完成、產生、創作、撰寫、實行、玩某種樂器、做某種運動、建築、進行等）
  - J'ai fait la vaisselle.
  - Tu as fait les courses ? (= effectuer qqch)
  - Picasso a fait ce tableau en trois heures. (= créer, peindre, effectuer qqch)
  - Je fais du vélo.
  - Elle ne fait pas de sport. (= pratiquer qqch)
  - Il lui a fait trois enfants. (= enfanter : Elle a enfanté trois fois de lui.)
  - Ce boulanger fait du bon pain. (= fabriquer qqch)
  - Ce shampoing fait beaucoup de mousse. (= produire)

- faire qqch pour qqn (= fabriquer, effectuer, produire qqch pour qqn - aider qqn) 為某人做某事
  - Elle a fait un gâteau pour mon anniversaire. (= fabriquer)
  - J'ai fait les courses pour ta mère. (= effectuer)

- faire (un métier, une activité) (= exercer une activité) 從事（一種職業、一種活動）
  - Que faites-vous dans la vie ? - Je suis étudiante. - Je suis ingénieur.
  - Quel métier faites-vous ? - Je suis architecte.

- faire qqch à qqn (= communiquer par un mouvement du corps avec qqn) 對某人做某種肢體語言
  - Elle me faisait des clins d'œil.
  - Il lui fait de grands sourires.
  - Elle t'a fait une grimace.

- faire qqch de qqch / qqn (= conduire, mener, poser, placer, mettre, employer, utiliser...) 處理某事 / 某人
  - Qu'allez-vous faire de votre chat pendant votre absence ? (= placer)
  - Qu'avez-vous fait de vos enfants ? - Ils sont restés avec leur père. (= mener)
  - Elle sait quoi faire de son argent. (= Elle sait comment utiliser son argent.)
  - Il ne sait que faire de son temps. (= Il ne sait pas employer son temps.)
  - Qu'est-ce que j'ai fait de mon porte-monnaie ? (= mettre)

- se faire + attribut (= devenir - se transformer) 變成＋表語
  - Elle s'est faite belle pour sortir.
  - Vous vous faites vieux.

- se faire + COD (acquérir, gagner qqch) 獲得、贏得＋直接受詞
  - Il s'est fait beaucoup d'amis au lycée.
  - Elle se fait un peu d'argent avec ce travail.

- se faire à qqch / qqn (= s'habituer à qqch / qqn) 習慣於某事 / 某人
  - Je me suis fait à la vie à Taipei.
  - Je ne me fais pas à ma belle-mère.

- se faire + V (inf.) (= se laisser - exiger qqch de qqn - demander qqch à qqn)
  使自己被……＋原形動詞
  - Tu te fais mener par le bout du nez.
  - Elle se fait prier. (= se laisser)
  - Il se fait bronzer sur le balcon.
  - Je me suis fait avoir par mes enfants. (= se laisser)
  - Elle se fait respecter.
  - Il se fait craindre. (= exiger qqch de qqn)
  - Elle s'est fait reconduire par Pierre. (= demander qqch à qqn)

- être fait pour (= avoir pour but, être destiné à)
  在某種目的或目標之下被製作、作出、創造
  - Ce manuel est fait pour aider les étudiants à savoir utiliser les verbes.

- faire attention / honte / peur / mal / face... à qqch / qqn (complément sans article)
  注意某事 / 某人 / 使某人感到羞愧 / 使某人感到害怕 / 使某人受到傷害 / 面對某
  事 / 某人（補語不加冠詞）
  faire main basse / feu... sur qqch / qqn 拿走某物 / 向某人開槍
  faire route / cap... sur qqch / qqn 團結一致反對某事
  faire bloc contre qqch 走向 / 朝……方向航行
  faire signe à qqn 向某人作手勢
  faire table rase... de qqch 徹底放棄某事
  - Faites attention aux serpents !
  - Il fait honte à ses parents.
  - Tu me fais peur.
  - Il a fait main basse sur tes bijoux.
  - Le voleur a fait feu sur le policier.
  - Le bateau fait route vers Hong Kong.
  - Il a fait table rase de son passé.

- faire du bien / du mal / de la peine / du tort / de l'effet... (complément avec article partitif) 有益 / 有害 / 使人受傷害 / 使人痛心 / 傷害 / 有效……（補語前有部分冠詞）
  - Ce médicament m'a fait du mal / du bien / de l'effet.
  - Ta remarque me fait de la peine.

- faire un effort / des aveux / des progrès / un rêve / des projets... (complément avec article indéfini) 努力 / 承認 / 進步 / 作夢 / 計畫……（補語前有不定冠詞）
  - Votre fils a fait des efforts.
  - Vous faites des progrès.
  - J'ai fait un rêve.

- faire l'amour / la guerre / la conquête / la cour... (complément avec article défini) 做愛 / 作戰 / 征服 / 追求……（補語前有定冠詞）
  - As-tu déjà fait l'amour ?
  - Il a fait la conquête de ta sœur.
  - Elle lui fait la cour.

- faire + V (inf.) (= être la cause de qqch) 使得＋原形動詞
  - Tu me fais rougir.
  - Le chocolat fait grossir.
  - Le soleil fait fondre la neige.

- faire + V (inf.) qqch / qqn (= la personne qui fait l'action du verbe n'est pas le sujet) 使別人做某事（原形動詞）
  - J'ai fait réparer la voiture.
  - Elle a fait manger les enfants.

- ne faire que + V (inf.) (seul le sujet est concerné = faire seulement) 只是做某事（原形動詞）
  - Je ne fais que passer.
  - Il ne fait que commencer ses bêtises.
  - Tu ne fais que manger.
  - Elle ne fait que dormir.

- faire bien / mieux de + V (inf.) (= avoir intérêt à faire qqch) 做得很好 / 最好（原形動詞）
  - Tu as bien fait de m'en parler.
  - Tu ferais bien d'aller te coucher.
  - Tu ferais mieux de te taire.
  - Elle ferait mieux de divorcer.

(2) Conjugaison 動詞變化

infinitif	présent	passé comp.	imparfait
rendre	je rends	j'ai rendu	je rendais
se rendre	je me rends	je me suis rendu(e)	je me rendais
mettre	je mets	j'ai mis	je mettais
se mettre	je me mets	je me suis mis(e)	je me mettais
faire	je fais	j'ai fait	je faisais
se faire	je me fais	je me suis fait	je me faisais

futur	cond. prés.	subj. prés.
je rendrai	je rendrais	que je rende
je me rendrai	je me rendrais	que je me rende
je mettrai	je mettrais	que je mette
je me mettrai	je me mettrais	que je me mette
je ferai	je ferais	que je fasse
je me ferai	je me ferais	que je me fasse

02 Pratique des verbes
動詞練習

Construisez les phrases avec les éléments donnés :

01 - Je / rendre (fut.) / sa voiture / Jacques / demain

02 - Il / se rendre (p.c.) / l'Opéra / vélo

03 - Elle / mettre (p.c.) / une heure / préparer le dîner

04 - Je / se mettre à faire (p.c.) / étudier / la dernière année

05 - Elle / se mettre (p.c.) / en colère / immédiatement

06 - Est-ce que / tu / faire contrôler (p.c.) / la pression des pneus ?

07 - Il / se faire (p.c.) / posséder / le vendeur

08 - Je / faire (fut.) / de la confiture / avec ces abricots

09 - Qu'est-ce que / tu / faire (p.c.) / la télécommande ?

10 - Est-ce que / vous / se faire à / la vie parisienne ?

03 Expressions populaires
通俗慣用語

- rendre à quelqu'un la monnaie de sa pièce (= lui rendre le mal qu'il a fait)
  對某人以牙還牙
  - Il ne perd rien pour attendre. Je lui rendrai la monnaie de sa pièce.

- Dieu vous le rendra au centuple ! (dicton) 上帝將會百倍還你！（諺語）

- C'est un prêté pour un rendu. (dicton) 一報還一報，以牙還牙。（諺語）

- ne plus savoir où se mettre (= être gêné(e), embarrassé(e)) 不知如何自處（表尷尬）
  - Quand le Président m'a parlé, je ne savais plus où me mettre.

- s'en mettre plein les poches (= s'enrichir au détriment des autres) 貪污致富
  - C'est un homme politique véreux ; il s'en met plein les poches.

- mettre la charrue devant les bœufs (= commencer par ce qui doit être la fin) 本末倒置
  - Procédons avec méthode ! Il ne faut pas mettre la charrue devant les bœufs.

- mettre quelqu'un dans de beaux draps (= le placer dans une situation délicate)
  使某人處於困境
  - À force de dépenser sans compter, tu nous a mis dans de beaux draps !

- mettre de l'eau dans son vin (= se modérer, de gré ou de force) 在酒中掺水、克制自己
  - Il va falloir que vous mettiez de l'eau dans votre vin.

- Petit à petit, l'oiseau fait son nid. (proverbe) (Le premier signe favorable ne garantit pas le succès.) 積少成多。聚沙成塔。（格言）

- Une hirondelle ne fait pas le printemps. (proverbe) (Le premier signe favorable ne garantit pas le succès.) 獨燕不成春。（格言）

- faire les quatre cents coups (= faire des bêtises, des choses interdites) 幹蠢事、作壞事
  - Quand j'étais enfant, je faisais les quatre cents coups.

- en faire tout un plat (= donner de l'importance à qqch qui n'en a pas) 小題大作
  - D'un petit problème tu en fais tout un plat.

- faire le Jacques (= faire l'imbécile) 裝瘋賣傻
  - Ça suffit ! Arrête de faire le Jacques !

- Ce n'est ni fait, ni à faire. (= C'est un travail mal fait.) 這事做得很糟。
  - Regardez-moi ça, c'est lamentable ! Ce travail n'est ni fait, ni à faire.

- Les petits ruisseaux font les grandes rivières. (dicton) (= Il ne faut rien négliger.)
  聚小川成大河。（諺語）

- L'habit ne fait pas le moine. (dicton) (= Il ne faut pas se fier aux apparences.)
  人不可貌相。（諺語）

- Paris ne s'est pas fait en un jour. (dicton) (= il faut du temps pour réaliser qqch)
  巴黎不是一天形成的。（諺語）

- Allez vous faire voir (fam.) / foutre (vulgaire) ! (= Allez au diable !)
  去你的！（粗俗用法）

04 Quelques questions
回答下列問題

- Qu'est-ce qui te rend heureux(se) ? triste ? malade ? nerveux(se) ? mélancolique ? jaloux(se) ? agressif(ve) ? indifférent(e) ? impassible ? calme ... ?

- Est-ce que tu rends toujours tes devoirs à temps ? Pourquoi ?

- Comment peut-on se rendre à Taitung, de Taipei ?

- Pour sortir le soir, est-ce que tu mets une robe (filles), une cravate (garçons) ?

- T'est-il déjà arrivé(e) de ne plus savoir où te mettre ? Que s'est-il passé ?

- Qu'est-ce qui te met de bonne humeur ? de mauvaise humeur ? en colère ? hors de toi ?

- Est-ce que tu connais des gens qui s'en mettent plein les poches ? Comment font-ils ?

- Penses-tu être quelqu'un qui a des opinions très fermes ou quelqu'un qui met facilement de l'eau dans son vin ?

- Qu'est-ce qui t'énerve ? te fatigue ? t'amuse ? excite ta curiosité ? te fâche ? te blesse ?

- Est-ce que tu te mets facilement en colère ? En quelles occasions ? Pourquoi ?

- Est-ce que tu es facilement blessé(e) ? Par quoi ?

- Qu'est-ce qui te fait du bien ? du mal ? chaud au cœur ? mal au cœur ?

- Est-ce que tu penses qu'il y a des choses qui te font du mal ? Quelles choses ? Pourquoi te font-elles du mal ?

- Quand tu étais un(e) enfant, est-ce que tu faisais les 400 coups ou étais-tu sage ?

- Est-ce qu'il y a des choses ou des gens qui te font honte / peur ? Quoi / Qui ? Pourquoi ?

- Est-ce qu'il y a des animaux qui te font peur ? Lesquels ? Pourquoi ?

- Est-ce que tu te fais parfois disputer par tes parents ? Pour quelles raisons ?

- Est-ce que tu te fais bien à la vie de ton lycée / université / entreprise ?

- T'est-il déjà arrivé(e) de te faire mener par le bout du nez ? Par qui ? Comment ?

- Est-ce que tu te fais facilement respecter ? Par tout le monde ?

- Est-ce que tu as déjà fait beaucoup d'efforts pour obtenir quelque chose que tu désirais ? Pour obtenir quoi ? Quels genres d'efforts ?

- Quand tu conduis, est-ce que tu fais attention aux piétons ? À quoi fais-tu le plus attention ?

- De Taipei à Kaohsiung, ça fait combien de kilomètres ?

- Aujourd'hui, quel temps fait-il ? Il fait beau ?

- À la maison, est-ce que tu fais la cuisine ? Et la vaisselle ? Qui fait la cuisine et la vaisselle ?

- Quel métier tu aimerais faire plus tard ? Pourquoi aimes-tu ce métier ?

- Est-ce qu'il t'arrive de faire des clins d'œil ou des grimaces à quelqu'un ? À qui ? Pour quelles raisons ?

- Dans quelle école t'es-tu fait le plus d'amis ? Pourquoi ?

mini-dico 小辭典

Ça me rend... 這使我⋯⋯
- joyeux(se) 高興
- heureux(se) 幸福
- gai(e) 快樂
- triste 悲傷
- mélancolique 憂鬱
- fort(e) 強健
- nostalgique 思鄉
- malade 生病
- jaloux(se) 嫉妒
- agressif(ve) 有侵略性
- modeste 謙虛
- violent(e) 暴躁
- honteux(se) 羞愧
- nerveux(se) 緊張
- furieux(se) 狂怒

- courageux(se) 勇敢
- égoïste 自私
- optimiste 樂觀
- pessimiste 悲觀

Ça me met... 這使我⋯⋯
- en colère 生氣
- hors de moi 發怒
- de bonne humeur / de mauvaise humeur 心情好 / 心情不好
- en rage 狂怒
- en boule 發怒
- en forme 身體健康

Ça fait... 這使人⋯⋯
- peur 害怕

- mal 受傷
- plaisir 高興
- du bien 有益
- du mal 有害
- de la peine 痛心
- de l'effet 有效
- du tort 傷害

- un serpent 蛇
- un rat 大老鼠
- une souris 小老鼠
- un cafard 蟑螂
- une araignée 蜘蛛
- un chien 狗
- une guêpe 黃蜂
- une chauve-souris 蝙蝠
- une fourmi 螞蟻

- un piéton 行人
- un cycliste 自行車騎士
- un automobiliste 汽車駕駛
- une moto 機車
- un scooter 小摩托車
- un vélo 自行車
- une bicyclette 自行車
- une voiture 汽車
- un taxi 計程車

- un bus 公車
- un autocar 汽車
- un camion 貨車
- un passage clouté 行人道
- un croisement 路口
- un carrefour 十字路口
- un feu de circulation 紅綠燈
- un sens unique 單行道
- un sens interdit 禁止通行
- un stationnement interdit 禁止停車

- il fait beau / mauvais 天氣好 / 不好
- le ciel est bleu / nuageux / couvert / gris
  藍天 / 多雲的天空 / 陰天 / 陰天
- il fait beau temps / mauvais temps
  天氣晴朗 / 天氣不好
- il fait un temps de chiens 天氣糟透了
- il fait 30 degrés 氣溫 30 度
- il fait bon 天氣很舒服
- il fait chaud / froid 天氣熱 / 冷
- il pleut 下雨
- il neige 下雪
- il y a un orage / un typhon / du vent / du
  soleil / des nuages
  有雷雨 / 有颱風 / 有風 / 有太陽 / 有雲
- le temps est maussade 天氣陰霾
- l'air est frais / chaud / humide / sec
  天氣很清爽 / 很熱 / 很潮濕 / 很乾

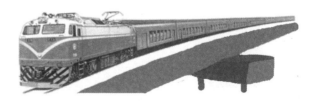

De Taipei de Kaohsiung, ça fait 350 km.

012 REGRETTER（後悔、遺憾）DÉCEVOIR（失望）

un regret（遺憾）- une déception（失望）

Deux amies discutent dans un café... 兩個朋友在咖啡廳……

Lucie : Élise, qu'est-ce qui ne va pas ? Tu as l'air déçue.

Élise，有什麼不順的事嗎？妳一臉失望的樣子。

Élise : Ça se voit ? Je suis désolée. Oui, je suis déçue par mon copain.

看得出來嗎？真抱歉。沒錯，我對我男友有些失望。

Lucie : Qu'est-ce qui se passe avec lui ?

妳跟他怎麼了？

Élise : Hier, c'était mon anniversaire et il n'a rien fait. Souvent il me déçoit, il semble ne pas s'intéresser aux autres. Il ne pense qu'à lui. On se connaît depuis 3 ans et c'est la première fois qu'on ne fête pas mon anniversaire.

昨天是我的生日，但他什麼都沒做。他很常讓我失望，他好像對其他人都不感興趣，只在乎自己。我們認識 3 年了，這是第一次我們沒有慶祝我的生日。

Lucie : Il a peut-être des soucis ?

他可能有苦衷？

Élise : Non, il est dans son petit monde. Même ses parents sont déçus par son attitude.

沒有，他待在自己的小世界裡。連他的父母都對他的態度失望。

Lucie : Tu lui as déjà dit qu'il était trop égoïste ?

妳有跟他提過他太自私嗎？

Élise : Oui, il s'excuse et il a l'air de s'occuper de moi pendant 2 ou 3 jours. Ensuite, il redevient lui-même et se comporte comme d'habitude.

有，他道歉然後把注意力放在我身上 2、3 天。之後，他又回復成以前的態度。

Lucie : J'ai l'impression que tu commences à regretter de lui avoir tant donné.

我發覺妳好像開始後悔對他付出那麼多。

Élise : Non, je ne regrette pas ce que j'ai fait pour lui, mais il faut dire que je commence à devenir fatiguée de son comportement.

沒有，我不後悔我對他做的一切。但，我開始對他的行為感到疲累。

Lucie : Comme le dit le dicton : "Il faut prendre son mal en patience !"

就像俗話說的：「面對他的缺點要有耐心！」

01 Constructions des verbes et synonymes
動詞結構與同義詞

Dans ce dossier, toutes les constructions sont essentielles
在這一課中，所有的動詞結構都非常重要。

(1) Les essentielles 主要的動詞結構

- regretter qqch / qqn (= éprouver un désir douloureux de qqch / qqn que l'on n'a plus)
  沉痛地懷念某物 / 某人
  - Je regrette ma vieille 2 CV.
  - Elle regrette sa jeunesse.
  - Je regrette mes amis de lycée.
  - Il regrette son ancien professeur.

- regretter de + V (inf. prés. / passé) (= être mécontent d'avoir fait / de n'avoir pas fait qqch) 後悔＋原形動詞（現在式 / 過去式）
  - Je regrette de te décevoir, mais je ne peux pas sortir avec toi.
  - Elle regrette d'avoir accepté ce travail.
  - Je regrette de ne pas pouvoir assister à votre mariage.

- regretter que + S2 + V (subj.) (= être mécontent que qqn fasse / ait fait qqch)
  懊惱＋從屬子句的主詞＋動詞（虛擬式）
  - Je regrette que vous ne vouliez pas suivre mon conseil.
  - Nous avons regretté que tu n'aies pas pu venir.

- s'en vouloir de + V (inf. passé) (= regretter d'avoir fait qqch)
  惱悔做了某事＋原形動詞（過去式）
  - Elle s'en veut d'avoir accepté ce travail.
  - Je m'en veux de ne pas l'avoir demandée en mariage.

- être désolé(e) de + V (inf.) (= regretter de faire / ne pas faire / d'avoir fait / ne pas avoir fait) 感到遺憾＋動詞（直陳式）
  - Je suis désolé(e) de ne pas pouvoir assister à votre mariage.
  - Je suis désolé(e) d'être arrivé en retard.

- être désolé(e) que + S2 + V (subj.) (sujets différents)
  感到遺憾＋從屬子句的主詞＋動詞（虛擬式）
  - Je suis désolé(e) que vous ne puissiez pas rester plus longtemps avec nous.
  - Je suis désolé(e) que ma proposition ne vous convienne pas.

- décevoir qqn / qqch (= tromper qqn dans ses espoirs - ne pas répondre à ce qu'on espérait) 使某人／某事失望
  - Votre refus me déçoit.
  - Son travail m'a déçu.
  - Le discours du Ministre des Finances a déçu les marchés financiers.

- être déçu(e) par qqch / qqn (= éprouver une déception) 對某事／某人感到失望
  - Je suis déçu(e) par mes résultats à l'examen.
  - Les employés sont très déçus par leur nouveau patron.

- malheureusement / hélas (exprime la déception) 不幸地／唉！（表失望）
  - J'aimerais assister à ton mariage. Malheureusement, je ne serai pas libre.
  - J'aimerais assister à ton mariage. Hélas, je ne serai pas libre.

(2) Conjugaison 動詞變化

infinitif	présent	passé comp.	imparfait
regretter	je regrette	j'ai regretté	je regrettais
s'en vouloir	je m'en veux	je m'en suis voulu(e)	je m'en voulais
être désolé(e)	je suis désolé(e)	j'ai été désolé(e)	j'étais désolé(e)
décevoir	je déçois	j'ai déçu	je décevais
être déçu(e)	je suis déçu(e)	j'ai été déçu(e)	j'étais déçu(e)

futur	cond. prés.	subj. prés.
je regretterai	je regretterais	que je regrette
je m'en voudrai	je m'en voudrais	que je m'en veuille
je serai désolé(e)	je serais désolé(e)	que je sois désolé(e)
je décevrai	je décevrais	que je déçoive
je serai déçu(e)	je serais déçu(e)	que je sois déçu(e)

02 Pratique des verbes
動詞練習

Construisez les phrases avec les éléments donnés :

01 - Je / regretter (p.c.) / mon manque de prudence

02 - Il / regretter (p.c.) / ne pas être venu à la soirée

03 - Je / regretter / vous / ne pas aimer / ce genre de musique

04 - Il / s'en vouloir / avoir placé toutes ses économies à la bourse

05 - Je / être désolé(e) / tu / ne pas pouvoir venir avec nous à Disneyland.

06 - Elle / être désolé(e) / ne pas pouvoir répondre favorablement à votre requête

07 - Il / décevoir (p.c.) / tous ses amis

08 - Je / être déçu(e) / mon travail

09 - Tu / être déçu(e) / ne pas avoir obtenu une meilleure note à l'examen

10 - Je / être déçu(e) / mes enfants / ne pas aimer étudier

03 Expressions populaires et citations
通俗慣用語及名家語錄

- Sans regrets ! 毫不後悔！

- C'est désolant ! 真惱人！真掃興！

- Dis, qu'as-tu fait, toi que voilà, / De ta jeunesse ? (Verlaine)
  嘿，你啊！你到底把青春怎麼啦？

- Les vrais paradis sont les paradis qu'on a perdus. (M. Proust)
  真正的天堂是失去的天堂。

- Non, rien de rien / Non je ne regrette rien (chanson interprétée par Edith Piaf)
  不，一點也不 / 我一點也不後悔。（法國名歌手愛迪特·皮雅夫所唱的歌）

- Nous sommes au regret de vous informer que... (réponse négative à une demande)
  我們很遺憾通知您……（拒絕要求的答覆）

04 Quelques questions
回答下列問題

- Est-ce qu'il t'arrive de regretter....
  - d'avoir fait quelque chose ? Quoi ? Pourquoi tu le regrettes ?
  - de ne pas avoir fait quelque chose ? Quoi ? Pourquoi ?

- Quel est ton plus grand regret ?

- Est-ce que quelqu'un t'a déjà dit : «Je regrette !» ? Qui ? À quelle occasion ?

- Est-ce que parfois tu t'en veux d'avoir fait ou dit quelque chose ? Par exemple ?

- Es-tu facilement déçu(e) ? Pourquoi ?

- Comment manifestes-tu ta déception ?

- Quand tu es déçu(e), est-ce que tu reprends vite le dessus ou restes-tu longtemps à maudire l'objet de ta déception ?

- Es-tu parfois déçu(e) par quelque chose ou quelqu'un ? Par quoi ? Par qui ? Qu'attendais-tu de cette chose ou de cette personne et que tu n'as pas obtenu ?

- Est-ce que tu penses que parfois tu déçois...
  - tes parents ? / tes amis ? / tes professeurs ? / toi-même ?

- Chez les hommes politiques, qu'est-ce qui te déçoit le plus ?

- Dans la vie, qu'est-ce qui te paraît le plus décevant ?

- D'après toi, qu'est-ce qui déçoit le plus les Taïwanais ?

---

mini-dico 小辭典

- une occasion 機會
- une opportunité 時機
- une chance 運氣
- un hasard 機遇
- une imprudence 不謹慎
- une erreur 錯誤
- une incompréhension 不理解
- un malentendu 誤會
- un mensonge 謊言
- une infidélité 不忠
- un oubli 遺忘
- un regret 遺憾
- une libération 解放
- un soulagement 慰藉 / 舒緩
- une solution 解決
- un manque de temps / de chance / d'argent 缺乏時間 / 缺乏機會 / 缺乏金錢

- une attente 等待
- une cause 原因
- une conséquence 結果
- un effet 效果
- un résultat 結果
- une déception amoureuse 失戀、情場上的失望
- une déception dans les études / dans le travail 課業上的失望 / 工作上的失望

- un échec 失敗
- une mauvaise passe 難關
- une épreuve 考驗
- un moment difficile 困難的時刻

013 PORTER（提、扛、抬）(R)APPORTER（（再）帶來）
COMPORTER（包含）DÉPORTER（放逐、使偏離方向）
EMPORTER（帶走）REPORTER（帶回、延期）

un port（穿戴、載重）- un apport（帶來）- un rapport（報告、轉述）
un comportement（行為、舉止）- un déportement（偏離方向）
un emportement（狂怒）- un report（延期）

Dans la montagne, des amis font une randonnée...
在山林裡，一群朋友在健行……

Claire : Ce sac est bien lourd à porter ! Il doit faire au moins 10 kilos.

這包包太重了！至少有 10 公斤。

Sébastien : Tu as apporté trop de choses. Tu veux que je le prenne ? Le mien est moins lourd...

妳帶太多東西了。要我幫忙拿嗎？我的比較輕……

Claire : Vous m'avez demandé d'emporter des choses à manger. J'ai pris des fruits, des saucissons et du pain. Et puis, il y a aussi des vêtements de pluie.

你們要我帶一些吃的。我帶了水果、臘腸和麵包。以及，好幾件雨衣。

Sébastien : Allez ! Donne-le moi et prends le mien.

好啦！把包包給我，然後妳背我的。

Claire : Ton sac est vraiment moins lourd que le mien... Tu n'as rien apporté à manger ?

你的包包真的比我的輕很多……你沒有帶吃的嗎？

Sébastien : Juste des fruits secs, c'est bon quand on marche en montagne.

只有果乾，那很適合在山裡走動時攜帶。

Lise : Sébastien, tu te comportes en vrai gentleman ! Tu ne veux pas porter aussi mon sac ? Il est un peu lourd pour moi.

Sébastien : Un sac dans le dos, un autre sur le ventre...

Claire : Ah zut ! Le chemin est interdit à cause des risques de chutes de pierre.

Sébastien : On va devoir reporter notre projet d'aller jusqu'au sommet.

Lise : Alors, on va s'arrêter là-bas, l'endroit a l'air pas mal pour pique-niquer. Et puis, ça va soulager nos sacs !

Sébastien，你真紳士！你要不要也幫我背？我的包包對我來說有點重。

一個背在背後，一個背在前面……

啊，不！道路因為可能有落石危險封閉了。

我們要把登上山頂的計畫延期了。

那麼，我們停在那個看起來很適合野餐的地方。這樣，我們就能減輕背包的重量了。

01 Constructions des verbes et synonymes
動詞結構與同義詞

(1) Les essentielles 主要的動詞結構

- porter qqch / qqn (= soutenir, maintenir, soulever qqch / qqn)
  提、扛、背、拾某物 / 某人
  - Il porte une grosse valise.
  - Elle porte son bébé dans le dos.

- porter un vêtement (= avoir sur soi) 穿戴衣物
  - Aujourd'hui, il porte une cravate rouge.

- porter qqch (= avoir - garder la trace de qqch) 帶有、具有某物
  - Le billet gagnant porte le numéro 642 706.
  - Je porte le même nom que vous.

- porter bonheur / malheur - chance... (= donner, apporter)
  帶來幸福 / 不幸；帶來好運
  - Le trèfle à quatre feuilles porte bonheur.
  - Pour les Chinois, le chiffre 4 porte malheur.

- se porter (= se sentir) 處於……的健康狀態
  - Comment vous portez-vous ? (= Comment allez-vous ?)

- apporter qqch à qqn (= porter qqch à qqn, là où il est) 帶某物給某人
  - Pouvez-vous apporter votre rapport ?
  - Je lui ai apporté des fleurs.

- apporter une nouvelle à qqn (= informer qqn d'une nouvelle)
帶一個消息給某人、告訴某人一個消息
  - Je vous apporte de bonnes / mauvaises nouvelles.

- apporter (= causer - produire - entraîner) 引起、產生、招來
  - L'informatique a apporté une transformation des habitudes de travail.

- rapporter qqch (= apporter à nouveau) 再帶來某物
  - Rapportez-moi votre devoir après que vous l'aurez corrigé !

- rapporter qqch (= apporter une chose au lieu où elle était - rendre à qqn)
帶某物回來、歸還某物
  - Peux-tu me rapporter mes livres ?

- emporter qqch (= porter qqch ailleurs) 帶走某物
  - Emportez tous ces livres !

- emporter qqn (= le pousser - l'entraîner) 帶走某人、奪走某人
  - L'avalanche a emporté trois skieurs.
  - Le courant l'a emportée.

- reporter (= porter une chose là où elle se trouvait) 帶回
  - Peux-tu reporter ces cassettes vidéo au magasin ?

- reporter (= renvoyer à une date ultérieure) 延期
  - Le match est reporté au week-end prochain.

- comporter (= se composer - comprendre) 包含、具有
  - Cette ascension comporte des risques.
  - Votre lettre comporte des fautes.

- se comporter (une personne) (réfléchi = se conduire)
（一個人的）行為、舉止、表現
  - Tu te comportes comme un enfant.
  - Il se comporte très mal.

(2) Autres constructions 其他的動詞結構

- porter qqn à + qqch / V (inf.) (= inciter - entraîner qqn à qqch / faire qqch)
促使某人做某事（名詞）、導致某人做某事（原形動詞）
  - Ses goûts l'ont porté à la danse.
  - Ses difficultés ont porté cet homme à boire.

- porter sur (= avoir comme sujet) 針對、關於
  - Ce reportage porte sur la violence à l'école.

- porter (= atteindre son but) 達到目標
  - Tes efforts ont porté.
  - Sa plaidoirie a porté sur les jurés.

- porter plainte contre qqn pour... (= attaquer qqn en justice) 對某人提出控訴
  - J'ai porté plainte contre mon patron pour harcèlement au travail.

- se porter (= se diriger) 走向
  - La voiture s'est brusquement portée sur la gauche.

- se porter (= se présenter comme) 自我推薦
  - Il s'est porté volontaire.
  - Elle se porte candidate des écologistes.

- rapporter un fait (= en faire le récit - raconter - redire) 轉述一件事
  - Pouvez-vous nous rapporter ce qu'il vous a dit ?

- rapporter à qqn (= répéter une indiscrétion - dénoncer qqn)
  對某人洩漏祕密、向某人舉發某人
  - Faites attention à lui, il rapporte tout au directeur !

- rapporter de l'argent (= produire un revenu) 帶來利潤、產生收入
  - C'est un nouveau produit qui rapporte beaucoup.

- se rapporter (= avoir un lien, une relation avec qqch - se rattacher à qqch)
  與……有關
  - Votre question ne se rapporte pas à notre sujet.

- s'emporter (= se mettre en colère) 發怒、生氣
  - Il m'arrive de m'emporter. (= Il m'arrive de me mettre en colère.)

- reporter qqch sur qqch / qqn (= transférer) 把某物轉移到某物 / 某人身上
  - Les électeurs ont reporté leurs voix sur le candidat de l'opposition.
  - Je vais reporter mon choix sur une escalope milanaise.

- se reporter à qqch (réfléchi = se référer à qqch) 參考某物
  - Pour plus d'informations, reportez-vous au chapitre 1.

- se comporter (une chose) (réfléchi = fonctionner) 運作、運行（物品、東西）
  - Ces skis se comportent bien sur la neige dure et la glace.

- déporter (= dévier - entraîner hors de la bonne direction) 使偏離方向
  - Un pneu mal gonflé déportait la voiture vers la gauche.

- déporter qqn (= faire subir la déportation à qqn) 將某人押送到集中營
  - Les nazis ont déporté plusieurs millions de Juifs et de communistes.

• se déporter (réfléchi = s'écarter de sa route) 偏離方向
 - La voiture s'est déportée à cause d'une rafale de vent.

(3) Conjugaison 動詞變化

infinitif	présent	passé comp.	imparfait
porter	je porte	j'ai porté	je portais
se porter	je me porte	je me suis porté(e)	je me portais
apporter	j'apporte	j'ai apporté	j'apportais
rapporter	je rapporte	j'ai rapporté	je rapportais
se rapporter	je me rapporte	je me suis rapporté(e)	je me rapportais
emporter	j'emporte	j'ai emporté	j'emportais
s'emporter	je m'emporte	je me suis emporté(e)	je m'emportais
reporter	je reporte	j'ai reporté	je reportais
se reporter	je me reporte	je me suis reporté(e)	je me reportais
comporter	il / elle comporte	il / elle a comporté	il / elle comportait
se comporter	je me comporte	je me suis comporté(e)	je me comportais
déporter	je déporte	j'ai déporté	je déportais
se déporter	je me déporte	je me suis déporté(e)	je me déportais

futur	cond. prés.	subj. prés.
je porterai	je porterais	que je porte
je me porterai	je me porterais	que je me porte
j'apporterai	j'apporterais	que j'apporte
je rapporterai	je rapporterais	que je rapporte
je me rapporterai	je me rapporterais	que je me rapporte
j'emporterai	j'emporterais	que j'emporte
je m'emporterai	je m'emporterais	que je m'emporte
je reporterai	je reporterais	que je reporte
je me reporterai	je me reporterais	que je me reporte
il / elle comportera	il / elle comporterait	qu'il / elle comporte
je me comporterai	je me comporterais	que je me comporte
je déporterai	je déporterais	que je déporte
je me déporterai	je me déporterais	que je me déporte

02 Pratique des verbes
動詞練習

Construisez les phrases avec les éléments donnés :

01 - Pouvez-vous / rapporter / à elle / son moule à gâteaux ?
02 - Je / emporter (p.c.) / les poissons / chez moi
03 - Elle / s'emporter (p.c.) / sans raisons
04 - Nous / reporter (p.c.) / la réunion / la semaine prochaine
05 - Elle / reporter / son amour / son chat
06 - Ce travail / comporter / des horaires décalés
07 - Pourquoi / tu / se comporter / comme ça ?
08 - Elle / porter plainte (p.c.) / toi / menace de mort
09 - Le journal / apporter / nous / des nouvelles inquiétantes
10 - Le vent / emporter (p.c.) / le cerf-volant du petit garçon

03 Expressions populaires
通俗慣用語

- Vous ne l'emporterez pas au paradis ! (= Vous le regretterez.)
  你得意不了多久的！（你將後悔。）

- Beau est qui vient et plus beau qui apporte. (dicton) (= On apprécie les cadeaux.)
  能來很好，能帶東西來更好。（諺語）（每個人都喜歡收到禮物。）

- Chacun porte sa croix en ce monde. (dicton) (= Chacun a ses peines.)
  人生在世，每個人都要背負他的十字架。（諺語）（每個人都有他的痛苦。）

- La nuit porte conseil. (dicton)
  夜晚提供好建議。（諺語）（經過夜晚的沉澱，明天的決定會更好。）

- Le plus riche n'emporte qu'un drap en mourant. (proverbe)
  最有錢的人死的時候只帶走一條被單。（格言）（類似我們說的「生不帶來，死不帶去」。）

- Les méchants portent leur enfer en eux. (dicton)
  惡人的地獄就在他們的身上。（諺語）

- Une religion peu à peu emporte une autre. (dicton)
  沒有任何真理是永恆不變的。（諺語）

04 Quelques questions
回答下列問題

- Comment te portes-tu ? Es-tu parfois malade ?

- Que portes-tu sur toi maintenant ?

- Quelles sont les choses que tu portes chaque jour sur toi ?

- Est-ce que tu penses que le système éducatif taïwanais porte les jeunes à être créatifs ? Si oui, comment ? Si non, Pourquoi ?

- Est-ce que les femmes taïwanaises portent souvent des jupes ou des robes ? Pourquoi ?

- As-tu déjà porté plainte contre quelqu'un ? En quelle occasion ?

- Quand tu es invité(e) chez des amis, qu'apportes-tu à tes hôtes ?

- Penses-tu que l'argent apporte le bonheur ? Pourquoi ?

- Penses-tu que le portable apporte une amélioration ou une détérioration de la communication entre les gens ? De quelle manière ?

- Est-ce que tu connais des gens qui rapportent tout ? Qui ? Peux-tu nous raconter une anecdote ?

- Quels sont les métiers qui rapportent beaucoup en ce moment ?

- Quand tu voyages, quelles sont les choses importantes que tu emportes chaque fois ?

- Est-ce que tu t'emportes facilement ? Dans quelles situations ?

- Est-ce que tu reportes souvent le travail que tu dois faire au lendemain ?

- Te reportes-tu souvent aux opinions de tes amis pour te faire ta propre opinion ?

- Est-ce que le système législatif taïwanais comporte deux chambres, comme aux États-Unis ou en France ?

- Est-ce qu'il t'est déjà arrivé(e) de mal te comporter ? En quelles circonstances ?

- Quand tu es en colère, comment te comportes-tu ? Et quand tu as peur / honte... ?

- Pendant la Seconde Guerre Mondiale, est-ce que des Taïwanais ont été déportés par les Japonais ? Si oui, à quel endroit et pour y faire quoi ?

- une jupe 裙子
- une robe 洋裝
- un pantalon 長褲
- un jean 牛仔褲
- un short 短褲
- une chemise 男襯衫
- un chemisier 女襯衫
- un T-shirt T恤
- un polo Polo衫
- un pull 套頭毛衣
- une veste 短外套
- un manteau 大衣外套
- un chapeau 帽子
- une casquette 鴨舌帽
- un bob 海軍帽

- un sac 包、袋
- un sac à dos 背包
- un sac à main 女用手提包
- un cartable 書包
- une serviette 公事包
- des lunettes 眼鏡
- une paire de lunettes 一副眼鏡
- un portable 手機
- un porte-monnaie 錢包
- un portefeuille 皮夾
- un ordinateur portable 手提電腦
- un notebook 手提電腦
- une montre 手錶
- un collier 項鍊
- une bague 戒指
- un bracelet 手鐲
- une boucle d'oreille 耳環

- des fleurs 花
- des chocolats 巧克力
- des fruits 水果

- des bonbons 糖果
- un souvenir 紀念品
- une bouteille de vin / de champagne / de kaoliang / de bière
  一瓶酒 / 一瓶香檳酒 / 一瓶高粱酒 / 一瓶啤酒

- médecin 醫生
- docteur 醫生
- informaticien 電腦工程師
- ingénieur 工程師
- banquier 銀行家
- commerçant(e) 生意人
- artiste 藝術家
- chanteur(se) 歌手
- acteur(trice) 演員
- comédien(ne) 演員
- écrivain 作家
- journaliste 記者
- homme / femme d'affaires 男 / 女實業家
- personnalité de la télévision 電視名人
- architecte 建築師
- promoteur immobilier 建商

- un passeport 護照
- une valise 行李
- un sac de voyage 旅行袋
- une carte de crédit 信用卡
- un chèque de voyage 旅行支票
- des devises 外匯
- une trousse de toilette 旅行梳洗包
- un appareil photo 照相機
- un caméscope 攝影機
- du linge de rechange 換洗的衣物
- des lunettes de soleil 太陽眼鏡
- un carnet de voyage 旅行記事
- un guide 旅遊指引
- une carte 地圖

un tenant（支持者）- une détention（持有、拘押）
une rétention（保留、扣留）- un soutien（支持）

Dans un café, discussion à bâtons rompus entre amis...
在咖啡廳，朋友間的隨意亂聊⋯⋯

Tina : Nathan, tu as l'air de tenir beaucoup à ton smartphone. Il est tout le temps à portée de ta main !

Nathan : Oui, j'y tiens beaucoup parce que c'est mon outil de travail. J'en ai besoin continuellement.

Émilie : Moi aussi, je ne peux pas me retenir de l'utiliser tout le temps. Mais ce n'est pas pour le travail. J'ai besoin d'être en contact avec mes amis.

Tina : Je comprends, mais vous ne croyez pas que c'est un peu dangereux pour votre santé ? Des médecins soutiennent que les ondes émises par les smartphones sont dangereuses pour le cerveau.

Nathan : Ils pensent détenir la vérité, mais en fait ils ne savent pas très bien si c'est vrai.

Tina : Quand même, il y a eu plusieurs études menées dans différents pays et toutes concluent au principe de précaution.

Nathan，你看起來花很多精力在智慧型手機上。你一直拿著它！

是呀，我不斷拿著它因為它是我工作的工具。我一直需要它。

我也是，我不能停止用它。但不是用在工作上。我需要手機不斷跟朋友連絡。

我了解，但你們不覺得那樣對健康有些害處嗎？醫學認為智慧型手機發出的波段對大腦有害。

他們也許知道真相，但實際上，他們並不確定那是不是真的。

然而，在很多國家都有許多研究，它們都得出了要預防的結論。

Nathan : Avec le Bluetooth, on peut tenir le téléphone à distance et recevoir moins de radiations.

使用藍芽，我們可以遠距離使用智慧型手機，接收較少的輻射。

Tina : Enfin, moi ce que je retiens de ce que vous dites, c'est que vous détenez un objet qui vous empoisonne la vie !

總而言之，我從你們所説的發現一件事：你們拿著一件會毒害生活的東西。

01 Constructions des verbes et synonymes
動詞結構與同義詞

(1) Les essentielles 主要的動詞結構

- tenir qqch / qqn (= serrer qqch / qqn pour qu'il ne tombe pas ou ne s'échappe pas)
  拿著、握著某物 / 緊抱某人
  - Il tient un parapluie à la main.
  - Elle tient son enfant dans ses bras.

- Tiens ! Tenez ! (impératif = prends / prenez - quand on présente qqch à qqn)
  拿著！拿去！（命令式，當有人拿某物給某人的時候説的話）
  - Tiens, c'est pour toi ! (= Prends cela, c'est...)

- Tiens ! (exprime un étonnement) 唉！啊！（表驚訝）
  - Tiens ! Ma femme n'est pas à la maison.
  - Tiens ! Il n'y a plus de whisky.

- tenir qqch / qqn (= retenir qqch / qqn) 支撐某物 / 留住某人
  - La monture qui tient / retient les verres de ces lunettes est cassée.
  - Je l'ai tenu / retenu à la maison toute la soirée.

- tenir qqch / qqn (= maintenir qqch / qqn) 使某物 / 某人保持一定的狀態
  - Tenez / maintenez la porte ouverte, s'il vous plaît !
  - Elle ne tient / se maintient pas en place.
  - Cet anorak me tient / maintient chaud.

- tenir qqn (= être maître de cette personne) 掌握、控制某人
  - Elle tient son mari avec cette lettre de sa maîtresse.

- tenir qqch (être capable de résister à cette chose) 經得起某物
  - Je ne tiens pas l'alcool.

- tenir un espace (= occuper un espace) 占據一個空間
  - La chambre est petite et le lit tient beaucoup de place.

- tenir (= diriger - gérer) 經營
  - Il tient un petit café, rue de Lappes.

- tenir (= respecter ce qu'on a promis) 信守
  - J'ai tenu ma parole.
  - J'espère que tu tiendras tes promesses !

- tenir (être attaché / fixé / maintenu) (intransitif) 固定住、立得住（不及物動詞）
  - Mes boucles d'oreilles ne tiennent pas.
  - Je ne tiens plus debout. (= Je suis très fatigué.)

- tenir (= être contenu dans un espace) 被容納
  - Nous ne tiendrons pas tous dans une si petite salle. (= Nous ne pourrons pas tous entrer dans cette petite salle.)

- tenir à qqch / qqn (= estimer / apprécier qqn / être attaché à qqch / qqn) 重視某物 / 某人
  - Je tiens à cette montre.
  - Elle tient beaucoup à sa famille.

- tenir à + V (inf.) (= vouloir faire qqch) 堅持要做某事、一心想做某事（原形動詞）
  - Je tiens à fêter mon anniversaire dans un bon restaurant. (= Je veux fêter...)

- tenir à ce que + S2 + V (subj.) (= vouloir que qqn fasse qqch) 堅持要、一心要＋從屬子句的主詞＋動詞（虛擬式）
  - Je tiens à ce qu'elle ne sache rien. (= Je veux qu'elle ne sache rien.)

- se tenir debout / droit / couché... (= rester / demeurer dans une position ou dans un état) 保持站立 / 坐正、立正 / 保持睡姿
  - Tenez-vous droit !
  - Il faut vous tenir tranquilles !

- se tenir qpart (= se trouver / être qpart) 在某個地方
  - Son chien se tenait à ses pieds.

- se tenir à qqch / qqn (tenir qqch / qqn afin de ne pas bouger ou chuter) 拉住某物 / 某人（抓住某物 / 某人以免移動或跌倒）
  - Tenez-vous à mon bras !
  - Pour descendre l'escalier, tenez-vous à la rampe !

- détenir qqch (= posséder - garder qqch) 擁有、保有某物
  - Le Musée du Louvre détient une impressionnante collection d'objets d'art égyptien.
  - Le Président de la République détient de nombreux pouvoirs.

- détenir qqn (= le garder en prison / captivité / détention) 拘押、監禁某人
  - Le juge a décidé de le détenir pendant l'instruction.

- retenir qqch (= se rappeler) 記住某事
  - Je ne retiens pas très bien les numéros de téléphone.

- retenir qqn (avec soi) (= garder qqn) 留住某人
  - Mon patron m'a retenu dans son bureau pendant 2 heures.

- retenir qqch / qqn (arrêter / tirer pour empêcher qqch)
  拉住、攔住、抓住某物 / 某人（以防止某事的發生）
  - J'ai retenu la femme par le bras avant qu'elle ne tombe.
  - Elle a retenu la voiture qui commençait à avancer sans personne au volant.

- se retenir à qqch / qqn (= s'accrocher pour ne pas tomber)
  抓住某物 / 某人（以防止自己跌倒）
  - J'ai pu me retenir au plat-bord du bateau, sinon je tombais dans la mer.

- se retenir de + V (inf.) (= s'empêcher de faire qqch)
  克制自己去做某事（原形動詞）
  - Je me suis retenu d'éternuer en plein milieu du concert.

- soutenir qqch (= tenir / porter par dessous) 支撐某物
  - Les colonnes soutiennent la voûte de la cathédrale.

- soutenir qqn (= l'empêcher de tomber, garder qqn droit)
  攙扶、扶持某人（以免他跌倒、幫他站直）
  - Elle soutenait sa grand-mère pour l'aider à marcher.

- soutenir qqn (= réconforter / aider qqn) 支援、幫助某人
  - Elle me soutient dans mes difficultés.

- soutenir que + S1 / 2 + V (indic.) (= affirmer / assurer / prétendre qqch) 堅持、
  確信、認為＋主要子句 / 從屬子句的主詞＋動詞（直陳式）
  - Elle soutient qu'elle n'a jamais vu cette personne.

(2) Autres constructions 其他的動詞結構

- tenir qqch (= détenir - posséder - généralement sens abstrait)
  有、擁有某物（通常為抽象的東西）
  - Il tient un de ces rhumes !
  - Elle croit tenir / détenir la vérité.

- tenir qqch de qqn (= obtenir / avoir qqch de qqn) 從某人處得到某物
  - De qui tenez-vous ce titre de propriété ? (= Qui vous a donné ce titre...)

- tenir qqch / qqn pour... (= considérer - croire qqch) 把某事 / 某人看作、當作……
  - Je tiens votre histoire pour vraie. (= Je considère que votre histoire est vraie.)
  - Je la tiens pour une femme de parole. (= Je considère que c'est une femme de parole.)

- tenir de qqch / qqn (= ressembler à qqch / qqn) 與某事、某人相像、相似
  - Elle tient de sa mère !
  - Cette situation tient d'une histoire de fous.

- s'en tenir à qqch (= se borner à qqch = ne pas dépasser qqch - ne pas vouloir davantage) 局限於某事
  - Je m'en tiens à ma mission. (= Je ne ferai que ma mission.)

- s'en tenir à ce que + S1 / 2 + V (indic.) (= se borner à... = se limiter à...)
  局限於、僅僅……＋主要子句 / 從屬子句的主詞＋動詞（直陳式）
  - Je m'en tiens à ce que je sais faire.
  - Je m'en tiens à ce que vous m'avez dit.

- retenir qqch (= garder / déduire une partie d'une somme d'argent) 扣除某物
  - Sur mon salaire, on me retient six pour cent pour les impôts.

- retenir qqch (= réserver) 預訂、叫人保留某物
  - J'ai retenu une table pour quatre personnes à la Tour d'Argent.

- retenir (l'attention / l'intérêt de qqn) (= être intéressant) 引起（某人的注意 / 興趣）
  - Votre candidature a retenu toute notre attention, mais...

- retenir qqn de + V (inf.) (= empêcher qqn de faire qqch)
  阻止某人做某事（原形動詞）
  - Sa sœur l'a retenue de faire une bêtise.

(3) Conjugaison 動詞變化

infinitif	présent	passé comp.	imparfait
tenir	je tiens	j'ai tenu	je tenais
se tenir	je me tiens	je me suis tenu(e)	je me tenais
s'en tenir	je m'en tiens	je m'en suis tenu(e)	je m'en tenais
détenir	je détiens	j'ai détenu	je détenais
retenir	je retiens	j'ai retenu	je retenais
se retenir	je me retiens	je me suis retenu(e)	je me retenais
soutenir	je soutiens	j'ai soutenu	je soutenais

futur	cond. prés.	subj. prés.
je tiendrai	je tiendrais	que je tienne
je me tiendrai	je me tiendrais	que je me tienne
je m'en tiendrai	je m'en tiendrais	que je m'en tienne
je détiendrai	je détiendrais	que je détienne
je retiendrai	je retiendrais	que je retienne
je me retiendrai	je me retiendrais	que je me retienne
je soutiendrai	je soutiendrais	que je soutienne

02 Pratique des verbes
動詞練習

Construisez les phrases avec les éléments donnés :

01 - Je / tenir qqch / cette photo / de mes parents

02 - Il / tenir à / son travail

03 - Qu'est-ce que / tu / tenir / dans la main ?

04 - Elle / tenir à faire qqch / rencontrer / toi

05 - Il / tenir à ce que / tu / assister à / son récital

06 - Vous / pouvoir / se tenir à qqch / la rambarde

07 - Elle / s'en tenir à qqch / le travail minimum

08 - Je / ne pas retenir (p.c.) / votre nom

09 - Je / se retenir de faire qqch (p.c.) / lui envoyer une claque

10 - Pourquoi / tu / soutenir que / tu / ne jamais voir (p.c.) / cette femme ?

*Les prisonniers ne seront
plus détenus dans la prison
de Lutao, l'île verte.*

- tenir à quelque chose comme à la prunelle de ses yeux (= être très attaché(e) à qqch)
  像珍惜自己的眼珠一樣地珍惜某物（非常喜愛某物）
  - Elle tient à sa poupée comme à la prunelle de ses yeux.

- ne tenir qu'à un fil (= à très peu de choses, être fragile, précaire)
  千鈞一髮（脆弱的、不穩定的）
  - Sa vie ne tenait qu'à un fil.
  - Ce succès n'a tenu qu'à un fil.

- Mieux vaut tenir que courir - Un tiens vaut mieux que deux tu l'auras. (dicton)
  隔手的金不如到手的銅。多得不如現得。（諺語）

- Quand on est bien, il faut s'y tenir. (dicton)
  當你覺得很好時，要繼續保持下去。（諺語）

- savoir à quoi s'en tenir (= être bien informé) 心裡有數、知道該怎麼做
  - Maintenant qu'il a tout avoué, tu sais à quoi t'en tenir.

- se tenir par la barbichette (= être complice, de connivence) 與某人串通、與某人同謀

- Celui-là, je le retiens ! (= être mécontent de qqn)
  這個人，我記住了！（表示對某人不滿意）

- Il faut savoir (re)tenir sa langue. (dicton) (= Il ne faut pas tout dire.)
  要懂得守祕。（諺語）

- tenir à cœur (= cette chose est très importante) 非常重視
  - Son travail lui tient à cœur.
  - Ce projet me tient à cœur.

- Qu'à cela ne tienne ! (= cela ne doit pas empêcher de faire qqch) 這沒有什麼關係！
  - Vous ne voulez pas vous joindre à nous. Qu'à cela ne tienne, nous ferons sans vous !

- Ça tient debout. (= cela semble raisonnable, sérieux, vrai) 站得住腳。很合理。
  - Son analyse de la situation tient debout.

- s'en tenir là (= ne pas continuer) 到此為止
  - Arrêtons cette conversation, nous nous en tiendrons là !

- Est-ce que tu tiens facilement en place ? Peux-tu rester longtemps à faire la même chose ?

- Tiens-tu bien l'alcool ? Et le manque de sommeil ?

- Penses-tu détenir des vérités ?

- Est-ce que les études tiennent une grande place dans ta vie ? L'amour ? L'argent ?

- Qu'est-ce qui tient la plus grande place dans ta vie ?

- Tiens-tu toujours tes promesses ? Pour quelles raisons tu n'en tiens pas certaines ?

- Peux-tu tenir longtemps sous l'eau ? Combien de temps ?

- Quels sont les objets personnels auxquels tu tiens le plus ? Pourquoi y tiens-tu autant ?

- Quelles sont les personnes qui te sont les plus chères ?

- Dans la vie, est-ce qu'il y a des choses que tu tiens absolument à réaliser ? Pourquoi ?

- Est-ce que tu tiens à ce que ton mari ou ta femme soit taïwanais(e) ? Pour quelles raisons ?

- Tiens-tu davantage de ton père ou de ta mère ? Dans quels aspects : physique ou psychologique ? Par exemple ?

- Dans tes études, est-ce que tu t'en tiens à ce que les professeurs te demandent de faire ou en fais-tu davantage ?

- Est-ce que tu retiens facilement...
  - ce que tu dois apprendre ?
  - le nom d'une nouvelle personne ?
  - un numéro de téléphone?
  - une date d'anniversaire ?

- Est-ce qu'il y a des choses que tu te retiens de faire ? Quoi ? Pour quelles raisons ?

- Est-ce qu'il t'arrive de soutenir des personnes quand elles sont en difficulté ? Comment les soutiens-tu ?

- Penses-tu qu'on peut soutenir que la vie est belle ?

- la santé 健康
- la famille 家庭
- les parents 父母
- l'amour 愛情
- la réussite 成功
- le succès 成功
- la carrière 事業生涯
- les études 學業
- les amis 朋友
- la liberté 自由
- l'argent 金錢
- les enfants 孩子

- l'oubli 忘記
- le manque de temps / de moyens / de volonté / de courage 缺少時間 / 缺少方法 / 缺少意願 / 缺少勇氣

- changer d'idée 改變主意
- se raviser 改變主意
- faire marche arrière 向後走
- revenir sur une décision 改變決定

- une poupée 洋娃娃
- un doudou 幼兒最愛不釋手的絨毛玩具
- un ours en peluche 絨毛熊

- une peluche 絨毛玩具
- une photo 照片
- un album photo 相簿
- un souvenir 紀念品
- un vêtement 衣服
- un bijou 珠寶
- un portable 手機
- une montre 手錶
- un ordinateur 電腦
- un journal intime 日記
- un cadeau 禮物

- le racisme 種族歧視
- la discrimination 區別、歧視
- une injure 侮辱
- une insulte 侮辱
- une critique 批評
- un jugement 判斷
- un mensonge 謊言
- une violence 暴力
- l'agressivité 侵略性
- l'indifférence 冷漠
- le mépris 輕視
- l'avarice 吝嗇

015

TROMPER（欺騙）
COMMETTRE UNE ERREUR（犯錯）
ÊTRE DANS LE VRAI（正確）/ L'ERREUR（有錯、理虧）
AVOIR RAISON（有理、正確）/ TORT（錯了、理虧）

une tromperie（欺騙）- **une erreur**（錯誤）- **le vrai**（正確）
la vérité（事實）- **la raison**（道理）- **le tort**（過錯）

À la caisse d'un magasin... 在商店的收銀台……

La caissière : Ça fait 78,50 euros Madame !

總共 78.5 歐，女士！

La cliente : Je crois que vous vous êtes trompée.

我想您搞錯了。

La caissière : 30 + 40 + 8,50... Non, je n'ai pas commis d'erreur.

30 加 40 加 8.5……沒有，我沒有算錯。

La cliente : Si, regardez ! Il y a deux chemises à 30 euros, la deuxième est en solde.

有，妳看！有兩件 30 歐的襯衫，第二件有折價。

La caissière : Je suis vraiment désolée. Je n'avais pas vu. Je vous prie de m'excuser !

真抱歉。我沒有看到。希望您能原諒我。

La cliente : Ce n'est pas grave, ça nous arrive à tous de faire des erreurs.

沒關係，我們每個人都會犯錯。

La caissière : Excusez-moi encore. Vous avez raison, on n'est pas à l'abri de commettre une erreur.

還是十分抱歉。您説得對，我們都無法避免犯錯。

La cliente :	Ce n'est pas faux ! Ça m'arrive aussi souvent de me tromper. Je ne connais personne qui soit toujours dans le vrai. Et puis, le droit à l'erreur ça fait partie de la liberté !	這不是什麼罪過！我也常常搞錯。我還沒認識永遠都是對的人。而且，犯錯的權利也是自由的一環！
La caissière :	C'est quand même plus facile d'avoir raison !	看起來有理還是比較容易的！（理性比非理性簡單）

01 Constructions des verbes et synonymes
動詞結構與同義詞

(1) Les essentielles 主要的動詞結構

- tromper qqn (= induire volontairement qqn en erreur) 欺騙某人（刻意引人犯錯）
  - Le vendeur nous a trompés sur l'origine de ce produit.

- tromper qqn (= être infidèle en amour) 欺騙某人、不忠於某人（指愛情方面）
  - Il trompe sa femme depuis déjà 2 ans.
  - Elle l'a trompé avec son meilleur ami.

- se tromper (réfléchi = commettre une erreur) 弄錯、搞錯
  - Il ne se trompe jamais. (= Il ne commet jamais d'erreur.)
  - Je me suis trompé(e).

- se tromper de... (= prendre une chose / personne pour une autre)
  搞錯（把某事或某人誤認為另一件事或另一個人）
  - Excusez-moi, mais vous vous trompez de parapluie. Celui-là, c'est le mien.
  - Vous vous trompez de personne. Je ne suis pas le directeur.
  - Elle s'est trompée de route.
  - Je me suis trompé(e) de jour.

- commettre une erreur / une imprudence / une faute / une injustice (= accomplir une action blâmable, regrettable, mauvaise)
  犯錯 / 做了一件很冒失的事 / 做錯一件事 / 做一件不公正的事
  - Il a commis une grosse imprudence.
  - J'ai commis une grave erreur.
  - Tu commets / fais une erreur en allant la voir.
  - Ça arrive à tout le monde de commettre / faire des erreurs.

- avoir raison de + V (inf. prés. / passé) (= être dans le vrai)
  （做……）是對的＋原形動詞（現在式 / 過去式）
  - Tu as raison d'essayer de passer cet examen.
  - Il a raison de ne pas l'avoir écouté.

- avoir tort de + V (inf. prés. / passé) (= être dans le faux)
  （做……）是錯的＋原形動詞（現在式 / 過去式）
    - Elle a tort de ne pas prendre ce travail.
    - J'ai eu tort de ne pas avoir placé mes économies.

(2) Autres constructions 其他的動詞結構

- attraper / avoir / rouler / posséder qqn (fam. = tromper qqn)
  欺騙某人（通俗用法）
    - Le vendeur nous a attrapés / eus / roulés sur l'origine de ce produit.

- faire marcher qqn / mener qqn en bateau / pigeonner qqn / blouser qqn (fam. =
  tromper）欺騙某人 / 把某人騙得團團轉 / 使某人上鉤 / 哄騙某人（通俗用法）
    - Il te fait marcher.
    - Il te mène en bateau.
    - Il te pigeonne.
    - Il te blouse.

- cocufier qqn (fam. = être infidèle en amour, pour une femme)
  欺騙丈夫、給丈夫戴綠帽子（通俗用法）
    - Ta femme te cocufie.
    - Ta femme te fait cocu.

- tromper sa faim / sa soif / son ennui (= faire diversion à un besoin, un désir)
  聊以充飢 / 聊以解渴 / 聊以解悶
    - Je trompe mon ennui en téléphonant à des amis.

- faire fausse route - se faire des illusions (= se tromper) 走錯路 - 存有幻想、弄錯
    - Tu fais fausse route. Tu te fais des illusions. (= Tu te trompes. / Tu fais une erreur.)

- se ficher dedans - se gourer - se planter - se mettre le doigt dans l'œil (fam.=
  se tromper）弄錯、搞錯（通俗用法）
    - Tu te fiches dedans.
    - Tu te goures.
    - Tu te plantes.
    - Tu te mets le doigt dans l'œil.

- commettre un délit / un crime (= perpétrer un acte interdit / répréhensible) 犯罪
    - Il a commis un hold-up à main armée.

- être dans le vrai ≠ l'erreur (= avoir raison ≠ avoir tort / se tromper)
  有理、正確 / 錯了、弄錯

- Il est dans le vrai quand il dit que chacun est concerné par ce qui se passe aux USA.
- Vous êtes complètement dans l'erreur. (= Vous vous trompez complètement.)

(3) Conjugaison 動詞變化

infinitif	présent	passé comp.	imparfait
tromper	je trompe	j'ai trompé	je trompais
se tromper	je me trompe	je me suis trompé(e)	je me trompais
commettre	je commets	j'ai commis	je commettais
être	je suis	j'ai été	j'étais
avoir	j'ai	j'ai eu	j'avais

futur	cond. prés.	subj. prés.
je tromperai	je tromperais	que je trompe
je me tromperai	je me tromperais	que je me trompe
je commettrai	je commettrais	que je commette
je serai	je serais	que je sois
j'aurai	j'aurais	que j'aie

02 Pratique des verbes
動詞練習

Construisez les phrases avec les éléments donnés :

01 - Il / tromper (p.c.) / nous

02 - Il / attraper (p.c.) / moi / bien

03 - Il / faire marcher (fut.) / vous

04 - Je / se tromper de (p.c.) / bus

05 - Vous / faire fausse route (p.c.) / depuis le début

06 - Si / vous / croire / lui / vous / se mettre le doigt dans l'œil

07 - Je / ne jamais tromper / ma femme

08 - Tu / commettre (p.c.) / une faute impardonnable

09 - Il / commettre (p.c.) / un meurtre

10 - Il / ne plus commettre (fut.) / plus jamais / de tels actes

11 - Tu / avoir raison (p.c.) / envoyer / lui / balader

12 - Il / avoir raison (p.c.) / refuser cette proposition

13 - Je / avoir tort (p.c.) / le croire

14 - Elle / avoir tort (p.c.) / continuer ce travail

15 - Il / tromper (p.c.) / plusieurs fois ses parents

16 - Il / tromper / sa petite amie / avec une autre fille

17 - Je / se tromper (p.c.) / valise

18 - Excusez-moi, je / se tromper (p.c.) / numéro de téléphone

19 - Tu / commettre (p.c.) / une erreur de taille !

20 - Ne plus falloir / commettre / une telle faute

03 Expressions populaires et citations
通俗慣用語及名家語錄

• À trompeur, trompeur et demi. (dicton) 騙子也會被人騙。（諺語）

• Aujourd'hui trompeur, demain trompé. (dicton) 今天是騙子，明天被人騙。（諺語）

• Tel est pris qui croyait prendre. (Jean de La Fontaine) 種什麼惡因得什麼惡果。

• Le vrai moyen d'être trompé, c'est de se croire plus fin que les autres. (La Rochefoucault)
最好受騙的方法，就是自以為比別人精明。

• Tout le monde peut se tromper. (dicton) 每個人都會犯錯。（諺語）

• L'erreur est humaine. (dicton) 只要是人都會犯錯。（諺語）

• Ceux qui ne font rien ne se trompent jamais. (Th. de Banville)
那些什麼都不做的人永遠不會犯錯。

• Pour grands que soient les rois,... Ils peuvent se tromper comme les autres hommes.
(Racine) 不論國王有多偉大，……他們仍然像其他人一樣會犯錯。

• Cocu : chose étrange que ce petit mot n'ait pas de féminin ! (Jules Renard)
戴綠帽子：真奇怪，這個字竟然沒有陰性！

• La raison du plus fort est toujours la meilleure. (La Fontaine) 強者有理。

• Le cœur a ses raisons que la raison ne connaît pas. (Pascal) 愛情是不談理智的。

• Faute avouée est à demi pardonnée. (dicton)
只要承認錯誤就已經被原諒一半。（諺語）

• tromper qqn (induire qqn en erreur) 欺騙某人（引某人犯錯）
- attrraper qqn : Je l'ai bien attrapé(e) !
- avoir qqn : Je l'ai bien eu(e) !

- faire marcher qqn : Je l'ai bien fait marcher !

- mener qqn en bateau : Il nous mène en bateau !

- rouler qqn (fam.) : Il nous roule dans la farine !

- pigeonner qqn (fam.) : Il vous a pigeonné depuis le début !

- blouser qqn (fam.) : Je vous ai blousés !

- posséder qqn (fam.) : Elle t'a bien possédé(e) !

• tromper qqn (être infidèle en amour) 欺騙某人（感情方面的不忠）

- cocufier qqn (la femme est infidèle) (fam.) : Elle le cocufie depuis leur mariage.

- faire qqn cocu (la femme est infidèle) (fam.) : Elle l'a fait cocu !

• se tromper (commettre une erreur - avoir tort) 弄錯、搞錯、犯錯

- faire fausse route : Tu fais fausse route.

- se ficher dedans (fam.) : Je me suis fichu(e) dedans !

- se gourer (fam.) : Je me suis gouré(e) à son sujet.

- se planter : Tu t'es planté(e) !

- se mettre le doigt dans l'œil (fam.) : Tu te mets le doigt dans l'œil !

- se faire des illusions : Il se fait des illusions sur elle !

04 Quelques questions
回答下列問題

• Est-ce que tu commets souvent des erreurs ? Quels genres d'erreurs ?
Peux-tu nous raconter une de ces erreurs ?

• Est-ce qu'il t'arrive de te tromper de parapluie ? de numéro de téléphone ? de jour ?...

• Est-ce que tu connais des gens qui pensent qu'ils ont toujours raison ? Qui ?
Peux-tu nous citer un exemple ?

• Quand tu te trompes, que fais-tu ? Est-ce que tu reconnais ton erreur ?
Est-ce que tu t'excuses ?

• Est-ce qu'il t'est déjà arrivé(e) de tromper des gens ? Qui ? Pour quelles raisons ?

• Quelle est la plus grosse erreur commise dans ta vie ?

• Si tu penses que quelqu'un a tort, est-ce que tu vas essayer de le convaincre qu'il a tort ?

• Est-ce que tu penses que le gouvernement a eu raison d'arrêter la construction de la quatrième centrale nucléaire ? Pourquoi ?

- Est-ce que tu crois que… a eu raison / tort de… ?

- Est-ce que tu penses que la publicité dit la vérité ou nous trompe ?

- Peux-tu nous citer un exemple de pub qui dit la vérité ? qui nous trompe ?

- Est-ce que tu penses que ton / ta petit(e) ami(e) t'a déjà trompé(e) ?
  Est-ce que tu as peur qu'il / elle te trompe ? Si c'était le cas, que ferais-tu ?

- Penses-tu qu'il y a des erreurs impardonnables ? Lesquelles ? Pourquoi ?

- Es-tu d'accord avec Pascal quand il écrit :«Le cœur a ses raisons que la raison ne
  connaît pas» ? Pourrais-tu nous citer un exemple pour illustrer cette maxime ?

---

mini-dico 小辭典

- **se tromper de date / de jour / d'heure / de personne / de numéro de téléphone / d'endroit**
  搞錯日期 / 日子 / 時間 / 人 / 電話號碼 / 地方

- **oublier une date / un rendez-vous / quelqu'un / quelque chose à faire / de faire qqch**
  忘記一個日期 / 忘記一個約會 / 忘記某個人 / 忘記要做的某件事 / 忘記做某事

- **une promesse** 允諾
- **des excuses** 辯白、抱歉
- **un pardon** 原諒
- **une explication** 解釋
- **la honte** 羞愧
- **le regret** 遺憾
- **l'indifférence** 冷漠

- **l'oubli** 遺忘、忽略
- **une punition** 懲罰
- **un blâme** 責備、懲戒
- **un avertissement** 警告
- **un jugement** 評判

- **un crime** 罪行
- **un assassinat** 謀殺
- **un meurtre** 謀殺
- **un parricide** 殺父母者 / 罪
- **un génocide** 種族大屠殺
- **un attentat** 謀害、行兇
- **un viol** 強姦
- **un kidnapping** 綁票
- **une mutilation** 肢體的殘害

Le hacker est en train
de commettre un nouveau délit...

une sortie（出口）- une issue (de secours)（緊急出口）

À la maison... le père et son fils... 爸爸跟兒子在家裡⋯⋯

Le fils : Papa, ce soir je ne dînerai pas à la maison, je sors avec des amis.

爸爸，我今晚不在家吃飯，我要跟朋友出去。

Le père : Encore de sortie ? Tu es dehors presque chaque soir. Tu penses un peu à tes examens de fin de semestre ?

又要出去？你幾乎每個晚上都出門。你有稍微想一下你的期末考嗎？

Le fils : Ce sont les fêtes de fin d'année et je dois voir beaucoup d'amis. J'ai bien travaillé ce semestre, je pense que je n'ai pas trop besoin de réviser. Je vais bien m'en sortir aux examens.

那些都是年末慶祝會，我得要見許多朋友。我這學期很認真，我想不用花太多精力複習。我考試會安全過關的。

Le père : Tu es si sûr de pouvoir bien t'en sortir ?

你真的確定能安全過關？

Le fils : Ne te fais pas de souci pour moi. Je sais ce que je peux faire et ne pas faire. Alors, si je te dis que je vais bien m'en sortir c'est que j'en suis persuadé !

不用擔心我。我知道我什麼能做、什麼不能。所以，如果我跟你說我會安全過關，就表示我對此十分有把握。

Le père : C'est toi qui vois. Tes études c'est pour ton avenir...

隨便你吧。你的課業關係到你的未來⋯⋯

Le fils : Alors, c'est d'accord ? Tu me laisses sortir ?

所以，說定囉？你今晚會讓我出去？

Le père : Tu es si convaincant !

你真是會說服人！

01 Constructions des verbes et synonymes
動詞結構與同義詞

(1) Les essentielles 主要的動詞結構

- sortir (= quitter une pièce, une maison) 出門
  - Je suis sorti(e) sans faire de bruit.

- sortir qpart (= aller qpart pour se distraire)
  外出到某一個地方（去某個地方從事休閒活動）
  - Ce soir, nous sortons au théâtre.

- sortir de qpart (= passer du dedans au dehors) 從某處出來（從裡到外）
  - Je suis sorti du bureau à cinq heures.

- sortir + V (inf.) (= aller dehors pour faire qqch) 出去外面做某事（原形動詞）
  - Il est sorti acheter le journal.

- sortir qqch (= porter cette chose du dedans au dehors) 拿出某物
  - Est-ce que tu as sorti la poubelle ?

- sortir (= paraître, être publié, être montré) 出現、出版、展出
  - Ce film sortira sur les écrans mercredi prochain.

- se sortir de (= se tirer d'une difficulté) 脫身（擺脫一個困難）
  - Je me suis sorti de cette situation financière grâce à des emprunts.

- s'en sortir (= venir à bout d'une situation difficile, dangereuse - «en» = de cette situation)
  脫身（從一個困難、危險的狀況中全身而退，en代表從那個狀態中出來）
  - Il s'en est sorti avec seulement quelques égratignures.

(2) Autres constructions 其他的動詞結構

- sortir (= aller hors de l'espace naturel) 越出、超出、偏離、溢出
  - La rivière est sortie de son lit.
  - La voiture est sortie de la route.

- sortir (= pousser - percer) 長出（破土而出）
  - Les bourgeons sortent.
  - Les édelweiss sortent au mois de mai.

- sortir de qqch (= quitter un état, un comportement)
  度過、脫離、擺脫某事（擺脫一個狀態、放棄一個態度）
  - Il sort d'une grave dépression.

- Tu es sorti(e) d'affaire.

- Elle est sortie de sa froideur habituelle.

- sortir qqn (= faire passer qqn du dedans au dehors) 帶某人出來

- La police a sorti les grévistes de l'usine.

- sortir de qqch (= être issu de / provenir de) 出自、來自、發自

- Je sors / suis issu d'une famille paysanne.

- Ses paroles sortent du cœur.

- Elle sort de la meilleure université du pays.

- au sortir de (= en sortant d'un lieu, d'un état) (litt.)
  在離開……時、在……結束時（文學）

- C'est au sortir de l'enfance qu'elle est devenue passionnée de musique.

- Je l'ai rencontré au sortir du cinéma. (= en sortant du cinéma)

(3) Conjugaison 動詞變化

infinitif	présent	passé comp.	imparfait
sortir	je sors	j'ai sorti / je suis sorti(e)	je sortais
se sortir	je me sors	je me suis sorti(e)	je me sortais
s'en sortir	je m'en sors	je m'en suis sorti(e)	je m'en sortais

futur	cond. prés.	subj. prés.
je sortirai	je sortirais	que je sorte
je me sortirai	je me sortirais	que je me sorte
je m'en sortirai	je m'en sortirais	que je m'en sorte

02 Pratique des verbes
動詞練習

Construisez les phrases avec les éléments donnés :

01 - Elle / sortir de qpart (p.c.) / le bureau / il y a 10 minutes

02 - Je / sortir (p.c.) / la voiture du garage

03 - Demain / nous / sortir qpart (fut.) / à l'Opéra

04 - Il / sortir / une grave maladie

05 - Ce livre / sortir (fut.) / au début de l'année

06 - Il / sortir / une école de commerce

07 - Je / se sortir de (p.c.) / cette affaire/grâce à vous

08 - Elle / s'en sortir (p.c.) / avec facilité

09 - Je / trouver (p.c.) / un travail / immédiatement / au sortir de l'université

10 - Je / ne pas vouloir / vous / sortir / le soir, après dix heures

03 Expressions populaires
通俗慣用語

- Cela m'est sorti de la tête. (= J'ai oublié.) 我忘得一乾二淨。
  - Je suis désolé, j'ai oublié de lui téléphoner ; cela m'est complètement sorti de la tête.

- Je ne m'en sors pas. (= J'ai trop de choses à faire.) 我有太多的事情要做。
  - J'ai trop de travail. Je ne m'en sors pas !

- se sortir d'un mauvais pas (= se tirer d'affaire, venir à bout d'une difficulté) 走出困境
  - Tu verras, tu te sortiras de ce mauvais pas.

- Par ici la sortie ! (= Il faut sortir.) 請從這裡出去！
  - Mesdames, Messieurs, par ici la sortie !

- en sortir de bonnes (= dire des choses amusantes, bizarres) 說很有趣、很奇怪的事！
  - Tu en sors de bonnes ! Je voudrais bien te voir à ma place.

04 Quelques questions
回答下列問題

- Est-ce qu'il t'arrive de sortir les poubelles ?

- Tu sors de quelles écoles (lycée, université, institut technologique...) ?

- Quand il y a de fortes pluies, est-ce que les rivières de Taïwan sortent de leur lit ? Que fait-on pour les en empêcher ?

- Quand tu veux te distraire, où aimes-tu sortir ? Pourquoi ?

- Aimes-tu sortir seul ou accompagné(e) ? De qui ? Pourquoi ?

- En général, à Taïwan, les films sortent quel jour de la semaine ?

- Tu sors de quel genre de famille (paysanne - ouvrière - de cadres - bourgeoise...) ?

- T'es-tu déjà trouvé(e) dans des situations où il t'a été difficile de t'en sortir ? Peux-tu nous raconter ?

- Les habitants de Taipei aiment sortir dans quels endroits ?
  Et toi, fréquentes-tu également ces endroits ? Pourquoi ?

- Au sortir du lycée, quelles études souhaitais-tu entreprendre ? As-tu réalisé ton projet ?

mini-dico 小辭典

- une crue 漲水
- une inondation 水災
- un typhon 颱風
- une tempête 暴風雨
- la pluie 雨
- une pluie diluvienne 暴雨
- un barrage 水壩
- une digue 堤、壩

- un cinéma 電影
- un théâtre 戲劇
- un musée 博物館
- un cirque 馬戲團
- un concert 演唱會
- un opéra 歌劇
- un spectacle de danse / de marionnettes / de cabaret 舞蹈表演 / 掌中戲、木偶戲 / 餐廳內的歌舞表演
- une galerie 畫廊
- une exposition 展覽
- un zoo 動物園
- un parc 公園
- la rue 街道
- un restaurant 餐廳
- un bistrot 酒吧
- un pub 酒吧
- un café 咖啡廳
- une discothèque 唱片俱樂部
- le shopping 購物
- le lèche-vitrines 逛馬路看櫥窗

- un(e) petit(e) ami(e) 男（女）朋友
- des amis 朋友
- les parents 父母
- un frère 兄弟
- une sœur 姊妹
- un(e) cousin(e) 堂表兄弟（姊妹）
- des camarades 同學
- des collègues 同事
- un(e) inconnu(e) 陌生人

- une maladie 疾病
- une galère (fam.) 苦役
- le stress 壓力
- les examens 考試
- un accident 意外
- un problème amoureux / de santé / familial / professionnel / financier 愛情問題 / 健康問題 / 家庭問題 / 職業問題 / 財務問題

- des études de langues 學語言
  - de droit 學法律
  - d'économie 學經濟
  - de médecine 學醫
  - d'éducateur(trice) 學教育
  - d'ingénieur 學工程
  - d'histoire 學歷史
  - de sociologie 學社會學
  - de psychologie 學心理學
  - de journalisme 學新聞
  - littéraires 學文學
  - de sciences 學科學
  - de mathématiques 學數學

017

PROUVER（證實、證明）ÉPROUVER（感覺到、體驗到）
RÉPROUVER（拒絕、譴責）APPROUVER（同意、贊成）
DÉSAPPROUVER（不同意、不贊成）

une preuve（證據、證明）- une épreuve（考驗、考試）
une réprobation（拒絕、譴責）- une approbation（同意、贊成）
une désapprobation（不贊同、指責）

Dans un cours de philosophie à l'université.
Un professeur parle avec quelques étudiants...
在大學哲學課上，一名教授與學生對談……

Le professeur : La société réprouve la violence.

社會譴責暴力。

Pierre : Et pourtant, la société est violente pour beaucoup de gens.

然而，社會對許多人來說是暴力的。

Le professeur : Oui, beaucoup de gens éprouvent des difficultés à vivre dans une société basée sur l'individualisme et la consommation effrénée.

是的，許多人在個人主義及過度消費下，體驗到生活是如何困難。

Laurent : Est-ce que parfois la violence est nécessaire pour être écoutés ?

若想要被注意到的話，暴力是不是非必要不可呢？

Le professeur : Je désapprouve cette idée. La non-violence est préférable à la violence. Gandhi l'a prouvé dans

我不贊成這樣的想法。非暴力比暴力更可取。甘地以他在南

les luttes qu'il a menées avec ses mouvements de désobéissance civile en Afrique du Sud, puis en Inde.

非、之後在印度發起的不合作運動證明了這點。

Annie : J'éprouve beaucoup d'attirance pour sa philosophie de la non-violence. Il a inspiré beaucoup d'autres personnalités : Martin Luther King, Mandela, le dalaï lama, Aung San Suu Kyi, pour n'en citer que quelques-uns.

我深受他的非暴力哲學吸引。他啟發了許多人，舉幾個例子，像是：馬丁・路德・金恩、曼德拉、達賴喇嘛、翁山蘇姬。

Le professeur : Oui, il a prouvé au Monde que la violence n'est pas l'unique solution au règlement des problèmes de nos sociétés. Beaucoup de dirigeants devraient continuer à s'en inspirer !

是的，他向世界證明了，暴力並不是解決我們社會結構問題的唯一方法。許多領導人或許都將持續受他啟發。

01 Constructions des verbes et synonymes
動詞結構與同義詞

(1) Les essentielles 主要的動詞結構

- prouver qqch (= établir la vérité, la réalité de qqch) 證明某事
  - Il a prouvé son innocence.
  - Son discours prouve sa bonne connaissance des problèmes.

- prouver qqch à qqn (= exprimer une chose par un geste, une attitude)
  向某人表明某事（透過手勢、態度表達）
  - Il ne sait comment lui prouver son amour.

- prouver (à qqn) que + S1 / 2 + V (ind.) (manifester la preuve de qqch)
  （向某人）證明＋主要子句 / 從屬子句的主詞＋動詞（直陳式）
  - Il a prouvé qu'il était innocent.
  - Pouvez-vous me prouver que je ne risque rien ?
  - Il a prouvé au public qu'il était toujours le meilleur cycliste du monde.

- éprouver un sentiment, une sensation (= sentir - ressentir)
  體驗一種情感、一種感覺
  - Il éprouve un amour profond pour elle.

- éprouver (un sentiment, une sensation, une difficulté) à + V (inf.)
  做某事時（原形動詞）體驗到（一種感覺）
  - Il éprouve toujours beaucoup de joie à vous revoir.
  - J'éprouve beaucoup de difficultés à faire ce travail.

- J'éprouve du mal à desserrer cet écrou.

- J'éprouve de la gêne à respirer.

- approuver qqch (= donner son accord à qqch / juger bon qqch) 同意、贊成某事
  - J'approuve votre décision.
  - Le peuple a approuvé la nouvelle constitution.
  - J'approuve votre engagement auprès des plus démunis.

- approuver qqn (= être de son opinion) 贊成某人
  - 53% des Français ont approuvé le Président de la République.

- désapprouver qqch (= ne pas être d'accord avec qqch / trouver qqch mauvais)
  不同意某事、不贊成某事
  - J'ai désapprouvé ce projet.
  - Il désapprouve votre conduite.

- désapprouver qqn de + V (inf. passé) (= ne pas être d'accord avec la conduite de qqn)
  反對某人做過的事（原形動詞過去式）
  - Je le désapprouve de vous avoir répondu de cette façon.

- réprouver qqch / qqn (= blâmer - condamner qqch / qqn) 拒絕、譴責某事 / 某人
  - Nous réprouvons tout comportement violent.
  - La société réprouve les marginaux.

(2) Autres constructions 其他的動詞結構

- il est prouvé que + S + V (ind.) (forme impersonnelle) (= on a la preuve que...)
  已證實＋主詞＋動詞（直陳式）（無人稱形式）
  - Il est prouvé qu'il y a une relation entre le réchauffement de la terre et les activités humaines.

- se prouver (passif = qui peut être prouvé) 被證實
  - L'existence de Dieu peut difficilement se prouver.

- se prouver qqch (réfléchi = prouver à soi-même) 向自己證明某事
  - Il a voulu se prouver qu'il était encore capable de nager deux mille mètres.

- éprouver qqn / qqch (= faire subir une épreuve morale, psychologique ou physique à qqn / qqch) 考驗某人 / 某事
  - Le décès de ses parents l'a beaucoup éprouvé(e).
  - Le blocus des territoires occupés éprouve durement l'économie palestinienne.

- éprouver qqch (de qqn) (= essayer qqch pour vérifier la valeur, la qualité)
檢驗（某人的）某事

  - Nous allons éprouver vos réactions par un petit test de vos réflexes.

  - Nous éprouverons les connaissances des candidats lors d'un examen.

- éprouver que + S2 + V (ind.) (= connaître par une expérience personnelle)
體驗到＋從屬子句的主詞＋動詞（直陳式）

  - Elle a rapidement éprouvé qu'on la poussait à partir.

- désapprouver que + S2 + V (subj.)
不贊成、反對＋從屬子句的主詞＋動詞（虛擬式）

  - Votre père désapprouve que vous invitiez vos amis à la maison.

(3) Conjugaison 動詞變化

infinitif	présent	passé comp.	imparfait
prouver	je prouve	j'ai prouvé	je prouvais
se prouver	je me prouve	je me suis prouvé(e)	je me prouvais
éprouver	j'éprouve	j'ai éprouvé	j'éprouvais
approuver	j'approuve	j'ai approuvé	j'approuvais
désapprouver	je désapprouve	j'ai désapprouvé	je désapprouvais
réprouver	je réprouve	j'ai réprouvé	je réprouvais

futur	cond. prés.	subj. prés.
je prouverai	je prouverais	que je prouve
je me prouverai	je me prouverais	que je me prouve
j'éprouverai	j'éprouverais	que j'éprouve
j'approuverai	j'approuverais	que j'approuve
je désapprouverai	je désapprouverais	que je désapprouve
je réprouverai	je réprouverais	que je réprouve

Cette vidéo prouve l'adultère.

Construisez les phrases avec les éléments donnés :

01 - Vous / prouver (p.c.) / votre bonne foi

02 - Nous / prouver (fut.) / nous avons raison

03 - Elle / éprouver / des difficultés / convaincre le patron

04 - Je / éprouver / des sensations agréables / dans l'eau

05 - Nous / approuver (p.c.) / votre candidature

06 - Il / ne pas approuver / la nouvelle politique de l'entreprise

07 - Elle / désapprouver (p.c.) / le nouveau texte de loi

08 - Le Président / être désapprouvé (p.c.) / par 60% des électeurs

09 - Est-ce que / vous / pouvoir prouver / votre identité ?

10 - Je / réprouver / la tricherie aux examens

03 Expressions populaires
通俗慣用語

- Qui veut trop prouver ne prouve rien. (dicton) (= qui exagère n'est pas cru)
  越是不擇手段地想證明就越無法贏得相信。（諺語）

- Qui mieux abreuve mieux preuve. (dicton) (= en payant des «témoins», leurs témoignages deviennent favorables) 給證人的好處越多證詞就越有利。（諺語）

- Cela reste à prouver. (= On n'est pas sûr de ça.) 這還有待證實。

- faire ses preuves (= montrer sa valeur) 經歷了考驗（證明了他的價值）

- une preuve par l'absurde (= résultant d'une démonstration par l'absurde)
  以反命題的荒謬證明命題的邏輯

- avoir / faire preuve d'une santé / une patience à toute épreuve (= résistant, inébranlable)
  證明健康狀況極佳 / 表現極大的耐心

- C'est dans l'épreuve qu'on reconnaît ses amis. (dicton) (= Dans les difficultés, on reconnaît les vrais amis.) 患難見真情。（諺語）

- Lu et approuvé. (formule juridique pour donner son accord à un écrit)
  過目且同意。（司法用語，表示閱讀過且同意文件之內容）

- Comment peut-on prouver ses connaissances / son courage / sa force... ?

- Comment peux-tu prouver ton nom ?

- Essaies-tu de te prouver des choses ? Quoi ?

- Est-il prouvé que les femmes qui travaillent gagnent moins que les hommes ?

- Qu'est-ce que tu éprouves quand...
  - tu racontes un mensonge ?
  - quelqu'un te ment ?
  - tu as honte ?
  - tu fais honte à quelqu'un ?
  - tu as peur ?
  - tu es choqué(e) ?
  - tu choques quelqu'un ?
  - tu prépares un examen ?
  - tu rencontres un beau garçon / une belle fille ?
  - tu écoutes de la musique ?
  - tu manges un bon plat ?

- Est-ce que tu éprouves le sentiment d'être taïwanais ou chinois ?

- Quelles sont les plus grosses difficultés que tu éprouves dans la vie ?

- Penses-tu que l'on peut éprouver de la compassion pour un meurtrier ?

- Est-ce que tu approuves ou désapprouves...
  - la construction de la quatrième centrale nucléaire ? Pourquoi ?
  - le clonage humain ? Pourquoi ?
  - la cohabitation garçons / filles chez les étudiants ? Pourquoi ?
  - le mariage entre personnes du même sexe ? Pourquoi ?
  - la peine de mort ? Pourquoi ?
  - la politique du gouvernement ? Pourquoi ?
  - le service militaire ? Pourquoi ?
  - l'euthanasie ? Pourquoi ?

- Quels genres de personnes ou de comportements la société réprouve-t-elle ?
  Et toi, qu'est-ce que tu réprouves ?

- un examen 考試
- une compétition 競賽
- un concours 競賽、會考
- un test 測驗
- une épreuve 考驗、考試
- une carte d'identité 身分證
- un passeport 護照
- un extrait d'acte de naissance 出生證明
- une fiche d'état civil 身分證明、戶籍證明
- un témoin 證人
- un parent 親戚

- l'égalité 公平
- une inégalité 不公平
- le salaire 薪水
- la carrière 職業生涯
- la promotion 晉升
- les droits 權利
- les devoirs 義務
- un congé de maladie / de grossesse 病假 / 懷孕假
- une absence 缺席
- l'efficacité 效率
- l'ardeur 熱情
- l'intérêt 利益

- la tristesse 悲傷
- la joie 喜悅
- la souffrance 痛苦

- le plaisir 快樂
- la paix 和平
- la curiosité 好奇
- l'intérêt 興趣
- le désintérêt 不感興趣
- l'ennui 無聊、煩惱
- la colère 憤怒
- la révolte 反抗
- le dégoût 厭惡
- l'acceptation 接受
- l'accord 同意
- l'harmonie 和諧
- la paix 和平
- la sérénité 安詳
- l'excitation 興奮
- la stimulation 刺激
- la fatigue 勞累
- le stress 壓力
- la tension 緊張

- les études 學業
- le travail 工作
- la famille 家庭
- la santé 健康
- l'amitié 友情
- l'amour 愛情
- l'argent 金錢

018 PASSER（經過） DÉPASSER（超越） REPASSER（再經過）

un passage（經過、通道） - **une passation**（移交）
un dépassement（超越） - **un repassage**（燙衣服）

Dans une voiture... Le père, la mère et leur fille...
爸爸、媽媽、女兒在車上……

Le père : On va prendre la route nationale. On va passer par des petits villages où on pourra s'arrêter pour manger. C'est mieux que l'autoroute !

我們要走國道。之後會經過幾個可以停下來吃飯的小村莊。這樣比開高速公路好。

La mère : Tu as raison, on n'est pas pressés.

你説得對，我們不趕時間。

La fille : Papa, pourquoi tu ne dépasses pas ce camion, il pue !

爸爸，你為什麼不要超那台卡車，它很難聞！

Le père : Pour le doubler, je dois avoir de la visibilité et là, je ne vois pas ce qui arrive en face !

我需要清楚的視線才能超車，但我看不到對面發生什麼事。

La mère : Là, vas-y, dépasse-le ! Il n'y a pas de voiture en face.

快，上吧，超過它！對面沒有車了。

Le père : Oh là là, du calme ! C'est moi qui conduis ! Je ne veux pas encore perdre des points sur mon permis et être obligé de le repasser.

喔，冷靜一點！我才是開車的人！我可不想再遺失駕駛點數，然後重新考駕照。

La mère : Oui, tu as raison. Il n'est pas facile à obtenir et on est tous les trois passés par là.

好吧，有道理。要考到駕照不簡單，我們 3 個都經歷過。

La fille : Il te reste combien de points ?

Le père : Seulement 2 ! J'en ai perdu plusieurs pour dépassement de vitesse autorisée, spécialement sur l'autoroute. Alors, c'est aussi pour ça que je préfère prendre les petites routes.

你還有幾點？

只有兩點！我因為超速，特別是在高速公路上，丟了很多點。所以，這也是我喜歡走小路的原因。

01 Constructions des verbes et synonymes
動詞結構與同義詞

(1) Les essentielles 主要的動詞結構

- passer du temps (à faire qqch / qpart / avec qqn) (= employer du temps) 花時間
  - J'ai passé deux heures à préparer le dîner.
  - Elle a passé un an en Afrique.
  - Elle a passé la soirée avec nous.
  - Avez-vous passé de bonnes vacances ?

- passer qqch à qqn (= remettre / donner qqch à qqn) 傳遞某物給某人
  - Pourrais-tu me passer le pain, s'il te plaît ? (remettre / donner)
  - Est-ce que je peux passer un coup de fil à mes parents ? (= donner un coup de fil)
  - Il m'a passé son numéro de téléphone. (= donner)

- passer un examen → réussir (à) / avoir un examen ≠ échouer à un examen
  考試、應考 → 通過考試 ≠ 考試失敗
  - J'ai passé le bac. / J'ai réussi (à) mon bac. / J'ai eu mon bac. ≠ J'ai échoué à mon bac.

- passer faire qqch (= venir faire qqch) 來做某事
  - Il est passé réparer la machine à laver, hier après-midi.

- passer qpart (traverser un endroit / aller à un endroit / emprunter qqch)
  經過某處
  - Pour venir, je suis passé(e) par Taichung. (traverser)
  - Je suis passé(e) par l'autoroute. (emprunter / utiliser)
  - Cet après-midi, je passerai chez toi. (= aller)
  - Cet été, je suis passé(e) à Paris. (= aller)
  - J'ai passé la rivière à la nage. (= J'ai traversé la rivière à la nage.)

- (se) passer (dans le temps) (= se dérouler - avoir lieu) 發生
  - Cette histoire se passe au Moyen-Age.
  - Le tournage s'est passé en trois mois.

- Comment ça s'est passé ?

- Tes examens se sont bien passés ?

- Qu'est-ce qui se passe ?

- Que s'est-il passé ? - Il y a eu un accident.

- **dépasser qqn / qqch** (= devancer / doubler / aller plus loin / plus vite)
  超過、高出、超越某人 / 某事

  - Il a dépassé ses concurrents à la mi-course. (= doubler / aller plus vite)
  - Ton frère te dépasse de cinq centimètres. (= est plus grand)
  - Il ne faut pas que les entretiens dépassent quinze minutes. (= durer plus de 15')
  - Excusez-moi, mes paroles ont dépassé ma pensée. (= Je suis allé trop loin.)
  - Ce problème me dépasse. (= C'est trop difficile pour moi.)

- **se dépasser** (= faire un grand effort pour être supérieur à ce qu'on est)
  超越自己能力所及

  - Pour cet examen, il s'est dépassé. (= Il a beaucoup travaillé.)

- **être dépassé(e) par** (= être vaincu, battu, ne pas savoir quoi faire)
  被勝過、被擊敗、不知所措

  - La police a été dépassée par la situation et a dû se replier.
  - Elle est complètement dépassée par les agissements de ses enfants.

- **repasser qpart** (= revenir qpart) 再經過某處、再回去某處
  - Je suis repassé(e) le lendemain matin.

- **repasser qqch** (= passer une seconde fois) 再傳送某物、重新通過某事
  - J'ai repassé les examens de composition et de traduction.
  - Peux-tu me repasser le pain, s'il te plaît ?

(2) **Autres constructions** 其他的動詞結構

- **passer qqch** (= faire fonctionner - publier...) 使用某物、刊登某物
  - J'ai passé l'aspirateur ce matin.
  - Il a passé une annonce dans le journal.

- **passer** (= donner à voir / à entendre) 放映、播放
  - Dans ce cinéma, on a passé «Bleu».
  - Elle passe toujours le même CD.

- **passer** (= pâlir, perdre sa couleur, blanchir) 變白、褪色
  - Les couleurs ont passé au soleil.

- passer (= dépasser) 超過
  - Elle a passé (dépassé) la limite d'âge pour être fonctionnaire. (= Elle est trop âgée.)

- passer sur / sous / dans / devant... qqch / qqn
  經過某物 / 某物之上 / 之下 / 之中 / 之前
  - Je suis passé(e) sur le nouveau pont.
  - Le tunnel passe sous le Mont Blanc.
  - Il est passé devant tout le monde.

- passer à (= en venir à qqch) 轉入
  - Passons à la question suivante !
  - Nous sommes passé(e)s à la conclusion.

- passer de... à / en... (= changer d'endroit / de chose) 從……到、由……轉到
  - Il est passé du bureau du personnel à la comptabilité.
  - La drogue passe de main en main au vu et au su de tout le monde.
  - Quand il parle, il passe facilement d'une chose à l'autre.

- passer (= être acceptable) 可接受、令人滿意
  - Cette publicité est bien passée auprès des téléspectateurs.

- (se) passer (= appliquer qqch / couvrir qqch) 塗上某物、蓋滿某物
  - Avant de sortir, passez-vous de la crème solaire sur tout le corps. (= appliquez-vous)
  - Avez-vous passé une couche d'enduit avant de peindre le mur ? (appliquer / couvrir)

- se passer de qqch / qqn (= ne pas avoir besoin de qqch / qqn) 不需要某物 / 某人
  - En vacances, nous nous sommes très bien passés de tout le confort moderne.
  - S'il ne veut pas venir, on peut très bien se passer de lui.

- passer pour (= être considéré comme qqch / qqn) 被視為
  - Il passe pour un playboy.
  - Il passait pour (être) l'auteur de ce roman.
  - Ton histoire peut passer pour vraisemblable.

- (se) faire passer pour (= vouloir être considéré comme...) 冒充
  - Il s'est fait passer pour le directeur.
  - Elle faisait passer son fils pour un génie.

- repasser du linge (avec un fer à repasser) 燙衣服
  - As-tu repassé mes chemises ?

(3) Conjugaison 動詞變化

infinitif	présent	passé comp.	imparfait
passer	je passe	j'ai passé	je passais
se passer	je me passe	je me suis passé(e)	je me passais
se faire passer	je me fais passer	je me suis fait passer	je me faisais passer
dépasser	je dépasse	j'ai dépassé	je dépassais
se dépasser	je me dépasse	je me suis dépassé(e)	je me dépassais
être dépassé(e)	je suis dépassé(e)	j'ai été dépassé(e)	j'étais dépassé(e)
repasser	je repasse	j'ai repassé	je repassais

futur	cond. prés.	subj. prés.
je passerai	je passerais	que je passe
je me passerai	je me passerais	que je me passe
je me ferai passer	je me ferais passer	que je me fasse passer
je dépasserai	je dépasserais	que je dépasse
je me dépasserai	je me dépasserais	que je me dépasse
je serai dépassé(e)	je serais dépassé(e)	que je sois dépassé(e)
je repasserai	je repasserais	que je repasse

02 Pratique des verbes
動詞練習

Construisez les phrases avec les éléments donnés :

01 - Je / passer (p.c.) / quatre années / étudier le français

02 - Il / pouvoir passer (de... à...) / chinois / français / sans difficultés

03 - Pour venir / je / passer par (p.c.) / le centre-ville

04 - Ce film / passer (p.c.) / sur HBO / il y a un mois

05 - Quand / je / préparer les examens / je / se passer de / sorties

06 - Je / passer (p.c.) / à toi / le dossier / hier

07 - Je / aimer / se faire passer / ma sœur

08 - Vous / dépasser (p.c.) / la vitesse autorisée

09 - Mon père / être dépassé / ses problèmes financiers

10 - Elle / repasser (fut.) / voir / vous / ce soir

- Les chiens aboient, la caravane passe. (proverbe) (= Il faut continuer à faire ce qui doit être fait.) 任憑群犬亂吠，商隊依然前進。（諺語）（該做的還是要繼續去做。）

- Passons à table / dans le salon... ! (= Allons manger / dans le salon...)
  我們上桌吧！/ 我們到客廳去吧！
  - Si vous le voulez bien, passsons à table !

- C'est passé de mode. (= Ce n'est plus à la mode.) 這已經不流行了。
  - De nos jours, le walkman est passé de mode ; il a été remplacé par le mp3.

- la sentir passer (= subir, éprouver qqch de pénible) 感到某事帶來的痛楚
  - Son père lui a mis une de ces gifles qu'il a dû la sentir passer.

- passer un sale / mauvais quart d'heure (= traverser un moment difficile / pénible) 經歷一段痛苦的時間
  - Chez le dentiste, j'ai passé un mauvais quart d'heure !

- J'en passe, et des meilleures ! (= Je ne vous raconte pas tout.) 我沒有全部告訴你！
  - Je ne vous ai pas tout raconté. J'en passe et des meilleures !

- Passez-moi l'expression, mais... (= Excusez-moi si je dis ça, mais...)
  請原諒我這樣說，但……
  - Passez-moi l'expression mais c'est un petit crétin.

- Ça va se passer ! (= Ça ne va pas durer. / Ça va cesser.) 事情會過去的！
  - Soyez patient, ça va se passer !

- Ça ne se passera pas comme ça ! (= C'est scandaleux, je me vengerai.)
  事情不能這樣就算了！
  - Vous allez voir, ça ne se passera pas comme-ça !

- Que se passe-t-il ? (= Qu'est-ce qu'il y a ?) 發生了什麼事？

- Le temps passe et la mort vient. (dicton) (= Il faut profiter de la vie.)
  時間流逝，死亡隨之而來。（諺語）（要把握生命。）

- Comment passes-tu ton temps libre ?

- Est-ce que tu passes beaucoup de temps à étudier le français ? Combien d'heures par jour ?

- Comment aimes-tu passer tes soirées ?

- Cette année, est-ce que tu as passé ou dois passer des examens ? Lesquels ?

- Pour être fonctionnaire, faut-il passer un concours ? Est-il difficile ?

- Pour aller en train, de Taipei à Kaoshiung, doit-on passer par Taichung ?

- Quels films passe-t-on, en ce moment, à Taipei ? As-tu vu un de ces films ? Lequel ?

- Pour entretenir tes cheveux, te passes-tu un gel ou une lotion ?
  Quels sont les effets de ce produit ?

- Le film «Pearl Harbor» se passe à quelle époque ? L'histoire se passe où ?

- Quelles sont les choses dont tu peux te passer facilement ?
  Et les choses dont tu ne pourrais pas te passer ?

- Peux-tu te passer de ton Smartphone ?

- Pourrait-on se passer d'éléctricité ? Quelles en seraient les conséquences ?

- Est-ce que, parfois, tu passes tes devoirs à tes camarades pour qu'ils les copient ?

- Et tes camarades, est-ce qu'ils te passent leurs devoirs ?

- Chez tes amis, est-ce qu'il y a des choses sur lesquelles tu passes facilement ?

- Aimerais-tu passer pour un génie ? Et pour un playboy ?

- Est-ce qu'il t'est arrivé(e) de te dépasser ? En quelle occasion ?

- As-tu déjà été dépassé(e) par une situation ou un événement ? Peux-tu raconter ?

- Est-ce que tu as déjà dû repasser des examens ? Lesquels ? Pourquoi ?

- Est-ce que c'est toi qui repasses tes vêtements ? Si non, qui le fait ?

Cette année, le nombre des oiseaux
de passage a dépassé celui de l'an dernier.

- **regarder la télévision** 看電視
- **écouter de la musique** 聽音樂
- **lire** 閱讀
- **surfer sur Internet** 上網
- **sortir au cinéma / au restaurant / au bowling / dans un karaoké**
  出去看電影 / 出去吃飯 / 出去打保齡球 / 出去唱卡拉 OK

- **jouer au billard / au basket / au tennis / aux cartes / au mahjong / à des jeux vidéo**
  打撞球 / 打籃球 / 打網球 / 打紙牌 / 打麻將 / 打電動

- **aller faire une promenade / du sport / des courses / du shopping**
  去散步 / 去運動 / 去購物 / 去逛街買東西

- **discuter avec mes parents / mes amis**
  與父母 / 朋友討論
- **faire mes devoirs** 做作業、寫功課

- **se passer de télévision** 不需要電視
- **téléphone** 電話
- **cigarettes** 香菸
- **livres** 書籍
- **ordinateur** 電腦
- **scooter** 機車
- **argent** 金錢
- **parfum** 香水
- **climatiseur** 冷氣機
- **ventilateur** 電風扇
- **frigo** 冰箱
- **réfrigérateur** 冰箱
- **congélateur** 冷凍箱

- **la distraction** 休閒、消遣
- **l'oubli** 遺忘、疏忽
- **la négligence** 粗心大意
- **la mauvaise humeur** 心情不好
- **le bavardage** 閒聊
- **la vantardise** 吹牛、誇口
- **l'exagération** 誇張
- **la déprime** 沮喪

019 SENTIR（感覺、聞到） RESSENTIR（感覺、感受到） PRESSENTIR（預感到）

une sensation（感覺） - un sentiment（情感） un ressentiment（憤恨、不滿） - un pressentiment（預感）

Dans un cabinet médical... Un médecin et un patient...
一位醫生和病人在問診間裡……

Le médecin : Comment vous sentez-vous ?

您感覺怎麼樣？

Le patient : Un peu faible et je crois que j'ai de la fièvre. Je ressens des douleurs dans la poitrine.

有點虛弱，而且我覺得我發燒了。我的胸部會痛。

Le médecin : Enlevez votre chemise, je vais vous ausculter. Respirez profondément !

把您的衣服拉起來，我來聽一下診。來，深呼吸！

Le patient : Alors, qu'en pensez-vous ?

所以，您判斷如何？

Le médecin : Je pense que vous avez une bronchite. Il y en a beaucoup en ce moment. C'est une affection courante en hiver.

我想您有支氣管炎。這個時節是好發期。是冬季流行的傳染病。

Le patient : Je pressens que je ne vais pas pouvoir aller à la montagne cet hiver.

我猜我這個冬天沒辦法去山上了。

Le médecin : Je ne le vous conseille pas. Ce serait préférable que vous restiez bien au chaud chez vous. Vous vous sentirez mieux dans 3 ou 4 jours. Mais il faudra

我不建議您上山去。您待在家裡好好保暖比較好。3 到 4 天後，您就會感覺比較好

prendre quelques médicaments. Je vais vous faire une ordonnance.

Le patient : C'est bizarre, j'avais le pressentiment que je devrais rester à la maison ce week-end !

了。但要吃一些藥。我來幫您開個藥單。

真奇怪，我之前就有預感，這個週末會待在家！

01 Constructions des verbes et synonymes
動詞結構與同義詞

(1) Les essentielles 主要的動詞結構

- sentir qqch (= connaître / percevoir par l'usage des sens)
  感覺（透過感官而感受到某事物）
  - J'ai senti l'odeur du pain sortant du four.
  - Cette pièce sent le moisi. (odorat)
  - Vous sentez, cette bosse, là ? (toucher)
  - Avec les amphétamines, on ne sent plus la fatigue. (sensation corporelle)
  - Je sens un courant d'air. (sensation corporelle)

- sentir une odeur / une fragrance (l'odorat) 聞到一種味道 / 一種香味
  - Sentez cet arôme !
  - J'aime sentir ton parfum.

- sentir que + S1 / 2 + V (ind.) (= percevoir / comprendre qqch)
  覺得＋主要子句 / 從屬子句的主詞＋動詞（直陳式）
  - Je sens que vous n'aimez pas cette personne.
  - Elle sent que tu la trompes.
  - Je sens que je vous dérange.
  - Il a senti qu'il était de trop.

- se sentir (= éprouver un sentiment, une sensation, une impression) 覺得、感到
  - Je me sens heureuse.
  - Elle se sent fatiguée.
  - Comment vous sentez-vous ?

- ressentir qqch (= éprouver une sensation) 感受到
  - Il ressent toujours une douleur dans le dos.
  - Je ressens des picotements au bout des doigts.

- pressentir qqch (= prévoir de façon confuse = deviner - prévoir)
  預感到某事物、揣測到某事物
  - Je pressens des difficultés.
  - Elle avait pressenti ce malheur.

- avoir le pressentiment que + S1 / 2 + V (ind.)
  有預感＋主要子句 / 從屬子句的主詞＋動詞（直陳式）
  - J'ai le pressentiment qu'elle ne viendra pas.
  - J'ai le pressentiment que je vais avoir des difficultés à la convaincre.

(2) Autres constructions 其他的動詞結構

- ça / cela sent (= percevoir qqch par les sens) 這個有味道
  - Ça sent bon / mauvais / bizarre / le brûlé / la rose / la lavande / la bagarre...

- sentir qqn (= éprouver qqn / découvrir qqn / comprendre qqn)
  感覺到某人、發現某人、了解某人
  - Je l'ai sentie nerveuse.
  - J'ai senti mes étudiants curieux.
  - Je ne te sens pas.

- ne pas pouvoir sentir qqn (= ne pas aimer qqn / détester qqn) (fam.)
  不喜歡某人、討厭某人（通俗用法）
  - Je ne peux pas sentir ce professeur.
  - Il ne peut pas me sentir.

- sentir qqch (= prendre conscience de qqch / comprendre qqch = pressentir)
  領會到某事物、了解某事物
  - Elle sent votre intérêt à son égard.
  - Les enfants ne sentent pas le danger.

- sentir qqch (= être affecté en bien ou en mal par qqch / qqn / éprouver qqch /
  ressentir qqch) 感受到某事物
  - J'ai durement senti / ressenti son absence.
  - J'ai senti votre intérêt pour mon travail.

- faire sentir qqch à qqn (= faire comprendre qqch / faire se rendre compte de
  qqch à qqn) 使某人感覺到某事物
  - Il m'a fait sentir qu'il ne partageait pas mon opinion.

- se faire sentir (= se manifester, devenir évident) 顯示出來、顯露出來
  - Les conséquences de cette guerre se feront sentir pendant plusieurs années.

- ressentir qqch pour qqn / à l'égard de qqn / vis-à-vis de qqn (= être conscient d'un état affectif = éprouver un sentiment) 對某人有某種感情
  - Je ressens beaucoup d'affection à l'égard de mes parents.

- se ressentir de qqch (= éprouver les conséquences de qqch) 感受到某事的結果
  - Il se ressent encore de son accident. (= Il n'est pas encore complètement guéri.)
  - Je me ressens de mon divorce. (= Ma vie n'est toujours pas facile.)
  - Ses études se ressentent de ses difficultés familiales. (= Il éprouve des problèmes.)

- pressentir qqn pour (faire) qqch (= sonder les dispositions de qqn pour faire qqch) 試探某人做某事的意願
  - Le directeur vous a pressenti pour ce poste. Qu'en pensez-vous ?

(3) Conjugaison 動詞變化

infinitif	présent	passé comp.	imparfait
sentir	je sens	j'ai senti	je sentais
faire sentir	je fais sentir	j'ai fait sentir	je faisais sentir
se sentir	je me sens	je me suis senti(e)	je me sentais
ressentir	je ressens	j'ai ressenti	je ressentais
se ressentir	je me ressens	je me suis ressenti(e)	je me ressentais
pressentir	je pressens	j'ai pressenti	je pressentais

futur	cond. prés.	subj. prés.
je sentirai	je sentirais	que je sente
je ferai sentir	je ferais sentir	que je fasse sentir
je me sentirai	je me sentirais	que je me sente
je ressentirai	je ressentirais	que je ressente
je me ressentirai	je me ressentirais	que je me ressente
je pressentirai	je pressentirais	que je pressente

Construisez les phrases avec les éléments donnés :

01 - Il / sentir (p.c.) / une odeur de brûlé

02 - Je / sentir / lui / inquiet

03 - Elle / ne pas pouvoir sentir (imp.) / ses beaux-parents

04 - Il / faire sentir qqch à qqn (p.c.) / à moi / il / ne plus vouloir / voir / moi

05 - Le manque de travail / se faire sentir (p.c.) / dans ses résultats

06 - Comment / tu / se sentir ?

07 - Il / ressentir / de la compassion / vis-à-vis de / les sans logis.

08 - Est-ce que / vous / se ressentir de / encore / votre opération ?

09 - Je / être pressenti (p.c.) / pour réaliser ce projet

10 - Je / avoir le pressentiment / il / refuser (fut.) / notre proposition

- aimer les sensations fortes 喜歡強烈的感覺

- Tu ne te sens plus ! (= Tu perds la tête.) 你昏了頭啦！

- Ça sent le roussi ! (= Il va se passer quelque chose de mauvais.)
  有焦味了！（有不好的事要發生了。）

- La manière la plus profonde de sentir quelque chose est d'en souffrir. (G. Flaubert)
  體驗某事物最深刻的方式就是親身經歷其苦。

Les médicaments chinois sentent bon...

04 Quelques questions
回答下列問題

- Quelles sont les odeurs que tu aimes sentir ? Et celles que tu détestes ?

- Est-ce que tu utilises un parfum ou une eau de toilette ? Comment est la fragrance ?

- Est-ce que, parfois, tu te sens joyeux(se) / nerveux(se) / fatigué(e) / déprimé(e)... ? Pour quelles raisons ?

- Est-ce qu'il y a des gens que tu ne peux pas sentir ? Qui ? Pourquoi ?

- T'est-il arrivé(e) de sentir que quelqu'un t'aimait ou te détestait ? Comment ?

- Est-ce qu'il t'arrive de vouloir faire sentir quelque chose à quelqu'un ? À qui ? Quoi ?

- Est-ce que tu te sens heureux(se) ? Pour quelles raisons ?

- Pour qui ressens-tu le plus d'affection ? le plus d'aversion ? le plus d'admiration ?

- Quand tu échoues à quelque chose, est-ce que tu t'en ressens longtemps ?

- T'est-il arrivé(e) d'avoir des pressentiments ? De quels genres ?

---

mini-dico 小辭典

- **une odeur forte / douce / subtile**
  強烈的 / 香的 / 沁人心脾的

  légère / suave / capiteuse
  清淡的 / 芳香的 / 醉人的

  voluptueuse / âcre / fétide
  給人快感的 / 嗆人的 / 臭的

  nauséabonde / suffocante
  令人作嘔的 / 令人窒息的氣味

- **se sentir en (pleine) forme / bien / mal**
  覺得自己精神強健 / 感覺身體很舒適 / 不舒服

  mieux / moins bien / excité(e)
  比較好 / 比較不好 / 覺得很興奮

  abattu(e) / seul(e) / abandonné(e)
  很沮喪 / 很孤單 / 被遺棄

  fini(e) 自己完了

- **les parents** 父母
- **le père** 父親
- **la mère** 母親
- **un frère** 兄弟
- **une sœur** 姊妹
- **les grands-parents** （外）祖父母
- **le grand-père** （外）祖父
- **la grand-mère** （外）祖母
- **un oncle** 叔、伯、舅
- **une tante** 姑姑、姨媽、舅媽
- **un cousin** 堂（表）兄弟
- **une cousine** 堂（表）姊妹
- **des parents (proches - éloignés)**
  親戚（近親 - 遠親）
- **un(e) ami(e)** 朋友
- **un(e) camarade** 同學
- **un(e) voisin(e)** 鄰居

020 TROUVER（找到）
RETROUVER（重新找到）

une trouvaille（新發現）
un troubadour（南方吟遊詩人）- **un trouvère**（北方吟遊詩人）
une découverte（發現）- **des retrouvailles**（重逢）

Dans un restaurant, deux amies sont en train de déjeuner...
兩位朋友在餐廳用餐……

Françoise : Comment tu trouves ce restaurant ?

妳覺得這間餐廳如何？

Michelle : Pas mal, seulement un peu difficile de trouver le steak sous les frites !

還不錯，除了有點難在薯條下找到牛排。

Françoise : Oui, le steak était un peu rabougri.

是呀，牛排有點發育不良（小）。

Michelle : Au fait, tu as trouvé une baby-sitter pour s'occuper de ton fils à la sortie de l'école ?

話說，妳找到一個保母帶你兒子上學了？

Françoise : Oui, je vais la retrouver après déjeuner. Nous avons rendez-vous à 3 heures à la maison.

對呀，我吃完飯後要跟她碰面。我們約 3 點在家裡。

Michelle : Bon, on a encore un peu de temps pour terminer de déjeuner.

很好，那我們還有一點時間可以把餐點吃完。

Françoise : Avant de rentrer je dois encore trouver un distributeur de billets pour retirer de l'argent.

回去之前我還要找提款機領錢。

Michelle : Je vois. Alors, je ne te retiens pas. Pour le cinéma, on se retrouve à 7 heures ? Ça te va ?

了解。那我就不拖著妳了。看電影的話，我們約 7 點見？妳可以嗎？

Françoise : D'accord, rendez-vous à 7 heures devant le cinéma !

沒問題，7 點在電影院前見！

01 Constructions des verbes et synonymes
動詞結構與同義詞

(1) Les essentielles 主要的動詞結構

- trouver qqch / qqn (= découvrir la chose, la personne que l'on cherchait)
  找到某物 / 某人
  - J'ai trouvé un bon travail.
  - Elle a trouvé la maison de ses rêves.
  - Il a enfin trouvé une femme qui l'aime.
  - J'ai trouvé l'âme sœur.

- trouver qqch / qqn qpart (= découvrir la personne et le lieu / l'endroit)
  在某處找到某物 / 某人
  - Vous trouverez des timbres au bureau de tabac.
  - Vous trouverez M. Leblanc à la chambre 206.

- trouver qqch / qqn (= découvrir une chose, une personne, par hasard)
  發現某物 / 某人
  - J'ai trouvé ce parapluie dans le bus.
  - J'ai trouvé cet enfant, seul, au bord du lac.

- trouver (= parvenir à obtenir, à disposer de qqch) 找到
  - J'ai trouvé du temps pour écrire mon courrier. (**du** temps **pour** faire qqch)
  - J'ai trouvé le temps d'écrire mon courrier. (**le** temps **de** faire qqch)
  - Elle a trouvé le courage de lui parler.

- trouver qqch / qqn + adj. (= voir, éprouver, sentir, ressentir une sensation, un sentiment) 看到、感到、覺得某物 / 某人＋形容詞
  - J'ai trouvé porte close.
  - J'ai trouvé les enfants bien maigres.

- trouver qqch / qqn + adj. (= juger, apprécier, estimer)
  認為、覺得某物 / 某人＋形容詞
  - Comment trouves-tu ce livre ? - Je le trouve très intéressant.
  - Je trouve ce steak un peu coriace. (= un peu dur)

- J'ai trouvé ce film particulièrement ennuyeux.

- J'ai trouvé ta femme vraiment charmante.

- Je te trouve fatigué(e).

- **trouver que + S1 / 2 + V (ind.)** (= juger, apprécier, estimer)
  認為、覺得＋主要子句 / 從屬子句的主詞＋動詞（直陳式）

  - Je trouve que tu exagères.

  - Je trouve qu'elle a tort d'insister.

  - Je trouve que j'ai été gentil avec lui.

- **se trouver qpart** (= être qpart) 在某處

  - Où te trouves-tu ? - Je suis devant chez toi.

  - Taipei se trouve au nord de Taïwan.

- **retrouver qqch / qqn** (= trouver qqch / qqn qu'on a perdu ou qui a disparu)
  重新找到某物 / 某人

  - J'ai retrouvé mon portefeuille.

  - Il a retrouvé sa fille dans un pub.

  - J'ai retrouvé un travail.

  - La police a retrouvé la voiture volée.

  - On a retrouvé les trois prisonniers qui s'étaient évadés.

- **retrouver qqch** (son chemin, sa route, un endroit) (= retrouver, après s'être perdu)
  重新找到某物（路、一個地方）（指迷路之後再重新找到路或地方）

  - Après bien des détours, j'ai retrouvé ta maison.

- **retrouver qqch** (= trouver qqch qui existe déjà ailleurs)
  重新發現（找到在別處已有的東西）

  - On retrouve l'usage du minnanyu dans la province du Fujien.

  - On retrouve chez cet enfant le même nez aquilin que celui de son père.

- **retrouver qqn** (= être à nouveau en présence de qqn)
  重新見到某人（再一次與某人面對面）

  - Je te retrouve ce soir à six heures, devant le McDo. D'accord ?

  - Je retrouve ma femme et mes enfants le week-end.

(2) Autres constructions 其他的動詞結構

- **trouver qqch** (= découvrir qqch - parvenir à obtenir un résultat recherché)
  發現某物、找到某物

  - Les médecins n'ont pas encore trouvé de vaccin contre le SIDA.

  - On a trouvé une solution au problème.

- trouver le moyen de + V (inf.) (= comment faire qqch - se débrouiller pour faire qqch) (fam.) 找到方法去做某事（原形動詞）（通俗用法）
  - As-tu trouvé le moyen d'utiliser cette machine ?

- trouver à + V (inf.) (= trouver le moyen de faire qqch) (litt.)
  找到方法去做某事（原形動詞）（文學用法）
  - Je trouverai à vous tirer d'affaire.
  - Il a trouvé à redire !
  - J'ai trouvé à m'occuper pendant les vacances.

- se trouver (= être dans un état, une situation) 處於
  - Je me trouve embarrassé(e).
  - Il s'est trouvé gêné.
  - Elle s'est trouvée dans une impasse. (= dans l'impossibilité de régler son problème)
  - Je me trouve dans l'impossibilité de vous payer maintenant.

- se trouver + V (inf.) (= être - avoir - faire qqch) 是＋原形動詞
  - Elle se trouvait être la femme de mon meilleur ami. (= C'était la femme de...)
  - Il se trouvait habiter à deux pas de chez moi. (= Il habitait près de chez moi.)

- il se trouve que + S + V (indic.) (forme impers.) (= Il arrive que...)
  正巧＋主詞＋動詞（直陳式）（無人稱形式）
  - Il se trouve que j'avais prévu ce qui s'est passé. (= En fait / Il se fait que j'avais...)

- si ça se trouve + S + V (ind.) (fam.) (pour présenter une chose qui peut arriver)
  有可能＋主詞＋動詞（直陳式）（通俗用法）
  - Si ça se trouve, elle ne viendra pas. (= C'est possible qu'elle ne vienne pas.)

- retrouver qqch (= trouver, découvrir dans un certain état, une certaine situation)
  發現某事
  - À son retour, il a retrouvé son appartement cambriolé.
  - Quand je suis allé à ma voiture, je l'ai retrouvée sans roues.

- se retrouver (réciproque = être à nouveau en présence l'un de l'autre)
  重逢、再相見
  - Nous nous retrouverons à Tokyo.
  - Tiens ! Comme on se retrouve ! (rencontre inattendue)

- se retrouver dans qqch (réfléchi = se reconnaître dans qqch) 在某事物中認出自己
  - Je me retrouve bien dans tes idées.
  - Il ne se retrouve pas dans le portrait que tu as brossé de lui.

- se retrouver (réfléchi = être - à nouveau - qpart / dans un état, une situation)
重返、重新來臨
  - Elle se retrouvait seule.
  - Je me retrouvais au point de départ.
  - Comme il ne pouvait plus payer son loyer, il s'est retrouvé dans la rue.

- s'y retrouver (= faire un bénéfice, rentrer dans ses frais) (fam.)
撈到油水、獲得好處（通俗用法）
  - En vendant une crêpe cent dollars taïwanais, tu vas vite t'y retrouver !

(3) Conjugaison 動詞變化

infinitif	présent	passé comp.	imparfait
trouver	je trouve	j'ai trouvé	je trouvais
se trouver	je me trouve	je me suis trouvé(e)	je me trouvais
retrouver	je retrouve	j'ai retrouvé	je retrouvais
se retrouver	je me retrouve	je me suis retrouvé(e)	je me retrouvais
s'y retrouver	je m'y retrouve	je m'y suis retrouvé(e)	je m'y retrouvais

futur	cond. prés.	subj. prés.
je trouverai	je trouverais	que je trouve
je me trouverai	je me trouverais	que je me trouve
je retrouverai	je retrouverais	que je retrouve
je me retrouverai	je me retrouverais	que je me retrouve
je m'y retrouverai	je m'y retrouverais	que je m'y retrouve

02 Pratique des verbes
動詞練習

Construisez les phrases avec les éléments donnés :

01 - Je / trouver (p.c.) / un bon restaurant

02 - Elle / trouver (p.c.) / ce portable / dans le bus

03 - Comment / tu / trouver (p.c.) / ce spectacle ?

04 - Je / trouver que / ce professeur / être trop strict

05 - Est-ce que / tu / trouver le moyen de (p.c.) / se connecter à internet ?

06 - Si ça se trouve / elle / rappeler (fut.) / toi / ce soir

07 - Je / retrouver qqn (fut.) / elle / tôt ou tard

08 - Nous / se retrouver (imp.) / le samedi soir / dans un pub

09 - Quand ma femme m'a quitté / je / se retrouver (p.c.) / seul avec trois enfants

10 - Avec tout ce bazar / comment / tu / pouvoir / s'y retrouver ?

03 Expressions populaires
通俗慣用語

- la trouver mauvaise (= être mécontent) 感到不愉快
  - Je la trouve vraiment mauvaise !

- se trouver dans de beaux draps (= être dans une situation difficile) 處於困境
  - Après ses pertes à la bourse, il se trouve dans de beaux draps.

- se trouver dans une impasse (= ne pas voir de solution à un problème, une difficulté)
  陷於絕境、走投無路
  - Notre recherche se trouve dans une impasse.

- trouver à qui parler (= rencontrer un interlocuteur de taille) 棋逢敵手
  - Au cours de ce débat télévisé, il a trouvé à qui parler.

- trouver son maître (= tomber sur qqn de plus fort que soi) 碰到比自己強的對手
  - Au cours de ce débat télévisé, il a trouvé son maître.

- Eurêka ! J'ai trouvé ! (= trouver la solution d'un problème)
  有了！我有辦法了！（突然想出辦法時用的驚嘆語）

- trouver un malin plaisir à faire qqch (= éprouver du plaisir à faire qqch)
  做某事時樂在其中
  - Il trouve un malin plaisir à taquiner sa sœur.

- se trouver mal (= s'évanouir, perdre connaissance) 暈過去、昏倒
  - Il s'est trouvé mal en montant l'escalier.

- Une poule n'y retrouverait pas ses poussins. (= Cet endroit est en désordre.)
  連母雞都找不到牠的小雞。（比喻一個地方太亂。）

04 Quelques questions
回答下列問題

- Dans ta chambre, est-ce que tu trouves facilement les choses que tu cherches ?

- As-tu trouvé le garçon ou la fille de tes rêves ?

- Si tu te trouvais seul(e) et sans argent, que ferais-tu ?

- Où peut-on trouver de la fraîcheur, en été, à Taipei ?

- À Taïwan, où peut-on trouver...
  - des coraux ? - de la neige ? - des vaches ? - des ours ? - des sources thermales ?

- Si quelqu'un cherche le calme, où peut-il le trouver, à Taïwan ?

- À Taïwan, y a-t-il comme en France des bureaux de tabac ? Où peut-on trouver des cigarettes ?

- As-tu déjà trouvé des choses intéressantes...
  - dans la rue / le bus / le métro ?
  - sur internet ?

- Comment tu trouves les Français ? Et les Taïwanais ? Les Américains ? Les Philippins ?

- Est-ce que tu trouves que...
  - tes parents te laissent beaucoup de liberté ?
  - le français est une langue difficile ?
  - la vie en ville est meilleure qu'à la campagne ?
  - etc...

- Où se trouve...
  - Lanyu - Penghu - Taichung - Pingtung - Keelung... ?
  - Paris - Londres - Istambul - Le Caire - Mexico... ?

- Quelles sont les personnes que tu aimerais retrouver ? Pourquoi ?

- Est-ce que tu retrouves parfois des amis d'enfance ? Après des années sans les voir, comment les trouves-tu ?

- Et toi, comment te trouves-tu ?

- l'ordre 次序、秩序
- le désordre 混亂
- le bazar 市場、百貨店、雜亂的東西
- le rangement 整理、布置
- le classement 歸類、整理

- mendier 乞討
- faire la manche 乞討
- faire de l'auto-stop 搭便車
- faire du stop 搭便車
- faire un hold-up 持械搶劫
- braquer une banque 持械搶劫銀行
- voler 偷竊

- la montagne 高山
- la forêt 森林
- une source 水源
- une cascade 瀑布
- un torrent 急流
- une rivière 河流
- un fleuve 河川、江河
- un lac 湖
- une piscine 游泳池
- la mer 海洋
- la plage 海灘
- une dune 沙丘
- le sable 沙
- un parasol 陽傘

- un zoo 動物園
- un parc 公園
- un cinéma 電影院
- un grand magasin 百貨公司
- une bibliothèque 圖書館

- le calme 平靜、冷靜
- l'agitation 動盪、騷動

- le stress 壓力
- la pollution 汙染
- le bruit 聲音
- la circulation automobile 汽車交通
- la foule 群眾、人群
- la solitude 孤獨
- la sérénité 安詳、從容
- la paix 和平

- un bureau de tabac 香菸專賣店
- une supérette 小型超市
- une épicerie 雜貨店
- un kiosque à journaux 書報攤

- être fier(ère) / arrogant(e) / prétentieux(se)
  驕傲的 / 傲慢的 / 自負的、做作的

  snob / orgueilleux(se) / vaniteux(se)
  故作高雅的、趕時髦的 / 驕傲的 / 虛榮的

  compliqué(e) ≠ simple / humble /
  ambitieux(se) 複雜的 ≠ 簡單的 / 謙
  虛的 / 有野心的

  carriériste / amical(e) / accueillant(e)
  野心勃勃的 / 友好的 / 親切的、熱情款
  待的

  froid(e) / honnête ≠ malhonnête /
  sincère ≠ faux(sse) 冷淡的 / 誠實的 ≠
  不誠實的 / 真誠的 ≠ 虛假的

  hypocrite ≠ franc(he)
  虛偽的 ≠ 坦白、直率

- le nord 北方
- le sud 南方
- l'est 東方
- l'ouest 西方
- le nord-est 東北方
- le nord-ouest 西北方
- le sud-est 東南方
- le sud-ouest 西南方
- en France 在法國
- au Japon 在日本

- aux États-Unis 在美國
- à Singapour 在新加坡
- à Taïwan 在台灣
- en Europe 在歐洲
- en Asie 在亞洲
- en Afrique 在非洲
- en Amérique 在美洲
- en Australie 在澳洲

- un(e) camarade d'école 同學
- un(e) instituteur(trice) 中學老師
- une nourrice 保母
- un professeur 老師、教授
- un(e) voisin(e) 鄰居
- un quartier （城市中的）地區
- l'enfance 童年
- l'adolescence 青少年時期
- l'âge adulte 成年

J'ai enfin trouvé à me garer !

021 | CAUSER （交談、閒談；引起、造成）

une causette（交談、閒談）**- une causerie**（交談、閒談、座談）
une cause（原因）**- la causalité**（因果關係）

À la terrasse d'un café, Nathan a un rendez-vous avec Théa...
在露天咖啡座，Nathan 跟 Théa 有約

Nathan : Enfin te voilà ! Ça fait un quart d'heure que je t'attends...

妳終於來了！我等妳等了 15 分鐘……

Théa : Je suis désolée, je suis en retard à cause d'une panne du métro.

抱歉，因為捷運故障所以我遲到了。

Nathan : Ça, ça ne m'étonne pas, il tombe toujours en panne ce métro !

這樣呀，我一點都不意外，這捷運它常常故障！

Théa : La panne a été causée par un passager qui a tiré le signal d'alarme.

因為有一名乘客拉了緊急警報，所以才故障的。

Nathan : Alors, de quoi on doit causer aujourd'hui ?

好啦，我們今天要談什麼？

Théa : Hier, dans notre cours de philosophie on a causé de la violence. Le professeur nous a parlé de Gandhi. Tu le connais ?

昨天，在哲學課上我們談到了暴力。教授提到了甘地。你認識他嗎？

Nathan : Oui, un peu, quand j'étais au lycée. C'est vrai que la violence est la cause de beaucoup de drames dans le monde.

有，我知道一些，我在高中時候認識的。暴力確實是造成世界上許多悲劇的原因。

Théa : Grâce à ce cours, j'ai commencé à m'intéresser à ce mouvement.

多虧這堂課，我開始對那運動有興趣了。

Nathan : On peut quand même constater que les événements dans plusieurs pays remettent en cause cette forme de lutte.

我們也可以觀察到許多國家正重新討論此形式的反抗。

Théa : C'est bien triste quand on voit le prix payé par les populations civiles.

很難過的是，我們看到是公民付出代價。

Nathan : C'est souvent vrai et en plus, les leaders ne sont pas mis en cause et jugés...

常常是這樣的，而且，領導人並不會遭受質疑或審判……

---

01 Constructions des verbes et synonymes
動詞結構與同義詞

(1) Les essentielles 主要的動詞結構

- causer avec qqn de qqch / qqn (= bavarder - parler - s'entretenir familièrement avec qqn)

  與某人談到某事 / 某人

  - J'ai causé avec elle il y a un instant.
  - On a causé de vous pendant la réunion.
  - On va causer des vacances.

- à cause de qqch / qqn (= cette personne ou cette chose est à l'origine de... : négatif)

  因為某事 / 某人（負面用法）

  - Je suis tombé(e) à cause du verglas.
  - Je ne peux pas rouler vite à cause du brouillard.
  - Je suis en retard à cause de vous.

- grâce à qqn / qqch (= cette personne ou cette chose est à l'origine de... : positif)

  多虧某人 / 某事（正面用法）

  - Nous avons pu réaliser ce projet grâce à votre générosité.
  - C'est grâce à un ami que j'ai rencontré ma femme.

(2) Autres constructions 其他的動詞結構

- causer qqch à qqch / qqn (= être la cause de qqch - provoquer qqch)
  對某事 / 某人造成某種影響
  - Le typhon a causé des dégats considérables à l'agriculture.
  - La disparition de ses parents lui a causé un grand chagrin.

- être la cause de qqch (= être à l'origine / la raison de qqch) 是某事的原因
  - Le nouveau directeur est la cause de tous nos problèmes. (= Tous nos problèmes
    sont causés par le nouveau directeur.)
  - La perte de son emploi a été la cause de sa dépression. (= Sa dépression a été causée
    par la perte de son emploi.)

- pour cause de (= en raison de qqch / qqn) 由於
  - Les trains sont arrêtés pour cause de grève. (= en raison d'une grève)
  - Le magasin est fermé pour cause d'inventaire. (= en raison d'un inventaire)

- mettre en cause qqn / qqch (= accuser / suspecter / attaquer qqn / qqch)
  對某人提出訴訟、對某人 / 某事物提出懷疑、對某人 / 某事提出質問
  - Dans l'accident du Concorde, les enquêteurs mettent en cause la résistance des pneus.
  - L'accusé met en cause l'impartialité du juge.
  - Elle met en cause la fidélité de son mari.
  - Dans le scandale des frégates, le juge a mis en cause plusieurs officiers supérieurs.

- remettre en cause qqch (= remettre en question) 把某事重新提出來討論
  - L'Assemblée Nationale a remis en cause l'impunité du Président de la République.
  - La suppression des examens va remettre en cause le mode de sélection.

- mettre qqn / qqch hors de cause (= disculper / innocenter qqn - dégager qqch
  de tout soupçon) 無罪開釋某人、宣布某事與案件無關
  - Le juge a mis l'inculpé hors de cause.
  - Son mari a été mis hors de cause.
  - Dans cette explosion, la thèse de l'attentat a été mise hors de cause.

- prendre fait et cause pour qqn (= soutenir / défendre qqn)
  支持某人、站在某人一邊
  - Ses collègues ont pris fait et cause pour lui.

(3) Conjugaison 動詞變化

infinitif	présent	passé comp.	imparfait
causer	je cause	j'ai causé	je causais
être la cause	je suis la cause	j'ai été la cause	j'étais la cause
mettre en cause	je mets en cause	j'ai mis en cause	je mettais en cause
prendre fait et...	je prends fait et...	j'ai pris fait et...	je prenais fait et...

futur	cond. prés.	subj. prés.
je causerai	je causerais	que je cause
je serai la cause	je serais la cause	que je sois la cause
je mettrai en cause	je mettrais en cause	que je mette en cause
je prendrai fait et...	je prendrais fait et...	que je prenne fait et...

02 Pratique des verbes
動詞練習

Construisez les phrases avec les éléments donnés :

01 - Elle / causer avec(à) qqn / ta mère / les vacances

02 - La tempête / causer (p.c.) / de gros dégâts / la forêt

03 - Sa vanité / être la cause de (p.c.) / sa perte

04 - Je / être en retard / à cause de / les bouchons

05 - Il / pouvoir (p.c.) / payer ses dettes / grâce à un prêt de sa banque

06 - L'école / être fermée / pour cause de / épidémie de méningite

07 - Il / mettre en cause (p.c.) / toi / dans le détournement de fonds

08 - Le mauvais temps / remettre en cause / notre randonnée en montagne

09 - Ma mère / mettre hors de cause (p.c.) / moi / dans la disparition du pot de confiture

10 - Le Président / prendre fait et cause (p.c.) / le ministre déchu

- causer de la pluie et du beau temps (= parler de choses sans importance)
  談雨説晴、談天説地（談一些無關緊要的事）
  - Avec ma voisine, nous causons de la pluie et du beau temps.

- Cause toujours ! (= Je ne tiendrai pas compte de ce que tu dis.)
  隨便你説啦！（我完全不在乎你説什麼。）

- avoir / obtenir gain de cause (= avoir / obtenir ce que l'on voulait) 獲得勝訴
  - Avec ce jugement, les plaignants ont obtenu gain de cause.

- Il n'y a pas d'effet sans cause. (= Tout peut s'expliquer.) 事出必有因。

- Les petites causes produisent souvent de grands effets. (dicton) (= Il n'y a pas de petite chose.) 小原因往往會造成大影響。（諺語）（星星之火可以燎原；不可忽視小事情。）

- faire quelque chose en désespoir de cause (= en dernier recours, comme dernière ressource) 死馬當活馬醫、最後一搏
  - En désespoir de cause, les ouvriers ont séquestré le patron.

- faire quelque chose en connaissance de cause (= en connaissant les faits, la situation)
  在非常了解情況下去做某事
  - Les terroristes ont attaqué le World Trade Center en connaissance de cause.

- faire la causette - faire un brin de causette (= bavarder familièrement)
  閒話家常、隨便聊聊
  - Viens avec moi faire un brin de causette !

04 Quelques questions
回答下列問題

- Est-ce que tu aimes causer avec...
  - tes parents ? - tes frères et sœurs ? - tes amis ? - tes professeurs ?

- Avec quelles personnes tu causes le plus souvent ? Pourquoi ?

- Avec qui causes-tu de tes problèmes ? Pourquoi choisis-tu cette / ces personne(s) ?
  Est-ce que cette / ces personne(s) te donne(nt) de bons conseils ?

- As-tu déjà causé des problèmes à quelqu'un ? Quel(s) genre(s) de problème(s) ?
  Comment cela s'est-il terminé ?

- As-tu déjà causé un accident de la circulation ? Comment cela s'est-il passé ?

- D'après toi, quelles sont les causes...
  - de l'augmentation de la violence chez les jeunes ?
  - de l'augmentation du chômage ?
  - de la perte du pouvoir par le KMT ?
  - de l'augmentation de la température sur la terre ?
  - des accidents de la route ?

- As-tu déjà été mis en cause dans un problème ? Quel genre de mise en cause ?

- D'après toi, pourquoi le gouvernement a-t-il remis en cause la construction de la quatrième centrale nucléaire ?

mini-dico 小辭典

- une route 路
- une rue 街
- un trottoir 人行道
- un camion 貨車
- un bus 公車
- une voiture 汽車
- un taxi 計程車
- un scooter 摩托車
- une moto 機車
- un vélo 自行車
- un piéton 行人
- un croisement 交叉路口
- un carrefour 十字路口
- un couloir d'autobus 車道
- une piste cyclable 自行車道
- une file 直行、直列

- accélérer 加速
- ralentir 減速
- freiner 煞車
- stopper 停止、停下來
- s'arrêter 停止、停車
- tourner 轉向
- se déporter sur la gauche / la droite 向左邊 / 右邊偏離
- se garer 停放車輛
- clignotant 閃光信號彈
- un feu de direction 方向燈
- les feux de détresse 求救信號燈
- un parking 停車場
- une place de parking 停車位
- un sens interdit / unique 單行道
- un stationnement interdit 禁止停車

L'augmentation du prix a causé
une ruée sur l'alcool de riz.

ENNUYER（使厭煩、使感到無聊）DISTRAIRE（使得到消遣、使分心）
AMUSER（使分心、使高興）JOUER（玩耍、遊戲）

l'ennui（厭倦）- un ennui（無聊、煩惱）
une distraction（分心、消遣、娛樂）
un amusement（消遣、娛樂）- un jeu（遊戲）
un jouet（玩具）- un joujou（玩具）

Deux étudiants discutent dans la cafétéria...
兩位學生在學生餐廳裡討論……

Joël : Qu'est-ce qu'on s'ennuie dans ce cours ! C'est à mourir...

這堂課怎麼那麼無聊！真的無聊死了……

Jérôme : C'est bien vrai. Moi, pour me distraire, j'envoie des messages sur Line.

真的。我啊，為了消遣無聊，在 Line 上面傳訊息。

Joël : Moi, je joue à des jeux vidéo au fond de la classe.

我呢，我在教室後面打電動。

Jérôme : Il y a aussi des camarades qui s'amusent à lancer des avions en papier.

有幾個同學還射紙飛機玩。

Joël : On se croirait à l'école primaire, comme dans le film "Les 400 coups" !

我們自以為像是在電影《四百擊》裡的小學一樣！

Jérôme : Qu'est-ce qu'on pourrait faire pour rendre le cours plus distrayant ?

我們可以怎麼做讓課堂變得更有趣？

Joël : On devrait proposer au professeur de faire des
exposés en petits groupes.

Jérôme : Ça pourrait être pas mal, mais on va devoir
travailler plus !

Joël : Il faut choisir, ne rien dire et continuer à s'ennuyer ou
lui parler et avoir des cours intéressants et plus
amusants...

Jérôme : On va lui parler ! À propos, si on allait jouer un
peu au basket avant le prochain cours ?

Joël : Allez, je te suis !

我們應該要向教授建議，讓我們
做小組報告。

這樣不錯，但這樣我們就有更多
的功課要做！

要有所取捨，什麼都不說，然後
繼續無聊下去。或是跟教授反應，
讓課堂變得更有趣、更好玩……

我們去跟他說！對了，我們在下
堂課前，去打一下籃球怎麼樣？

好，我跟你走！

01 Constructions des verbes et synonymes
動詞結構與同義詞

(1) Les essentielles 主要的動詞結構

- ennuyer qqn (= causer de l'ennui à qqn / lasser qqn - contrarier qqn)
  使某人感到厭煩、使某人感到無聊、使某人感到不快
  - Ce professeur nous ennuie.
  - Ce film m'a ennuyé.
  - Ce problème m'ennuie beaucoup.
  - Tes exigences m'ennuient.

- s'ennuyer (réfléchi = ne pas savoir quoi faire, éprouver de l'ennui, se morfondre)
  感到無聊、感到厭倦
  - Pendant les vacances, je m'ennuie. Je n'ai rien à faire.
  - Certains élèves s'ennuient pendant les cours.

- être ennuyé(e) (= être contrarié(e), préoccupé(e)) 感到煩惱、感到憂慮
  - Je suis ennuyé(e), je ne peux pas vous payer aujourd'hui.

- ennuyeux (adj : qui cause de la contrariété, du souci, du désagrément, de l'ennui)
  令人厭煩的
  - Ce cours est si ennuyeux !
  - Sa réponse est ennuyeuse.
  - J'ai une chose ennuyeuse à vous dire.

- se distraire (réfléchi = se divertir, s'amuser, se détendre) 消遣、娛樂、休閒
  - Je me distrais en lisant et en jouant du piano.

- s'amuser (réfléchi = se distraire, jouer) 消遣、玩樂

  s'amuser à + V (inf.) 以做某事（原形動詞）為消遣

  - Les enfants s'amusent dans le jardin.

  - À Disneyland, on s'amuse beaucoup.

  - Sur la plage, elle s'amuse à construire des châteaux de sable.

- jouer (= s'amuser) 玩耍、遊戲

  - Les enfants jouent dans le jardin. (= s'amusent dans le jardin)

- jouer (être acteur dans une œuvre théâtrale ou cinématographique)
  飾演（戲劇或電影演員）

  - Elle joue (le rôle d') Esmeralda dans «Notre Dame de Paris».

  - Jean Reno joue le rôle principal dans le film «Le Professionnel».

- jouer une œuvre musicale - théâtrale- cinématographique...

  (= donner à voir, à écouter...)

  演出音樂、戲劇、電影作品

  - L'orchestre va jouer une œuvre de Mozart.

  - Au théâtre Mogador, on joue une pièce de Labiche.

  - Dans ce cinéma, on joue Shrek.

- jouer à qqch (un jeu - un jeu sportif) 玩某種遊戲、做某種運動

  - Nous jouons aux cartes.

  - Les enfants jouent à la marelle.

  - Il joue au billard.

  - Je joue souvent au tennis.

  - Mon fils aime jouer au basket-ball.

- jouer de qqch (savoir se servir d'un instrument de musique ou d'une chose)
  演奏樂器、耍弄某物

  - Elle joue admirablement du piano.

  - Je joue un peu de la guitare.

  - Il joue souvent du couteau.

(2) Autres constructions 其他的動詞結構

- distraire qqn (= déranger qqn dans son occupation, son travail) 使某人分心
  - Le passage des avions au dessus de l'école distrait les élèves dans leur travail.
  - Ne me distrayez pas, j'ai besoin de me concentrer.

- distraire qqn (= divertir, amuser qqn) 使得到消遣、使得到娛樂
  - Il distrait ses amis avec des plaisanteries.
  - Ce spectacle a beaucoup distrait les enfants.

- amuser qqn (= divertir, distraire, égayer qqn) 使某人高興、逗某人開心
  - Ses plaisanteries nous amusent beaucoup.
  - Les clowns amusent toujours les enfants.

- s'amuser de qqn (réfléchi = se moquer de qqn) 捉弄某人、嘲弄某人
  - Vous ne voyez pas qu'ils s'amusent de vous ! (= qu'ils se moquent de vous)

- jouer (= intervenir, avoir un effet sur qqch / qqn) 發生作用、產生影響
  - Ses relations ont joué dans son ascension rapide. (= Ses relations ont eu un effet...)
  - Le temps joue pour nous. (= Le temps qui passe est bon pour nous.)

- jouer (= miser de l'argent) 下賭注
  - J'ai joué deux cents euros sur le cheval numéro 6.

- jouer qqch (= risquer, hasarder qqch) 拿某物冒險
  - Avec ce coup, il joue sa vie.
  - Dans cette affaire, elle joue sa réputation.

- jouer qqch (= imiter un personnage type ou simuler un sentiment)
  模仿某個典型人物或裝出某種情感反應
  - Arrête de jouer la victime !
  - Il aime jouer les héros.
  - Elle joue le désespoir.
  - Il a joué l'étonnement.

- se jouer de qqch (réfléchi = triompher facilement d'une difficulté)
  不把某事放在眼中、很容易克服困難
  - Elle s'est bien jouée des difficultés du parcours.

- se jouer de qqn / qqch (réfléchi = se moquer de qqn, de qqch)
  不把某人 / 某事放在眼中、嘲笑、愚弄某人
  - Il se joue de moi. (= Il se moque de moi.)
  - Elle se joue des examens. (= Elle se moque...)

(3) Conjugaison 動詞變化

infinitif	présent	passé comp.	imparfait
ennuyer	j'ennuie	j'ai ennuyé	j'ennuyais
s'ennuyer	je m'ennuie	je me suis ennuyé(e)	je m'ennuyais
être ennuyé(e)	je suis ennuyé(e)	j'ai été ennuyé(e)	j'étais ennuyé(e)
distraire	je distrais	j'ai distrait	je distrayais
se distraire	je me distrais	je me suis distrait(e)	je me distrayais
amuser	j'amuse	j'ai amusé	j'amusais
s'amuser	je m'amuse	je me suis amusé(e)	je m'amusais
jouer	je joue	j'ai joué	je jouais
se jouer	je me joue	je me suis joué(e)	je me jouais

futur	cond. prés.	subj. prés.
j'ennuierai	j'ennuierais	que j'ennuie
je m'ennuierai	je m'ennuierais	que je m'ennuie
je serai ennuyé(e)	je serais ennuyé(e)	que je sois ennuyé(e)
je distrairai	je distrairais	que je distraie
je me distrairai	je me distrairais	que je me distraie
j'amuserai	j'amuserais	que j'amuse
je m'amuserai	je m'amuserais	que je m'amuse
je jouerai	je jouerais	que je joue
je me jouerai	je me jouerais	que je me joue

Le bruit venant de ce camion publicitaire
nous ennuie beaucoup.

Construisez les phrases avec les éléments donnés :

01 - Tu / ennuyer / nous / avec tes histoires

02 - Est-ce que / vous / s'ennuyer / dans la classe de français ?

03 - Vous / distraire / nous / avec vos blagues

04 - Elle / se distraire (imp.) / en regardant les passants

05 - Quand / je / être (imp.) / petit / je / s'amuser (imp.) / avec mes voisins

06 - Son charme / jouer (p.c.) / dans sa promotion

07 - Dimanche / je / jouer (fut.) / au tiercé

08 - Elle / jouer (p.c.) / déjà / dans plusieurs films

09 - Nous / jouer (imp.) / souvent / au tarot

10 - Tu / se jouer de (p.c.) / tous les pièges

03 Expressions populaires et citations
通俗慣用語及名家語錄

- Les conseils de l'ennui sont les conseils du diable. (dicton)
  無聊的建議是魔鬼的建議。（諺語）（無聊的時候不要作決定。）

- La peur de l'ennui est la seule excuse du travail. (Jules Renard)
  怕無聊是工作的唯一藉口。

- On n'est pas sur terre pour s'amuser. (Léon Bloy)　人不是為了娛樂而生。

- Le jeu ne / n'en vaut pas la chandelle. (= Le résultat ne vaut pas le mal donné.)
  得不償失

  - Arrête ce projet ; le jeu n'en vaut pas la chandelle.

- Jeu de main, jeu de vilain. (dicton) (= Les jeux ne finissent pas toujours bien.)
  賭博沒有穩贏的。（諺語）

- À bourse de joueur, il n'y a point de loquet. (dicton) (= Le vrai joueur perdra tout.)
  賭徒的錢包沒有卡鎖。（諺語）（真正的賭徒會輸光一切。）

- mourir d'ennui (= être très ennuyeux) 煩死了
  - Dans ce cours, on meurt d'ennui.
  - C'est un film à mourir d'ennui.

- écouter d'une oreille distraite (= ne pas écouter, être absent) 心不在焉地聽
  - Je l'ai écouté d'une oreille distraite.

- Bien joué ! (= C'est très bien !) 很好
  - Bien joué ! Tu as réussi à convaincre tes parents de te laisser aller en France.

- jouer sur les mots (= jouer avec les sens des mots, les équivoques) 玩文字遊戲
  - C'est difficile de négocier avec lui car il joue toujours sur les mots.

- jouer de bonheur, de malchance (avoir du bonheur, de la malchance, de façon continue)
  長時間擁有幸福、長時間運氣不好
  - L'équipe Mac Laren a joué de malchance durant toute la saison.

- jouer un (vilain / bon / mauvais) tour à quelqu'un (= tromper qqn - être néfaste - se moquer) 捉弄某人
  - Pour me venger, je vais lui jouer un bon tour.

- jouer la comédie (= manifester des sentiments que l'on n'a pas) 裝腔作勢
  - Pour essayer de te garder, elle joue la comédie.

- être beau joueur (= personne qui accepte loyalement la supériorité de l'adversaire)
  願賭服輸的人
  - Après avoir eu connaissance de sa défaite, il a été beau joueur et a félicité le vainqueur.

- être mauvais joueur (= personne qui n'accepte pas sa défaite) 不服輸的人
  - Il est très mauvais joueur ; chaque fois qu'il perd il se met en colère.

04 Quelques questions
回答下列問題

- Est-ce qu'il y a des moments où tu t'ennuies ? Quand ? Où ? Pourquoi ?

- Est-ce qu'il y a des gens qui t'ennuient ? Qui ? Pourquoi ?

- Penses-tu que parfois tu es ennuyeux(se) ? T'en rends-tu compte ?

- Quand quelqu'un t'ennuie, que fais-tu ? Lui dis-tu quelque chose ?

- Est-ce qu'il y a des choses qui te contrarient ? Quoi ?

- Comment tu aimes te distraire ? As-tu beaucoup de distractions ?

- Faut-il beaucoup d'argent pour se distraire ?

- Peut-on se distraire sans payer ? Comment ?

- Quand tu étais petit(e), comment t'amusais-tu ? Avec qui ? Que faisiez-vous ?

- À Taïwan, quels sont les amusements favoris des enfants ?

- Joues-tu d'un instrument de musique ? Lequel ? En joues-tu bien ?
  Quels compositeurs aimes-tu jouer ?
  Pourquoi ? Joues-tu dans un groupe ou un orchestre ?

- Joues-tu au basket-ball ? au volley ? au tennis ? au badminton ? au ping-pong ?...

- Est-ce que tu aimes jouer aux cartes ? aux échecs ? au mahjong ?

- Aimes-tu les jeux d'argent ? Y joues-tu parfois / souvent ? Combien d'argent joues-tu ?

- As-tu déjà joué dans une pièce de théâtre ? Dans quelle pièce ? Quel rôle as-tu joué ?

- Qui joue dans le film «A Star is Born» ? Et dans «Harry Potter» ?

- Aimerais-tu jouer dans un film ? Quel genre de film ? Quel genre de rôle ?

- Connais-tu des gens qui jouent souvent la comédie ? Comment réagis-tu face à eux ?

- Est-ce que tu arrives à te jouer facilement des difficultés de la vie ?
  Quelles sont celles qui te posent le plus de problèmes ?

---

mini-dico 小辭典

- le matin 早上
- l'après-midi 下午
- le soir 晚上
- la nuit 夜晚
- le week-end 週末
- les vacances 假期
- tout le temps 總是、永遠
- toute la journée 整天
- toute la semaine 整星期
- toute l'année 整年

- un problème amoureux / de cœur / familial / financier / de santé / d'études / de temps
  愛情問題 / 情感問題 / 家庭問題 / 財務問題 / 健康問題 / 學業問題 / 時間問題

- la musique 音樂
- le cinéma 電影
- le théâtre 戲劇
- la danse 舞蹈
- la lecture 閱讀
- les jeux de société 益智遊戲
- les cartes 紙牌
- le mahjong 麻將
- les échecs 象棋、西洋棋
- les jeux vidéo (en ligne) 電視遊樂器
- la toile (internet) 網路遊戲

- le sport 運動
- le basket-ball 籃球

- le badminton 羽毛球
- le volley-ball 排球
- le bowling 保齡球
- le roller 直排輪
- la natation 游泳
- le jogging 慢跑
- une promenade 散步
- une randonnée 遠足
- l'escalade 攀登
- le parapente 飛行傘
- le deltaplane 滑翔翼
- le saut à l'élastique 高空彈跳
- la planche à voile 風浪板
- la voile 帆船
- la plongée sous-marine 潛水

- le shopping 購物
- le lèche-vitrines 逛街看櫥窗
- une collection (de timbres / de papillons / de minéraux)
  收集（郵票 / 蝴蝶標本 / 礦石）

- jouer à la marelle / au docteur / à chat perché / au gendarme et au voleur / à cache cache
  跳格子 / 玩醫生看病 / 玩捉人遊戲 / 玩警察抓小偷 / 玩捉迷藏

- construire un château de sable / une cabane dans un arbre / un radeau
  築沙堡 / 在樹上蓋小木屋 / 造木筏

- attraper des papillons / des grenouilles / des crapauds / des cigales / des serpents
  抓蝴蝶 / 抓青蛙 / 抓癩蝦蟆 / 抓蟬 / 抓蛇

- un casino 賭場
- un jeu de hasard 完全憑運氣的賭博遊戲
- une machine à sous 吃角子老虎機
- la roulette 輪盤

- le baccarat 巴卡拉
- le bridge 橋牌
- le poker 撲克牌
- la belote 一種法國特有的紙牌遊戲
- le tarot 塔羅牌
- un jeu de cartes 紙牌遊戲

- une course de chevaux 賽馬
- le tiercé 前三名獨贏（賽馬賭博方式之一）
- la loterie nationale 樂透
- un pari 打賭、賭注
- une mise 下注
- une donne 發牌

- un acteur 男演員
- une actrice 女演員
- un comédien 男演員
- une comédienne 女演員
- une star 明星
- un rôle 角色
- un premier (second) rôle
  主要（次要）角色
- un(e) figurant(e) 臨時演員
- un auteur 作家
- un metteur en scène 導演

- jouer les innocents / persécutés
  裝無辜 / 裝成被迫害的樣子

  courageux / surhommes / ignorants
  裝勇敢 / 裝超人 / 裝得很無知的樣子

  playboys / fleurs bleues / imbéciles
  裝成一副花花公子的樣子 / 裝浪漫的 / 裝成愚蠢的樣子

  débiles / gros bras / malabars
  裝成低能的樣子 / 裝老大 / 裝成彪形大漢

023 CONNAÎTRE（認識） SAVOIR（知道）
IGNORER（不知道）

la connaissance（認識） - une connaissance（認識）
le savoir（知識、學問） - le savoir-faire（本事） - l'ignorance（無知）

Agnès cherche un bon dentiste.
Elle téléphone à son amie Marie...
Agnès 在找好的牙醫，她打電話給她朋友 Marie……

Agnès : Bonjour Marie ! Je cherche un bon dentiste sur Taipei. Tu en connais un ?

妳好 Marie ！我在找台北好的牙醫。妳有認識的嗎？

Marie : Le docteur Lin, près de Shida. Je sais qu'il est très apprécié de ses patients.

林醫師，在師大附近。我知道病人對他評價很高。

Agnès : Tu as son adresse ?

妳有地址嗎？

Marie : Je l'ignore, mais je vais la chercher. Attends une minute... Je l'ai trouvée sur Internet. C'est....

我不知道，但我去找找。等一下……我在上網找到了，是……

Agnès : Merci Marie. Je vais téléphoner pour prendre un rendez-vous. Est-ce que tu sais s'il est ouvert le soir ?

謝謝 Marie。我會打電話預約。妳知不知道它晚上有沒有開？

Marie : Je pense que oui, comme tous les dentistes de Taipei. Si tu veux connaître les horaires d'ouverture du cabinet tu peux aller voir sur Internet.

應該有，跟其它在台北的牙醫一樣。如果妳想知道看診時間，妳可以上網看。

Agnès : D'accord ! Et nous, on se voit quand ?

好的！那我們呢，我們什麼時候約？

Marie : Je te le dirai plus tard car j'ignore encore mes horaires de travail pour le mois prochain. Je les connaîtrai dans quelques jours. Je t'appellerai quand je les aurai...

Agnès : J'attends ton coup de fil. Bonne journée et à bientôt !

我之後再跟妳說，因為我還不知道我下個月的班表。這幾天會出來。等出來後我再打給妳……

我等妳的電話。祝妳有美好的一天，很快再見！

01 Constructions des verbes et synonymes
動詞結構與同義詞

(1) Les essentielles 主要的動詞結構

- connaître qqn (= avoir conscience de l'existence de qqn) 認識某人
  - Je ne connais pas cette personne.
  - Je ne vous connaissais que de vue.

- connaître qqch (= avoir l'idée, l'image, le concept de qqch)
  知道某事物、了解某事物
  - Je connais la loi.
  - Je connais les règles du jeu.
  - Elle connaît ses droits.

- connaître qqch / un endroit (= avoir l'expérience de cette chose, de cet endroit)
  認識某事物 / 知道某地方
  - Je connais bien la France.
  - Je ne connais pas de restaurant japonais.

- connaître qqch (= avoir à l'esprit, pouvoir utiliser qqch) 懂得某事物、熟悉某事物
  - Je connais ma leçon par cœur.
  - Cet acteur ne connaît pas son texte.
  - Je ne connais pas le russe.
  - Je ne connais pas grand-chose à la philatélie.

- savoir qqch (= avoir présent en mémoire = connaître) 知道某事物
  - Je sais ma leçon par cœur. (= Je connais ma leçon par cœur.)
  - Cet acteur ne sait pas son texte. (= Cet acteur ne connaît pas son texte.)

- savoir qqch (= être informé de qqch, avoir à l'esprit qqch = connaître qqch)
  知道某事
  - Tu sais la nouvelle ? (= Tu connais la nouvelle ?)
  - Je sais son nom. (= Je connais son nom.)

171

- savoir que + S2 + V (ind. / cond.) (= être informé de qqch)
  知道＋從屬子句的主詞＋動詞（直陳式 / 條件式）

  - Je sais que tu veux te marier.

  - Je sais que tu voudrais te marier.

  - Je sais bien que ta situation est difficile, mais garde courage !

- savoir + V (inf.) (= être capable de faire qqch, pouvoir faire qqch) 會＋原形動詞

  - Il sait conduire ?

  - Tu ne sais pas nager.

  - Je sais parler l'espagnol.

- savoir si / comment / pourquoi / où... 知道是否 / 如何 / 為什麼 / 哪裡……

  - Elle veut savoir si vous viendrez travailler samedi.

  - Je ne sais pas comment lui annoncer la nouvelle.

  - Sais-tu pourquoi il n'y a plus de confiture dans le frigo ?

- ignorer qqch (= ne pas savoir qqch, ne pas connaître qqch) 不知道某事物

  - J'ignore ton adresse. (= Je ne connais pas ton adresse.)

  - J'ignore la raison de son absence. (= Je ne sais pas pourquoi il / elle est absent(e).)

- ignorer que + S1 / 2 + V (ind. / cond.)
  不知道＋主要子句 / 從屬子句的主詞＋動詞（直陳式 / 條件式）

  - J'ignorais que tu voulais me parler.

  - Elle ignorait que tu étais rentré. (V. ind.)

  - Elle ignorait qu'elle deviendrait religieuse. (V. cond.)

(2) Autres constructions 其他的動詞結構

- connaître qqn (= apprécier qqn - comprendre qqn - juger qqn)
  認識某人、了解某人（賞識某人、了解某人、判斷某人）
  - Faites attention à lui, vous ne le connaissez pas !
  - J'ai appris à le connaître.

- connaître qqn (= avoir des relations sociales avec cette personne)
  與某人有往來（與某人有社會關係）
  - Je le connais depuis le service militaire.

- connaître qqch (= éprouver qqch, ressentir qqch) 體驗某事、感受某事
  - Quand il était enfant, il a connu la faim et les brimades.

- se connaître (réfléchi = avoir une juste notion de soi) 自知、認識自己
  - Il ne se connaît pas très bien.
  - Je me connais par cœur.

- s'y connaître en qqch (= être très compétent dans cette chose)
  在某方面能力很強
  - Il s'y connaît en mécanique.
  - Tu t'y connais en coups tordus !

- se savoir (réfléchi : être informé de qqch) 知道自己、被人知道
  - Elle se sait dans son droit.
  - Il se sait malade. (= Il / Elle sait qu'il / elle est...)
  - Si c'était vrai, ça se saurait ! (= Les gens le sauraient.)

- à savoir (= c'est-à-dire) 也就是説
  - Vous avez trois choix, à savoir du poulet, du thon et du boudin blanc.

- faire savoir qqch (= annoncer qqch) 宣布某事
  - Pouvez-vous faire savoir la date des élections ? (= annoncer la date...)

- ignorer + proposition (qui - si - pourquoi - comment - où...)
  不知道＋從屬子句
  - J'ignore qui elle cherche.
  - J'ignore si elle viendra.
  - J'ignore comment y aller.
  - J'ignorais vous avoir causé tant de problèmes. (= J'ignorais que je vous avais causé...)

- ignorer qqn (= faire comme si on ne connaissait pas cette personne, ne porter aucune considération à cette personne)
  裝得不認識某人、無視某人的存在、瞧不起某人
  - Elle t'ignore complètement.
  - C'est difficile d'ignorer son patron

(3) Conjugaison 動詞變化

infinitif	présent	passé comp.	imparfait
connaître	je connais	j'ai connu	je connaissais
se connaître	je me connais	je me suis connu(e)	je me connaissais
s'y connaître	je m'y connais	je m'y suis connu(e)	je m'y connaissais
savoir	je sais	j'ai su	je savais
se savoir	je me sais	je me suis su(e)	je me savais
ignorer	j'ignore	j'ai ignoré	j'ignorais

futur	cond. prés.	subj. prés.
je connaîtrai	je connaîtrais	que je connaisse
je me connaîtrai	je me connaîtrais	que je me connaisse
je m'y connaîtrai	je m'y connaîtrais	que je m'y connaisse
je saurai	je saurais	que je sache
je me saurai	je me saurais	que je me sache
j'ignorerai	j'ignorerais	que j'ignore

02 Pratique des verbes
動詞練習

Construisez les phrases avec les éléments donnés :

01 - Elle / ne pas connaître / ton nom

02 - Est-ce que / tu / connaître / son numéro de téléphone ?

03 - Il / s'y connaître / informatique

04 - Est-ce que / tu / savoir / comment / elle / s'appeler ?

05 - Je / ne pas savoir / si / elle / accepter (fut.) / parler / à toi

06 - Est-ce que / tu / savoir / piloter un avion ?

07 - Il / savoir (imp.) / tu / vouloir (imp.) / arrêter ton travail

08 - Est-ce que / tu / savoir / si / elle / rentrer (fut.) / pour dîner ?

09 - Je / ignorer (imp.) / elle / être (imp.) / mariée

10 - Je / ignorer / où / elle / cacher (p.c.) / le chocolat

03 Expressions populaires et citations
通俗慣用語及名家語錄

• Connais-toi toi-même. (Chilon. Sage grec. VIe S. av. J.-C.) 要有自知之明。

• Qui se connaît, connaît aussi les autres... (Montaigne) 知己就能知彼。

• Savoir ce que tout le monde sait, c'est ne rien savoir. (R. de Gourmont)
  知道眾所皆知的事，就是一無所知。

• Savoir, c'est pouvoir. (Virgile) 知道就能做到。

• Savoir par cœur n'est pas savoir : c'est tenir ce qu'on a donné en garde à sa mémoire.
  (Montaigne) 死記不算知道：只是把人家給的東西交給記憶保管。

- Ignorance est mère de tous les vices. (Rabelais) 無知是一切罪惡之母。

- Généralement, les gens qui savent peu parlent beaucoup, et les gens qui savent beaucoup parlent peu. (J.J. Rousseau) 通常，不知者多言而知者反而寡言。

- Il y a trois savoirs : le savoir proprement dit, le savoir-faire, et puis le savoir-vivre : les deux derniers dispensent bien souvent du premier. (Talleyrand)
在三種知識：狹義的知識、本事（知道怎麼做）、以及禮貌（知道怎麼活），而後兩者往往不需要前者。

- Quand chacun se mêle de son métier, les vaches en seront mieux gardées. (dicton)
各守其職，諸事順利。（諺語）

- C'est au pied du mur qu'on voit le maçon. (dicton)
要到牆角才看得出來水泥匠的功夫。（諺語）
（喻在工作時才能看出一個人真正的能力。）

- Ni vu ni connu. (= Personne n'en saura rien.) 沒有人知道、神不知鬼不覺
  - Il est parti ni vu ni connu.
  - Ni vu ni connu, elle a réussi à dérober des documents secrets.

- Tout finit par se savoir. (dicton)
任何事情最後都會被人家知道。（諺語）（紙包不住火的。）

- manquer de savoir-vivre (= mal se comporter avec les autres)
缺乏教養、沒有禮貌
  - Il ne vous a même pas remerciée. Quel manque de savoir-vivre !

- L'ignorance vaut mieux qu'un savoir affecté. (Boileau) 無知勝於假知。

- Qui ne sait rien ne doute de rien. (proverbe)
什麼都不知道的人就不會有任何懷疑。（諺語）

- Nul n'est censé ignorer la loi. 任何人都不能推托不知道國法。

À Taïwan, on connaît les bienfaits
des sources chaudes...

04 Quelques questions
回答下列問題

- Est-ce que tu connais le nom...
  - du Président de la République française ? - du Premier ministre taïwanais ?

- Est-ce que tu connais, personnellement,...
  - un ou des responsables politique(s) ? - un(e) artiste ?
  - des étrangers ? - un(e) personne handicapé(e) ?

- Est-ce que tu connais...
  - de bons restaurants dans la ville où tu habites ?
  - un marché de nuit particulièrement intéressant ?
  - des recettes de plats traditionnels taïwanais ?
  - des endroits sympas où aller le week-end ?
  - le nombre et les noms des tribus aborigènes de Taïwan ?

- Est-ce que tu connais Lanyu / Penghu / Kinmen... ? Y es-tu déjà allé(e) ?
  Comment c'est ? Qu'est-ce qu'on peut y faire ?

- Est-ce que tu penses que tu te connais bien ? Tu penses avoir quelles qualités ?
  Quels défauts ?

- Est-ce que tu t'y connais en mathématiques / électricité / informatique / mécanique /
  bricolage / cuisine / musique / cinéma... ?

- Est-ce que tu sais conduire / nager / bien parler le français / faire la cuisine / utiliser
  un ordinateur / dessiner / jouer d'un instrument de musique, lequel ? / danser... ?

- Est-ce que tu sais où on peut trouver des produits (alimentaires) français ?

- Sais-tu comment on peut aller de Taipei à Xiao Liuqiu ?

- Est-ce que tu sais si on peut voir des dauphins à Taïwan ? Où ?

- Est-ce que tu sais pourquoi il y a des typhons en été et pas en hiver ?

- Est-ce que tu sais comment se faire des amis ? Que fais-tu pour t'en faire de nouveaux ?

- Est-ce que tu sais quel métier tu aimerais exercer plus tard ? Pourquoi ce métier ?

- Est-ce facile ou difficile de pouvoir exercer ce métier ? Pour quelles raisons ?

- Est-ce que tu sais quelle religion est la plus pratiquée par les Taïwanais ?
  Et toi, pratiques-tu cette religion ou une autre ?

- Est-ce qu'il y a des choses que tu préfères ignorer ? Lesquelles ? Pourquoi ?

- Tes parents ignorent-ils des choses que tu fais ? Pourquoi tu ne leur en parles pas ?

- un peuple 人民、民族
- la population 人口
- une tribu 部族
- une race 種族
- un(e) indigène 土著

- un grand magasin 百貨公司
- un hypermarché 超級大賣場
- un supermarché 超級市場
- une supérette 小超市
- une épicerie 雜貨店
- une épicerie fine 精緻雜貨店
- une boulangerie 麵包店
- une pâtisserie 糕餅店
- une confiserie 糖果店
- un chocolatier 巧克力店

- un océan 大洋
- le vent 風
- l'air chaud / froid 熱空氣 / 冷空氣
- une dépression (atmosphérique) 低氣壓
- un anticyclone 高氣壓
- un nuage 雲
- la pression atmosphérique 大氣壓力
- un front (froid / chaud) 冷鋒 / 暖鋒

- professeur 老師、教授
- instituteur(trice) 中學老師
- diplomate 外交官
- traducteur(trice) 譯者
- interprète 口譯者
- secrétaire 祕書
- journaliste 記者
- patron(ne) 老闆
- artiste 藝人
- musicien(ne) 音樂家、樂手

- comédien(ne) 演員
- star 明星
- chanteur(euse) 歌手
- vendeur(euse) 店員、售貨員
- rentier(ière) 靠年金過日的人
- employé(e) de bureau / de banque
  公司雇員 / 銀行雇員
- fonctionnaire 公務員
- politicien(ne) 政治家、政客
- femme au foyer / homme au foyer
  家庭主婦 / 家庭主夫

- le bouddhisme 佛教
- le taoisme 道教
- l'hindouisme 印度教
- l'islam 伊斯蘭教
- le catholicisme 天主教
- le protestantisme 基督教
- le paganisme 異教
- l'animisme 泛神論
- une secte 教派

- un secret 祕密
- un jardin secret 祕密花園
- la vie intime 私生活
- la vie privée 私生活
- une affaire de cœur 戀愛
- un flirt 調情
- un(e) petit(e) ami(e) 男（女）朋友
- la cohabitation 同居
- la vie en couple 夫妻生活
- les relations amoureuses 愛情關係
- l'amour 愛情
- une relation sexuelle 性關係
- le mariage 結婚
- la séparation 分開、分居
- le divorce 離婚

- un jugement de divorce 離婚判決書
- le célibat 單身
- célibataire 單身的人
- marié(e) 已婚者

- divorcé(e) 離婚者
- séparé(e)(s) 與先生（太太）分居的人
- veuf(ve) 鰥夫、寡婦

- un endroit sauvage / naturel / préservé 蠻荒地區 / 天然地方（未經人工整理的地方）/ 保留區
    protégé / montagneux / plat 保護區 / 高山區 / 平坦的地方
    vallonné / verdoyant 崗巒起伏的地方 / 綠意盎然的地方
    désertique / aride 沙漠地方 / 乾燥的地方

- être courageux(se) / honnête / ambitieux(se) 勇敢的 / 誠實的 / 有野心的
    gentil(le) / sympathique / amusant(e) 和氣的 / 給人好感的 / 有趣的
    drôle / agréable / aimable 好笑的 / 討人喜歡的 / 可愛的
    joyeux(se) / gai(e) / souriant(e) 喜悅的 / 快樂的 / 面帶微笑的
    intelligent(e) / franc(he) / intrépide 聰明的 / 坦白的、直率的 / 勇敢的、無畏的
    simple / modeste / bon(ne) 單純的 / 謙虛的 / 善良的
    chaleureux(se) / hospitalier(ère) / paisible 熱情的 / 好客的 / 溫和的
    calme / tranquille / patient(e) 平靜的 / 安靜的 / 有耐心的
    pacifique / doux(ce) / sensible 愛好和平的 / 溫柔的 / 敏感的
    sentimental(e) / généreux(se) / volontaire 多愁善感的 / 慷慨的 / 志願的
    énergique / passionné(e) / optimiste 精力充沛的 / 熱愛的 / 樂觀的
    confiant(e) / décidé(e) / couard(e) 有信心的 / 堅決的 / 膽小的
    malhonnête / sans ambition / méchant(e) 不誠實的 / 沒有野心 / 惡毒的
    triste / ennuyeux(se) / désagréable 悲傷的 / 令人厭煩的 / 令人厭惡的
    stupide / bête / ignare 愚蠢的 / 愚笨的 / 無知的
    hypocrite / prudent(e) / compliqué(e) 虛偽的 / 小心的、謹慎的 / 複雜的
    orgueilleux(se) / vaniteux(se) / égoïste 驕傲的 / 虛榮的 / 自私的
    froid(e) / inhospitalier(ère) / agité(e) 冷漠的 / 不好客的 / 激動的、不安的
    nerveux(se) / impatient(e) / agressif(ve) 緊張的 / 沒有耐心的 / 具侵略性的
    brutal(e) / insensible / réaliste 粗暴的 / 無情的 / 現實的
    apathique / pessimiste / méfiant(e) 冷漠的、麻木不仁的 / 悲觀的 / 不信任的
    indécis(e) 猶豫不決的

un rangement（整理、安排）- **un arrangement**（整理、安排）
un dérangement（打擾、弄亂）- **l'importunité**（強求、討厭）
l'opportunité（適時、機會）- **la gêne**（不方便、為難）

À la maison... Une mère et son fils...
媽媽跟兒子在家裡⋯⋯

La mère : Adrien, est-ce que tu pourrais me donner un coup de main pour arranger la table ?

Adrien，你能不能幫我整理一下桌子？

Le fils : Il ne faut pas me déranger maintenant, je révise mes examens...

現在不要吵我，我正在準備考試⋯⋯

La mère entre dans la chambre d'Adrien...

媽媽進去 Adrien 的房間⋯⋯

La mère : Tu n'as pas rangé ta chambre depuis combien de temps ?

你多久沒有整理房間了？

Le fils : Je t'ai demandé de ne pas m'importuner quand je travaille !

我跟妳說過不要在我讀書的時候打擾我！

La mère : Quand même, ta chambre c'est un vrai bazar ! Ça ne te gêne pas de vivre dans un tel désordre ?

即使這樣，你的房間就跟菜市場一樣亂！你住在這樣凌亂的地方都不覺得不舒服嗎？

Le fils : Non, ça ne me dérange pas, j'y suis habitué.

沒有，我一點都不覺得怎麼樣，我習慣了。

La mère : Je vais la ranger quand tu ne seras pas à la maison. Mais maintenant, j'ai vraiment besoin que tu m'aides.

我要在你不在家的時候整理一下。但是現在，我真的需要你的幫忙。

Le fils : Bon, je viens ! Mais ensuite, tu ne me déranges plus car j'ai besoin d'être concentré, d'accord ?

好吧，我去！但是聽好了，之後妳不要再打擾我，因為我真的需要專心，好嗎？

La mère : Compris, je ne vais plus t'importuner. Mais n'oublie pas que ce soir nous avons des invités à la maison !

了解，我不會再打擾你。但不要忘了今晚我們有客人。

Le fils : Oui, je sais ! Je vous rejoindrai pour le dîner.

對，我知道！我晚餐會跟你們一起吃。

01 Constructions des verbes et synonymes
動詞結構與同義詞

(1) Les essentielles 主要的動詞結構

- ranger qqch (= disposer en ordre, classer, ordonner)
  整理某物（有次序地排列、放置、分門別類放好）
  - J'ai rangé ta chambre.
  - As-tu rangé tes affaires ?

- arranger qqch (= placer dans l'ordre qui convient ou qui plaît)
  整理某物（按照合適的次序排放、按照個人喜好的方式放好）
  - J'ai arrangé la vitrine pour la rendre plus attrayante.

- arranger qqn (= être pratique, utile pour qqn) 適合某人、有益於某人
  - Est-ce que ça t'arrange si je viens plus tard ?
  - Son projet ne m'arrange pas.

- déranger qqch (= mettre qqch en désordre - déplacer qqch - chambarder qqch)
  弄亂某物
  - Regarde ! Tu as dérangé toutes mes affaires !
  - Il a dérangé les livres.

- déranger qqn (= gêner qqn, importuner qqn) 打擾某人
  - J'espère que je ne vous dérange pas.
  - Il m'a dérangé alors que j'avais un travail urgent à terminer.

- importuner qqn (= déranger / gêner qqn) 打擾某人
  - J'espère que ma visite ne vous importune pas. (= ne vous dérange pas)
  - Le bruit de votre télé m'importune.

- gêner qqn / qqch (= causer de la gêne à qqn / qqch)
  對某人 / 某事造成不便、妨礙某人 / 某事
  - Le bruit de votre télé me gêne.
  - Ce brouillard épais gêne la circulation.

- gêner qqn (= mettre qqn mal à l'aise, troubler qqn) 使人不舒服、使人侷促不安
  - Son regard me gêne.
  - Ton parfum gêne les autres passagers.
  - Tes questions la gênent.

- gêner qqn (= déranger, importuner qqn) 打擾某人
  - J'ai peur de vous gêner si je viens dormir chez vous.

(2) Autres constructions 其他的動詞結構

- arranger qqch (= organiser qqch) 安排某事
  - Le notaire a arrangé une réunion de tous les héritiers.

- arranger qqch (= régler qqch par accord mutuel) 調停某事
  - Je vais arranger ton affaire.
  - Elle va essayer d'arranger la situation.

- se ranger (réfléchi = se mettre de côté) 停放在邊上
  - Les voitures se sont rangées sur la droite pour laisser passer l'ambulance.

- se ranger (réfléchi = se mettre en ordre, se placer, se disposer) 排隊、排列
  - Les élèves se rangeaient en colonnes par quatre avant d'entrer dans la classe.
  - Rangez-vous comme vous voulez autour de la table.
    (= Disposez-vous. / Placez-vous.)

- se ranger (réfléchi = adopter une existence plus tranquille, plus raisonnable)
  選擇過比較平靜、比較理性的生活；選擇過規規矩矩的家庭生活
  - Il a quand même fini par se ranger !

- arranger qqn (fam. = maltraiter qqn, dire du mal de qqn)
  揍某人一頓、把某人罵一頓
  - Tu as vu comment il a arrangé sa femme !
    (= Il a frappé sa femme. / Il a dit du mal de sa femme.)

- s'arranger (= se préparer, se faire beau / belle) 打扮自己
  - Attendons une minute, ma femme est en train de s'arranger.

- s'arranger pour + V (inf.)
  (réfléchi = prendre des dispositions pour réaliser qqch)
  設法＋原形動詞
  - Arrangez-vous pour finir ce travail avant 17 heures !
  - Nous allons nous arranger pour te faire une petite place dans la maison.

- s'arranger avec qqn (réciproque = se mettre d'accord avec qqn)
  互相談妥、與某人達成協議
  - Je me suis arrangé avec le propriétaire pour réaliser les travaux.
  - Il s'est arrangé avec elle.

- s'arranger de qqch
  (réfléchi = s'accommoder de qqch, s'habituer à qqch, accepter qqch)
  將就某事、接受某事
  - Je m'arrangerai d'un salaire moins important. (= J'accepterai un salaire...)

- se déranger pour qqn / faire qqch
  (réfléchi = quitter son travail, son occupation pour faire qqch)
  為了某人放下工作、為了做某事而放下工作
  - Je me suis dérangé(e) pour l'aider et il ne m'a même pas dit merci.
  - Je ne me dérangerai plus pour elle !

- gêner qqn / qqch (dans qqch) (= créer des difficultés à qqn)
  妨礙某人 / 某事（在某方面）
  - Les nouvelles lois anti-pollution vont gêner certains industriels dans leur développement.
  - L'impôt sur la fortune va gêner l'investissement.

- se gêner (réfléchi = se contraindre par respect, politesse ou timidité)
  感到拘束、感到不好意思
  - Avec les amis, on ne se gêne pas.
  - Ne vous gênez pas !
  - Ne vous gênez pas pour me faire part de vos remarques.

(3) Conjugaison 動詞變化

infinitif	présent	passé comp.	imparfait
ranger	je range	j'ai rangé	je rangeais
se ranger	je me range	je me suis rangé(e)	je me rangeais
arranger	j'arrange	j'ai arrangé	j'arrangeais
s'arranger	je m'arrange	je me suis arrangé(e)	je m'arrangeais
déranger	je dérange	j'ai dérangé	je dérangeais
se déranger	je me dérange	je me suis dérangé(e)	je me dérangeais
gêner	je gêne	j'ai gêné	je gênais
se gêner	je me gêne	je me suis gêné(e)	je me gênais

futur	cond. prés.	subj. prés.
je rangerai	je rangerais	que je range
je me rangerai	je me rangerais	que je me range
j'arrangerai	j'arrangerais	que j'arrange
je m'arrangerai	je m'arrangerais	que je m'arrange
je dérangerai	je dérangerais	que je dérange
je me dérangerai	je me dérangerais	que je me dérange
je gênerai	je gênerais	que je gêne
je me gênerai	je me gênerais	que je me gêne

02 Pratique des verbes
動詞練習

Construisez les phrases avec les éléments donnés :

01 - Est-ce que / tu / ranger (p.c.) / tes livres ?

02 - Nous / se ranger (p.c.) / par taille

03 - Elle / arranger (p.c.) / un rendez-vous / avec le metteur en scène

04 - Nous / devoir / s'arranger / avec les voisins / pour sortir les poubelles

05 - Ma sœur / déranger (p.c.) / tous mes vêtements

06 - Elle / se déranger (p.c.) / pour venir dire bonjour / à elle

07 - Vous / importuner (p.c.) / le directeur au milieu de son travail

08 - Ses crises d'asthme / gêner (p.c.) / elle / pendant plusieurs années

09 - Est-ce que / je / gêner (p.c.) / vous ?

10 - À l'université / on / ne pas se gêner / pour sécher les cours

03 Expressions populaires
通俗慣用語

- Où il y a de la gêne, il n'y a pas de plaisir. (dicton) 只要有約束就不能盡興。（諺語）

- Tout s'arrange ! Tout finit par s'arranger ! (= Il faut espérer.) 事情最後都會順利解決！

- Ne pas déranger. (le «Don't disturb» des chambres d'hôtel) 請勿打擾。

- Je me trouve un peu gêné(e) en ce moment. (= Je suis à court d'argent.)
  我目前手頭有點緊。

- Il / Elle est dérangé(e) ! (= Il / Elle n'est pas dans un état psychologique normal.)
  他 / 她的心理狀態不是很正常。

04 Quelques questions
回答下列問題

- Qui range ta chambre ? Acceptes-tu que ta mère range ta chambre quand tu n'es pas là ?

- Est-ce que ta chambre est bien rangée ? Pourquoi ?

- Penses-tu que tu es quelqu'un de rangé ? Qu'est-ce qui te fait penser cela ?

- Est-ce que tu aimes changer les arrangements de ta chambre ou de ton appartement ?

- Est-ce que tu arranges, parfois, des réunions ou des rendez-vous avec des amis ou
  des camarades ? Que faites-vous à ces occasions ?

- Est-ce que ça t'arrangerait...
  - de posséder une voiture ? Pourquoi ?
  - d'étudier en ligne, en utilisant l'ordinateur ? Pourquoi ?
  - d'être fils ou fille unique ? Pourquoi ?
  - de vivre en centre-ville ? Pourquoi ?
  - d'avoir davantage de vacances ? Pourquoi ?
  - etc...

- Quand tu as un problème avec quelqu'un, est-ce que tu t'arranges facilement avec
  cette personne ? Peux-tu nous citer un exemple ?

- Comment peut-on s'arranger pour...
  - travailler moins et gagner plus d'argent ?
  - voyager pas cher ?
  - réussir les examens sans beaucoup travailler ?
  - que les parents n'aient pas connaissance des résultats scolaires ?
  - que les parents ne sachent pas qu'on a un(e) petit(e) ami(e) ?
  - que les professeurs nous donnent de bonnes notes ?
  - économiser son argent ?
  - etc...

- Est-ce que tu es souvent dérangé(e) par quelqu'un ? Par qui ?

- Est-ce qu'il t'arrive de déranger quelqu'un ? Qui ? En quelles circonstances ?

- Est-ce qu'il y a des choses qui t'importunent ? Quoi ? Pourquoi ?

- Penses-tu que les gens qui utilisent des portables dans les transports en commun importunent les autres passagers ? Et toi, utilises-tu ton portable dans le bus ou le métro ?

- Est-ce qu'il t'arrive d'être gêné(e) par le regard ou les propos de quelqu'un ? Peux-tu nous raconter une situation au cours de laquelle tu t'es trouvé(e) gêné(e) ?

- Est-ce qu'il y a des gens avec qui tu peux ne pas te gêner ? Qui ? Pourquoi tu peux te permettre de ne pas te gêner avec eux ?

- Est-ce que tu connais des gens qui sont sans-gêne ? Que fais-tu quand tu es avec eux ?

mini-dico 小辭典

- **les membres de la famille** 家庭成員
- **les parents** 父母
- **le père** 父親
- **la mère** 母親
- **les grands-parents** 祖父母
- **le grand-père** 祖父
- **la grand-mère** 祖母
- **un oncle** 叔、伯、舅
- **une tante** 姑媽、姨媽、舅媽
- **un(e) cousin(e)** 堂表兄弟（姊妹）
- **un gendre** 女婿
- **une bru** 媳婦
- **un beau-fils** 前夫或前妻的兒子、女婿
- **une belle-fille** 前夫或前妻的女兒、媳婦
- **un beau-frère** 姊夫、妹夫
- **une belle-sœur** 嫂嫂、弟媳
- **un neveu** 姪子、外甥
- **une nièce** 姪女、外甥女
- **un(e) ami(e)** 朋友
- **un(e) petit(e) ami(e)** 男（女）朋友
- **une femme de ménage** 女傭
- **une bonne** 女僕
- **une amah** 保母

- un(e) camarade de classe / d'école / de collège 同班 / 同校 / 同一所初中

  de lycée / d'université / de promotion
  同一所高中 / 同一所大學 / 同一年畢業的同學
- un(e) camarade de service militaire / de chambre 同袍 / 室友

- l'ordre 次序、秩序
- le désordre 混亂
- le capharnaüm 凌亂堆放雜物的地方
- le bazar 雜亂的東西
- un souk 嘈雜的地方
- être sens dessus dessous 亂七八糟

- un rendez-vous 約會
- une sortie 外出
- une rencontre 相遇、會面
- une nuit blanche 一夜失眠
- une fête 節慶
- une escapade 逃避正業、偷閒
- une aventure 奇遇、艷史
- un flirt 調情
- une rencontre sans lendemain
  沒有明天的相遇
- un(e) partenaire 合作夥伴、舞伴

- un intérieur 室內
- le mobilier 家具
- un meuble 家具
- la décoration 裝潢
- un éclairage 燈光
- un tableau 畫、圖畫
- un poster 廣告海報
- une affiche 布告、廣告

- une photo 相片
- une plante verte 綠色植物
- une fleur 花
- un vase 花瓶

- un(e) démarcheur(euse) 上門兜售的商販
- un représentant 推銷員、業務代表
- un(e) enquêteur(trice) 調查員
- un(e) voisin(e) du dessus / du dessous /
  d'à côté / d'en face
  在……上面 / 在……之下 / 在旁邊 / 在對面
  的鄰居

- le bruit 聲音
- une mauvaise odeur 臭味
- la pollution 汙染
- une sonnerie de téléphone 電話鈴
- la circulation 交通
- le sans-gêne 隨便、放肆
- la publicité (à la télévision) （電視）廣告

- la timidité ≠ la hardiesse / l'assurance
  害羞、膽怯 ≠ 大膽、果斷 / 自信
- la pudeur / la délicatesse ≠ l'impudeur
  羞恥、靦腆 / 輕巧、體貼 ≠ 無羞恥心的、
  厚顏
- l'indélicatesse / la réserve / la retenue /
  la discrétion ≠ le manque de réserve /
  de retenue / de discrétion
  粗俗 / 保留 / 自制、謹慎 / 審慎 ≠ 缺乏保
  留 / 缺乏自制 / 缺乏謹慎

Pour arranger les balayeurs,
il ne faut pas jeter des papiers sur le sol.

025

INQUIÉTER（使不安、使擔心）
RASSURER（使安心、使放心） CALMER（使平靜、平息）

une inquiétude（擔心、焦慮） - **une assurance**（安心、放心）
le calme（平靜） - **un calmant**（鎮靜劑）
une accalmie（暫時的平靜）

À l'aéroport, deux amies vont prendre l'avion...
兩個朋友在機場準備搭機……

Nina : Je suis un peu nerveuse, c'est la première fois que je prends l'avion.

Elsa : Ne t'inquiète pas, des millions de voyageurs prennent l'avion chaque jour !

Nina : Ce n'est pas une raison, ça ne me rassure pas plus que ça !

Elsa : Il faut te calmer un peu, sinon le voyage va être intenable !

Elsa : Si ça peut te rassurer, il faut te dire que tu prends plus de risques quand tu montes dans une voiture.

Nina : Oui mais si tu as un accident, tu peux t'en sortir vivant alors qu'en avion, tu es sûre d'y passer !

Elsa : Non, ça dépend à quel moment l'accident arrive. Au décollage et à l'atterrissage, tu peux survivre. En plein vol, c'est plus difficile !

我有點緊張，這是我第一次搭飛機。

不用緊張，每天都有好幾百萬的旅客在搭飛機！

這不是理由，這樣不會讓我放心。

妳要冷靜一點，不然旅程就會讓妳吃不消！

如果那能讓妳安心的話，妳要想妳搭車比搭飛機還危險。

沒錯，但妳發生意外時，妳能活著走出車子，但飛機就死定了！

不，那要看意外發生在什麼時候。在起飛和降落的時候，妳是可以存活的。在高空中，就比較難了！

Nina : Arrête ! Tu me fous encore plus la trouille ! Tes arguments sont loin de me rassurer.

停止！妳讓我更加緊張了！妳的論點根本沒有安撫到我。

Elsa : Pour te calmer on va aller boire un petit alcool avant de monter. Comme ça, tu seras déjà dans les nuages avant de décoller !

為了讓妳冷靜下來，我們上飛機前先去喝一些酒。這樣的話，妳在起飛前就已經在雲端了！

01 Constructions des verbes et synonymes
動詞結構與同義詞

(1) Les essentielles 主要的動詞結構

- inquiéter qqn (= rendre qqn inquiet)

  使某人不安、使某人擔心
  - Les relations de mon fils m'inquiètent.
  - Cette nouvelle t'inquiète ?

- s'inquiéter de / pour qqch / qqn

  (réfléchi = être inquiet de qqch / qqn - se préoccuper de qqch / qqn)

  為某事 / 某人擔心、掛念
  - Il s'inquiète des études de sa fille.
  - Elle s'inquiète pour lui.
  - Il n'y a pas de raisons de s'inquiéter.
  - Ne t'inquiète pas !

- être inquiet(iète) pour qqch / qqn

  (= avoir de l'inquiétude, de la crainte pour qqch / qqn)

  為某事 / 某人擔心、害怕
  - Je suis inquiet pour l'avenir.
  - Elle est inquiète à ton sujet.
  - Elle a été très inquiète pendant la durée de l'opération de son mari.

- rassurer qqn (= redonner confiance, de l'assurance à qqn = tranquiliser qqn)

  使某人安心、放心
  - Vos propos me rassurent.
  - Le docteur m'a rassuré(e).

- être rassuré(e) (= ne plus avoir peur)

  安心的、放心的（不再害怕）
  - Elle a été rassurée par le médecin.
  - Nous sommes rassurés de vous savoir de retour.

- calmer qqch / qqn

  (= rendre qqch / qqn calme = apaiser / soulager / modérer qqch / qqn)

  平息、緩和某事物、撫慰某人、使某人冷靜

  - Ce médicament calmera vos maux de tête.

  - Va calmer les enfants, ils sont impossibles ce soir !

  - Vous devez calmer vos pulsions.

- se calmer (réfléchi = devenir calme, apaisé)

  冷靜下來、鎮定下來

  - Calmez-vous un peu, vous êtes trop nerveux !

  - Les enfants, on se calme un peu, s'il vous plaît.

  - Il s'est beaucoup calmé depuis qu'il a trouvé du travail.

(2) Autres constructions 其他的動詞結構

- inquiéter qqn (= menacer qqn d'une sanction)

  以懲罰、制裁威脅某人

  - Le juge ne l'a pas inquiété(e).

  - La police inquiète les clochards.

- s'inquiéter de + V (inf.) (réfléchi = être inquiet de...)

  擔心＋原形動詞

  - Il s'inquiète de savoir s'il sera licencié.

- se rassurer (réfléchi = se libérer de son inquiétude, de ses craintes)

  放心、安心

  - Rassurez-vous, l'opération ne durera qu'une dizaine de minutes.

  - On se rassure comme on peut !

- être calmé(e) (= redevenir calme)

  重新恢復平靜

  - On ne peut atteindre la sérénité que quand les passions sont calmées.

- être calme (= état d'une chose ou d'une personne sans agitation, sans énervement...)

  平靜的、冷靜的

  - Ce soir, la mer est d'un calme plat.

  - Depuis qu'il prend ce médicament, il est calme.

  - Ce mois-ci, les affaires sont calmes.

(3) Conjugaison 動詞變化

infinitif	présent	passé comp.	imparfait
inquiéter	j'inquiète	j'ai inquiété	j'inquiétais
s'inquiéter	je m'inquiète	je me suis inquiété(e)	je m'inquiétais
rassurer	je rassure	j'ai rassuré	je rassurais
se rassurer	je me rassure	je me suis rassuré(e)	je me rassurais
calmer	je calme	j'ai calmé	je calmais
se calmer	je me calme	je me suis calmé(e)	je me calmais

futur	cond. prés.	subj. prés.
j'inquièterai	j'inquièterais	que j'inquiète
je m'inquièterai	je m'inquièterais	que je m'inquiète
je rassurerai	je rassurerais	que je rassure
je me rassurerai	je me rassurerais	que je me rassure
je calmerai	je calmerais	que je calme
je me calmerai	je me calmerais	que je me calme

02 Pratique des verbes
動詞練習

Construisez les phrases avec les éléments donnés :

01 - Ce mauvais temps / inquiéter / moi

02 - Son comportement / inquiéter (p.c.) / ses parents

03 - Je / s'inquiéter (p.c.) / savoir / où / il / aller (imp.)

04 - Elle / s'inquiéter / ta santé

05 - Il / être inquiet (imp.) / parce que / elle / ne pas téléphoner (p.-que-p.) / lui / depuis 8 jours

06 - Je / rassurer (p.c.) / ses amis

07 - Je / être rassuré / de voir / vous / en si bonne forme

08 - L'arbitre / calmer (p.c.) / les joueurs / en / menacer (part. prés.) / eux / d'exclusion

09 - Si / vous / ne pas se calmer / vous / ne pas avoir (fut.) / de glace

10 - La tempête / se calmer (p.c.) / hier soir

- Le calme vient après la tempête. (= Les choses reprennent leurs cours.)
風雨後的寧靜。（一切回歸原狀。）

- Veuillez agréer l'assurance de ma considération... (formule de politesse en fin de lettre)
請接受我崇高的敬意……（信尾的禮貌用語）

- Du calme ! (= Restez tranquille, ne faites pas de bruit.) 安靜！不要出聲！

- perdre son calme (= devenir nerveux, violent, impatient)
失去冷靜（變得緊張、暴躁、沒耐心）
  - Pendant le débat il a perdu son calme et s'en est pris violemment à son adversaire.

- retrouver son calme (= redevenir calme, serein) 找回冷靜（重新變得平靜、從容）
  - Le soir, après la sortie des bureaux, le quartier retrouve son calme.

- Il n'y a pas de quoi s'inquiéter. (= Ce n'est pas grave.) 不用擔心。（沒那麼嚴重。）

- Je ne suis pas rassuré(e). (= J'ai peur, je suis inquiet(ète).) 我害怕、我擔心。
  - Quand il y a un tremblement de terre, je ne suis pas rassuré(e).

- le calme intérieur (= la paix de l'âme, la sérénité) 內心的寧靜
  - Dans ce temple, on peut retrouver le calme intérieur.

- En toutes circonstances, il faut garder son calme. (= Il faut toujours être maître de soi.)
無論如何都要保持鎮靜。

04 Quelques questions
回答下列問題

- Qu'est-ce qui inquiète le plus les étudiants ? Pourquoi ?

- De quoi les parents sont-ils le plus inquiets pour leurs enfants ?

- Et toi, es-tu parfois inquiet(ète) ? De quoi ?

- Est-ce que tu t'inquiètes facilement ? De quoi ?
Est-ce que tu penses que tes inquiétudes sont fondées ?

- Es-tu parfois inquiet(ète) pour des personnes proches de toi ?
Pourquoi es-tu inquiet(ète) pour ces personnes ?

- Est-ce que tu penses que les enfants s'inquiètent facilement ? Pourquoi ?

• Qu'est-ce qui peut rendre les enfants inquiets ?

• Est-ce que tu es inquiet(ète) pour ton avenir ? Le vois-tu plutôt rose ou gris ?

• Es-tu inquiet(ète) ou confiant(e) pour l'avenir de Taïwan ?

• D'après toi, quels sont les sujets d'inquiétude pour l'avenir du pays ?

• Dans les affaires du monde, qu'est-ce qui paraît le plus inquiétant ?

• Quand tu es inquiet(ète), comment fais-tu pour te rassurer ?

• Est-ce qu'il y a des gens qui te rassurent ? Qui ? Que font-ils ?

• Es-tu capable de te rassurer facilement, de prendre le dessus sur l'inquiétude ?

• Es-tu quelqu'un de plutôt calme ou agité(e), de nerveux(se) ?

• Es-tu facilement angoissé(e) ou agité(e) ?

• Que fais-tu pour te calmer quand tu es ennervé(e) ?

• Connais-tu des endroits où l'on peut trouver le calme, la sérénité ?

• As-tu besoin parfois de tromper ta faim ? Que fais-tu ? N'as-tu pas peur de grossir ?

• T'arrive-t-il de calmer ou de rassurer quelqu'un ? Qui ? Pour quelles raisons ?

• Ta vie est-elle plutôt calme ou agité(e) ?

• La souhaiterais-tu plus calme ou plus occupée ?

mini-dico 小辭典

• un examen 考試	• une relation sexuelle 性關係
• une note 分數	• être enceinte 懷孕
• un devoir 作業	• un avortement 墮胎
• un professeur 老師、教授	• la pilule 避孕藥
• l'échec ≠ la réussite 失敗 ≠ 成功	• la contraception 避孕
	• un préservatif 保險套
• une fugue 逃學	• une maladie sexuellement transmissible (MST) 會傳染的性病
• une relation 關係	
• une amitié 友情	
• une bonne / mauvaise fréquentation 結交好 / 壞朋友	• les résultats scolaires 學校成績
	• l'avenir 未來
• un(e) ami(e) 朋友	• un métier 職業
• un(e) petit(e) ami(e) 男（女）朋友	• la carrière 職業生涯

- la mésentente 不和
- la discorde 不和、爭執、糾紛
- la violence (conjugale) 家庭暴力
- la séparation 分居
- le divorce 離婚
- l'instabilité 不穩定
- un mauvais traitement 虐待
- la maltraitance 虐待
- un abus 濫用

- la guerre ≠ la paix 戰爭 ≠ 和平
- la situation sociale / économique /
  démographique / politique
  社會形勢 / 經濟形勢 / 人口狀況 / 政局

- l'émigration ≠ l'immigration
  移居國外 ≠ 入境移居
- la discrimination 區別、歧視
- la récession 衰退
- le développement 發展
- une crise politique / sociale / économique...
  政治危機 / 社會危機 / 經濟危機……
- la pollution 汙染
- une délocalisation 企業外移

- une religion 宗教
- une guerre de religions 宗教戰爭
- le fanatisme 狂熱、盲信
- l'intégrisme 天主教派的完整主義
- l'intolérance 不容異己、偏執
- le tiers-monde 第三世界
- un pays en voie de développement /
  nouvellement industrialisé
  開發中國家 / 新進工業化國家
- un dragon 龍
- un pays riche 富裕的國家
- la pauvreté 貧窮
- la faim 飢餓
- la misère 貧困
- une inégalité sociale 社會不平等
- le Nord ≠ le Sud 北方 ≠ 南方

- faire du sport / du yoga / de la relaxation
  做運動 / 練瑜珈 / 休息

  de la méditation / une promenade
  冥想 / 散步

026

LAISSER（留下）
DÉLAISSER（拋棄、遺棄、放棄）

le laisser-aller（自由放任、馬虎隨便）**- le laisser-faire**（自由放任）
un laissez-passer（通行證）**- un délaissement**（拋棄、遺棄、放棄）

Dans un café... Deux amies discutent de leur vie...
兩個朋友在咖啡廳聊她們的生活……

Julie : Alors Agnès, tu as pu te libérer ?

Agnès : Oui, j'ai laissé ma fille à la garderie. Et toi, pas trop occupée entre ton travail et ta petite famille ?

Julie : On a beaucoup de boulot en ce moment. Je dois délaisser un peu mes activités sportives.

Agnès : Tu as arrêté le yoga ?

Julie : Juste pour quelques semaines. Je dois rentrer à 5 heures parce que je ne veux pas laisser mon fils seul à la maison. Il est encore petit.

Agnès : Et ton mari, il ne peut pas s'en occuper ?

Julie : Il finit encore plus tard que moi. Il ne peut pas délaisser son travail s'il veut avoir une promotion. S'il gagne plus, je pourrai laisser tomber mon travail pour m'occuper davantage de mon fils et peut-être de sa petite sœur...

所以 Agnès，妳自由了？

對啊，我把女兒放在托兒所。那妳呢？在工作和小家庭間不會太忙嗎？

現在我們有很多工作要做。我必須把我的運動放在一旁。

妳不做瑜珈了？

只有幾週而已。我要在 5 點前回到家，因為我不想要我兒子自己一個人在家裡。他還很小。

那妳老公呢？他不能照顧嗎？

他比我晚下班。如果他要升遷的話，就不能把工作放一邊。如果他賺更多的錢，我就可以不用工作，專心照顧我的兒子，或者他的妹妹……

Agnès : Quoi ? Tu attends une fille ?

Julie : Et oui, Agnès ! Elle va arriver dans 7 mois !

Agnès : Alors là, tu me laisses baba...

什麼？妳懷了一個女兒？

沒錯，Agnès！7 個月後就要生了！

哇，妳真讓我吃驚⋯⋯

01 Constructions des verbes et synonymes
動詞結構與同義詞

(1) Les essentielles 主要的動詞結構

- laisser qqch (= ne pas prendre qqch dont on peut disposer)
  留下某物
  - Tu as laissé du vin dans ton verre.
  - Elle a laissé toutes ses affaires.
  - C'est à prendre ou à laisser !

- laisser qqch qpart (= se séparer de qqch - oublier qqch)
  把某物留在某處、遺忘某物
  - J'ai laissé mes bagages à la réception de l'hôtel.
  - J'ai laissé mon portable dans le taxi. (= j'ai oublié)

- laisser qqn (= quitter qqn, se séparer de qqn, abandonner qqn)
  離開某人、丟下某人
  - Elle a laissé ses enfants, seuls, à la maison. (= abandonner / se séparer)
  - Il a laissé sa femme. (= quitter)
  - Je l'ai laissée chez elle. (= se séparer)

- laisser qqch / qqn à qqn (= permettre à qqn de disposer de qqch / qqn - ne pas enlever qqch à qqn) 把某物 / 某人留給某人使用、將某物 / 某人託付給某人
  - Il m'a laissé son appartement pendant les vacances.
  - On lui a laissé son chauffeur.
  - Le juge a laissé les enfants à la mère.
  - Il faut laisser ces places aux personnes handicapées.
  - Il faut me laisser le temps de réfléchir.

- laisser qqch à qqn (= ne pas prendre pour soi)
  把某物留給某人、把某物讓給某人
  - Il a laissé le plus gros steak à son invité.
  - Nous vous avons laissé de la place pour installer votre tente.
  - Elle a laissé ce travail à ses collaborateurs.

- laisser qqch à qqn (= donner en garde, confier qqch à qqn)
  把某物交付給某人

  - Je laisserai les clés au concierge.

  - Elle a laissé ses instructions à la secrétaire.

- laisser + V (inf.) (= ne pas empêcher qqn de faire qqch)
  讓、任、由、隨某人去做某事（原形動詞）

  - Je laisse les enfants regarder la télé jusqu'à 10 heures du soir.

  - Ma femme me laisse sortir, à condition que je lui dise avec qui je sors.

- laisser voir / entendre (= montrer, découvrir - faire comprendre qqch à qqn)
  讓人看見 / 聽見（顯示出、暴露出、使人了解某事）

  - L'espace entre les deux immeubles laisse voir la mer.

  - Il a laissé entendre qu'il porterait plainte contre vous.

- laisser faire (= ne pas intervenir)
  任憑某人做某事（不做任何介入）

  - Elle laisse faire tout ce qu'ils veulent à ses enfants.

- se laisser + V (inf.) (= le sujet subit l'action sans (pouvoir) s'y opposer)
  任憑自己、讓自己、聽任＋原形動詞

  - Elle se laisse insulter par le patron.

  - Il / Elle s'est laissé(e) tomber. (accord du p. passé)

  - Il s'est laissé embrigader par des Mormons.

  - Tu ne vas pas te laisser mourir de faim !

  - Elle s'est laissé séduire par cette robe en solde. (pas d'accord du p.p.)

  - Ce vin se laisse boire ! (= Il est bon à boire.)

- délaisser qqch (= ne plus s'intéresser à cette chose)
  放棄某事（對某事不再有興趣）

  - À quinze ans, j'ai délaissé l'étude du piano.

  - Elle a délaissé son entraînement.

  - Il délaisse son travail.

- délaisser qqn (= abandonner qqn, laisser qqn sans assistance, sans secours)
  拋棄、遺棄某人

  - Il a délaissé ses amis pendant plus d'un an.

  - Elle délaisse ses enfants.

(2) Autres constructions 其他的動詞結構

- laisser qqch (= laisser une trace, continuer à faire sentir les effets)
  留下某物（留下痕跡、仍有影響力）
  - Elle laissera un bon souvenir.
  - Sa blessure a laissé une longue cicatrice.

- laisser qqch (= perdre une partie du corps / la vie)
  丟下某物（失去身體的一部分 / 失去生命）
  - Il a laissé un bras dans l'accident. (= On lui a coupé un bras.)
  - Il y a laissé la vie. (= Il est mort.)

- laisser qqn (en parlant d'une personne qui est morte, en relation avec celles qui survivent) 身後留下某人
  - Il a laissé derrière lui deux enfants en bas âge.

- laisser qqch / qqn + adj / attribut / complétive (= permettre de rester en l'état)
  讓、任、由、隨某物 / 某人＋形容詞 / 表語 / 補語（讓其保持原來狀態）
  - Il a laissé le champ en friches.
  - Il a laissé les fruits sur les arbres.
  - Laisse-moi tranquille!
  - Elle m'a laissé en plan.
  - Il m'a laissé sur ma faim.

- laisser qqch à qqn (= transmettre en héritage) 遺留某物給某人
  - Il a laissé un beau patrimoine à ses enfants.

- laisser tomber qqch / qqn (= lâcher, ne pas retenir qqch / qqn - abandonner qqch / qqn) 拋棄某人、甩掉某人、沒有抓住某物、放棄某事
  - J'ai laissé tomber les assiettes.
  - Elle a laissé tomber son mari.
  - Ce projet est trop difficile à réaliser, nous le laissons tomber.
  - Alors, on laisse tomber les copains !

- se laisser aller (= s'abandonner, ne pas faire d'efforts pour surmonter une difficulté)
  不修邊幅、垂頭喪氣
  - Après le décès de sa femme, il s'est laissé aller.

- laisser à penser / à désirer (= laisser à qqn le soin de penser, de critiquer qqch)
  讓人會作某種想法 / 有待改進
  - Son attitude laisse à penser qu'il ne l'aime pas. (= On peut penser que...)
  - Son projet laisse à désirer. (= est critiquable)

(3) Conjugaison 動詞變化

infinitif	présent	passé comp.	imparfait
laisser	je laisse	j'ai laissé	je laissais
se laisser	je me laisse	je me suis laissé(e)	je me laissais
délaisser	je délaisse	j'ai délaissé	je délaissais

futur	cond. prés.	subj. prés.
je laisserai	je laisserais	que je laisse
je me laisserai	je me laisserais	que je me laisse
je délaisserai	je délaisserais	que je délaisse

02 Pratique des verbes
動詞練習

Construisez les phrases avec les éléments donnés :

01 - Elle / laisser (p.c.) / plusieurs CD

02 - Vous / laisser (p.c.) / une bonne impression / au directeur

03 - Je / laisser (p.c.) / mon adresse / la secrétaire

04 - Elle / laisser (p.c.) / moi / sans nouvelles / une semaine

05 - Tu / laisser (p.c.) / à moi / la clé de ta voiture ?

06 - Il / laisser / ses employés / lire le journal

07 - Nous / laisser (fut.) /vous / disposer de la cuisine

08 - Il / se laisser (p.c.) / manipuler par sa mère

09 - Pourquoi / tu / délaisser (p.c.) / ta collection de minéraux ?

10 - Ses amis / délaisser (p.c.) / elle

Il ne faut pas laisser son chien
faire ses besoins dans la rue.

03 Expressions populaires
通俗慣用語

- laisser des plumes (fam. = subir un dommage physique ou moral)
  留下羽毛（俗：身心受到傷害）
  - J'ai laissé des plumes dans cette transaction boursière.

- y laisser la peau (fam. = mourir dans un événement) 丟了性命（俗：在事件中死亡）
  - Il a essayé d'aller la secourir et il y a laissé la peau.

- laisser quelqu'un en rade (fam. = l'abandonner) 拋棄某人（俗：甩了某人）
  - Il est parti sans me dire quoi que ce soit et m'a laissé en rade dans le café.

- se laisser mener par le bout du nez (= ne pas opposer de résistance à qqn)
  讓人家牽著鼻子走
  - Il se laisse mener par le bout du nez par sa femme.

- se laisser faire (= ne pas opposer de résistance à la volonté de quelqu'un) 任人擺布
  - Il lui a demandé de le conduire à l'aéroport et elle s'est laissée faire !

- laisser pisser le mérinos (vulgaire = ne pas insister = attendre)
  不要堅持、等待良機（粗俗用法）
  - Laisse pisser le mérinos, ça ne vaut pas la peine d'insister !

04 Quelques questions
回答下列問題

- Quand tu n'as pas très faim, est-ce que tu laisses du riz dans ton bol ?

- Est-ce qu'il t'arrive de laisser des affaires dans le bus ou le métro ? Quelles affaires ?
  Est-ce que tu essaies de les récupérer ? Comment ?

- Est-ce qu'il t'est arrivé(e) quelque chose qui a laissé des traces sur ton corps ou dans
  ton cœur ? Quoi ? Quand ? Qu'en reste-t-il ?

- Il t'est déjà probablement arrivé(e) de laisser tomber une relation ?
  Pour quelles raisons l'as-tu fait ? As-tu eu des remords ou des regrets ?

- Est-ce que tu laisses facilement tomber tes copains ? Pourquoi ?

- Quand tu pars étudier ou travailler, laisses-tu tes affaires en ordre ou en plan ?

- Est-ce qu'il t'arrive de laisser ta chambre ou ton appartement à des amis quand tu n'y
  habites pas ?

- Est-ce que tu laisses d'autres personnes utiliser ton ordinateur / ton scooter / ta voiture / ton portable / ton parfum / ton maquillage.... ? Pourquoi ceci et pas cela ?

- Quand tu étais petit(e), est-ce que tes parents te laissaient parfois / souvent seul(e) ? Que faisais-tu pendant ce temps ? Aimais-tu cette solitude ?

- Est-ce que parfois tu te laisses aller à la déprime ? Dans quelles circonstances ? Que fais-tu pour reprendre le dessus ?

- Est-ce que tu laisses tes parents ou d'autres personnes prendre des décisions qui te concernent ? Pourquoi ?

- Connais-tu des gens qui se laissent mener par le bout du nez ? Qui ? Comment ?

- Est-ce que tu te laisses facilement faire ? Par qui ? Pour quels genres de choses ?

- Est-ce que tu te laisses facilement faire / convaincre par les arguments des vendeurs ?

- Penses-tu que tu es quelqu'un qui se laisse facilement aller ? Comment peux-tu justifier ton opinion ?

- Est-ce qu'il y a des choses ou des gens que tu as délaissés et que, maintenant, tu regrettes d'avoir négligés ? Quoi ? Qui ? Pourquoi tu le regrettes ?

---

mini-dico 小辭典

- un sac 包、袋
- un parapluie 雨傘
- un portable 手機
- un livre 書
- un portefeuille 皮夾
- un porte-monnaie 小錢包
- un journal 報紙
- un achat 購買
- un chapeau 帽子
- une casquette 鴨舌帽
- un bob 海軍帽
- le bureau des objets trouvés 失物招領處
- un accident 意外事件
- une blessure 傷口
- une plaie 傷口
- un coup 打、擊
- une opération 手術

- une cicatrice 疤痕
- une affaire de cœur / sentimentale 戀愛 / 情事
- une dispute 爭吵
- une discorde 不和、爭執、糾紛
- une séparation 分開、分居
- un souvenir 回憶、紀念品
- un centre d'intérêt 最大的興趣
- une idée 想法
- une opinion 意見
- une façon de vivre 生活方式
- une valeur 價值
- la distance 距離
- l'indifférence 漠不關心
- le manque de temps 沒有時間
- un changement d'école 轉學
- un déménagement 搬家

027

LEVER（舉起、抬起） ÉLEVER（扶養、飼養）
ENLEVER（拿走、除掉） PRÉLEVER（抽取、先取）
RELEVER（扶起、重振） SOULEVER（稍微抬起、發動造反）

un levage（舉起、發酵）- une levée（舉起、解除）
un lever（升起時刻）- un(e) élève（學生）- un élevage（畜牧）
une éducation（教育）- un enlèvement（抽取、先取）
un prélèvement（扶起、復興）- un relèvement（扶起、復興）
un soulèvement（稍微抬起、造反）

À la maison... On change les meubles de place...
在家裡換家具位置……

Sylvie: Élodie, est ce que tu peux m'aider à soulever la table ?

Élodie : Tu veux la mettre où ?

Sylvie : Près de la fenêtre, là-bas !

Élodie : Il faudrait d'abord enlever l'étagère, elle va encombrer.

Sylvie : Tu as raison... Allez, tu prends à droite et moi à gauche ! Lève un peu... Voilà, elle sera très bien contre le mur.

Élodie，妳可以幫我抬一下桌子嗎？

妳桌子想放哪？

在窗戶附近，那裡！

那就要先把置物架移開，不然它會擋在那裡。

妳說得沒錯……來吧，妳抬右邊、我抬左邊！抬高一點……好了，在牆旁看起來不錯。

Au café, deux amis parlent de leurs enfants...
兩個朋友在咖啡聽談到他們的小孩……

Jean : Michel, est-ce que tu penses avoir bien élevé tes enfants ?

Michel，你覺得自己有好好教養小孩嗎？

Michel : Tu sais, j'ai fait ce que j'ai pu avec ma femme. Je les crois heureux et ça, c'est le plus important. Et puis, est-ce que tu as relevé qu'ils aiment rester avec nous à la maison et ça, c'est rare à leur âge.

你知道的，我跟我妻子都盡了全力。我相信他們是幸福的，而這是最重要的。然後，你有注意到他們很喜歡跟我們待在家裡嗎？這個在他們的年紀裡很少見。

Jean : Oui, effectivement c'est très rare ! Les miens ne sont pas souvent là mais c'est parce qu'ils ont beaucoup d'activités avec leur école.

喔，確實，這真的很少見！我的孩子不常在家裡，但那是因為他們學校有太多活動了。

Michel : C'est bien pour eux d'avoir une vie sociale riche. Je pourrai suggérer à mes enfants de sortir un peu avec les tiens !

擁有豐富的社交生活對他們很好。我要去建議我的孩子多跟你的孩子出去！

---

01 Constructions des verbes et synonymes
動詞結構與同義詞

(1) Les essentielles 主要的動詞結構

- lever qqch (= déplacer qqch de bas en haut) 舉起、抬起、提起某物
  - Ceux qui sont d'accord, levez la main !
  - Le bateau va lever l'ancre.
  - Il peut lever une charge de 150 kilos.
  - Comme il est timide, il n'ose pas lever les yeux.

- lever qqch (= mettre qqch à la verticale) 豎起某物
  - Est-ce que tu peux lever l'échelle ?

- se lever (réfléchi = se mettre debout - sortir de son lit) 起立、起床
  - Quand le Président entrera, il faudra se lever.
  - Je me suis levé(e) à sept heures.
  - Le matin, j'ai du mal à me lever.

- se lever (réfléchi = pour un astre : le soleil, la lune, apparaître à l'horizon) 升起
  - Le soleil se lève à l'est et se couche à l'ouest.
  - Le jour se lève à cinq heures.

- élever un enfant (= éduquer, assurer son développement physique et moral)
  撫養一個孩子
  - Elle élève bien ses enfants.
  - Ils élèvent leur fils dans la chrétienté.

- élever un animal (= faire un élevage d'animaux) 飼養一隻動物
  - On élève 250 chèvres et plus de 500 moutons.

- enlever qqch (= déplacer, supprimer, faire disparaître qqch) 除去、去掉、脫掉某物
  - Qui a enlevé le tableau au dessus de la cheminée ?
  - On a enlevé beaucoup de statues de Chiang Kai-Shek.
  - À l'entrée, enlevez vos chaussures.
  - On lui a enlevé l'appendice.
  - Vous m'enlevez tout espoir.

- enlever qqch (= prendre qqch avec soi - emporter qqch) 拿走、帶走、搬走某物
  - Nous venons enlever votre vieux frigo.
  - La police a enlevé la voiture accidentée.

- enlever qqn (= kidnapper qqn) 綁票某人
  - Les malfaiteurs ont enlevé la fille d'un riche industriel.

- prélever qqch (= ôter, soustraire une partie de qqch)
  先取走、先扣掉某物、抽取、提取某物
  - Nous prélèverons votre loyer directement sur votre compte bancaire.
  - Les géologues ont prélevé des échantillons de roches issues du volcan.

- relever qqch / qqn (= remettre debout ou dans sa position initiale) 扶起某物 / 某人
  - Elle est tombée et je l'ai relevée.
  - Au décollage, il faut relever votre dossier.

- relever qqch (= noter qqch, remarquer qqch, constater qqch) 注意到、指出某事物
  - J'ai relevé une erreur sur mon compte courant.
  - Le professeur ne relève pas le nom des élèves absents.

- relever qqch (= écrire, noter qqch par écrit ou avec un croquis) 記下、抄錄某事物
  - L'agent de police a relevé mon identité.
  - L'employé est venu relever les compteurs.

- se relever (réfléchi = se remettre debout) 重新站起
  - Un inconnu est venu m'aider à me relever.

- se relever de qqch (réfléchi = se remettre d'une situation difficile)
  從某事中恢復過來、重新振作起來
  - Le pays a réussi à se relever de la crise économique.
  - Il ne s'est pas relevé de la disparition de sa femme.

- soulever qqch / qqn (= lever à une faible hauteur) 稍微提起、稍稍抬起某物 / 某人
  - Il faut soulever le buffet pour le déplacer.
  - Le chef soulève le couvercle de la cocotte pour vérifier la cuisson.

- se soulever (contre qqch / qqn) (réfléchi = se révolter contre qqch / qqn)
  起而反抗（某事 / 某人）
  - Les étudiants se sont soulevés contre l'ordre bourgeois.
  - Le peuple s'est soulevé contre le dictateur.

(2) Autres constructions 其他的動詞結構

- lever qqch (= cesser qqch, mettre fin à qqch) 撤去、解除某事物
  - Nous avons levé la séance à minuit.
  - Les Nations-Unies ont levé, partiellement, l'embargo sur le pays.

- lever qqch (= recruter, mobiliser) 徵集、徵收某事物
  - Napoléon a levé une armé d'un million d'hommes.

- lever (= pousser - fermenter) 長出、發酵
  - Cette année, le blé lève tôt.
  - La levure permet à la pâte de lever.

- se lever (réfléchi = devenir plus fort, fraîchir) 起風
  - Le vent s'est levé très rapidement.

- se lever (réfléchi = pour le temps : devenir plus clair) 消散（霧）、明朗（天色）
  - Le brouillard s'est enfin levé.
  - Le temps se lève.

- élever qqch (= mettre, porter plus haut) 加高、提高某事物
  - On va élever la digue le long du fleuve.
  - Pourquoi tu élèves la voix ?
  - La pluie a élevé dangereusement le niveau de la rivière.

- élever qqch (= construire qqch) 建立、樹立某物
  - À Taïwan, on a élevé beaucoup de statues de Chiang Kai-Shek.

- élever qqch (= porter à un degré supérieur, à un niveau supérieur) 提升某物
  - Les climatiseurs élèvent la température des villes.
  - La Banque Centrale a élevé le taux d'escompte d'un quart de point.

- s'élever (réfléchi = monter) 上升、升起
  - L'avion s'est élevé lentement dans le ciel.
  - Le ballon s'est élevé sans difficultés.
  - Des cerfs-volants multicolores s'élevaient dans le ciel.

- s'élever (réfléchi = se dresser) 聳立、矗立
  - La Tour Eiffel s'élève en face du Palais de Chaillot.

- s'élever contre qqch (réfléchi = s'opposer avec vigueur à qqch - combattre qqch)
  抗議、攻擊某事
  - Beaucoup de gens s'élèvent contre la construction d'une quatrième centrale nucléaire.
  - Je m'élève contre l'emprisonnement des mineurs.

- relever qqch (= mettre ou remettre en position haute - remettre qqch en bon état)
  提高某物、重振某物
  - Votre note en anglais a bien relevé votre moyenne au bac.
  - Nous devons relever l'économie de notre pays.
  - Cette victoire va relever le moral de nos troupes.

- relever qqch (= donner plus de relief, plus de goût, plus d'éclat à qqch)
  使某物更突出、更有味道、更有光澤
  - Quelques épices vont relever le goût de cette ratatouille.
  - Ce maquillage relève son teint plutôt pâle.

- relever de qqch / qqn (= dépendre de qqch / qqn, être de la compétence de qqch / qqn) 隸屬於某物 / 某人、屬於某物 / 某人之權限
  - Ce délit relève de la cour d'assises.
  - Cette décision relève du directeur.

- soulever qqch (= faire s'élever qqch) 捲起、揚起某物
  - Les voitures soulèvent pas mal de poussière.

- soulever qqch (= faire que se pose une question, un problème) 提出問題
  - Le mode de nomination des magistrats soulève la question de leur indépendance.

Ce phénomène se manifeste
en levant les bras.

(3) Conjugaison 動詞變化

infinitif	présent	passé comp.	imparfait
lever	je lève	j'ai levé	je levais
se lever	je me lève	je me suis levé(e)	je me levais
élever	j'élève	j'ai élevé	j'élevais
s'élever	je m'élève	je me suis élevé(e)	je m'élevais
enlever	j'enlève	j'ai enlevé	j'enlevais
prélever	je prélève	j'ai prélevé	je prélevais
relever	je relève	j'ai relevé	je relevais
se relever	je me relève	je me suis relevé(e)	je me relevais
soulever	je soulève	j'ai soulevé	je soulevais
se soulever	je me soulève	je me suis soulevé(e)	je me soulevais

futur	cond. prés.	subj. prés.
je lèverai	je lèverais	que je lève
je me lèverai	je me lèverais	que je me lève
j'élèverai	j'élèverais	que j'élève
je m'élèverai	je m'élèverais	que je m'élève
j'enlèverai	j'enlèverais	que j'enlève
je prélèverai	je prélèverais	que je prélève
je relèverai	je relèverais	que je relève
je me relèverai	je me relèverais	que je me relève
je soulèverai	je soulèverais	que je soulève
je me soulèverai	je me soulèverais	que je me soulève

02 Pratique des verbes
動詞練習

Construisez les phrases avec les éléments donnés :

01 - Elle / ne pas lever (p.c.) / les yeux / pendant toute la conversation

02 - Le soleil / se lever (p.c.) / derrière les montagnes

03 - Ils / élever (p.c.) / mal / leurs enfants

04 - À l'école / on / élever (imp.) / des poules et des lapins

05 - Les nuages / s'élever (p.c.) / en cinq minutes

06 - Nous / s'élever contre (p.c.) / la discrimination au travail

07 - Est-ce que / vous / enlever (p.c.) / vos chaussures ?

08 - Le percepteur / prélever (p.c.) / 500 euros (€) sur(de) mon salaire

09 - Je / relever (p.c.) / le numéro d'immatriculation de la voiture

10 - La population / se soulever (p.c.) / contre la décision du gouvernement

03 Expressions populaires et citations
通俗慣用語及名家語錄

• L'avenir est à ceux qui se lèvent tôt. (dicton) 未來屬於早起者。（諺語）

• Qui tard se lève perd sa journée. (dicton)
晚起者等於失去一天。（諺語）（睡懶覺的人成不了大事。）

• ne pas lever le petit doigt (= ne rien faire) 什麼事都沒做
  - Il nous voit peiner à soulever ce meuble et il ne lève pas le petit doigt.

• lever le coude (= boire trop d'alcool) 飲酒過量
  - Il lève un peu facilement le coude.

• lever le pied (= cesser d'accélérer) 停止加速、放慢速度
  - Tu roules déjà à 150. Lève un peu le pied !

• faire quelque chose au pied levé (= le faire sans préparation, de façon impromptue)
毫無準備去做某事、即興去做某事
  - Nous avons interprété, au pied levé, la sonate pour violoncelle et piano de Debussy.

• se conduire comme un(e) mal élevé(e) (= se comporter de mauvaise manière)
行為舉止沒有教養、表現得非常沒教養
  - Tu t'es conduit comme un mal élevé / comme un malpropre.

• c'est très mal élevé de faire qqch (= se comporter de mauvaise manière)
做某事是非常不禮貌的
  - C'est très mal élevé de répondre comme ça à ton professeur.

• En élevant un enfant, songez à sa vieillesse. (Joseph Joubert)
扶養孩子時請想想他一輩子的幸福。

• enlever le morceau (= parvenir à ses fins, avoir gain de cause) 獲得成功、勝出
  - Tu étais la meilleure candidate pour ce poste mais c'est lui qui a enlevé le morceau.

- Ça s'enlève (se vend / part) comme des petits pains. (= Cette marchandise se vend facilement.) 像小麵包一樣好賣。（喻商品易於銷售）
  - Avec un tel été pourri, les parapluies s'enlèvent comme des petits pains.

- soulever le cœur de qqn (= susciter du dégoût pour qqch) 令人作嘔
  - Les images de cet attentat me soulèvent le cœur.

04 Quelques questions
回答下列問題

- En général, est-ce que tu te lèves tôt ou tard ? À quelle heure ?

- Est-ce que le soleil se lève à la même heure en été et en hiver ? Pourquoi ?

- Quel est l'endroit le plus populaire de Taïwan pour aller voir le lever du soleil ?
  Y es-tu déjà allé(e) ? À quelle heure le soleil s'est-il levé ?

- Est-ce que tu penses que tes parents t'ont bien élevé(e) ?
  Quels sont les points forts de leur éducation ? Et les points faibles ?

- D'après toi, quelles qualités une mère et un père doivent-ils posséder pour bien élever leurs enfants ?

- Quand tu étais petit(e), est-ce que tu élevais des animaux à la maison ? Quels animaux ?
  Est-ce que tu continues à en élever ? Pourquoi ?

- Quel est le sommet le plus élevé de Taïwan ? Il s'élève à quelle altitude ?

- D'après toi, que faudrait-il faire pour élever le niveau de compétence des étudiants ?

- Est-ce qu'il y a des choses contre lesquelles tu t'es déjà élevé(e) ? Quoi ? Pourquoi ?

- Quand tu rentres chez toi, est-ce que tu enlèves tes chaussures ? Pourquoi le fais-tu ?

- Si tu portes des lunettes, dans quelles situations les enlèves-tu ?

- Est-ce que tu fais prélever tes factures sur ton compte en banque ? Pourquoi ?

- Est-ce que tu penses que c'est bien de prélever les organes d'une personne après sa mort ?
  Dans quelles conditions ?

- Est-ce qu'il t'arrive de relever des erreurs dans ce que dit un professeur ?
  Dans l'affirmative, que fais-tu ?

- Dans la cuisine chinoise, qu'utilise-t-on pour relever le goût des plats ?

- Est-ce que tu préfères la cuisine plutôt relevée ou plutôt fade ?

- T'est-il déjà arrivé(e) d'aider une personne à se relever ? Dans quelles circonstances ?

- Penses-tu que l'éducation d'un enfant doit relever davantage de la famille ou de l'école ? Pourquoi ?

- D'après toi, l'astrologie relève-t-elle de la science ou de la superstition ? Pourquoi ?

- T'es-tu déjà trouvé(e) dans une situation dont il t'a été difficile de te relever ? Peux-tu nous raconter ce qui s'est passé ? Qu'as-tu fait pour t'en sortir ?

- As-tu déjà vu, dans l'actualité, des événements qui ont soulevé un tollé populaire ? As-tu partagé cette indignation, cette révolte ? De quelle manière ?

- Est-ce qu'il y a des questions que tu aimerais soulever avec tes parents et que tu ne peux pas aborder avec eux ? Quelles questions ? Pourquoi ne peux-tu pas ou ne veux-tu pas en parler avec eux ? Et avec d'autres personnes (professeurs, amis, camarades, frères et sœurs) ?

mini-dico 小辭典

- la patience 耐心
- la générosité 慷慨、大方
- la douceur 溫和、輕柔
- l'écoute 注意、留心
- la compréhension 體諒、諒解
- l'amour 愛情
- la sécurité 安全
- l'attention 注意、殷勤
- les soins 照顧
- l'autorité 權威、威脅
- la gentillesse 可愛、親切
- le sérieux 嚴肅
- la responsabilité 責任
- le courage 勇氣
- l'abnégation 犧牲自我
- le dévouement 犧牲精神、忠誠
- la disponibilité 自由處理、隨意使用

- un(e) chat(te) 貓
- un(e) chien(ne) 狗

- un chiot 小狗
- un hamster 倉鼠
- une souris 小老鼠
- un lézard 蜥蜴
- un oiseau 鳥
- un poisson 魚
- une tortue 烏龜
- un insecte 昆蟲
- une cigale 蟬
- un grillon 蟋蟀
- un papillon 蝴蝶
- un serpent 蛇

- une épice 辛香料
- une herbe 草
- une sauce 醬汁
- une garniture 裝飾
- un condiment 調味料
- le glutamate de sodium 味精
- un assaisonnement 調味料

un manque（缺少、錯過）**- un manquement**（缺乏、過失、錯誤）
une réussite（成功）**- un échec**（失敗）**- un échouage**（擱淺）

Devant la télévision, des amis regardent un match de foot...
朋友們在電視前看足球比賽⋯⋯

Éric : Dépêche-toi Victor, tu vas manquer le début du match !

動作快，Victor，不然你要錯過比賽的開頭了！

Victor : Une seconde ! Je ne réussis pas à trouver le décapsuleur.

再一下！我找不到開瓶器。

Seb : Il est dans le tiroir de la table.

它在桌子的抽屜裡。

Éric : Ça y est, le match commence. J'espère que les Bleus vont réussir à battre les Verts !

好了，比賽開始。我希望藍隊能打敗綠隊。

Victor : C'est pas gagné, le match va être rude !

有一段路要走呢，比賽會是一場苦戰！

Éric : S'ils échouent, tout le pays va être morose.

如果藍隊失敗，整個國家都會陷入憂鬱。

Victor : Mais s'ils réussissent, quelle fête sur les Champs-Élysées !

但如果他們成功，香榭里榭大道就會有狂歡會！

Seb : En tout cas, nous on ne va pas manquer de fêter ça ici !

無論如何，我們不會錯過在這裡慶祝的機會！

01 Constructions des verbes et synonymes
動詞結構與同義詞

(1) Les essentielles 主要的動詞結構

- il manque qqch (forme impersonnelle = faire défaut) 少了某樣東西（無人稱形式）
  - Dans cette démonstration, il manque les explications.
  - Est-ce qu'il manque quelque chose ?

- manquer qqch (= arriver trop tard - être absent) 錯過某事物、缺席
  - J'ai manqué le train de dix secondes.
  - Tu as manqué le début du film.
  - Il a manqué la classe.
  - J'ai manqué l'école pendant un mois.

- manquer qqch (= échouer à qqch / ne pas réussir qqch - ne pas atteindre qqch)
  做某事沒有成功、沒有命中某物
  - Il a manqué le bac de 3 points.
  - J'ai manqué ma photo.
  - J'ai manqué la cible.
  - Je ne l'ai pas manqué ! (= Je me suis vengé de lui.)

- manquer qqn (= ne pas parvenir à rencontrer qqn qu'on voulait voir) 沒有遇到某人
  - Je l'ai manqué à cinq minutes près.
  - Nous nous sommes manqués de peu.

- (qqch) manquer à qqn (= ne pas être suffisant - faire défaut à qqn) 某人缺乏（某物）
  - Le temps me manque. (= Je n'ai pas -assez- de temps.)
  - L'argent lui manque. (= Il n'a pas -assez- d'argent.)
  - Le courage t'a manqué. (= Tu n'as pas eu le courage de faire qqch)

- (qqn) manquer à qqn (= faire défaut, par son absence, à qqn) 某人思念（某人）
  - Sa mère lui manque.
  - Mon frère te manque ?
  - Nos professeurs nous manquent.

- manquer de qqch / qqn (= ne pas avoir qqch / ne pas avoir suffisament)
  缺少某物 / 某人
  - Je manque d'argent. (= Je n'ai pas -assez- d'argent.)
  - Il manque de patience. (= Il n'a pas -assez- de patience.)
  - Tu manques d'amis. (= Tu n'as pas -assez- d'amis.)

- ne pas manquer de + V (inf.) (= faire qqch de façon sûre - s'engager à faire qqch) 一定會去做某事、保證會去做某事（原形動詞）
  - Je ne manquerai pas de vous prévenir quand j'aurai la réponse.

- (qqch) réussir (= avoir du succès, une issue favorable - ne pas échouer) （某事物）獲得成功、有好的結果
  - Notre expérience a réussi.
  - L'opération a réussi.
  - Ce projet réussira.

- (qqn) réussir (= avoir du succès dans une profession, un milieu social) （某人）在職場上、在社會上獲得成功
  - Votre fils a très bien réussi (dans la vie). (= Il a une bonne vie, un bon travail...)
  - Elle a réussi dans la chanson. (= Elle est devenue une chanteuse connue.)

- réussir à + V (inf.) (= obtenir le résultat recherché - arriver au résultat recherché) 獲得成功＋原形動詞（達到原訂之目標）
  - J'ai réussi à la convaincre de venir avec nous au cinéma.
  - Tu as réussi à mettre ton père en colère !

- échouer à / dans qqch (= ne pas réussir dans quelque chose que l'on entreprend) 在某件事上失敗
  - Il a échoué au bac.
  - J'ai échoué dans ma tentative de battre le record du monde.

- échouer (pour un bateau = toucher le fond volontairement ou par accident) 擱淺
  - Les marins ont échoué le bateau sur la plage pour nettoyer la coque.
  - Poussé par le vent, le navire a échoué sur les rochers.

- s'échouer (plus courant = pour un bateau, toucher le fond ou se trouver arrêté par accident) 擱淺
  - Poussé par le vent, le navire s'est échoué sur les rochers.

(2) Autres constructions 其他的動詞結構

- manquer (= faire défaut / être absent) 缺少
  - Les explications manquent dans cette démonstration.
  - Est-ce que quelque chose manque ?

- il manque qqch à qqn (forme impersonnelle = faire défaut / être insuffisant) 某人缺乏某物（無人稱形式）
  - Il me manque de l'argent.
  - Il lui manque la patience.

- il manque qqn à qqn (forme impersonnelle = faire défaut - ne pas avoir)

  某人缺乏某人（無人稱形式）

  - Il me manque des enfants.

  - Il te manque de bons amis.

- manquer à qqch (= ne pas respecter une obligation que l'on devait observer)

  不履行某種義務、違背某事物

  - Tu as manqué à ta parole. (= Tu n'as pas fait ce que tu avais dit / promis.)

  - Vous avez manqué à votre devoir de réserve. (= Vous avez trop parlé.)

- manquer de + V (inf.) (= être sur le point de faire / réussir à faire qqch)

  差一點、幾乎＋原形動詞

  - J'ai manqué de me noyer.

  - Il a manqué de l'assommer !

- par manque de qqch (= faute de, par défaut de)　由於缺乏某物

  - Il a échoué à son examen par manque de préparation. (= faute de préparation)

  - Cet enfant est devenu agressif par manque d'amour. (= faute d'amour)

- réussir (à) qqch (= obtenir un résultat recherché - avoir du succès dans qqch)

  在某事上獲得成功

  - Elle a réussi (à) son bac avec mention très bien. (réussir (à) un examen)

  - Tu réussis tout ce que tu entreprends.

  - Elle a vraiment réussi son plat.

- réussir à qqn (= être favorable à qqn - lui valoir du succès)

  對某人有益、為某人帶來成功

  - Les vacances vous ont réussi ! (= Les vacances ont été bonnes pour vous.)

  - Son charme lui a réussi. (= Grâce à son charme, elle a obtenu ce qu'elle voulait.)

- échouer (se trouver, s'arrêter qpart par lassitude ou par hasard)

  由於疲憊或意外停留下來

  - Il a échoué dans un hôtel borgne.

  - La voiture a échoué à la fourrière.

Est-ce bien de manquer de sens civique ?

(3) Conjugaison 動詞變化

infinitif	présent	passé comp.	imparfait
manquer	je manque	j'ai manqué	je manquais
manquer	il manque	il a manqué	il manquait
réussir	je réussis	j'ai réussi	je réussissais
échouer	j'échoue	j'ai échoué	j'échouais
s'échouer	je m'échoue	je me suis échoué(e)	je m'échouais

futur	cond. prés.	subj. prés.
je manquerai	je manquerais	que je manque
il manquera	il manquerait	qu'il manque
je réussirai	je réussirais	que je réussisse
j'échouerai	j'échouerais	que j'échoue
je m'échouerai	je m'échouerais	que je m'échoue

02 Pratique des verbes
動詞練習

Construisez les phrases avec les éléments donnés :

01 - L'imagination / manquer / à elle

02 - Ton petit ami / manquer / à toi

03 - Il manque / à elle / des relations

04 - Je / manquer (p.c.) / de chance

05 - Je / ne pas manquer (fut.) / téléphoner / à vous / dès mon arrivée

06 - Vous / réussir (p.c.) / très bien / votre omelette aux champignons

07 - Le voleur / réussir (p.c.) / entrer / par le toit

08 - Ce traitement / réussir (p.c.) / parfaitement / à vous

09 - Il / échouer (p.c.) / au concours de l'ENA

10 - Une baleine / s'échouer (p.c.) / sur la plage

- ne pas manquer d'air (fam. = avoir du culot, être sans-gêne, être gonflé) 大膽、放肆！
  - Tu ne manques pas d'air d'utiliser mon parfum !

- Il ne manquait plus que cela / ça ! (= C'est le comble.) 太過分了！
  - Ta mère veut venir habiter avec nous. Il ne manquait plus que cela / ça !

- C'est un garçon manqué. (= C'est une fille qui se comporte comme un garçon)
  這是一個像男孩的女孩。
  - Regarde comment elle est habillée ; c'est un vrai garçon manqué.

- ne pas en manquer une ! (= ne pas manquer une occasion de commettre une maladresse) 事事搞砸
  - Ton mari n'a pas de tact ; il n'en manque pas une !

- manquer de pot (fam. = ne pas avoir de chance) 運氣不好
  - Je manque de pot. Chaque fois que je rencontre une belle fille, elle m'envoie balader.

- J'ai toujours cru que pour réussir dans le monde, il fallait avoir l'air fou et être sage.
  (Montesquieu) 我一直認為要在世上成功，必須看似瘋狂實際上卻很有智慧。

- On ne va jamais si loin que lorsqu'on ne sait pas où l'on va. (proverbe)
  目標不明時可以走得更遠。（格言）

- Pour réussir..., retenez bien ces trois maximes : voir, c'est savoir ; vouloir, c'est pouvoir ;
  oser, c'est avoir. (Alfred de Musset)
  要成功，記住下面三個準則：看到就是知道；想要就可以做到；敢就可以得到。

- Quand on a le droit de se tromper impunément, on est toujours sûr de réussir. (E. Renan)
  當人們有權利犯錯而不受任何懲罰，就一定會成功。

- Eh bien, c'est réussi ! (ironique = le résultat est contraire à ce qu'on désirait)
  哇，完全成功！（諷刺說法，表示結果與原來的期待相反）
  - Ta nouvelle décoration, c'est réussi !

04 Quelques questions
回答下列問題

- Est-ce qu'il t'arrive de manquer des cours ? Pour quelles raisons ?

- D'après toi, quelles sont les qualités qui te manquent le plus ?

- Est-ce qu'il y a des choses que tu désirais réaliser et dans lesquelles tu as échoué ?
  Pour quelles raisons as-tu échoué ?

- Qu'est-ce qui te manque le plus dans ta vie quotidienne ? Pourquoi ?

- Est-ce qu'il y a des personnes qui te manquent ? Qui ? Pourquoi te manquent-elles ?

- Est-ce que tu penses que tu manques à quelqu'un ? À qui ? Pourquoi ?

- Est-ce qu'il t'est arrivé(e) de manquer à ta parole ? Qu'avais-tu promis ?
  Pourquoi as-tu manqué à ta parole ?

- Quand il t'arrive de manquer d'argent, que fais-tu ?

- Est-ce que tu as déjà manqué d'avoir un accident de circulation ?
  Dans l'affirmative, peux-tu nous raconter ce qui s'est passé ?

- Est-ce que tu connais des gens qui ne manquent pas d'air, de culot ?
  Qui ? Que font-ils qui te surprend ou te choque ?

- Quelles sont les choses que tu penses avoir réussi dans ta vie ?

- Quelles sont les choses qui te réussissent bien ?

- Quand tu as besoin d'argent, est-ce que tu réussis à convaincre tes parents de t'en donner ?
  S'ils refusent, que fais-tu ?

- D'après toi, que faut-il pour réussir dans la vie ?

- Quels sont les plus gros échecs que tu as essuyés dans la vie ? Pourquoi as-tu échoué ?
  Qu'as-tu fait pour te remettre de ces échecs ?

- Quand tu échoues à quelque chose, es-tu déprimé(e) ou reprends-tu le dessus rapidement ?

- As-tu déjà vu des navires s'échouer sur les côtes taïwanaises ?
  Pour quelles raisons s'échouent-ils ?

- la paresse 懶惰
- le manque d'intérêt / de sommeil 缺乏興趣 / 睡眠
- l'ennui 煩悶、無聊
- l'oubli 遺忘、疏忽
- un réveil tardif 遲來的覺醒

- le courage 勇氣
- la patience 耐心
- la volonté 意願、意志
- la générosité 慷慨、大方
- la disponibilité 隨意使用
- la tolérance 容忍
- la curiosité 好奇
- le respect 尊重
- l'imagination 想像力
- la créativité 創造力
- la passion 熱情

- la santé 健康
- le temps 時間
- l'argent 金錢

- les amis 朋友
- un(e) petit(e) ami(e) 男（女）朋友
- un boulot 工作
- un travail 工作
- une passion 熱愛
- un projet 計畫
- une aventure 奇遇、冒險
- une surprise 驚奇

- une tempête 暴風雨
- un typhon 颱風
- le vent 風
- une rafale de vent 陣風
- un courant (marin) 潮水
- une collision 相撞
- une avarie / une panne (de moteur) 損壞 / 故障（馬達）

- une incompétence 能力不夠、無法勝任
- une incompréhension 不了解
- une méconnaissance 不知道、不了解
- un manque de chance / de bol 運氣不好

217

029 MONTER（爬上、乘上、上升）
DESCENDRE（下來、走下） BAISSER（降低）

une montée（登上、上升、上坡）- **un montage**（高山）
une descente（下降、下坡）- **un(e) descendant(e)**（子孫）
une baisse（下降）

En montagne... Un groupe de randonneurs...
在山裡有一群登山客……

Serge : Aujourd'hui, on va monter jusqu'au refuge et on dormira là-bas.

今天，我們會登至山中小屋，然後在那過夜。

Antoine : Il faut combien de temps pour y arriver ?

到那裡要多久？

Serge : Il faut compter 4 bonnes heures. Mais si les nuages commencent à descendre, il nous faudra une heure de plus à cause de la visibilité.

要整整 4 個小時。但若雲層開始下降，因視線關係，會需要再多 1 個小時。

Sylvie : Heureusement que nos sacs ne sont pas trop lourds !

幸好我們的包包不是太重！

Serge : Demain matin, nous partirons vers 4:30 pour être au sommet à neuf heures. Nous pourrons y rester une petite demi-heure pour faire des photos et nous reposer un peu.

明天早上，我們 4 點 30 分出發，以在 9 點的時候登頂。我們會有少少的半個小時的時間拍照和稍做休息。

Antoine : Il faudra mettre nos doudounes car la température va baisser avec l'altitude et la neige.

必須要穿著我們的羽絨衣，因為氣溫會隨著海拔和雪降低。

Sylvie : Pour descendre, il nous faudra combien de temps ?

下山的話，需要多久時間呢？

Serge : Je pense que la descente devrait se faire en moins de 5 heures.

我認為下山應該只要 5 個小時以內。

Antoine : Allez ! Courage ! Il nous reste encore 4 heures à monter...

走吧！加油！我們還有 4 個小時要爬……

01 Constructions des verbes et synonymes
動詞結構與同義詞

(1) Les essentielles 主要的動詞結構

- (qqch / qqn) monter qpart (= se déplacer dans un lieu plus haut = grimper)
  （某物 / 某人）爬上某處
  - Enfant, je montais dans les arbres pour cueillir les fruits.
  - Le téléphérique monte au sommet de la montagne.
  - Au décollage, l'avion est monté rapidement dans le ciel.
  - Nous sommes montés au troisième étage de la Tour Eiffel.

- descendre qpart / de qpart (= se déplacer dans un lieu plus bas)
  下去某處 / 從某處下來
  - Je suis descendu à la cave pour prendre une bouteille de vin.
  - Il est descendu du sommet du Mont Blanc en trois heures.

- monter qqch (= gravir, grimper qqch) 攀登某物
  - J'ai du mal à monter cet escalier très raide.
  - Nous avons monté la côte en danseuse.
  - Nous avons (re)monté la rivière en canoé.

- descendre qqch (contraire de monter = gravir, grimper)
  走下某物、順某物而下、沿某物而下
  - J'ai eu du mal à descendre cet escalier très raide.
  - Nous avons descendu la pente à quatre-vingt kilomètres / heure.
  - Ils ont descendu la rivière en radeau.

- monter qqch (= porter qqch dans un lieu plus haut)
  往上搬運某物（把某物拿到比較高的地方）
  - Le groom a monté vos valises dans votre chambre.

- descendre qqch (= porter qqch dans un lieu plus bas)
  往下搬運某物（把某物拿到比較低的地方）
  - Le groom a descendu vos valises à la réception.

- monter dans / en / à / sur (= prendre place dans / en / à / sur qqch)
  乘上、騎上、搭上
  - Nous sommes montés dans l'avion avec une heure de retard.
  - Je suis monté(e) une fois à cheval.
  - Les enfants aiment monter sur les manèges.

- descendre de qqch (= cesser d'être dans / sur... qqch) 從某物下來、走下
  - Nous sommes rapidement descendus de l'avion.
  - Je suis descendu(e) de cheval en sautant.
  - Les enfants n'aiment pas descendre des manèges.

- monter (qpart) + V (inf.) (= aller dans un lieu plus haut pour y faire qqch)
  上去某處做某事（原形動詞）
  - Je monte me coucher.
  - Je suis monté(e) sur le toit fixer l'antenne de télé.

- descendre (qpart) + V (inf.) (= contraire de monter) 下去某處做某事（原形動詞）
  - Je descends me coucher.
  - Je suis descendu(e) prendre du vin à la cave.

- se monter à (réfléchi = s'élever à une somme d'argent) 高達
  - Les factures non payées se montent à mille euros.

- descendre qpart (pendant un voyage = loger qpart) 下榻某處
  - À Lyon, nous sommes descendus à l'Hôtel Carlton.
  - Quand vous étiez à Kaohsiung, êtes-vous descendus chez mes amis ?

- descendre de qqn (= être issu de, avoir un lien de parenté avec qqn = venir de)
  是某人之後裔
  - Il descend d'une famille d'ouvriers.
  - Elle descend de la noblesse provinciale.

- baisser qqch (= faire descendre / faire aller vers le bas qqch) 放下、降下某物
  - Peux-tu baisser le store, s'il te plaît ?
  - Quand vous lui avez parlé, elle a baissé les yeux.

- baisser qqch (= diminuer la hauteur de qqch) 放低某物
  - Pouvez-vous baisser un peu votre tête, je ne vois rien ?

- baisser (= diminuer d'intensité) 減低、減弱
  - Sa vue baisse chaque jour davantage.
  - C'est trop fort, je baisse un peu le son.
  - Le jour commence à baisser vers cinq heures de l'après-midi.

- baisser (= aller en diminuant de hauteur = descendre) 下降
  - La mer monte et baisse / descend deux fois par jour.
  - Le niveau du réservoir d'eau a baissé très vite.

- baisser (= diminuer de prix, de valeur ≠ augmenter) 跌價
  - Cette année, les prix ont baissé de trois pour cent.

- se baisser (réfléchi = se courber) 俯身、彎腰
  - Pouvez-vous vous baisser un peu, je voudrais prendre une photo.
  - Pour franchir cette porte très basse, il faut bien se baisser.

(2) Autres constructions 其他的動詞結構

- monter qpart (vers le nord) (fam. = se diriger vers le nord) 北上
  - Je monte à Taipei chaque week-end (de Taichung).
  - Elle est montée à Paris la semaine dernière.

- descendre qpart (vers le sud) (fam. = se diriger vers le sud) 南下
  - Elle est descendue à Kaohsiung (de Taipei) la semaine dernière.
  - Pour les vacances, les Français aiment descendre dans le midi de la France.

- monter ≠ descendre / baisser (= augmenter ≠ diminuer de niveau, de volume, de prix) 上升 ≠ 下降
  - Le cours du dollar taïwanais a beauoup monté ≠ baissé en un mois.
  - Le niveau de la rivière monte ≠ descend / baisse à vue d'œil.
  - La bourse monte ≠ baisse.
  - La température monte ≠ descend / baisse.

- monter ≠ descendre (= s'élever en pente ≠ aller vers le bas, en pente) 斜斜往上 / 斜斜往下
  - Cet escalier monte au grenier.
  - La rue monte ≠ descend en pente raide.

- monter (= pousser, croître) 長高、生長
  - Les salades montent vite.
  - Le riz commence à monter.

- monter (pour un bruit, une odeur) 往上傳送（聲音、味道）
  - Des clameurs montaient de la rue.
  - Une odeur appétissante montait de la cuisine.

- monter (= atteindre le haut du corps, la tête) 上升、升起（到達身體上半部，如頭等）

- Le vin m'est monté à la tête.

- Des larmes me montaient aux yeux.

• monter ≠ descendre (= s'étendre du bas vers le haut ≠ du haut vers le bas)
高達 ≠ 下至（由下向上沿伸 ≠ 由上向下延伸）

- Ces bottes lui montent jusqu'aux genoux.

- Son manteau est trop long, il lui descend jusqu'aux chevilles.

• monter qqch (= assembler différentes parties pour former un tout) 拼裝、裝配某物

- Sur cette nouvelle chaîne, on monte une voiture en seulement trois heures.

- Nous avons monté les tentes dès notre arrivée.

• se monter (forme passive) 讓人攀登、讓人乘騎（被動形式）

- Ce cheval se monte facilement.

- Cette côte ne se monte pas sans peine.

• descendre qpart (= faire irruption qpart) 闖入、入侵某處

- La police est descendue dans les cybercafés pour vérifier l'âge des clients.

• descendre qqch / qqn (fam. = faire tomber - tuer / abattre qqn) 擊落某物 / 擊斃某人

- Le missile a descendu l'avion espion. (= a abattu / a fait tomber...)

- Les gangsters ont descendu le caissier d'un coup de pistolet. (= ont tué / abattu...)

(3) Conjugaison 動詞變化

infinitif	présent	passé comp.	imparfait
monter	je monte	je suis monté(e) j'ai monté	je montais
descendre	je descends	je suis descendu(e) j'ai descendu	je descendais
baisser	je baisse	j'ai baissé	je baissais
se baisser	je me baisse	je me suis baissé(e)	je me baissais

futur	cond. prés.	subj. prés.
je monterai	je monterais	que je monte
je descendrai	je descendrais	que je descende
je baisserai	je baisserais	que je baisse
je me baisserai	je me baisserais	que je me baisse

Construisez les phrases avec les éléments donnés :

01 - Il / monter (p.c.) / dans sa chambre

02 - Elle / descendre (p.c.) / dans la rue

03 - Est-ce que / tu / descendre (p.c.) / la poubelle ?

04 - Il / monter (p.c.) / sur le toit / vérifier la cheminée

05 - Le prix des loyers à Taipei / monter (p.c.) / très peu / en un an

06 - Le montant de ses honoraires / se monter (p.c.) / 40 000 dollars taïwanais

07 - Dans quel hôtel / tu / descendre (p.c.) ?

08 - Elle / ne pas descendre / une famille aisée

09 - Ce semestre / mes notes / baisser (p.c.)

10 - On / se baisser (p.c.) / pour entrer dans l'avion

03 Expressions populaires
通俗慣用語

- La moutarde lui monte au nez. (= Il se met en colère. / Il devient furieux.)
  芥末衝上他的鼻子。（發怒、生氣）

  - Sois diplomate ! La moutarde lui monte facilement au nez.

- Celui qui monte haut, de haut tombe. (proverbe du XIIe siècle)
  爬得越高摔得越重。（十二世紀諺語）

- monter à la tête de quelqu'un (= exalter, griser qqn)
  激奮某人、使某人飄飄然、使某人微醉

  - Son succès rapide lui monte à la tête.

  - Le vin vous monte à la tête.

- monter la tête à quelqu'un - monter qqn contre qqch / qqn
  (= exciter qqn contre qqch ou qqn)
  煽動某人 - 挑撥某人反對某事 / 某人

  - Il a monté (la tête à) son fils contre sa mère.

- se monter contre qqn (= s'exalter, s'irriter, se mettre en colère contre qqn)
  對某人發火、對某人動怒

  - Les ouvriers se sont montés contre leur chef d'atelier.

- C'est un coup monté ! (= c'est une affaire préparée contre qqn)

  這是一個圈套！

  - Cette accusation, c'est un coup monté.

- descendre (une bouteille) (fam. = boire sans modération)

  喝下（一瓶酒）（俗：沒有節制地喝）

  - Il a descendu un litre de vin à lui tout seul !

- descendre de haut (= déchoir)

  從高位跌下來（失去權利）

  - Maintenant qu'il n'a plus le patron pour le soutenir, il va descendre de haut.

- faire une descente qpart (fam. = sortir, en groupe, qpart)

  出遊到某處（俗：一群人出去某處玩）

  - Hier soir, nous avons fait une descente en boîte. (= Nous sommes sortis en boîte.)

- avoir une bonne descente (= bien boire et manger)

  酒足飯飽

  - Vous avez une bonne descente, ça fait plaisir à voir !

- baisser les bras (= s'avouer vaincu, battu)

  認輸

  - Après tant de difficultés, j'ai dû baisser les bras.

- baisser le ton (= être moins arrogant)

  降低聲調（聲調比較不傲慢）

  - Ça suffit ! Baisse un peu le ton, sinon je t'envoie une gifle !

04 Quelques questions
回答下列問題

- Quand tu étais petit(e), sur quoi aimais-tu monter ?

- Comment peut-on monter au sommet de Yushan ? Peut-on y monter en voiture ? Es-tu déjà monté(e) au sommet de Yushan ? D'un autre sommet ? Lequel ?

- En montagne, tu préfères monter ou descendre ? Pourquoi ?

- Es-tu déjà monté(e) au sommet de la tour 101, à Taipei ?

- Quand tu dois monter trois étages, prends-tu l'ascenseur ou montes-tu à pied ? Pourquoi utilises-tu l'ascenseur ? Pourquoi tu montes à pied ? Et pour descendre, que fais-tu ?

- Es-tu déjà monté(e) en avion ? Pour te rendre à quel endroit ? Et en bateau ?

- Es-tu déjà monté(e) à cheval ? Est-ce que tu avais peur ? Tu avais un moniteur ?
  As-tu apprécié d'être sur un cheval ? Voudrais-tu recommencer ?
  Est-ce que c'était plus difficile de monter sur le cheval que d'en descendre ?

- Ce semestre, tes notes montent, baissent ou sont-elles stables ? Pourquoi ?

- Est-ce qu'il y a des choses qui te montent à la tête ?

- As-tu une bonne descente ou est-ce que le vin te monte à la tête ?
  Comment deviens-tu quand tu as bu ?

- Tu préfères les jupes qui descendent au dessus ou au dessous des genoux ?
  Pourquoi cette préférence ?

- Est-ce que tu saurais monter (démonter et remonter) un moteur de scooter ?

- As-tu déjà monté une tente ? À quelle occasion ?

- Le prix d'un ping, à Taipei, se monte à combien ? Et à Kaohsiung ?

- Quand tu voyages à Taïwan, tu descends à l'hôtel ou chez des amis ? Pourquoi ?

- Tu descends de quel genre de famille ? (ouvrière - paysanne - riche - pauvre - noble...)

- Quand tu parles à quelqu'un, est-ce que tu baisses les yeux ? Pourquoi ?

- Face à une difficulté, baisses-tu les bras ou essaies-tu de relever le défi ?

- Est-ce que tu connais des produits dont le prix baisse ? Lesquels ?
  Pourquoi leur prix baisse-t-il ?

- T'est-il déjà arrivé(e) de demander à quelqu'un de baisser de ton ?
  Dans quelles circonstances ?

- T'est-il déjà arrivé(e) de descendre ou de tomber de haut ? Dans quelles circonstances ?

- Est-ce que parfois la moutarde te monte au nez ? Dans quelles situations ?

*Il faut monter à Hehuanshan
pour trouver de la neige.*

- **une chaise** 椅子
- **un tabouret** 凳子
- **un escabeau** 矮凳
- **une table** 桌子
- **une échelle** 梯子
- **une épaule** 肩膀
- **le dos** 背
- **un manège** 旋轉木馬
- **un cheval de bois** 木馬
- **un poney** 小馬
- **un buffle d'eau** 水牛

- **la gloire** 光榮
- **le succès** 成功
- **une réussite** 成功

- **une conquête** 征服
- **une bonne note** 高分數、好成績
- **l'argent** 金錢

- **la timidité** 害羞
- **la réserve** 保留、謹慎
- **la honte** 羞恥
- **la peur** 害怕
- **la crainte** 害怕、擔憂
- **la franchise** 坦白、率直
- **le contact** 接觸
- **le courage** 勇氣
- **la témérité** 魯莽、冒失
- **l'honneur** 榮譽
- **le respect** 尊重

- **une famille noble / aristocratique / riche** 貴族家庭 / 貴族家庭 / 富裕家庭
  pauvre / paysanne / rurale 貧困家庭 / 農家 / 農家
  bourgeoise / d'intellectuels / d'artistes 中產家庭 / 知識分子 / 藝術家庭
  d'ouvriers / de prolétaires / unie 工人家庭 / 無產階級家庭 / 和睦家庭
  désunie / nombreuse 不和睦家庭 / 大家庭

030

POSSÉDER（擁有、享有、具有） DÉPOSSÉDER（剝奪）
AVOIR（有、具有） DISPOSER（安排、布置）

une possession（擁有、享有）- une dépossession（剝奪）
un avoir（財產、所有物）- un bien（好處、財產）
une disposition（安排、布置）- un dispositif（裝置、設備）

Dans le cabinet d'un notaire... Les enfants prennent connaissance du testament de leur père récemment disparu...
在公證員的辦公室內，孩子閱讀剛過世父親的遺囑……

Le notaire : J'ouvre en votre présence le testament laissé par votre père. Celui-ci possédait une résidence principale, une résidence secondaire, une voiture de luxe, une collection de tableaux, ainsi qu'un bateau. Il lègue à son fils Robert la résidence principale et à sa fille Claudie la résidence secondaire. L'un et l'autre devront se partager la collection de tableaux selon leurs goûts. Robert et Claudie pourront disposer du bateau en alternance et décider qui gardera la voiture.

Robert : Et Stéphane ? Il n'est pas cité dans le testament !

Le notaire : Visiblement votre père a dépossédé votre frère de ses droits à l'héritage.

我在您面前宣讀您父親留下的遺囑。他擁有主要居住房、次要居住房、一輛高級房車、一套畫作收藏，以及一艘船。他將主要居住房贈予給他的兒子 Robert、次要居住房給他的女兒 Claudie。依照他們兩人的品味，分配畫作收藏。Robert 和 Claudie 可輪流支配那艘船，並決定誰擁有那台車。

那 Stéphane 呢？遺囑沒有提到他！

看來您的父親剝奪了您兄弟繼承遺產的權利。

Claudie :	Robert, je propose que Stéphane ait les tableaux, ce n'est pas juste qu'il n'hérite de rien !	Robert，我提議把畫作給 Stéphane，他沒有繼承任何東西真是太不公平了！
Robert :	Et puis, si tu veux, il pourrait aussi avoir la voiture.	此外，如果妳願意的話，他可以繼承那台車。
Claudie :	Je suis tout à fait d'accord !	我完全同意！
Robert :	Quant au bateau, on peut en disposer à trois !	而那艘船呢，我們 3 個人可以共享！

01 Constructions des verbes et synonymes
動詞結構與同義詞

(1) Les essentielles 主要的動詞結構

- posséder qqch (= avoir qqch à sa disposition, détenir qqch, jouir de qqch)
  擁有、占有某物
  - Il possède trois appartements à Taipei.
  - Elle possède une BMW.

- posséder qqch (= avoir une bonne connaissance de qqch) 精通、熟諳某物
  - Vous possédez un anglais excellent.
  - Elle possède son texte par cœur.

- posséder qqn (fam. = le tromper, le duper = rouler qqn (fam.) = avoir qqn (fam.))
  欺騙、愚弄某人
  - Vous nous avez bien possédés !
  - Elle a possédé ses parents.
  - Vous nous avez bien roulés !
  - Elle a eu ses parents.

- se faire posséder par qqn (= être trompé, dupé = se faire rouler (fam.) = se faire avoir (fam.)) 為某人所騙
  - Je me suis fait posséder par mon patron. (= Je me suis fait rouler / avoir...)

- (qqn) posséder qqch (= avoir une qualité) （某人）具有某種優點
  - Elle possède une intelligence exceptionnelle.
  - Il possède une de ces mémoires !

- déposséder qqn de qqch (= retirer à qqn ce qu'il possédait = dépouiller qqn de qqch)
  剝奪某人
  - Son père l'a dépossédé de l'héritage.
  - Le policier a été dépossédé de son arme.
  - Il a été dépossédé de tous ses biens par le tribunal de commerce.

- avoir qqch (= posséder qqch - comprendre / inclure qqch) 擁有某物
  - Il a trois appartements à Taipei.
  - Elle a une BMW.
  - Cet appartement a trois chambres et deux salles de bain.

- avoir (= être dans une relation de parenté) 有（親屬）
  - J'ai un frère et deux sœurs.
  - J'ai encore mes quatre grands-parents.
  - Ils ont trois enfants.
  - Elle n'a pas de fille.

- avoir (= être âgé(e) de...) 有（表歲數）
  - Quel âge avez-vous ? - J'ai 12 ans.
  - Elle n'a que trois mois.

- avoir + nom (sans article) (= éprouver une sensation)
  有＋名詞（沒有冠詞）（有某種感覺）
  - J'ai chaud.
  - J'ai froid
  - J'ai faim.
  - J'ai sommeil.
  - J'ai soif.

- avoir + nom (avec article partitif) (= ressentir un sentiment, une émotion)
  有＋名詞（與部分冠詞合用）（感受到某種情感）
  - J'ai de la peine.
  - Elle a du chagrin.
  - Vous avez de la pitié pour lui ?

- avoir + COD (+ attribut) (pour caractériser qqn / qqch = posséder)
  有＋直接受詞（＋表語）（表達某人／某物具有的特色）
  - Il a les cheveux blonds.
  - Elle a un nez aquillin.
  - Vous avez de larges épaules.
  - Il a une grippe carabinée.
  - Il a les oreilles en feuilles de choux.

- Cette voiture a un moteur puissant.

- Votre robe a une tache.

- disposer qqch (= arranger qqch dans un certain ordre = ranger, arranger)
安排、整理、布置某物

- J'ai disposé les tables près des fenêtres.

- Elle a disposé les CD sur l'étagère.

- disposer de qqch (= avoir qqch à sa disposition, avoir l'usage de qqch)
擁有、支配、掌握某物

- Pour faire les courses, je ne dispose que de 100 euros.

- Tu peux disposer de ma voiture et de mon appartement.

- se disposer à + V (inf.) (réfléchi = être prêt à faire qqch, être sur le point de faire qqch) 準備、打算做某事（原形動詞）

- Je me disposais à le recevoir mais il m'a téléphoné pour se décommander.

- être disposé(e) à + V (inf.) (= être d'accord pour faire qqch, avoir l'intention de faire qqch) 同意、打算做某事（原形動詞）

- Il est disposé à s'associer avec nous dans ce projet. (= Il est d'accord pour...)

- Elle est disposée à nous accompagner au théâtre. (= Elle est d'accord pour...)

(2) Autres constructions 其他的動詞結構

- posséder qqn (= s'emparer de l'âme ou du corps de qqn, de façon diabolique)
（魔鬼、惡靈等）纏住某人、附在某人身上

- De mauvais esprits le possèdent.

- Le diable te possède !

- (qqch) posséder qqch (= avoir une propriété) （某物）具有某特質

- Cette plante possède des vertus calmantes.

- Ces champignons possèdent un pouvoir hallucinogène.

- (qqch) posséder qqn (= subjuguer, dominer qqn, en parlant d'une passion, d'une émotion) （某物）控制、支配某人

- La passion du jeu le possède.

- La musique la possède.

- La haine vous possède.

- disposer de qqn (= employer qqn, le traiter comme on le souhaite) 使用、支配某人

- Vous pouvez disposer de mon chauffeur.

- Le peuple aspire à disposer de lui-même, comme il le veut.

- Dans mon travail, je dispose d'une secrétaire et d'une assistante.

(3) Conjugaison 動詞變化

infinitif	présent	passé comp.	imparfait
posséder	je possède	j'ai possédé	je possédais
se faire posséder	je me fais posséder	je me suis fait posséder	je me faisais posséder
déposséder	je dépossède	j'ai dépossédé	je dépossédais
avoir	j'ai	j'ai eu	j'avais
disposer	je dispose	j'ai disposé	je disposais
se disposer	je me dispose	je me suis disposé(e)	je me disposais
être disposé(e)	je suis disposé(e)	j'ai été disposé(e)	j'étais disposé(e)

futur	cond. prés.	subj. prés.
je possèderai	je possèderais	que je possède
je me ferai posséder	je me ferais posséder	que je me fasse posséder
je déposséderai	je déposséderais	que je dépossède
j'aurai	j'aurais	que j'aie
je disposerai	je disposerais	que je dispose
je me disposerai	je me disposerais	que je me dispose
je serai disposé(e)	je serais disposé(e)	que je sois disposé(e)

02 Pratique des verbes
動詞練習

Construisez les phrases avec les éléments donnés :

01 - Il / posséder (p.c.) / moi / bien

02 - La colère / posséder / elle

03 - Sa famille / déposséder (p.c.) / lui / de l'héritage

04 - Il / avoir (imp.) / beaucoup de chagrin

05 - Nous / avoir (imp.) / les cheveux teints

06 - Je / ne pas disposer / assez de temps

07 - Elle / disposer (imp.) / un vaste appartement

08 - Vous / disposer (fut.) / une voiture avec chauffeur

09 - Je / se disposer à (imp.) / partir / quand / il / arriver (p.c.)

10 - Est-ce que / vous / être disposé / accepter ma proposition ?

- Le désir fleurit, la possession flétrit toutes choses. (M. Proust, Les Plaisirs et les Jours)
  慾望使一切繁華，擁有使一切凋零。

- se démener comme un(e) possédé(e) (= avec une violence incontrôlée)
  像中了邪一樣地狂奔亂跑
  - Quand on a essayé de l'attraper, il s'est démené comme un possédé.

- être en (pleine) possession de ses moyen (= être en (pleine) forme, au mieux de sa
  condition) 身心（非常）健康
  - À vingt-cinq ans, on est en pleine possession de ses moyens.

- On ne peut pas avoir le lard et le cochon. (proverbe) (= On ne peut tout avoir.)
  我們不能同時擁有豬油和豬。（諺語）（有取就有捨，我們不能什麼都要。）

- On ne peut pas avoir le beurre et l'argent du beurre. (proverbe) (= On ne peut tout
  avoir.) 我們不能同時擁有牛油和賣牛油的錢。（諺語）（有得就有失，我們不能什麼都
  要。）

- Celui qui se contente de ce qu'il a est heureux. (proverbe) 知足常樂。（諺語）

- Plus on a plus on veut avoir. (dicton) 越有越貪心。（諺語）

- Qui trop embrasse mal étreint. (proverbe) (= Quand on a trop, on ne sait pas bien
  utiliser ce que l'on a.) 貪多嚼不爛。（諺語）

- avoir beau faire qqch (= faire qqch en vain, sans résultats) 枉然做某事
  - Il a eu beau la prier de rester avec lui, elle l'a quitté.

- en avoir à qqn (= être en colère contre qqn = en vouloir à qqn) 對某人生氣、怨恨某人
  - Elle en a à son patron de ne pas lui avoir offert cette mission. (= Elle en veut à...)

- il y a (pour présenter une chose) 有
  - Il y a de la bière dans le frigo.
  - Il n'y a pas de fruits.
  - Il n'y a plus de glace.

- il n'y a qu'à + V (inf.) (= il suffit de faire qqch) 只要做某事就好了（原形動詞）
  - Si l'autoroute est bouchée, il n'y a qu'à prendre les petites routes.

- il n'y en a que pour qqn (= seule cette personne est importante, elle prend beaucoup
  de place) 只有某人有份、只有某人最重要、只有注意某人
  - Dans sa famille, il n'y en a que pour lui !

- Vous pouvez disposer ! (= Vous pouvez partir, je ne vous retiens pas.)
  我不需要你了！你可以走了！
  - Notre entretien est terminé. Vous pouvez disposer !

- L'homme propose, Dieu dispose. (dicton) (= seul Dieu peut décider de qqch)
  謀事在人，成事在天。（諺語）

- avoir des dispositions pour qqch (= avoir des aptitudes, du talent pour faire qqch)
  在某方面很有天份、做某事很有才幹
  - Elle a des dispositions pour la peinture.
  - Il a des dispositions pour les études.

- prendre des / les / ses dispositions (= prendre des mesures, des précautions)
  採取對策、預防措施
  - J'ai pris des dispositions pour faire garder le chat.
  - Elle a pris ses dispositions pour ne pas dépendre financièrement de son mari.

- être bien / mal disposé(e) envers qqn / à l'égard de qqn (= vouloir du bien ou du mal à qqn)
  對某人有好 / 惡感
  - Elle est plutôt bien disposée envers vous.
  - Il est très mal disposé à votre égard.

04 Quelques questions
回答下列問題

- Parmi les choses que tu possèdes, quelles sont celles auxquelles tu tiens le plus ?
  Pourquoi y tiens-tu autant ? Pourrais-tu t'en séparer ?

- Quelles sont les choses que tu n'as pas et que tu aimerais posséder ?
  Penses-tu pouvoir les acquérir un jour ?

- Penses-tu que tu possèdes bien une langue étrangère ? Laquelle ?
  Peux-tu nous dire quelque chose dans cette langue ?

- Est-ce qu'il t'arrive de posséder tes parents ou d'autres personnes ?
  Peux-tu nous raconter une de ces situations ?

- Est-ce qu'il y a des choses qui te possèdent, comme la musique, la passion du jeu... ?

- Est-ce que tu as un scooter / une voiture / la télévision / un portable... ?

- As-tu des frères et sœurs ? Combien ?

- As-tu encore tes grands-parents ?

- Quel âge as-tu ?

- As-tu des enfants ? Si oui, combien ?

- Que penses-tu de «Il n'y a qu'à...» ?

- T'est-il déjà arrivé(e) d'en avoir à quelqu'un ? À qui ? Pourquoi ?

- De combien d'argent de poche disposes-tu par semaine ? Est-ce assez ?
  Comment le dépenses-tu ? Est-ce que tu arrives à économiser ?

- Penses-tu avoir des dispositions pour quelque chose ? Quoi ? Qu'en fais-tu ?

- En général, es-tu bien disposé(e) envers tes parents / tes camarades... ?

- Chaque jour, tu disposes de combien de temps pour...
  - déjeuner
  - tes loisirs
  - étudier le français ?

---

mini-dico 小辭典

- une poupée 洋娃娃
- une peluche (un doudou) 絨毛玩具
- un portable 手機
- un ordinateur 電腦
- une photo 相片
- un souvenir 紀念品
- un bijou 珠寶、首飾
- une lettre 信
- une montre 手錶

- un scooter 機車
- une voiture 汽車
- une caméra digitale 數位相機
- un appareil photo 照相機
- un caméscope 錄影機
- une maison 房子
- un bateau 船

- la musique 音樂
- le violon 小提琴
- le piano 鋼琴
- le saxophone 薩克斯風

- la peinture 繪畫
- la danse 舞蹈
- l'écriture 書寫
- le théâtre 戲劇
- le cinéma 電影

- le sport 運動
- les langues étrangères 外語
- les mathématiques 數學
- les sciences exactes
  精確科學（指數學、物理等）
- les sciences humaines 人文科學
- la chanson 歌曲

031

OFFENSER（冒犯、傷害） BLESSER（傷害、打傷）
FÂCHER（生氣） VEXER（得罪、使不快）
INSULTER（侮辱、辱罵） INJURIER（侮辱、辱罵）
FÉLICITER（祝賀、讚揚） HONORER（崇拜、敬重）
SALUER（問候） RENDRE HOMMAGE（致敬）

une offense（冒犯）- une blessure（傷、傷口）
une fâcherie（不快、不睦）- une vexation（氣惱）
une insulte（侮辱、辱罵）- une injure（侮辱（的話））
des félicitations（賀詞、讚揚）- un honneur（榮譽）
une salutation（問候、致敬）- un hommage（尊崇、敬意）

Au tribunal... Deux plaignants se font face...
在法院，兩位起訴人面對面……

Le juge : Alors, pouvez-vous nous expliquer l'objet de votre
présence ici ?

L'accusateur : Eh bien, Monsieur le juge, cet homme m'a
offensé en public.

那麼，能否請您解釋，今日出庭
的理由？

好的，法官大人，這男人公然侮
辱我。

235

Le juge : Qu'a-t-il fait qui vous a blessé ? 　　　他做了什麼傷害您？

L'accusateur : Il m'a insulté et m'a traité devant mes amis de minable.

他侮辱我，並在我朋友面前把我當成差勁的人。

Le juge : Est-ce bien l'expression que vous avez utilisée ?

這是您使用的表達方式嗎？

L'accusé : Avant, il m'avait vexé en me disant que j'étais un raté.

之前，他用一事無成來侮辱我。

Le juge : Et vous vous êtes fâchés pour si peu ?

而您如此容易就被激怒？

L'accusateur : Imaginez, j'étais avec des amis ! J'étais terriblement vexé et je devais lui répondre.

想像一下，我當時跟朋友在一起！我被嚴重羞辱，而我必須回擊他。

Le juge : Bon, alors je vous demande de vous pardonner mutuellement et de vous saluer en vous serrant la main.

好，我要求您相互道歉，並握手言和。

À l'occasion d'un pot de départ à la retraite...
Les collègues du retraité sont rassemblés...
在退休慶祝會上，退休者的同事們聚集起來……

Le directeur : Je voudrais aujourd'hui féliciter Raymond, qui a passé 40 années dans notre entreprise et qui va prendre une retraite bien méritée.

我今日想要恭喜 Raymond，他 40 年都待在我們公司，並將得到應得的退休。

Collègue A : Nous avons été honorés de sa présence dans notre équipe durant toutes ces années.

我們對這些年來有他在我們的團隊裡表示敬意。

Collègue B : Je voudrais saluer sa bonne humeur et son entrain qui ont donné beaucoup d'énergie à notre équipe.

我想要向他為團隊帶來能量的出色幽默感、朝氣致敬。

Collègue C : Je voudrais également rendre hommage à sa générosité et à sa disponibilité. Il n'a jamais épargné ses efforts pour nous aider quand nous avions besoin de lui.

我也要向他的慷慨、配合致敬。在我們需要他時，他總是毫無保留地幫助我們。

Le directeur : Alors, levons notre verre à la santé de Raymond à qui nous souhaitons une retraite longue et heureuse !

好的，讓我們向 Raymond 舉杯，祝福他有長期、幸福的退休生活。

01 Constructions des verbes et synonymes
動詞結構與同義詞

(1) Les essentielles 主要的動詞結構

- offenser qqn (= blesser qqn dans sa dignité, son honneur = vexer, froisser qqn)
  冒犯某人
  - Je suis désolé que vous soyez en colère, je ne voulais pas vous offenser.

- blesser qqn (= choquer, offenser, vexer qqn, causer un tort à qqn) 傷害某人
  - Vos paroles m'ont blessé.
  - Cet article dans le journal a blessé notre amour-propre.

- blesser qqn (= donner un coup qui fait une plaie, une contusion, une blessure)
  使某人受傷、使某人疼痛
  - Le gangster a grièvement blessé les deux policiers qui le pourchassaient.
  - Ces chaussures me blessent. (par extension : causer une douleur)

- se fâcher contre / avec qqn (réfl. = se mettre en colère contre qqn, se brouiller /
  rompre avec qqn) 對某人生氣
  - Il s'est fâché contre / avec ses frères et sœurs à cause de l'héritage.

- vexer qqn (= blesser qqn dans son amour-propre, offenser, humilier qqn)
  得罪某人、使某人不快
  - Il a vexé sa sœur avec ses remarques désobligeantes.

- être vexé(e) de + V (inf.) (= être blessé(e) dans son amour-propre)
  生氣、惱火＋原形動詞
  - Il est vexé de ne pas avoir été sélectionné pour faire partie de l'équipe nationale.
  - Elle est vexée de ne pas avoir été consultée avant la prise de décision.

- insulter qqn (= offenser qqn par des insultes, injurier qqn) 侮辱、辱罵某人
  - Il m'a insulté.
  - Il ne fait qu'insulter les gens qui ne partagent pas ses idées.

- injurier qqn (= offenser qqn par des paroles outrageantes, des insultes)
  侮辱、辱罵某人
  - Quand j'ai voulu lui expliquer, il m'a copieusement injurié.

- féliciter qqn (= faire compliment à qqn de qqch de bien, complimenter, louer qqn)
  祝賀某人、讚揚某人
  - Mon professeur m'a félicité pour mes bons résultats à l'examen.

- honorer un dieu (= adorer, vénérer un dieu) 崇拜神明
  - Les catholiques honorent Jésus et Marie, les protestants seulement Jésus.

- honorer qqn (= respecter qqn, vénérer qqn) 敬重某人
  - Les Chinois honorent leurs ancêtres chaque jour.
  - Les enfants honorent de moins en moins leurs père et mère.

- être honoré(e) (de qqch / de + V (inf.)) (= être fier de qqch / de faire qqch)
  （對某事 / 做某事）感到榮幸
  - Je suis très honoré(e) (de vous connaître). (forme polie de salutation)
  - Je suis honoré(e) de partager votre repas.
  - Nous sommes honorés de cette reconnaissance du public.

- saluer qqn (= adresser un salut à qqn, exprimer une marque de reconnaissance à qqn)
  對某人打招呼、向某人致意
  - Quand je croise mes voisins dans l'escalier, je les salue. (= Je leur dis bonjour.)
  - À la fin du concert, les musiciens ont longuement salué le public.

- rendre hommage à qqn (= honorer qqn, exprimer son respect à qqn)
  向某人表示敬意
  - À la fin de nos études, nous invitons les professeurs à un repas pour leur rendre hommage.
  - Chaque matin, elle rend hommage à Dieu par une courte prière.

(2) Autres constructions 其他的動詞結構

- s'offenser à qqch (réfléchi = réagir à une offense = se froisser, se fâcher, se vexer)
  被某事觸怒
  - Elle s'est offensée à votre refus de danser avec elle.

- se blesser (réfléchi = se faire une blessure) 使自己受傷
  - Je me suis blessé(e) avec le couteau en épluchant les pommes de terre.

- fâcher qqn (= mettre qqn en colère, irriter, mécontenter qqn)
  使某人生氣、使某人不快
  - Ce mariage va fâcher tes parents.
  - Son discours a fâché pas mal de gens.

- être fâché(e) de qqch (= être désolé(e), ennuyé(e), navré(e) de qqch)
為某事生氣、為某事感到遺憾

  - Je suis fâché(e) de cette mauvaise plaisanterie.

  - Elle est fâchée de votre refus.

  - Je ne suis pas fâché(e) de ne pas le voir.

- se vexer (passif = être vexé(e), froissé(e)) 生氣、動怒

  - Il se vexe très facilement.

  - Attention, je me vexe pour un rien !

- être vexé(e) que + S2 + V (subj.) 生氣＋從屬子句的主詞＋動詞（虛擬式）

  - Il est vexé que tu ne lui aies pas dit bonjour quand tu es arrivé.

- se féliciter de qqch / V (inf.) (réfléchi = être heureux / content de qqch / de
  (faire) qqch) 為某事感到高興 / 為了做某事而感到高興

  - Je me félicite de votre promotion. (= Je suis content de...)

  - Elle se félicite de venir travailler avec vous. (= Elle est contente de...)

- honorer qqn de qqch (= gratifier qqn de qqch) 給某人某種榮譽

  - Le Président nous a honorés de sa présence.

  - Vous m'honorez de votre amitié.

- s'honorer de + V (inf.) (réfléchi = être fier / tirer de l'orgueil de qqch)
  以做某事為榮、以做某事自豪

  - Elle s'honore d'être votre amie.

  - Je m'honore de vous fréquenter.

- être honoré(e) que + S2 + V (subj.) (= éprouver de l'honneur)
  感到榮幸＋從屬子句的主詞＋動詞（虛擬式）

  - Nous sommes très honorés que vous ayez accepté de participer à notre réunion.

- saluer qqch (= manifester du respect pour qqch) 向某物敬禮

  - Les militaires saluent le drapeau chaque matin.

- rendre hommage au courage, au talent, à l'héroïsme... de qqn (= honorer une
  qualité de qqn) 向某人的勇氣、天份、英勇等表示敬意

  - Nous rendons hommage à l'héroïsme de ces soldats morts pour la patrie.

  - Cette exposition rend hommage au talent de l'artiste.

- rendre un dernier hommage à qqn (= honorer qqn qui est décédé)
  向死者致最後的敬意、向某人的遺體致敬

  - Nous rendrons un dernier hommage au défunt en l'église Saint Eustache, à dix heures.

(3) Conjugaison 動詞變化

infinitif	présent	passé comp.	imparfait
offenser	j'offense	j'ai offensé	j'offensais
s'offenser	je m'offense	je me suis offensé(e)	je m'offensais
blesser	je blesse	j'ai blessé	je blessais
se blesser	je me blesse	je me suis blessé(e)	je me blessais
fâcher	je fâche	j'ai fâché	je fâchais
se fâcher	je me fâche	je me suis fâché(e)	je me fâchais
vexer	je vexe	j'ai vexé	je vexais
se vexer	je me vexe	je me suis vexé(e)	je me vexais
insulter	j'insulte	j'ai insulté	j'insultais
injurier	j'injurie	j'ai injurié	j'injuriais
féliciter	je félicite	j'ai félicité	je félicitais
se féliciter	je me félicite	je me suis félicité(e)	je me félicitais
honorer	j'honore	j'ai honoré	j'honorais
s'honorer	je m'honore	je me suis honoré(e)	je m'honorais
saluer	je salue	j'ai salué	je saluais
rendre hommage	je rends hommage	j'ai rendu hommage	je rendais hommage

futur	cond. prés.	subj. prés.
j'offenserai	j'offenserais	que j'offense
je m'offenserai	je m'offenserais	que je m'offense
je blesserai	je blesserais	que je blesse
je me blesserai	je me blesserais	que je me blesse
je fâcherai	je fâcherais	que je fâche
je me fâcherai	je me fâcherais	que je me fâche
je vexerai	je vexerais	que je vexe
je me vexerai	je me vexerais	que je me vexe
j'insulterai	j'insulterais	que j'insulte
j'injurierai	j'injurierais	que j'injurie
je féliciterai	je féliciterais	que je félicite
je me féliciterai	je me féliciterais	que je me félicite
j'honorerai	j'honorerais	que j'honore
je m'honorerai	je m'honorerais	que je m'honore
je saluerai	je saluerais	que je salue
je rendrai hommage	je rendrais hommage	que je rende hommage

Construisez les phrases avec les éléments donnés :

01 - Son comportement / blesser (p.c.) / toi

02 - Elle / se blesser (p.c.) / en tombant de cheval

03 - Je / se fâcher (p.c.) / avec mon meilleur ami

04 - Votre remarque / vexer (p.c.) / votre fils

05 - Il / être vexé / tu / ne pas inviter / lui / à ton mariage

06 - Mes parents / féliciter (p.c.) / moi / pour mon succès au bac

07 - Je / se féliciter / connaître / vous

08 - Nous / être très honoré / vous / accepter de / participer / à notre festival

09 - Ce matin / je / ne pas saluer (p.c.) / mes camarades de classe

10 - Ce film / rendre hommage / au fondateur de notre constitution

03 Expressions populaires et citations
通俗慣用語及名家語錄

- C'est le propre de l'homme de haïr celui qu'on a offensé. (proverbe)
  憎恨我們冒犯過的人是人的特性。（諺語）

- Je connais trop les hommes pour ignorer que souvent l'offensé pardonne mais que l'offenseur ne pardonne jamais. (J.J. Rousseau)
  我非常了解人，所以我知道：往往被冒犯的人會原諒，但冒犯者永遠不會原諒。

- Qui se fâche a tort. (proverbe) 生氣就是不對。（諺語）

- Les injures sont les raisons de ceux qui ont tort. (proverbe) 辱罵是無理者的論據。

- Qui supporte une injure s'en attire une nouvelle. (proverbe)
  忍受一個侮辱會招來另一個侮辱。（人善被人欺。）

- Tant de gens échangent volontiers l'honneur contre les honneurs. (Alphonse Karr)
  許多人以榮耀換取高官顯爵。

- L'honneur, c'est comme les allumettes : ça ne sert qu'une fois. (Marcel Pagnol)
  榮譽就像火柴：只能用一次。

- Il y a des gens qui observent les règles de l'honneur, comme on observe les étoiles, de loin. (V. Hugo) 有些人遵守榮譽的規則，就像我們觀察星星，只從遠處。

- L'honneur est le loyer de la vertu. (proverbe) 榮譽為美德之報償。（諺語）

- Les honneurs changent les mœurs. (proverbe) 榮譽腐化人心。（諺語）

- faire injure à qqn (= offenser qqn) 侮辱某人
  - Ce que vous avez dit fait injure à mes parents.

- engueuler qqn ≠ se faire engueuler par qqn (fam. = insulter qqn / se faire insulter par qqn) 責罵某人 ≠ 被某人責罵
  - J'ai engueulé les enfants ; ils ont cassé la télécommande de la télé.
  - Je me suis fait engueuler par mon patron parce que je suis arrivé en retard.

- Tu honoreras ton père et ta mère. (un des dix commandements de la Bible) 你要敬重你的父母。（聖經十誡之一）

- Salut ! (= Bonjour ! Au revoir !) 你好！再見！

- Veuillez agréer mes salutations distinguées. (formule de politesse en fin de lettre) 請接受我崇高的敬意。（信尾的禮貌用語）

- présenter ses hommages à une dame (très poli = présenter respectueusement ses civilités) 向一位女士表示敬意
  - Je vous présente mes hommages, Madame.

04 Quelques questions
回答下列問題

- T'est-il déjà arrivé(e) d'offenser quelqu'un ? Qu'as-tu fait ou qu'as-tu dit à cette personne ? Comment a-t-elle réagi ?

- Est-ce que tu te froisses facilement ? Qu'est-ce qui te froisse le plus ?

- As-tu déjà été blessé(e) dans un accident de circulation ? Est-ce que c'était grave ? As-tu été hospitalisé(e) ?

- T'est-il arrivé(e) de te blesser en pratiquant un sport ? Que t'est-il arrivé(e) ?

- Est-ce que tu te fâches facilement ? Pour quelles raisons ?

- Connais-tu des gens qui se fâchent facilement ? Qui ? Pourquoi se fâchent-ils ?

- Es-tu fâché(e) avec quelqu'un ? Avec qui ? Pour quelles raisons ?

- As-tu déjà été vexé(e) ? Pour quelles raisons ?

- T'arrive-t-il de vexer des gens ? Que fais-tu quand tu t'en rends compte ? Est-ce que tu t'excuses ?

- As-tu déjà été insulté(e) par quelqu'un ? Dans quelles circonstances ? Comment as-tu réagi ?

- Quelles sont les insultes les plus populaires pour les Taïwanais ?

- Est-ce que tes parents te félicitent quand tu réussis quelque chose d'important ? Leurs félicitations s'accompagnent-elles de cadeaux ? Quels genrse de cadeaux ?

- Dans quelles situations peut-on féliciter une personne ?

- Chez toi, y a-t-il un autel pour honorer les ancêtres ?

- Serais-tu honoré(e) de recevoir un professeur chez toi ?

- Quelle personne pourrait t'honorer de sa présence à ton côté ?

- Quand tu étais à l'école primaire, est-ce que tu saluais le drapeau le matin ?

- À ton avis, quelles personnalités méritent un hommage mondial ? Pourquoi méritent-elles cet hommage ?

---

mini-dico 小辭典

- l'indifférence 漠不關心
- l'incompréhension 不理解
- la négligence 疏忽
- le manque d'attention / de respect 不注意 / 不尊重

- la moquerie 嘲笑
- la plaisanterie 玩笑
- la mauvaise humeur / foi 心情不好 / 沒誠意
- la malhonnêteté 不誠實
- l'avarice 吝嗇
- un mensonge 謊言
- une infidélité 不忠
- une indiscrétion 不得體、冒失
- une indélicatesse 粗俗

- une entorse à la cheville / au genou / au coude 扭傷腳踝 / 膝蓋 / 手肘
- une luxation de l'épaule 肩膀脫臼
- une fracture d'une jambe / d'un bras 腿部骨折、斷裂 / 手臂骨折、斷裂
- un traumatisme crânien 腦震盪
- un état de choc 休克狀態
- la perte de conscience 失去知覺
- le coma 昏迷
- une plaie 傷口
- une égratignure 擦傷
- un bobo 痛處（小孩用語）

- une réplique (répliquer) 辯駁、回嘴
- donner un coup 打一下、踢一下
- se battre 相打、互殺
- un juron 詛咒

- une naissance 出生
- une réussite à un examen 考試通過
- un mariage 結婚
- une promotion 升級、晉升
- une réalisation 實現、成就
- un anniversaire 生日
- une fête 節日、節慶
- une découverte 發現

- un(e) star 明星
- une vedette de la chanson / de la télé / du cinéma
  歌唱明星 / 電視明星 / 電影明星

- une personnalité célèbre 知名人士
- le Président / la Présidente de la République 總統
- le Premier / la Première ministre 總理
- un(e) ministre 部長
- un(e) député(e) 議員
- un(e) maire 市長
- un(e) champion(ne) sportif(ve) 傑出運動員
- le Dalaï Lama 達賴喇嘛

- l'humanité 人道
- la générosité 慷慨、大方
- le courage 勇氣
- l'abnégation 犧牲自我
- le dévouement 犧牲精神、盡忠
- le désintérêt 不感興趣、冷淡
- le modèle 典範
- l'idéal 理想
- l'exemple 範例
- la sainteté 聖潔
- la persévérence 恆心、不屈不撓
- l'intelligence 智慧
- le génie 天才
- la créativité 創造力
- l'innovation 革新
- l'originalité 獨特
- la nouveauté 新穎、新鮮事物
- la lutte 鬥爭、競爭
- la résistance 抵抗、耐力
- le risque 冒險
- le danger 危險
- le refus 拒絕
- la révolte 反抗

Tout Chinois se doit
d'honorer ses ancêtres.

032 OUBLIER（忘記、疏忽） RAPPELER（叫回、再打電話、提醒） SE SOUVENIR（想起、記得）

un oubli（遺忘、疏忽）- un rappel（叫回、提醒） un souvenir（回憶、紀念品）

À la maison... Bernard et Marie...
Bernard 和 Marie 在家裡……

Bernard : Marie, est-ce que tu as rappelé la banque ?

Marie，妳回電給銀行了嗎？

Marie : Oh ! J'ai complètement oublié !

喔！我完全忘記這回事了！

Bernard : Il faut le faire maintenant si on ne veut pas avoir de problèmes.

如果我們不想惹麻煩的話，現在就要去做。

Marie : Tu te souviens du numéro de compte ?

你記得銀行帳號嗎？

Bernard : Je l'ai écrit sur le bloc-notes pour s'en souvenir.

為了記起來，我有寫在筆記本上。

Marie : Je vais regarder. Ah oui, le voilà !

我去看。喔，沒錯，在這裡！

Bernard : N'oublie pas de leur dire que nous passerons dans la journée pour régler le problème.

不要忘記跟他們說，我們一天內會去那處理問題。

Marie : Bien sûr ! Tu te rappelles le nom de la personne qui s'occupe de notre dossier ?

當然！你還記得管理我們文件的人員的名字嗎？

Bernard : Je n'en suis pas sûr, mais si mes souvenirs sont bons, ça doit être Duval je crois.

我不確定，但如果我沒記錯的話，應該叫 Duval。

Marie : Oui, c'est ça, je m'en souviens maintenant !

Bernard : J'espère qu'il ne nous aura pas oubliés. Il faut régler la question au plus vite.

喔，沒錯，我現在想起來了！

我希望他沒有忘記我們。必須要盡快解決問題。

01 Constructions des verbes et synonymes
動詞結構與同義詞

(1) Les essentielles 主要的動詞結構

- oublier qqch / qqn (= ne plus se souvenir de qqch / qqn)
  忘記某事物 / 某人（不再記得某事物 / 某人）
  - J'ai oublié votre nom.
  - Elle a oublié notre rendez-vous.
  - Tu m'as oublié(e).

- oublier qqch / qqn (= refuser de prendre qqch / qqn en considération / tenir compte de qqch / qqn) 忘記某事物 / 某人（不重視某事物 / 某人）
  - Tu oublies tes engagements.
  - Vous m'oubliez !

- oublier qqch (= laisser qpart, par inadvertance) 遺忘某物（因疏忽而留在某處）
  - Oh, zut ! J'ai oublié mes clefs au bureau.
  - Il a oublié son parapluie au restaurant.

- oublier qqch (= omettre, négliger qqch par inattention)
  忘記某事物（因不注意而忘卻某事物）
  - Je suis désolé(e) d'arriver en retard mais j'ai oublié l'heure.

- (ne pas) oublier de + V (inf.) (= (ne pas) omettre de faire qqch par inattention)
  （不）忘記做某事（原形動詞）
  - J'ai oublié de faire mon devoir.
  - Elle a oublié de te rappeler.
  - N'oublie pas de fermer les fenêtres quand tu partiras !

- oublier que + S1 / 2 + V (ind.) (= ne plus se souvenir)
  忘記＋主要子句 / 從屬子句的主詞＋動詞（直陳式）
  - J'ai oublié que je lui avais promis de le recevoir ce matin.
  - Tu as oublié qu'il est député.

- rappeler qqn (= appeler de nouveau qqn, retéléphoner à qqn) 再打電話給某人
  - Je te rappellerai ce soir.
  - Elle ne m'a pas rappelé.

- rappeler qqn (= appeler qqn pour le faire revenir) 叫回某人
  - Rappelle le facteur, je veux lui donner cette lettre.

- rappeler qqch à qqn (= remettre qqch en mémoire à qqn)
  跟某人想起某事、提醒某人某事
  - Je te rappelle ta promesse.
  - Je lui ai rappelé les conditions de vente.

- rappeler à qqn que + S2 + V (ind.) (= remettre qqch en mémoire à qqn)
  使某人想起＋從屬子句的主詞＋動詞（直陳式）
  - Je lui ai rappelé qu'il devait terminer ce travail avant midi.
  - Je te rappelle que tu me dois encore mille euros.

- se rappeler qqch / qqn / un fait (réfléchi = garder ou retrouver le souvenir de
  qqch...) 回想起、記得某物 / 某人 / 某件事
  - Je me rappelle ma première voiture, c'était une vieille 2 CV.
  - Je me rappelle très bien mon professeur de philosophie, au lycée.
  - Elle ne se rappelle plus les circonstances de l'accident.

- se souvenir de qqch / qqn / un fait (= garder en mémoire ou retrouver le souvenir
  de qqch) 想起、記得某物 / 某人 / 某件事
  - Je me souviens de ma première voiture, c'était... .
  - Je me souviens très bien de mon professeur de philosophie, au lycée.
  - Elle ne se souvient plus des circonstances de l'accident.

- se rappeler + V (inf. passé) (= retrouver le souvenir de qqch que l'on a fait, vécu)
  想起、記得＋過去式原形動詞
  - Il se rappelle vous avoir payé le 10 juillet.
  - Elle se rappelle avoir déjà vu cet homme.

- se souvenir de + V (inf. passé) (= retrouver le souvenir de qqch que l'on a fait, vécu)
  想起、記得＋過去式原形動詞
  - Je me souviens de vous avoir déjà rencontré, mais j'ai oublié à quel endroit.
    (= Je me souviens que je vous ai déjà rencontré, ...)

- se rappeler que + S1 / 2 + V (ind.) (= se remettre qqch en mémoire, ne pas
  oublier qqch) 記得＋主要子句 / 從屬子句的主詞＋動詞（直陳式）
  - Tu te rappelleras que nous avons rendez-vous devant l'Olympia ?

- Je ne me suis plus rappelé(e) que c'était ton anniversaire.
- Je me rappelle que je suis arrivé à Paris un matin d'hiver.

• se souvenir que + S1 / 2 + V (ind.) (= se remettre qqch en mémoire, ne pas oublier qqch) 記得＋主要子句 / 從屬子句的主詞＋動詞（直陳式）
- Tu te souviendras que nous avons rendez-vous devant l'Olympia ?
- Je ne me suis plus souvenu(e) que c'était ton anniversaire.
- Je me souviens que je suis arrivé à Paris un matin d'hiver.

• se souvenir (impératif) (= ne pas oublier qqch / qqn) 記著、記住（命令式）
- Souviens-toi de notre rendez-vous ! (= N'oublie pas notre...)
- Souvenez-vous de moi ! (= Ne m'oubliez pas !)

(2) Autres constructions 其他的動詞結構

• oublier qqch (= cesser de penser à qqch de désagréable)
忘記某事（停止去想不愉快的事）
- Oublie ton travail ! (= Cesse de penser à ton travail !)
- Oublie un peu tes soucis ! (= Cesse de penser à tes soucis !)

• oublier qqn (= négliger qqn, ne pas s'occuper de qqn, délaisser qqn)
忽略、冷落某人
- Il oublie sa femme.
- Alors, on oublie les amis ?

• s'oublier (passif = sortir de la mémoire) 被忘記
- Une langue s'oublie vite si l'on ne la pratique pas. (= Une langue est vite oubliée si...)

• s'oublier (réfléchi = ne pas penser à soi) 忘記自己
- Je me suis oublié(e) dans la liste des participants au voyage.

• s'oublier (réfléchi = faire ses besoins là où il ne faut pas) 隨地大小便
- Le chat s'est oublié sur le canapé.

• rappeler qqch à qqn (= faire penser, par analogie ou ressemblance)
使某人聯想到某事
- Ce film m'a rappelé ma jeunesse.
- Son visage me rappelle celui de ma sœur.
- Ce paysage de moyenne montagne me rappelle le Massif-Central.

(3) Conjugaison 動詞變化

infinitif	présent	passé comp.	imparfait
oublier	j'oublie	j'ai oublié	j'oubliais
s'oublier	je m'oublie	je me suis oublié	je m'oubliais
rappeler	je rappelle	j'ai rappelé	je rappelais
se rappeler	je me rappelle	je me suis rappelé(e)	je me rappelais
se souvenir	je me souviens	je me suis souvenu(e)	je me souvenais

futur	cond. prés.	subj. prés.
j'oublierai	j'oublierais	que j'oublie
je m'oublierai	je m'oublierais	que je m'oublie
je rappellerai	je rappellerais	que je rappelle
je me rappellerai	je me rappellerais	que je me rappelle
je me souviendrai	je me souviendrais	que je me souvienne

02 Pratique des verbes
動詞練習

Construisez les phrases avec les éléments donnés :

01 - Tu / oublier (p.c.) / ton sac / dans le taxi

02 - Je / oublier de (p.c.) / souvent / faire mes devoirs

03 - Tu / ne pas oublier de (fut.) / rendre ce livre à la bibliothèque

04 - Vous / oublier que / samedi / on / ne pas travailler

05 - Elle / rappeler (fut.) / toi / demain

06 - Je / rappeler à qqn que / à toi / tu / promettre (p.c.) / à moi / de m'aider à déménager

07 - Elle / se souvenir (p.c.) / bien / mon nom

08 - Je / ne plus se souvenir / où / je / mettre (p.c.) / ce livre

09 - Elle / se rappeler / avoir donné / à toi / cet argent

10 - Je / se souvenir que / nous / rencontrer (p.c.) / lui / l'année dernière

- Est bien fou qui s'oublie. (proverbe) (= Il ne faut pas perdre de vue ses intérêts.)
瘋了才會忘記自己的利益。（諺語）（別使自己的利益離開視線。）

- À défaut du pardon, laisse venir l'oubli. (Alfred de Musset)
在沒有得到寬恕時就讓遺忘來撫平一切。

- Oublier est le grand secret des existences fortes et créatrices. (Balzac)
遺忘是強盛且富有創造力之生命的最大祕訣。

- On oublie plutôt le bien que le mal. (dicton)
人們比較會忘記好的事情而記得壞的事情。（諺語）

- se faire oublier (= faire en sorte qu'on ne parle plus, en mal, de vous)
使別人不再想到自己、使別人不再討論自己的不是
  - Si j'étais toi, je me ferais oublier !

- Il ne s'est pas oublié ! (ironique) (Il n'a pas oublié de penser à lui, de prendre sa part de qqch.) 他沒有忘記自己！（諷刺）（他沒有忘記自己應有的那一份好處。）
  - Dans la répartition des congés, il ne s'est pas oublié !

- jeter aux oubliettes (= laisser qqch / qqn de côté) 丟在腦後、置之不理
  - Ses promesses, il les a jetées aux oubliettes.

- On n'invente qu'avec le souvenir. (Alphonse Karr) 人們只用記憶杜撰。

- rappeler quelqu'un à l'ordre (= réprimander qqn, lui rappeler les règles)
斥責某人、要某人遵守秩序
  - Comme cet élève est très indiscipliné, le professeur l'a rappelé à l'ordre.

- se rappeler au bon souvenir de quelqu'un (= faire que qqn se souvienne de soi)
向某人問好、使某人記起自己
  - Je me permets de me rappeler à votre bon souvenir.

- battre le rappel (= réunir des gens en vue d'une action commune)
打集合鼓、動員一切人力或物力
  - Les syndicats ont battu le rappel de leurs militants pour cette manifestation.

- Bis ! (= Encore !) 再來一個！

- Je m'en souviendrai ! (= Je n'oublierai pas le bien ou le mal qui m'a été fait.)
我會記得的！

- rapporter un souvenir de voyage (= cadeau acheté pendant un voyage et fait penser à celui qui l'a offert ou évoque le souvenir d'un endroit) 帶回一個旅行的紀念品
  - Je vous ai rapporté un petit souvenir de Hualien.

04 Quelques questions
回答下列問題

- Est-ce qu'il t'arrive d'oublier facilement un rendez-vous, le nom d'une personne... ?

- T'arrive-t-il d'oublier de faire tes devoirs ? Souvent ? Pourquoi oublies-tu ?

- T'est-il arrivé(e) d'oublier tes clefs à la maison?
  Comment as-tu fait pour rentrer chez toi ?

- Quand tu as des soucis, arrives-tu à les oublier facilement ? Comment fais-tu ?

- Est-ce que tu oublies facilement le français ?

- Tes amis t'ont-ils déjà dit que tu les oubliais ? Que leur as-tu répondu ?

- Penses-tu être quelqu'un de distrait (= qui oublie facilement qqch) ?

- À ton avis, quelles sont les choses qu'il ne faut jamais oublier ? Et les gens ?

- Est-ce que tu te rappelles encore ta première journée au lycée ?
  Quel souvenir en gardes-tu ?

- Te rappelles-tu facilement un numéro de téléphone, le nom d'une personne...?

- Est-ce qu'il t'est arrivé(e) de rappeler à quelqu'un qu'il devait faire quelque chose ?
  À qui ? Pour faire quoi ?

- Si tu téléphones à quelqu'un et que personne ne répond, rappelles-tu ensuite ?

- Te souviens-tu de ta première amourette ? C'était quand ? Avec qui ?
  Es-tu toujours en contact avec cette personne ?

- Quel est ton souvenir le plus ancien ? C'était quand ? De quoi te souviens-tu ?

- Quel est le meilleur souvenir de ta vie ?

- Quel est ton plus mauvais souvenir ?

- Quand tu fais un voyage, est-ce que tu rapportes des souvenirs pour ta famille, tes amis ou toi-même ? Combien dépenses-tu pour ces souvenirs ?

- Quand quelqu'un te fait quelque chose de mal, t'en souviens-tu ou l'oublies-tu ?
  Pourquoi ?

• Est-ce que tu aimes écouter les souvenirs des personnes âgées ?
  Penses-tu que tu peux apprendre quelque chose de leur expérience ?

mini-dico 小辭典

- le surmenage 過度勞累
- la fatigue 疲倦、勞累
- les obligations 義務、責任
- une sortie avec des amis 和朋友出去
- le manque d'intérêt / de motivation / de temps 缺乏興趣 / 缺乏動機 / 沒時間
- l'ennui 煩悶、無聊
- le travail 工作

- la guerre 戰爭
- la haine 怨恨
- le fanatisme 狂熱
- la paix 和平
- le respect 尊敬
- l'amitié 友情
- l'amour 愛情
- les devoirs 義務、責任
- Dieu 上帝
- Bouddha 菩薩
- Confucius 孔子
- Sun Yat-Sen 孫中山
- Chiang Kai-Shek 蔣中正

- les ancêtres 祖先
- les parents 父母
- la famille 家庭
- les enfants 孩子
- les amis 朋友
- les professeurs 教師、教授
- les autres 別人
- la loi 法則、法條

- la crèche 托兒所
- le jardin d'enfants 幼稚園
- l'école maternelle 學齡前學校
- l'école primaire 小學
- le collège 初中
- le lycée 高中
- l'université 大學
- une sortie 出遊
- une visite 拜訪
- un voyage 旅行
- un jeu 遊戲

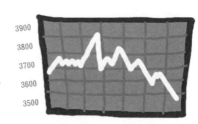

*Il faut savoir oublier les soucis
causés par la récession économique.*

033 PLAIRE（使喜歡） DÉPLAIRE（不討人喜歡）
SE COMPLAIRE（感到自滿、熱衷於）

un plaisir（快樂、樂趣）- **un déplaisir**（不愉快）
une complaisance（好意、討好、自滿）

**Dans un magasin de vêtements,
deux amies essaient des robes...**

兩個朋友在服飾店裡試穿洋裝……

Rachel : Monique, comment tu trouves cette robe ? Elle te plaît ?

Monique : Oui, elle est pas mal. L'important c'est qu'elle te plaise à toi !

Rachel : Tu as raison. Je vais essayer cette autre aussi.

Monique : Celle-là me déplaît. Elle ne te va pas du tout, le décolleté est trop ouvert.

Rachel : Ah oui, moi je la trouve assez sexy. Je ne veux pas me complaire dans le formel.

Monique : C'est toi qui vas la porter ! Si tu aimes les regards importuns c'est un bon choix !

Rachel : Tout ce qui est un peu original, ça te déplaît ?

Monique，妳覺得這件洋裝怎麼樣？妳喜歡嗎？

喜歡，看起來不錯。重要的是，妳喜歡！

妳說得有道理。我也去試另外這件。

這件我不喜歡。它完全不適合妳，領口太開了。

沒錯，但我覺得那樣很性感。我不想讓自己滿足於制式化。

那是妳要穿的！若妳喜歡那些討厭的視線，那這是不錯的選擇！

它有些原創性，妳不喜歡嗎？

Monique : Tu ne peux pas dire ça ! J'aime l'originalité mais pas la provocation. Et puis, si elle te plaît, n'hésite pas !

妳不能這樣講！我喜歡原創，不是挑逗。再説，如果妳喜歡的話，就不要猶豫！

Rachel : Allez, je la prends ! Et puis je crois qu'elle va plaire à Thierry...

好呀，我買了！而且，我猜 Thierry 也會喜歡……

Monique : Je ne suis pas sûre que ça lui plaise ! Sortir avec une fille qui attire tous les regards masculins... ?

我不確定他會不會喜歡！跟一個要吸引男性目光的女性出門……？

01 Constructions des verbes et synonymes
動詞結構與同義詞

(1) Les essentielles 主要的動詞結構

- (qqn) plaire à qqn (= exercer un attrait sur qqn = être apprécié par qqn = charmer, séduire qqn) （某人）使某人喜歡

  - Tu plais à ma sœur. (= Tu exerces un attrait sur ma sœur.)
  - Est-ce que je te plais ? (= Est-ce que j'exerce un attrait sur toi ?)

- (qqch) plaire à qqn (= convenir à qqn, être agréable à qqn = ravir, enchanter qqn) （某物）使某人喜愛

  - Ce roman m'a plu.
  - Ta maison me plaît beaucoup.
  - Cette voiture te plaît ?

- s'il te / vous plaît (formule de politesse)(abrév. : SVP)
  請、勞駕（禮貌用語，簡寫成SVP）

  - S'il vous plaît, pourriez-vous me dire où se trouve la gare ?
  - Prête-moi ton dictionnaire, s'il te plaît !

- se plaire (= se trouver bien dans un lieu, dans une situation ou en compagnie de qqn)
  喜歡、喜愛（在某個地方、處於某種狀態、有某人陪伴）

  - Est-ce qu'elle s'est plu dans mon appartement ? (part. passé toujours invariable)
  - Elle s'est plu en France.
  - Il ne s'est pas plu chez tes grands-parents.

- (qqn) déplaire à qqn (= ne pas plaire à qqn) （某人）不討某人喜歡

  - Ce garçon me déplaît beaucoup.
  - Est-ce que cette fille te déplairait ?

- (qqch) déplaire à qqn (= ne pas convenir, être désagréable à qqn)
  （某物）惹某人討厭
  - Ce film m'a déplu.
  - Ton humour m'a beaucoup déplu.
  - Cet endroit me déplaît.
  - Ce travail me déplaît.

- cela / ça + déplaire à qqn que + S2 + V (subj.) (= être désagréable à qqn =
  coûter à qqn) 這事使某人不高興＋從屬子句的主詞＋動詞（虛擬式）
  - Ça me déplaît que tu viennes si tard.
  - Ça lui déplaît que je le tutoie.

- se complaire dans qqch (réfléchi = trouver du plaisir dans qqch = aimer
  qqch - sens négatif) 沉溺於某事（負面意義）
  - Il se complaît dans l'alcool.
  - Tu te complais dans la paresse.

- se complaire à + V (inf.) (= trouver du plaisir, de la satisfaction à faire
  qqch - sens négatif) 樂於做某事（原形動詞）（負面意義）
  - Il se complaît à dire que personne ne l'aime.
  - Elle s'est complu à raconter une histoire morbide en plein repas.
    (le part. passé est invariable)

(2) Autres constructions 其他的動詞結構

- se plaire (réfléchi = être satisfait de soi-même) 喜歡自己
  - Il se plaît avec sa boucle d'oreille.
  - Elle ne se plaît pas. (= Elle ne s'aime pas.)

- se plaire (réciproque = exercer un attrait réciproque) 互相吸引、互相喜歡
  - Luc et Sophie se sont immédiatement plu. (le part. passé est invariable)

- se plaire à qqch (= trouver du plaisir dans qqch = s'intéresser à qqch)
  喜歡某物、對某物感興趣
  - Elle se plaît au jardinage.
  - Tu te plais au travail ?

- se plaire à + V (inf.) (= trouver du plaisir, s'amuser à faire qqch - se complaire à
  faire qqch) 喜歡做某事、在某事中找到樂趣（原形動詞）
  - Il se plaît à rechercher des insectes. (= trouver du plaisir)
  - Elle se plaît à taquiner ses amis. (= se complaire)

- cela / ça + déplaire à qqn de + V (ind.) (= être désagréable à qqn = coûter à qqn)
  這事使某人不高興、使某人為難＋動詞（直陳式）
  - Ça me déplaît de t'accompagner à ta soirée mondaine.
  - Cela lui déplaît de devoir travailler le samedi matin.

- se déplaire (= ne pas se trouver bien dans un lieu, une situation = s'ennuyer)
  感到不愉快（不喜歡待在某個地方、處於某種情境、有某人在一起）
  - Cette plante se déplaît au soleil.
  - Je me suis déplu à Tokyo.
  - Elle se déplaît en compagnie des enfants.

(3) Conjugaison 動詞變化

infinitif	présent	passé comp.	imparfait
plaire	je plais	j'ai plu	je plaisais
se plaire	je me plais	je me suis plu	je me plaisais
déplaire	je déplais	j'ai déplu	je déplaisais
se déplaire	je me déplais	je me suis déplu	je me déplaisais
se complaire	je me complais	je me suis complu	je me complaisais

futur	cond. prés.	subj. prés.
je plairai	je plairais	que je plaise
je me plairai	je me plairais	que je me plaise
je déplairai	je déplairais	que je déplaise
je me déplairai	je me déplairais	que je me déplaise
je me complairai	je me complairais	que je me complaise

02 Pratique des verbes
動詞練習

Construisez les phrases avec les éléments donnés :

01 - Elle / plaire / à toi

02 - Ce restaurant / ne pas plaire (p.c.) / beaucoup / à elle

03 - Il / se plaire (p.c.) / dans ce travail

04 - Elle / se plaire / constituer son arbre généalogique

05 - Il / déplaire / à moi

06 - Ton attitude / déplaire (p.c.) / beaucoup / à elle

07 - Il / se déplaire (p.c.) / dans son nouvel appartement

08 - Est-ce que / ça / plaire (cond. prés.) / à toi / d'aller au théâtre ?

09 - Pourquoi / tu / se complaire / dans cette situation ?

10 - Il / se complaire à / raconter des mensonges

03 Expressions populaires et citations
通俗慣用語及名家語錄

- Chacun trouve son plaisir où il le prend. (Jules Renard)
  各有所好，各取所需。（每個人都可以在周遭找到快樂。）

- Tous les goûts sont dans la nature. (dicton)
  各種愛好的人都有。（海邊有逐臭之夫，我們應包容各種喜好。）

- L'art de plaire est l'art de tromper. (Vauvenargues) 討喜的藝術就是欺騙的藝術。

- Le plaisir le plus délicat est de faire celui d'autrui. (La Bruyère)
  最大的快樂就是使別人快樂。

- L'homme est né pour le plaisir... Il suit donc sa raison en se donnant au plaisir. (Pascal)
  人是為快樂而生……所以在他全心投入快樂時仍然保持理性。

- Cela commence à me plaire ! (= Cela commence à m'ennuyer sérieusement.)
  這事開始讓我覺得很煩！

- Ça plaît ! (= C'est à la mode !) 這個目前很討喜！這個現在很流行！

- faire plaisir à qqn - faire le plaisir à qqn de + V (inf.) (= être agréable à qqn, lui rendre service) 使某人高興、樂於為某人做某事（原形動詞）
  - Pour te faire plaisir, je t'invite au restaurant.
  - Veux-tu me faire le plaisir de m'accompagner à l'aéroport ?
  - Veux-tu me faire le plaisir de déguerpir, et vite ! (menace)

- prendre plaisir à + V (inf.) (= aimer faire qqch, être content de faire qqch)
  喜歡做某事（原形動詞）
  - Je prends plaisir à cuisiner.
  - Elle prend plaisir à se moquer de ses professeurs.

- avoir du plaisir à + V (inf.) (= être content, ravi de faire qqch)
  樂於做某事（原形動詞）
  - J'ai du plaisr à faire la cuisine.
  - Elle a du plaisir à se moquer de ses professeurs.

- pour le plaisir / par plaisir (= sans autre raison que le plaisir)
  作為消遣、為了樂趣、出於好玩
  - J'étudie pour le plaisir.
  - Elle aide sa mère par plaisir.

- Avec plaisir ! (= acceptation d'une proposition) 好啊！很樂意！
  - Voulez-vous danser avec moi ? - Avec plaisir !

- ne vous (en) déplaise (= même si cela ne vous plaît pas) 儘管你不喜歡
  - Ne vous (en) déplaise, je me marierai avec ce garçon. (= Même si cela vous déplaît,...)

04 Quelques questions
回答下列問題

- Quel genre de garçon ou de fille te plaît le plus ?

- Quels sont les loisirs qui te plaisent le plus ? Pratiques-tu ces loisirs ? Si non, pourquoi ?

- Le sport, ça te plaît ? Et la musique / la danse / le théâtre / la peinture... ?

- Est-ce que ça te plaît d'étudier le français ?

- Est-ce que tu te plais dans ton travail / tes études / ta famille ?

- Quels genres de films / romans te plaisent le plus ?

- Est-ce que quelqu'un t'a déjà dit que tu lui plaisais ? Que s'est-il passé ensuite ?

- Et toi, as-tu déjà dit à quelqu'un qu'il / elle te plaisait ? Que s'est-il passé ensuite ?

- Est-ce que ça te plairait de faire le tour du monde en bateau ?

- En ce moment, qu'est-ce qui te plairait le plus ?

- Est-ce que ça te plairait d'être de sexe opposé ? Pourquoi ?

- Est-ce que tu te plais comme tu es ? Pourquoi ?

- Où est-ce que tu te plais le plus : à la ville ou à la campagne ? Pourquoi ?

- Quelles sont les activités dans lesquelles tu te plais bien ? Pourquoi les aimes-tu ?

- Qu'est-ce qui te déplaît dans la vie ?

- Quel genre de fille ou de garçon te déplaît le plus ?

- Est-ce qu'il y a des cours qui te déplaisent ? Pour quelles raisons ?

• Est-ce qu'il y a des choses qui te déplaisent dans le comportement de...
  - tes parents - tes frères et sœurs - tes amis - ton / ta petit(e) ami(e) - tes professeurs ?

• Connais-tu des gens qui se complaisent dans...
  - la paresse - l'alcool - la drogue - le mensonge... ?
  Que penses-tu de ces personnes ?

• Et toi, t'arrive-t-il de te complaire dans la paresse ? Pour quelles raisons ?

• Cela te plairait-il de rencontrer l'auteur de ce livre ?

mini-dico 小辭典

- **grand(e) ≠ petit(e)** 大 ≠ 小
- **fort(e) / musclé(e) ≠ maigre / mince**
  強壯 / 肌肉發達 ≠ 瘦 / 纖細、瘦長
- **intelligent(e) ≠ bête / stupide**
  聰明 ≠ 愚笨 / 愚蠢
- **honnête ≠ malhonnête**
  誠實 ≠ 不誠實
- **riche ≠ pauvre**
  富有 ≠ 貧窮
- **courageux(se) / téméraire ≠ couard(e) / lâche** 勇敢 / 大膽 ≠ 膽小 / 懦弱
- **intrépide / direct(e) ≠ timide / réservé(e)**
  無畏 / 直接 ≠ 害羞 / 保留
- **sérieux(se) / rangé(e) ≠ bohême / original(e)**
  嚴肅 / 規規矩矩 ≠ 放蕩不羈 / 特異獨行

- **la lecture** 閱讀
- **le cinéma** 電影
- **le théâtre** 戲劇
- **la musique** 音樂
- **la danse** 舞蹈
- **une sortie** 出遊
- **le shopping** 購物
- **le farniente** 無所事事
- **le sport** 運動
- **le modélisme** 模型藝術
- **une collection de papillons / de timbres / d'insectes**
  收集蝴蝶 / 收集郵票 / 收集昆蟲

- **un film** 影片
- **un roman d'amour / historique / d'aventures**
  愛情小說 / 歷史小說 / 冒險小說
  de cape et d'épée / policier / de science-fiction
  武俠小說 / 偵探小說 / 科幻小說
  autobiographique / noir / d'horreur
  自傳小說 / 黑色小說 / 恐怖小說

- **l'animation** 生氣勃勃
- **l'agitation** 動盪、騷動
- **la vie** 生命、生活
- **le rythme de vie** 生活節奏、生活步調
- **les commodités** 方便舒適
- **le marché de l'emploi** 工作市場
- **le travail** 工作
- **les relations** 關係
- **les sorties** 外出
- **les loisirs** 休閒娛樂
- **la liberté** 自由
- **la pollution** 汙染
- **le calme** 安靜
- **la nature** 自然
- **la qualité de l'air** 空氣品質
- **la qualité de vie** 生活品質
- **(prendre) le temps de vivre** 享受人生
- **le coût de la vie** 生活費用
- **la simplicité** 簡單

034 PRATIQUER（實行、從事）
EXERCER（練習、使用）ENTRAÎNER（訓練）

une pratique（實行、作法）- un exercice（練習、使用）
un entraînement（訓練）

Dans une salle de gym... Deux amis discutent...
在體育館裡，兩個朋友在討論……

Serge : Éric, tu t'entraînes depuis quelle heure ?

Éric，你訓練幾個小時了？

Éric : Ça fait bien une demi-heure que je suis sur cette machine. Et toi ?

我用這台器材已經半個小時了。你呢？

Serge : Je viens juste d'arriver. Je vais m'exercer à cette nouvelle machine.

我才剛來。我要用這台新的器材訓練。

Éric : Elle n'était pas là la semaine passée. Tu me diras comment c'est, d'accord ?

上週還沒有那台器材。你再告訴我它要怎麼用，好嗎？

Serge : Je pense qu'elle doit être bien pour la pratique du ski. Elle fait travailler les cuisses et les abdominaux.

我想它是用來訓練滑雪的。它讓大腿和腹部運動。

Éric : Tu pratiques le ski depuis longtemps ?

你滑雪滑很久了嗎？

Serge : J'ai commencé à le pratiquer quand j'avais 3 ans. Je faisais partie du ski-club et un moniteur nous entraînait chaque mercredi et le week-end.

我從 3 歲就開始滑雪了。我曾是滑雪俱樂部的會員，以及之前每個星期三、週末自主訓練的輔導員。

Éric : Moi, je pratique le hockey depuis mes 7 ans. J'aime bien

而我，我從 7 歲就開始玩曲棍球。我很喜歡這個運動，它很有男子氣

ce sport, c'est très viril. Et puis, c'est un sport d'équipe. Il faut savoir jouer avec les autres.

Serge : Trop violent pour moi ! Avec le ski, tu fais ce que tu veux, comme tu veux et quand tu veux. On a plus de liberté.

Éric : Allez ! Entraîne-toi bien. Moi, je commence à transpirer !

概。而且，那是個團隊活動。必須要懂得如何與其他人一起配合。

對我來說太暴力了！滑雪的話，你可以做你想要的，想怎麼樣、想什麼時候。我們比較自由些。

好啦！好好訓練。我已經開始流汗了！

01 Constructions des verbes et synonymes
動詞結構與同義詞

(1) Les essentielles 主要的動詞結構

- pratiquer qqch (= mettre en pratique qqch, exécuter qqch) 實施、進行某事
  - Vous devez pratiquer un régime strict.
  - Les prêtres pratiquent le secret de la confession.
  - Nous devons pratiquer une opération sous anesthésie générale.

- pratiquer qqch (= s'adonner à une activité, exercer une activité professionnelle) 從事某種活動、從事某種職業
  - Je pratique la natation et la plongée sous-marine.
  - Il pratique le tai-chi depuis huit mois.
  - Il pratique la médecine.

- s'exercer (réfléchi = pratiquer une activité de façon régulière pour progresser = s'entraîner) 練習、鍛鍊
  - Pour devenir sportif de haut niveau, il faut s'exercer plusieurs heures par jour.

- s'exercer à + V (inf.) (= apprendre à faire qqch) 學習做某事＋原形動詞
  - Je m'exerce à calculer sans ma calculette.
  - Elle s'exerce à utiliser ce nouveau logiciel.

- (qqch / qqn) entraîner qqch / qqn (= traîner avec soi = mener / emmener avec soi = conduire) （某物 / 某人）帶走、帶動某物 / 某人
  - L'avalanche a entraîné tous les arbres sur son passage.
  - L'avalanche a entraîné trois skieurs avec elle.
  - Mes copains m'ont entraîné dans une boîte hallucinante.

- (qqn) entraîner qqn (à + qqch / V (inf.)) (= préparer qqn / une équipe / un animal à faire qqch) （某人）訓練某人（à＋某事 / 做某事（原形動詞））
  - Un nouveau directeur sportif entraîne l'équipe du PSG. (entraîner qqn)

- Le moniteur de ski nous entraîne au slalom. (entraîner qqn à qqch)
- Il entraîne le dauphin à nager à ses côtés. (entraîner qqn à faire qqch)

- s'entraîner (à + qqch / V (inf.)) (réfléchi = se préparer en vue de qqch = s'exer-cer à faire qqch) 自我訓練（à＋某事／做某事（原形動詞））
  - Elle s'entraîne pour les Championnats du Monde d'athlétisme.
  - Je m'entraîne à parler en public.
  - Il s'est entraîné à monter à cheval sans selle.
  - Je m'entraîne au slalom.
  - Il s'entraîne à skier hors-piste.

(2) Autres constructions 其他的動詞結構

- pratiquer une religion (= participer aux rites d'une religion) 參加某種宗教儀式
  - Je suis croyant mais je ne pratique pas par manque de temps.

- se pratiquer (passif = être pratiqué) 慣常地進行
  - Le football peut se pratiquer n'importe où.
  - Le recyclage des ordures ménagères se pratique de plus en plus.

- exercer qqch (= soumettre qqch à une activité régulière pour se développer)
  訓練、鍛鍊某事
  - Avant de monter au sommet de l'Himalaya, nous devons exercer notre résistance au manque d'oxygène.

- exercer qqch (= mettre qqch en usage, faire agir ce qui est à sa disposition)
  行使某事、發揮某物
  - Le Président exerce son pouvoir sans partage.
  - Ses amis exercent une grande influence sur son comportement.

- exercer qqn / un animal à + qqch / V (inf.) (= soumettre qqn / un animal à un entraînement) 訓練某人／某種動物做某事（原形動詞）
  - Le maître exerce son chien à renifler les truffes. (= dresser un animal à + V (inf.)) (= Le maître dresse son chien à renifler les truffes.)
  - Le lieutenant exerce ses hommes au maniement des explosifs. (= entraîner qqn à + qqch) (= Le lieutenant entraîne ses hommes à manier les explosifs.)

- (qqch) s'exercer à l'égard de / contre qqch / qqn (= se manifester)
  （某事物）對某事物／某人顯示出來
  - Sa colère ne s'exerce pas contre vous. (= Il n'est pas en colère contre vous.)
  - Son avarice s'exerce à l'égard de tout le monde. (= Il est avare avec tout le monde.)

- s'exercer (passif = être exercé = se faire sentir) 表現於
  - L'influence de la Chine s'est exercée sur tout le continent asiatique.
  - Le génie de cet homme s'exerce dans plusieurs domaines.

- (qqch) entraîner qqn à + V (inf.) (= conduire qqn à faire qqch)
  （某事物）導致某人做某事（原形動詞）
  - Votre impatience vous entraîne à faire de grosses erreurs.

- être entraîné(e) à qqch / V (inf.) (forme passive = avoir l'entraînement pour faire qqch)
  被訓練應付某事 / 被訓練做某事（原形動詞）
  - Ces soldats sont entraînés à tous les genres d'interventions. (à qqch)
  - Ces soldats sont entraînés à combattre les terroristes. (à faire qqch)

(3) Conjugaison 動詞變化

infinitif	présent	passé comp.	imparfait
pratiquer	je pratique	j'ai pratiqué	je pratiquais
exercer	j'exerce	j'ai exercé	j'exerçais
s'exercer	je m'exerce	je me suis exercé(e)	je m'exerçais
entraîner	j'entraîne	j'ai entraîné	j'entraînais
s'entraîner	je m'entraîne	je me suis entraîné(e)	je m'entraînais

futur	cond. prés.	subj. prés.
je pratiquerai	je pratiquerais	que je pratique
j'exercerai	j'exercerais	que j'exerce
je m'exercerai	je m'exercerais	que je m'exerce
j'entraînerai	j'entraînerais	que j'entraîne
je m'entraînerai	je m'entraînerais	que je m'entraîne

02 Pratique des verbes
動詞練習

Construisez les phrases avec les éléments donnés :

01 - Est-ce que / vous / pratiquer (p.c.) / le yoga ?

02 - Dans les accouchements / les césariennes / se pratiquer / deux fois sur trois

03 - Il faut / exercer / votre mémoire

04 - Les policiers / exercer / leurs chiens / sentir la drogue

05 - La loi / s'exercer / pour tous les citoyens

06 - Pour cette compétition / je / s'exercer (p.c.) / pendant six mois

07 - Il / s'exercer (p.c.) / faire des gâteaux

08 - Nous / entraîner (p.c.) / le prof / danser avec nous

09 - Nous / s'entraîner (p.c.) / pendant les vacances d'été

10 - Ce chien / être entraîné (p.c.) / attaquer / si besoin était

03 Expressions populaires
通俗慣用語

- mettre une idée en pratique (= réaliser, exécuter cette idée) 實現一個想法
  - Nous avons mis ton idée en pratique, nous avons acheté un tandem.

- dans la pratique... (= en réalité, dans la vie) 在實際生活上……
  - Dans la pratique, nous ne changeons pas d'assiette à chaque plat.

- l'exercice du pouvoir (= la pratique du pouvoir) 權力的行使
  - L'exercice du pouvoir est un art délicat.

- se laisser entraîner par qqch / qqn (= être poussé par qqn / qqch à faire qqch de mauvais) 被某事 / 某人引誘去做壞事
  - Il s'est laissé entraîner par ses mauvaises fréquentations.
  - Je me suis laissé entraîner par la passion.

04 Quelques questions
回答下列問題

- Est-ce qu'il t'est déjà arrivé(e) d'avoir à pratiquer un régime ? Quel genre de régime ? As-tu réussi à obtenir ce que tu voulais en faisant ce régime ?

- Est-ce que tu pratiques une religion ? Si oui, laquelle ? Est-ce la même que celle de tes parents ?

- Quelle est la religion la plus pratiquée à Taïwan ? Et la seconde ?

- Quels sports pratiques-tu ? Tu fais du sport combien de fois par semaine ? Est-ce suffisant pour toi ou aimerais-tu passer plus de temps à pratiquer ?

- Est-ce que tu pratiques des techniques de relaxation comme le yoga, le tai-chi... ? Qu'est-ce que ces techniques t'apportent ?

- Quels sont les sports qui se pratiquent le plus à Taïwan ? Pourquoi ces sports sont-ils si populaires ?

- Aimerais-tu pratiquer le parapente / le saut à l'élastique / le canyoning ?
  Peut-on pratiquer ces activités à Taïwan ? Où ?

- À Taïwan, est-ce qu'on pratique la poignée de main quand on rencontre quelqu'un ?
  Que fait-on dans cette situation ? Et l'embrassade avec ses amis ? Pourquoi ?

- Quel métier aimerais-tu exercer plus tard ? Est-ce difficile d'obtenir un tel travail ?
  Pourquoi aimerais-tu exercer ce métier ?

- Est-ce plus facile ou plus difficile d'exercer la médecine chinoise que la médecine
  occidentale ? Dans les deux cas, combien d'années faut-il étudier ?

- Est-ce qu'il t'arrive d'exercer ta mauvaise humeur contre quelqu'un ? Contre qui ?

- Est-ce que parfois tu t'exerces à faire quelque chose devant ton miroir ?

- Qu'est-ce qui exerce le plus d'influence sur les jeunes Taïwanais ? Pourquoi ?

- Est-ce que les parents et les professeurs exercent une grande influence sur les jeunes ?
  Comment cette influence s'exerce-t-elle ?

- Est-ce qu'il y a des personnes qui exercent une grande influence sur toi ? Qui ?
  Comment ces personnes t'influencent-elles ? En bien ou en mal ?

- Est-ce que tu penses que tu exerces une influence sur quelqu'un ? Sur qui ?
  Comment ton influence s'exerce-t-elle ?

- Est-ce que parfois, ton impatience ou tes humeurs t'entraînent à faire des choses que
  tu regrettes ensuite ? Par exemple ?

- Comment fais-tu pour t'entraîner à parler français ? Utilises-tu des mp3 ?

- Est-ce que des camarades t'ont déjà entraîné(e) à faire des bêtises ?
  Peux-tu nous raconter ce qui s'est passé ? Quelles ont été les conséquences ?

- Si tu pratiques un sport ou que tu joues d'un instrument de musique, est-ce que tu
  t'entraînes chaque jour ? Combien de temps ?

---

mini-dico 小辭典

- **un régime sans sel / gras / féculents**
  無鹽飲食 / 油膩飲食 / 以澱粉類為主的飲食
- **un régime sec** 以固體為主的飲食
- **un régime pour maigrir / grossir / grandir**
  減肥食譜 / 增肥食譜 / 增高食譜

- **le bouddhisme** 佛教
- **le taoïsme** 道教
- **le catholicisme** 天主教
- **le protestantisme** 基督教

- l'islam 伊斯蘭教
- le judaïsme 猶太教
- l'athéisme 無神論
- un(e) bouddhiste 佛教徒
- un(e) taoïste 道教信友
- un(e) catholique 天主教徒
- un(e) protestant(e) 基督徒
- un(e) musulman(e) 伊斯蘭教徒
- un(e) juif(ve) 猶太人
- une(e) athéiste 無神論者

- le basket-ball 籃球
- le volley-ball 排球
- le base-ball 棒球
- le hand-ball 手球
- le badminton 羽毛球
- le tennis 網球
- le football 足球
- le rugby 美式足球
- le jogging 慢跑
- la natation 游泳
- l'athlétisme 田徑
- le ski 滑雪
- le ski nautique 滑水
- le jet-ski 滑水
- la plongée sous-marine 海底潛水
- le parapente 飛行傘
- le canyoning 溯溪
- le deltaplane 滑翔翼
- le saut à l'élastique 高空彈跳
- l'équitation 馬術
- la montagne 高山
- l'escalade 攀登
- la randonnée 遠足
- le trekking 長途旅行
- le rafting 泛舟

- professeur(e) 老師、教授
- instituteur(trice) 中學老師
- éducateur(trice) 教育家
- diplomate 外交官
- avocat(e) 律師
- juge 法官
- médecin 醫生
- infirmier(ère) 護士
- secrétaire 祕書
- banquier(ière) 銀行家
- homme / femme d'affaires 實業家
- patron(ne) 老闆
- commerçant(e) 生意人
- styliste 服裝設計師
- designer 設計師
- architecte 建築師
- ingénieur 工程師
- informaticien(ne) 電腦工程師
- rentier(ière) 靠年金收入生活的人
- conducteur de train / métro / taxi 火車駕駛員 / 地鐵駕駛員 / 計程車司機
- pilote d'avion 飛行員
- militaire 軍人
- fonctionnaire 公務員
- homme / femme politique 從政者
- député(e) 議員
- ministre 部長
- Président(e) de la République 總統

- la musique 音樂
- la mode 流行服飾
- la publicité 廣告
- les stars 明星
- la télévision 電視
- les informations 資訊
- les parents 父母
- les professeurs 老師
- les amis 朋友

266

035 PRENDRE（拿、吃、喝、搭乘）APPRENDRE（學習）
COMPRENDRE（包含、明白、了解）

une prise（拿、取）- un apprentissage（學習）
la compréhension（理解、體諒）

À la maison le matin avant le départ pour l'école...
Une mère et sa fille...

早上要去上學前，媽媽和她的女兒……

La mère : Lise, n'oublie pas de prendre ton parapluie, il va pleuvoir aujourd'hui !

La fille : Oui, oui, Maman ! Je l'ai mis dans mon cartable.

La mère : Est-ce que vous avez déjà appris comment utiliser les pronoms personnels ?

La fille : Oui, on a commencé, mais je ne comprends pas encore très bien.

La mère : Si tu ne comprends pas, il faut demander à ta maîtresse de t'expliquer.

La fille : Je sais, mais on est 25 dans la classe et elle ne peut pas s'occuper seulement de moi !

La mère : Comprendre, ça prend du temps. Ensuite, il faut encore plus de temps pour savoir l'utiliser.

Lise，不要忘記帶妳的傘，今天會下雨！

好，好，媽！我已經把它放進書包了。

你們已經學到怎麼用人稱代名詞了嗎？

有，我們已經開始了，但我還不太懂。

如果妳不懂，妳要去問老師，請她解釋。

我知道，但我們班有 25 個人，她無法只照顧我一個！

了解，那需要時間。接下來，要學會怎麼用它又需要更多時間。

La fille : Quand même, la grammaire en français, c'est un peu difficile à comprendre.

La mère : Il faut prendre son mal en patience !

就算是這樣，法語文法，還是有點難懂。

要耐心對待它的難處！

01 Constructions des verbes et synonymes
動詞結構與同義詞

(1) Les essentielles 主要的動詞結構

- prendre qqch / qqn (= saisir par la main, mettre dans sa main pour avoir avec soi)
  拿、取、抓某物 / 某人
  - Il a pris le livre.
  - Je lui ai pris le pistolet.
  - Elle a pris son bébé dans ses bras.

- prendre qqch (= emmener qqch avec soi) 攜帶某物
  - J'ai pris mon parapluie.
  - Est-ce que tu as pris ton sac ?

- prendre qqch (= manger ou boire, absorber qqch) 吃、喝某物
  - Que prenez-vous comme dessert ?
  - Comme boisson, nous allons prendre du thé.
  - Vous prendrez un cachet après chaque repas.
  - Elle n'a rien pris de la journée.

- prendre qqch (= se procurer, acheter qqch) 購買某物
  - J'ai pris deux billets pour vous.
  - Est-ce que tu as pris le pain ?

- prendre qqch à qqn (= voler, s'emparer de qqch qui appartient à qqn)
  搶走、偷了某人的某物
  - Elle lui a pris toutes ses affaires.
  - Il t'a pris ton argent ?

- prendre du temps (= utiliser du temps = durer)
  占用、花用、需要……時間
  - Ce travail va me prendre au moins deux heures.
  - Le voyage prendra une journée.

- prendre un moyen de transport (= utiliser un moyen de transport)
搭、坐、乘某種交通工具
  - Pour me rendre à Taitung, je prends l'avion.
  - Pour aller travailler, je prends ma voiture.

- apprendre qqch (= acquérir des connaissances) 學習某物
  - J'apprends le français.
  - Elle apprend la broderie.

- apprendre qqch (= mémoriser) 熟記某物
  - Est-ce que tu as appris tes leçons ?
  - J'ai appris mon poème par cœur.

- apprendre qqch (= être informé de qqch) 得知、聽說某事
  - J'ai appris la nouvelle dans le journal.
  - J'ai appris que vous étiez marié !

- apprendre qqch à qqn (= annoncer qqch à qqn - informer qqn de qqch)
告訴某人某事
  - Je vais vous apprendre une bonne nouvelle.
  - Elle vous a appris la dernière ?

- apprendre qqch à qqn (= enseigner qqch à qqn) 教某人某事
  - J'apprends l'anglais à des enfants.
  - Il apprend la grammaire aux étudiants.

- apprendre à + V (inf.) (= acquérir les compétences / connaissances pour faire qqch)
學做某事（原形動詞）
  - J'apprends à conduire.
  - Elle a appris à nager pendant les vacances.
  - Mon fils apprend à écrire.
  - Elle apprend déjà à lire.

- apprendre à qqn à + V(inf.) (= enseigner à qqn à faire qqch)
教某人做某事（原形動詞）
  - J'apprends à conduire à mon fils.
  - Elle apprend à son mari à faire la cuisine.

- comprendre qqch (= saisir le sens de qqch) 了解某物
  - Est-ce que vous avez compris mon explication ?
  - Vous comprenez le problème.
  - Vous comprenez le français ?
  - Il ne comprend rien à rien ! (= rien du tout)

- comprendre qqn (= faire preuve de compréhension envers qqn)
  了解某人

  - Vous, au moins, vous me comprenez.

  - Il comprend parfaitement les enfants.

- comprendre pourquoi / comment... (= se rendre compte pourquoi / comment...)
  知道為什麼 / 如何

  - Je comprends pourquoi elle ne veut plus me parler.

  - Je ne comprends pas comment tu fais pour être à découvert le 20 du mois.

- comprendre que + S1 / 2 + V (ind.) (= se rendre compte de qqch, réaliser qqch)
  體會到、明白＋主要子句 / 從屬子句的主詞＋動詞（直陳式）

  - Je comprends que je dois partir.

  - Elle a compris qu'elle était de trop.

  - Elle a compris qu'il ne l'aimait plus.

  - Il a compris qu'elle mentait.

- comprendre que + S2 + V (subj.) (= se faire une idée claire des raisons de qqch = concevoir) 理解＋從屬子句主詞＋動詞（虛擬式）

  - Je comprends qu'il soit en colère.

  - Je comprends qu'il ait refusé ton invitation.

(2) Autres constructions 其他的動詞結構

- prendre (= produire l'effet recherché, réussir - être accepté, cru)
  奏效、成功、被接受、被相信

  - Notre campagne publicitaire a bien pris.

  - Votre histoire n'a pas pris.

- prendre qqch (= commencer à avoir, se donner)
  開始有某物、具有某物

  - Vous prenez de l'embonpoint.

  - Avec le soleil, j'ai pris des couleurs.

  - Comme vous prenez du poids, il va falloir surveiller votre alimentation.

- prendre qqch (= subir l'effet de qqch)
  遭到、沾到、得到某物

  - J'ai pris froid en allant au travail.

  - L'avion a pris feu et s'est écrasé.

- prendre qqch (= évaluer qqch, définir qqch)
  量取某物
  - Nous allons prendre votre température.
  - Je prends vos mensurations.

- prendre qqn (= surprendre qqn = d'une certaine manière)
  當場捉住某人、使某人感到意外
  - La police a pris le pick-pocket la main dans le sac. (= en train de voler)
  - Votre question me prend au dépourvu. (= Je ne m'attendais pas à votre question.)

- prendre qqch / qqn (d'une certaine manière) (= aborder qqch / qqn)
  （以某種方式）看待、對待、觸及某物 / 某人
  - Il faut prendre la vie du bon côté.
  - Je ne sais pas comment prendre les enfants.
  - Tu prends tout à la légère.
  - Ne prends pas mal ce que je vais te dire.

- prendre qqch / qqn pour qqch / qqn (= confondre 2 choses ou 2 personnes)
  把某物 / 某人誤認為某物 / 某人
  - Je vous avais pris pour le directeur.
  - Il a pris le lave-vaisselle pour une machine à laver.
  - Tu me prends pour un idiot !
  - Elle te prenait pour mon frère.

- prendre une voie de communication (= emprunter une voie de communication)
  走、選某條道路
  - Prenez l'autoroute, vous irez plus vite !
  - Pour la gare, prenez la première rue à droite.

- prendre qqch sur soi (= assumer la responsabilité de qqch)
  承擔某事的責任
  - Je prends sur moi cet échec. (= J'assume la responsabilité de cet échec.)

- prendre sur soi de + V (inf.) (= se forcer à faire qqch, s'imposer de faire qqch malgré qqch) 強迫自己去做某事（原形動詞）
  - Elle a pris sur elle de venir témoigner malgré les menaces dont elle est l'objet.

- se (faire) prendre (passif = se laisser attraper)
  被捉住、被勾住、被逮到
  - Un dauphin s'est pris / s'est fait prendre dans le filet des pêcheurs.

- se prendre (réciproque = se tenir l'un l'autre - s'ôter l'un à l'autre / échanger qqch)
  互相拉住、互相挾持、互相交換
  - Ils se prenaient par la taille.
  - Nous nous sommes pris nos affaires.

- s'en prendre à qqch / qqn (= être en colère contre qqch / qqn / s'attaquer à qqch / qqn)
  指責、責怪某物 / 某人
  - Dans son roman, il s'en prend aux stéréotypes.
  - Il s'en est pris à ses collègues.
  - Fou de rage, il s'en est pris au chien et l'a frappé.

- s'y prendre (= agir d'une certaine façon pour obtenir un résultat)
  動手做
  - Pour attraper des truites, il faut savoir s'y prendre. (= Il faut savoir comment faire.)
  - Elle sait s'y prendre pour se faire offrir des cadeaux par son mari.
  - Tu t'y prends mal. Regarde comment je tiens le violon !

- se prendre pour qqch / qqn (= se croire qqch / qqn)
  自以為、把自己當作某物 / 某人
  - Il se prend pour le patron.
  - Pour qui te prends-tu ?
  - Elle se prend pour un oiseau !

- (qqch) comprendre qqch (= être constitué de / composé de qqch = contenir qqch)
  （某物）包含、包括某物
  - Votre travail comprend la recherche de nouveaux clients et le suivi de leurs commandes.
  - Notre patrimoine comprend la maison familiale et une maison de campagne.

- se comprendre (réciproque = se comprendre l'un l'autre)
  互相了解
  - Avec mes ouvriers, on se comprend très bien.
  - Ils ne se comprennent pas.

- se comprendre (forme passive = pouvoir être compris)
  可以被了解
  - Ce film se comprend très facilement.
  - La décision du juge ne se comprend pas.

(3) Conjugaison 動詞變化

infinitif	présent	passé comp.	imparfait
prendre	je prends	j'ai pris	je prenais
se prendre	je me prends	je me suis pris(e)	je me prenais
s'en prendre	je m'en prends	je m'en suis pris(e)	je m'en prenais
s'y prendre	je m'y prends	je m'y suis pris(e)	je m'y prenais
apprendre	j'apprends	j'ai appris	j'apprenais
comprendre	je comprends	j'ai compris	je comprenais
se comprendre	je me comprends	je me suis compris(e)	je me comprenais

futur	cond. prés.	subj. prés.
je prendrai	je prendrais	que je prenne
je me prendrai	je me prendrais	que je me prenne
je m'en prendrai	je m'en prendrais	que je m'en prenne
je m'y prendrai	je m'y prendrais	que je m'y prenne
j'apprendrai	j'apprendrais	que j'apprenne
je comprendrai	je comprendrais	que je comprenne
je me comprendrai	je me comprendrais	que je me comprenne

02 Pratique des verbes
動詞練習

Construisez les phrases avec les éléments donnés :

01 - Elle / prendre (p.c.) / votre voiture

02 - Tu / prendre (p.c.) / lui / pour mon mari ?

03 - Ce devoir / prendre (p.c.) / à moi / trois heures

04 - Pour aller à l'école / tu / prendre (fut.) / le bus

05 - Il / prendre sur soi (p.c.) / finir ce projet malgré sa maladie

06 - Elle / s'en prendre à (p.c.) / les enfants

07 - Il / s'y prendre / bien / avec les malades

08 - Elle / apprendre (p.c.) / moi / une mauvaise nouvelle

09 - Notre professeur / apprendre / nous / utiliser un ordinateur

10 - Il / comprendre (p.c.) / tu / ne pas vouloir continuer ce travail

- Il faut prendre les hommes comme ils sont, les choses comme elle viennent. (proverbe)
  接受人的本性、隨遇而安。

- prendre quelqu'un la main dans le sac (= en train de faire qqch de mal)
  當場被逮、現行犯

  - La police l'a pris (surpris) la main dans le sac.

- prendre une affaire en main (= s'occuper d'une affaire)
  負起某事的責任

  - Ne vous inquiétez pas, l'avocat va prendre cette affaire en main.

- prendre des gants avec quelqu'un (= agir avec tact, délicatesse, attention)
  謹慎小心對待某人

  - Le journaliste a pris des gants avec le ministre pendant l'interview.

- Il n'est pas à prendre avec des pincettes ! (= Il est de très mauvaise humeur !)
  他心情非常不好！

  - Je ne sais pas ce qu'il a ce matin ; il n'est pas à prendre avec des pincettes !

- C'est à prendre ou à laisser ! (= Il n'y a pas d'autre choix.)
  要拿就拿，不然什麼都沒有！（沒有其它選擇。）

  - Voici notre dernière proposition ; c'est à prendre ou à laisser.

- prendre un coup de vieux (= vieillir brutalement)
  突然變老

  - Après son licenciement il a pris un coup de vieux.

- Qu'est-ce qui te / vous prend ? (= Je ne comprends pas ton / votre comportement.)
  你怎麼了？

  - Ça ne va pas ! Qu'est-ce qui te prend ?

- se prendre (pour quelqu'un / quelque chose) (= croire que l'on est important)
  自以為了不起

  - Pour qui il se prend ?
  - Arrêtez de vous prendre au sérieux !
  - Pour qui vous prenez-vous ? Vous n'êtes qu'un modeste employé !

- Ce n'est pas à un vieux singe que l'on apprend à faire des grimaces. (dicton)
  一隻老猴子不需要學作鬼臉。（已經有生活歷練的人，不需要學習去取悅別人。）

- Ce qu'on apprend au berceau dure jusqu'au tombeau. (proverbe)
  小時候學會的東西一輩子都不會忘掉。（諺語）

- En se trompant on apprend. (dicton)
  在錯誤中學習。（諺語）

- apprendre à vivre à quelqu'un (= Cela lui servira de leçon.)
  教某人如何做人、給某人一個教訓
  - Cet échec est bon pour lui. Cela lui apprendra à vivre.

- La condition de comprendre, ce n'est pas l'intelligence, c'est l'amour. (P.J. Toulet)
  理解的條件，不是聰明才智，而是愛。

- Il a la comprenette un peu dure. (fam. = Il ne comprend rien.)
  他的理解力很差。（通俗用法，他什麼都聽不懂。）

04 Quelques questions
回答下列問題

- En général, qu'est-ce que tu prends quand tu vas au café ?

- Quand tu vas au restaurant, qu'est-ce que tu prends comme boisson ?

- Quand tu sors, est-ce que tu prends toujours ton parapluie ?

- Pour te laver, préfères-tu prendre une douche ou un bain ?

- Est-ce que tu prends facilement du poids ? Si oui, que fais-tu pour ne pas grossir ?

- Est-ce qu'il t'arrive de prendre ta température ? Dans quelles circonstances ?

- Est-ce qu'il t'est arrivé(e) de te tromper et de prendre la place d'une autre personne ?

- Est-ce qu'on t'a déjà pris quelque chose ? Quoi ? Que s'est-il passé ?

- En cours, est-ce que tu prends beaucoup de notes ? Les relis-tu après la classe ?

- Est-ce que tu as déjà été pris au dépourvu par quelqu'un ? Peux-tu nous raconter ?

- Comment prends-tu la vie ? La prends-tu plutôt du bon côté ?

- Sais-tu prendre les enfants ? Et tes parents ? Tes professeurs ?

- Est-ce qu'il t'est arrivé(e) de prendre une personne pour une autre personne ?
  Qu'as-tu fait quand tu as réalisé ton erreur ?

- Dans une journée, qu'est-ce qui te prend le plus de temps ?

- Combien de temps prends-tu pour déjeuner / faire ta toilette / faire tes devoirs... ?

- Le trajet de Taipei à Kaohsiung prend combien de temps ?

- Quand tu voyages, est-ce que tu préfères prendre le bus, le train ou l'avion ? Pourquoi ?

- Pour te déplacer en ville, tu prends le métro, le bus, un taxi, ta voiture ou ton scooter ? Pourquoi ?

- Quand tu utilises ta voiture, est-ce que tu préfères prendre l'autoroute ou les petites routes ? Pourquoi ?

- Est-ce qu'il t'est arrivé(e) de prendre sur toi pour faire quelque chose ? Peux-tu nous raconter ce que tu as fait ?

- Est-ce que tu t'es déjà fait prendre par la police alors que tu commettais une infraction ?

- T'est-il déjà arrivé(e) de t'en prendre à quelqu'un ? À qui ? Pour quelles raisons ?

- Est-ce que tu sais t'y prendre avec les filles / garçons ?
  Comment fais-tu pour entrer en contact ?

- T'est-il déjà arrivé(e) de te prendre pour quelqu'un de célèbre ? Pour qui ?

- Pourquoi tu apprends le français ?

- Comment as-tu appris à nager / à conduire / à faire la cuisine / à parler français... ?

- Quelles sont les choses que tu aimerais apprendre ?

- Comment apprends-tu les nouvelles : par la télé, la radio, Internet ou les journaux ?

- Est-ce que quelqu'un t'a appris à utiliser un ordinateur / à conduire / à nager / à danser / à faire des photos / à faire la cuisine / à tricoter... ?

- La population aborigène de Taïwan comprend combien de tribus ? Peux-tu les citer ?

- En général, dans les restaurants, est-ce que l'addition comprend le service ?

- Est-ce que tu comprends facilement ce manuel ? Pourquoi ?

- Est-ce que tu comprends bien tes parents / tes frères et sœurs / les autres ?

- Penses-tu que tes parents / tes professeurs / tes amis / tes frères et sœurs te comprennent bien ?

- **un café noir / au lait / crème**
  黑咖啡 / 牛奶咖啡 / 奶油咖啡
- **un expresso** 義大利咖啡
- **un cappuccino** 卡布奇諾
- **un thé noir / vert / oolong**
  紅茶 / 綠茶 / 烏龍茶

  citron / à la menthe / au jasmin
  檸檬茶 / 薄荷茶 / 茉莉花茶

  aux fruits / aux fleurs 水果茶 / 花茶
- **une infusion** 泡煮的茶劑
- **une camomille** 洋甘菊
- **une verveine** 馬鞭草
- **un tilleul** 菩提子
- **une menthe** 薄荷
- **une citronnelle** 有檸檬香味的植物
- **un coca** 可樂
- **un chocolat** 巧克力
- **un lait** 牛奶
- **un soda** 蘇打
- **un jus de fruits** 果汁
- **une bière** 啤酒
- **un whisky** 威士忌
- **un cognac** 白蘭地
- **un champagne** 香檳
- **une vodka** 伏特加
- **une tequila** 龍舌蘭
- **un gin** 琴酒
- **une eau minérale** 礦泉水

- **du thé** 茶
- **du café** 咖啡
- **du vin blanc / rosé / rouge**
  白酒 / 玫瑰紅酒 / 紅酒
- **de l'eau minérale** 礦泉水
- **de l'eau plate / gazeuse**
  一般水 / 有氧的水
- **de l'eau du robinet** 自來水
- **de l'eau bouillie / tiède** 開水 / 溫開水
- **de la bière** 啤酒
- **de la soupe** 湯

- **dormir** 睡覺
- **travailler** 工作
- **étudier** 讀書
- **lire** 閱讀
- **écrire** 寫字
- **manger** 吃
- **boire** 喝
- **se déplacer** 走動、出門、旅行、出差
- **le sommeil** 睡眠
- **le travail** 工作
- **les études** 學業
- **la lecture** 閱讀
- **l'écriture** 書寫
- **les repas** 餐、飲食
- **les déplacements**
  走動、出門、旅行、出差

Apprendre l'anglais, c'est
dans le vent !

I CAN FLY HIGH!

036

POSER（放置、安裝） APPOSER（張貼、安放）
DÉPOSER（放下、寄放、存放、用車把……載到……）
OPPOSER（使面對面、用……對抗、用……反對）
REPOSER（休息、使得到休息、放回、重新安裝）

une pose（放置、安裝、姿勢）**- une position**（位置、處境、身分地位）
une apposition（張貼、放置）**- un dépôt**（安放、寄存、存放）
une déposition（證詞、罷免）**- une opposition**（相對、反對、對比）
un repos（休息）

Dans une banque.... L'employée et le client...
在銀行裡的職員和客戶……

L'employée : Bonjour Monsieur, qu'est-ce que je peux faire pour vous ?

Le client : J'ai perdu ma carte de crédit et je voudrais faire opposition sur les débits à venir.

L'employée : Je vois. Pouvez-vous remplir ce formulaire et ne pas oublier d'apposer votre signature en bas, à droite. Vous vous opposez aux paiements à partir d'aujourd'hui ?

Le client : Non, à partir d'hier. Je me suis rendu compte ce matin que je n'avais plus ma carte.

先生您好，有什麼能為您服務的嗎？

我遺失了信用卡，而我想申請止付遺失。

了解。能不能請您填寫這張表格，並不要忘記在右下角簽名。您的止付要今天開始嗎？

不，從昨天開始。今天早上我很確定，卡已經沒有在我這了。

L'employée : Vous êtes sûr que vous ne l'avez pas posée quelque part chez vous ?

您確定您沒有將信用卡放在家裡其他地方嗎？

Le client : J'ai cherché partout et je ne l'ai pas trouvée.

我到處都找過了，都沒有找到。

L'employée : Souhaitez-vous déposer une demande pour une nouvelle carte ?

您希望再提出一張新的信用卡申請嗎？

Le client : Oui, bien sûr ! J'en ai besoin le plus tôt possible. Je pourrai l'avoir dans combien de temps ?

要，當然！卡能越早下來越好。我什麼時間之內可以拿到？

L'employée : Pas avant une semaine. Elle arrivera, au mieux, mercredi prochain. Le week-end, les employés de la banque se reposent...

至少要一週。最快要下星期三。週末銀行職員休息……

01 Constructions des verbes et synonymes
動詞結構與同義詞

(1) Les essentielles 主要的動詞結構

- poser qqch (qpart) (= placer, mettre qqch qpart - cesser de porter qqch)
  放、置、擱、擺某物（於某處）
  - J'ai posé l'ordinateur sur ton bureau.
  - Vous pouvez poser ma valise dans ma chambre ?

- (se) poser une question à qqn (= interroger, questionner qqn / réfléchi = poser à soi)
  向某人提出一個問題（自問）
  - Est-ce que je peux vous poser une question ?
  - Il m'a posé une question embarrassante.
  - Je me pose souvent la question de savoir si mes étudiants me comprennent.

- (qqch) poser un problème (à qqn) (= soulever un problème, une difficulté à qqn)
  （某事物）提出問題、（對某人）造成問題
  - Votre candidature me pose (un) problème.
  - Cet article dans le journal pose le problème du secret de l'instruction.

- se poser (réfléchi = se mettre, se placer doucement qpart) 停落、著陸
  - L'hirondelle s'est posée sur mon épaule.
  - L'avion s'est posé en catastrophe.

- (qqch) se poser (passif = être posé, devoir être posé) （某物）被放置、應被放
  - Les verres se posent dans le vaisselier.
  - Les cassettes se posent à plat.

- (question / problème) se poser (à qqn) (passif = exister pour qqn)
  （問題）對某人而言存在
  - Ce problème s'est déjà posé à notre équipe.
  - Cette question ne se pose pas.

- apposer qqch sur qqch (= mettre sa signature, son sceau sur qqch, signer qqch)
  在某物上簽名、蓋章
  - Pouvez-vous apposer votre signature / sceau en bas de chaque page ?

- déposer qqch (qpart) (= poser qqch que l'on portait - mettre qqch en lieu sûr)
  放下某物（於某處）、寄放、存放某物（於某處）
  - J'ai déposé quelques cadeaux au pied du sapin de Noël.
  - Le Président a déposé une gerbe sur la tombe du soldat inconnu.
  - J'ai déposé mes bagages à la consigne automatique.
  - Ne garde pas ton argent sur toi, dépose-le à la banque !

- déposer qqn qpart (= laisser qqn qpart, quand on est en scooter ou en voiture)
  用車把某人載到某處
  - Où veux-tu que je te dépose ?
  - Il m'a déposé(e) à la station de métro.

- opposer qqch (à qqn / à qqch) (= objecter, prétexter, répondre qqch (à qqn))
  以某物為藉口反對（某人 / 某事）
  - Elle m'a opposé un refus, avec un large sourire.
  - Le gouvernement oppose un démenti formel à cette information.

- opposer qqn à qqn (= mettre face à face pour lutter, combattre - confronter qqn)
  使某人與某人面對面爭鬥、競賽
  - Le match oppose l'équipe de Lens à celle de Lille.
  - Ce débat va opposer des partisans de l'avortement à des antis avortement.

- (qqn) s'opposer à qqch / qqn (réfléchi = faire obstacle à qqch / qqn, empêcher qqch, agir contre) （某人）反對某事 / 某人
  - De plus en plus de gens s'opposent à la peine de mort.
  - Les habitants du village se sont opposés à la construction de la centrale nucléaire.
  - Il n'a pas peur de s'opposer au ministre.
  - Souvent, les adolescents s'opposent à leurs parents.

- (qqn) s'opposer à ce que + S2 + V (subj.) (réfléchi = empêcher qqn de faire qqch)
  （某人）反對＋從屬子句主詞＋動詞（虛擬式）
  - Je m'oppose à ce que les enfants regardent la télé après dix heures.
  - Mes parents s'opposent à ce que j'aille étudier à l'étranger. (= ne veulent pas que...)

- reposer qqch (= poser qqch que l'on a pris ou soulevé, remettre qqch en place)
  再放下、放回某物
  - Repose cet argent immédiatement !
  - Il a reposé son verre après avoir bu cul sec.
  - Il a rapidement reposé le coffre, bien trop lourd pour lui.

- (se) reposer (une question / un problème) (= poser une question / un problème une seconde fois)　（對一個問題）再發問一次、再造成問題
  - Pouvez-vous reposer votre question ?
  - Votre fils a reposé des problèmes.
  - Le problème s'est reposé.
  - La question ne se repose plus.

- reposer qqch (= délasser, relaxer le corps ou l'esprit)
  使某物得到休息（放鬆身體或精神）
  - Cette musique douce repose l'esprit.
  - Le yoga repose le corps.

- se reposer (réfléchi = être allongé pour se délasser, se relaxer = dormir)
  休息、睡覺
  - Après le déjeuner, je me repose une heure, je fais une petite sieste.

(2) Autres constructions 其他的動詞結構

- poser qqch (= mettre en place, fixer, installer qqch) 放置、安裝某物
  - J'ai posé une nouvelle serrure sur la porte.
  - As-tu posé la hotte aspirante ?
  - Le Président a posé la première pierre du futur hôpital.

- poser sa candidature à / pour un travail (= être, se déclarer candidat pour un travail)
  應徵某個工作
  - Elle a posé sa candidature au poste de Secrétaire Général.

- poser (pour un artiste) (= rester dans une position, une attitude pour être peint, dessiné, photographié) 擺姿勢（供人畫畫、照相等）
  - Elle pose pour les photographes les plus célèbres.
  - Il a posé pour le magazine Lui.
  - Elle a posé nue pour Picasso.

- poser (= adopter des attitudes étudiées pour se faire remarquer par les autres)
擺出經過研究的姿態以吸引別人注意
  - Pendant le Festival de Cannes, beaucoup de jeunes starlettes viennent poser sur la Croisette pour se faire remarquer des réalisateurs de films.

- déposer un brevet, une marque (= enregistrer un brevet, une marque)
註冊專利、註冊商標
  - Nous avons déposé notre brevet au Bureau d'Enregistrement des Brevets.
  - Nous allons déposer notre marque pour éviter les contrefaçons.

- déposer une plainte (= porter plainte contre qqn, attaquer qqn en justice)
控告、申訴
  - Il a déposé une plainte au tribunal de Tours.

- (qqch) (se) déposer (= quand un liquide laisse un dépôt)
（某物）沉澱出、沉積下來
  - L'eau dépose beaucoup de sable au pied du barrage et bouche l'entrée des turbines.
  - Le tanin se dépose au fond de la bouteille.

- (qqch) s'opposer à qqch (réfléchi = empêcher, gêner qqch, faire obstacle à qqch)
（某物）阻擋某事、妨礙某事
  - Ta religion s'oppose à ton mariage avec ce garçon.
  - Nos lois s'opposent à la violence.

- (qqch) s'opposer à qqch (réfléchi / réciproque = être en contraste avec qqch, être différent) （某物）與某物形成對比、截然不同
  - Ses tableaux de la période bleue s'opposent à ceux de la fin de sa vie.
  - Leurs tempéraments s'opposent diamétralement.

- reposer (= être allongé, mort) 長眠、安息
  - Il repose au cimetière du Père Lachaise.
  - Ici repose Pierre Martin. (Ci-gît Pierre...)

- reposer qqch (= mettre dans une position qui délasse - appuyer sur qqch)
把某物靠在、把某物放在舒適的位置
  - Vous pouvez reposer votre tête sur l'appuie-tête.

- reposer sur qqch (= être établi / fondé sur qqch) 建築於某物之上、基於某事物
  - Cette statue repose sur un piedestal de marbre blanc.
  - Votre maison repose sur un ancien dépôt d'obus de la guerre de quatorze.
  - Vos accusations ne reposent sur rien. (= sont sans fondements)

- se reposer sur qqn (réfléchi = faire confiance à qqn, se décharger de qqch sur qqn)
  對某人有信心、信賴某人
  - Pour les questions d'argent, je me repose sur ma femme.
  - Tu ne pourras pas te reposer toute ta vie sur tes parents.

(3) Conjugaison 動詞變化

infinitif	présent	passé comp.	imparfait
poser	je pose	j'ai posé	je posais
se poser	je me pose	je me suis posé(e)	je me posais
apposer	j'appose	j'ai apposé	j'apposais
déposer	je dépose	j'ai déposé	je déposais
opposer	j'oppose	j'ai opposé	j'opposais
s'opposer	je m'oppose	je me suis opposé(e)	je m'opposais
reposer	je repose	j'ai reposé	je reposais
se reposer	je me repose	je me suis reposé(e)	je me reposais

futur	cond. prés.	subj. prés.
je poserai	je poserais	que je pose
je me poserai	je me poserais	que je me pose
j'apposerai	j'apposerais	que j'appose
je déposerai	je déposerais	que je dépose
j'opposerai	j'opposerais	que j'oppose
je m'opposerai	je m'opposerais	que je m'oppose
je reposerai	je reposerais	que je repose
je me reposerai	je me reposerais	que je me repose

02 Pratique des verbes
動詞練習

Construisez les phrases avec les éléments donnés :

01 - Est-ce que / elle / pouvoir / poser une question / à toi ?

02 - L'avion / se poser (p.c.) / sans difficultés

03 - Je / déposer (p.c.) / mes économies / à la Caisse d'Épargne

04 - Je / déposer (fut.) / toi / devant chez toi

05 - Le concours / opposer (imp.) / les meilleurs étudiants

06 - Les riverains de l'aéroport / s'opposer (p.c.) / à la création d'une nouvelle piste

07 - Les professeurs / s'opposer / nous / utiliser des dictionnaires électroniques

08 - Je / reposer (fut.) / cette question / à elle / demain

09 - Il / se reposer (p.c.) / tout l'après-midi

10 - Je / reposer (p.c.) / tes livres / sur ton bureau

03 Expressions populaires
通俗慣用語

- poser pour la galerie (= vouloir se rendre intéressant)
  裝腔作勢（拚命想出風頭、力求引人注目）
  - Arrête de poser pour la galerie ! (= Arrête de vouloir te rendre intéressant(e) !)

- Comme idiot / emmerdeur / casse-pied, il se pose là ! (ironique = il est très...)
  他就在那兒一副很白癡 / 很煩 / 很討厭的樣子！
  - Ta sœur, comme emmerdeuse, elle se pose là !

- modèle / marque / brevet déposé(e) (= ce brevet, cette marque, ce modèle ne peuvent être utilisés sans l'accord de leur propriétaire ou inventeur)
  註冊樣品 / 註冊商標 / 註冊專利

- déposer les armes (= cesser le combat) 繳械停戰
  - L'armée ennemie, vaincue, a déposé les armes après trois jours de combat.

- faire une déposition (= témoigner, sous serment, devant la police ou un tribunal = déposer) 作證
  - Le témoin est venu faire sa déposition ce matin.

- entrer / être en opposition avec qqn / qqch (= entrer / être en conflit avec qqn / qqch)
  與某人發生衝突、與某事完全相反
  - À quatorze ans, il est entré en opposition avec son père.
  - Ses actes sont en opposition avec ses paroles. (= Ce qu'il dit et ce qu'il fait s'opposent.)

- faire opposition à un chèque, une carte de crédit (= demander à la banque de ne pas payer un chèque ou une facture réglée avec une carte de crédit, parce qu'ils ont été perdus ou volés) 止付遺失的支票或遺失的信用卡
  - Vous devez faire opposition si vous ne voulez pas que votre compte soit débité.

- Ce n'est pas de tout repos ! (= C'est fatigant !) 這是很累人的！
  - S'occuper de vos enfants, ce n'est pas de tout repos !

- faire quelque chose à tête reposée (= dans le calme, en prenant le temps de réfléchir)
  冷靜地、從容地去做某事
  - Je lirai votre rapport à tête reposée.

04 Quelques questions
回答下列問題

- En classe, est-ce que tu poses souvent des questions au professeur ?

- Quelles sont les choses qui te posent le plus de problèmes ?
  Pourquoi te posent-elles problème ?

- Est-ce qu'il y a des gens qui te posent problème ? Qui ? Pourquoi ?

- T'est-il arrivé(e) de poser pour un photographe ou un peintre ?

- Accepterais-tu de poser nu(e) pour un artiste ? Pourquoi ?

- T'arrive-t-il de poser pour te faire remarquer ? Dans quelles situations ?

- T'est-il déjà arrivé(e) de déposer une plainte ? Que s'est-il passé ?
  Ta plainte a-t-elle été suivie d'effets ?

- Est-ce qu'il t'arrive de t'opposer à tes parents / tes frères et sœurs / tes amis ?
  Pour quels genres de choses ?

- Quand tu n'es pas d'accord avec quelqu'un, préfères-tu t'opposer à cette personne ou
  ne rien dire ? Pourquoi ?

- Es-tu opposé(e) à...
  - la peine de mort - l'euthanasie - la 4ème centrale nucléaire
  - le mariage pour tous - les punitions corporelles... ?

- Pour te reposer, après le déjeuner, fais-tu la sieste ? Combien de temps ?
  Pourrais-tu t'en passer ?

- Quelles sont les activités qui te reposent l'esprit ?
  Et le corps ? Pratiques-tu souvent ces activités ?

- La société taïwanaise repose sur quelles valeurs, quelle philosophie ?
  Que penses-tu de ces valeurs ? Est-ce que tu les respectes ?

- T'arrive-t-il de te reposer sur quelqu'un pour faire quelque chose ? Sur qui ?
  Pourquoi te reposes-tu sur cette personne ?

- En cas de difficultés, penses-tu pouvoir te reposer sur tes parents ? Pourquoi ?

- l'argent 金錢
- l'amour 愛情
- la santé 健康
- le travail 工作
- les études 學業
- le temps libre 空閒時間
- le stress 壓力

- les parents 父母
- les frères et sœurs 兄弟姊妹
- les amis 朋友
- le / la petit(e) ami(e) 男（女）朋友
- les professeurs 老師
- les camarades 同學
- les collègues de travail 同事
- les voisins 鄰居

- la pudeur 羞恥心
- la réserve 保留、謹慎
- la timidité 害羞
- la honte 羞恥
- la gêne 尷尬
- l'image de soi 自我形象
- l'exhibitionnisme 裸露癖
- le voyeurisme 觀淫癖
- un scandale 醜聞
- la provocation 慫恿、煽動
- l'esthétique 美學
- la beauté du corps 身體曲線美
- la grâce 優雅

- l'art 藝術
- le succès 成功
- la célébrité 聲譽、名人
- la gloire 光榮

- un vol 偷竊
- une agression 侵犯、襲擊
- une insulte 侮辱
- une violence 暴力
- un coup 打、擊
- une blessure 傷、傷口
- une menace 威脅
- un chantage 恐嚇
- un racket 詐騙
- un accident 意外
- un harcèlement sexuel / moral / physique
  性騷擾 / 精神騷擾 / 肉體方面的騷擾

- la musique 音樂
- la lecture 閱讀
- la peinture 繪畫
- la broderie 刺繡
- les jeux vidéo 電視遊戲
- la télé 電視
- le repassage 燙衣服
- le jardinage 園藝
- le tricot 針織、編結
- la méditation 冥想
- le yoga 瑜珈
- le karaoké 卡啦 OK
- le sport 運動

Elle pose un regard attendri
sur ses petits.

037

VENIR（來、來到） DEVENIR（變成、成為）
PARVENIR（抵達、到達） PRÉVENIR（通知、告知）
PROVENIR（來自、源自） REVENIR（回來）
SURVENIR（突然發生）

une venue（來到、降臨）- un devenir（生成、變化）
la prévention（預防措施）- la provenance（來源、出處）
un revenu（收入、所得）- une survenue（突如其來）

Sur un marché traditionnel... Un couple fait ses courses...
一對夫妻在傳統市場購物……

Le mari : Chérie, viens, on va au poissonnier !

親愛的，過來，我們去魚攤那！

La femme : Tu veux acheter du poisson ?

你要買魚嗎？

Le mari : Oui, ça change un peu de la viande. Et chez lui, le poisson est très frais. Il provient de la pêche de la veille.

是的，想換吃別種肉。這家魚攤的魚很新鮮。都是前一天才釣起的。

La femme : On n'en mange pas souvent, ça changera de la viande.

我們不常吃魚，偶爾換換口味。

Le poissonnier : Monsieur, Madame, il est frais mon poisson ! Et regardez ces magnifiques coquilles Saint Jacques ! Elles proviennent de la baie de St Brieuc et sont arrivées ce matin !

先生、小姐，我的魚獲都很新鮮！看看這些很棒的巨海扇蛤！它們從聖布里厄海灣捕回來，今天早上剛到！

Le mari : Des coquilles, ça te dirait ? À cette saison leur prix devient abordable.

巨海扇蛤，妳喜歡嗎？這個季節它們的價格應該蠻實惠的。

La femme : C'est une bonne idée. Monsieur ! Pouvez-vous nous mettre une dizaine de coquilles ?

不錯的主意。先生！您能不能給我幾十個巨海扇蛤？

Le poissonnier : Et voilà Madame ! Et avec ça ? Regardez, la raie est superbe, on ne peut pas trouver plus frais !

小姐給您！跟那個一起呢？您看，鰩魚很棒，不能再找到更新鮮的了。

La femme : Pour la raie, on reviendra samedi prochain !

鰩魚的話，我們下星期六再來！

01 Constructions des verbes et synonymes
動詞結構與同義詞

(1) Les essentielles 主要的動詞結構

- venir qpart (= aller dans le lieu où se trouve celui qui parle, se rendre qpart)
  來某處
  - Elle viendra dans cinq minutes.
  - Il est venu chez moi hier soir.
  - Il viendra au cinéma avec nous.
  - Regarde ! Elle vient vers nous.

- venir de qpart (= provenir, être originaire de qpart - exprime le point de départ)
  來自某處
  - Ces bananes viennent des Philippines.
  - Je viens de chez le docteur.
  - Cet étudiant vient de Kaohsiung.
  - Je viens de France.

- venir + V (inf.) (= venir pour faire qqch) 來做某事（原形動詞）
  - Viens dîner avec nous ce soir.
  - L'agent est venu relever le compteur de gaz.

- venir de (prés. / imp.) + V (inf.) (= avoir fini de faire qqch, avoir fait qqch récemment) 剛剛（現在式 / 過去未完成式＋原形動詞）
  - Je viens de rencontrer votre femme.
  - Je venais juste de finir mon repas.
  - Quand je suis entré elle venait de téléphoner à son amant.

- en venir à + qqch / V (inf.) (= finir par faire qqch, après une évolution)
  終於做某事（原形動詞）、以某事做結束
  - Il en est venu à mendier dans la rue.
  - Elle en est venue aux mains.
  - J'en viens à penser que la vie n'est pas si facile que ça.

- devenir qqch (= changer détat, passer d'un état à un autre) 變成、成為
  - Il est devenu radin.
  - Elle est devenue grosse.
  - Il est devenu beau garçon.
  - Le temps devient meilleur.
  - Les tomates sont devenues rouges.

- parvenir qpart (= arriver à un point déterminé = atteindre un endroit)
  抵達、到達某處
  - Nous sommes parvenus au sommet après cinq heures d'ascension.

- (qqch) parvenir à qqn (= arriver à destination - se propager dans l'espace)
  （某物）到達某人處、傳到某人處
  - Ma carte postale vous est-elle parvenue ?
  - Les cris des enfants qui jouaient dehors lui parvenaient par la fenêtre entrouverte.

- parvenir à qqch / V (inf.) (= arriver, réussir à faire qqch)
  達到目的、終於能做某事、終於成功地做某事（原形動詞）
  - Elle est parvenue à ses fins.
  - Êtes-vous parvenu(e) à le joindre ?

- prévenir qqn (de qqch) (= informer qqn de qqch (à venir) = avertir qqn)
  通知某人（某事）
  - J'ai prévenu le patron de votre absence.
  - Elle m'a prévenu de ton arrivée.
  - Prévenez le médecin, vite !
  - Il faut prévenir ses parents.

- prévenir qqn que + S1 / 2 + V (ind. / cond.) (= informer qqn que qqn va faire qqch)
  通知某人＋主要子句 / 從屬子句的主詞＋動詞（直陳式 / 條件式）
  - Je vous préviens que je n'accepterai aucune erreur dans votre travail.
  - Elle m'a prévenu que tu ne viendrais pas.

- (qqch) provenir de qpart (= être originaire d'un endroit = venir d'un endroit)
（某物）來自、出自某處
  - Cet avocat provient de mon jardin.
  - Ces fleurs proviennent de Thaïlande.

- (qqch) provenir de qqch (= avoir, tirer son origine de qqch)　（某物）來自某物
  - Votre tension artérielle provient d'un surmenage.
  - Ce mot provient de l'allemand.
  - Ce tableau provient du Musée d'Orsay.

- (qqch) revenir (= apparaître, se manifester une seconde fois)　（某物）再出現
  - La fièvre est revenue.
  - Le mauvais temps revient.

- revenir (qpart) (= venir de nouveau dans un endroit où l'on est déjà venu - retourner qpart)　回來、回到某處
  - Le docteur reviendra demain.
  - Je reviens dans une heure.
  - Il est revenu plusieurs fois dans son village natal.

- revenir + V (inf.) (= venir de nouveau dans un endroit et y faire qqch)
回來做某事（原形動詞）
  - Le septième mois du calendrier lunaire, les fantômes reviennent visiter leur famille.
  - Je suis revenu vous dire adieu.
  - Elle est revenue t'apporter cette lettre.

- revenir de qpart (= rentrer d'un endroit)　從某處回來
  - Il revient du Népal.
  - Je reviens de chez le dentiste.
  - Elle revient du travail.
  - Les enfants reviennent de l'école vers cinq heures.

- n'en pas revenir (de qqch) (= être très surpris, étonné de qqch)
（對某事）感到非常驚訝
  - Je n'en reviens pas de son courage.
  - Elle n'en revenait pas de ma franchise.

- n'en pas revenir que + S2 + V (subj.) (= être très surpris, étonné que qqn fasse / ait fait qqch) 非常驚訝＋從屬子句的主詞＋動詞（虛擬式）
  - Je n'en reviens pas qu'elle ait accepté ton invitation.

- revenir sur qqch (= aborder cette chose de nouveau)
  重新考慮某事、對某事改變意見
  - Le gouvernement ne veut pas revenir sur sa décision.
  - Cette conférence va revenir sur le sort des noirs envoyés en esclavage aux Amériques.
  - Je reviendrai plus tard sur ce point.
  - Il ne faut plus revenir sur cette question.

- revenir à qqn (= coûter une somme d'argent à qqn) 花了某人多少錢
  - Cette soirée chez Maxim's m'est revenue à 300 euros.

- ne pas revenir à qqn (péjoratif) (= ne pas plaire à qqn)
  不合某人胃口、使某人看不順眼（輕蔑）
  - Ma tête ne lui revient pas.
  - Ce type ne me revient pas.

- survenir (= arriver de façon imprévue, brusquement) 突然發生、突然來到
  - L'accident est survenu alors qu'il réparait la machine.
  - La première secousse est survenue à deux heures du matin.

(2) Autres constructions 其他的動詞結構

- venir de qqch + compl. cause (= être l'effet, la conséquence de qqch = découler de qqch) 起因於某物＋原因補語
  - Cette maladie vient de carences en vitamines.
  - Son succès vient de son travail.

- prévenir qqch (= prendre des précautions, des mesures pour que cette chose n'arrive pas) 預防某事
  - Nous préviendrons les accidents en limitant la vitesse autorisée.
  - Pour prévenir toute violence, mille policiers ont été mobilisés.

- prévenir qqch (= aller au devant d'un besoin, d'un désir, pour mieux le satisfaire) 迎合某物
  - Son mari prévient tous ses désirs.
  - J'essaierai de prévenir vos moindres besoins.

- revenir de qqch (état) (= sortir d'un état) 擺脫某個狀態
  - Il est revenu de ses illusions.
  - Elle est revenue de ses rêves de grandeur.

- revenir à qqn (= se rappeler qqch que l'on avait oublié) 重新回到某人的記憶
  - Votre nom ne me revient pas. (= Je ne me rappelle pas votre nom.)
  - Votre visage me revient.
  - Cette histoire me revient. (= Je me rappelle...)

- (qqch) revenir à qqn (= qui doit être donné à qqn, comme droit, rémunération ou héritage) （某物）屬於、歸於某人
  - Une partie des bénéfices reviendra aux actionnaires.
  - Cet héritage vous revient de droit.
  - Cette victoire vous revient. (= vous appartient)

(3) Conjugaison 動詞變化

infinitif	présent	passé comp.	imparfait
venir	je viens	je suis venu(e)	je venais
en venir	j'en viens	j'en suis venu(e)	j'en venais
devenir	je deviens	je suis devenu(e)	je devenais
parvenir	je parviens	je suis parvenu(e)	je parvenais
prévenir	je préviens	j'ai prévenu	je prévenais
revenir	je reviens	je suis revenu(e)	je revenais
n'en pas revenir	je n'en reviens pas	je n'en suis pas revenu(e)	je n'en revenais pas
survenir	je surviens	je suis survenu(e)	je survenais

futur	cond. prés.	subj. prés.
je viendrai	je viendrais	que je vienne
j'en viendrai	j'en viendrais	que j'en vienne
je deviendrai	je deviendrais	que je devienne
je parviendrai	je parviendrais	que je parvienne
je préviendrai	je préviendrais	que je prévienne
je reviendrai	je reviendrais	que je revienne
je n'en reviendrai pas	je n'en reviendrais pas	que je n'en revienne pas
je surviendrai	je surviendrais	que je survienne

Construisez les phrases avec les éléments donnés :

01 - Elle / venir de / chez le coiffeur

02 - Je / venir de / acheter / un nouvel ordinateur

03 - Il / en venir à (p.c.) / battre / sa femme

04 - Tu / ne pas parvenir (fut.) / convaincre / elle / de rester avec toi

05 - Est-ce que / vous / prévenir (p.c.) / sa famille / sa disparition ?

06 - Je / prévenir / vous / le voyage / ne pas être (fut.) / de tout repos

07 - Ces légumes / provenir / mon jardin

08 - Je / n'en pas revenir / il / réussir (subj. passé) / son bac

09 - Son mariage / revenir (p.c.) / nous / très cher

10 - Le tremblement de terre / survenir (p.c.) / alors que / je / être (imp.) / dans mon bain

- voir venir quelqu'un (= deviner les intentions de qqn) 猜到某人的意圖
  - Je la vois venir avec son beau sourire ! (= Je devine qu'elle va me demander qqch.)

- en venir aux mains (= se battre) 終於動手打了起來
  - Après quelques minutes d'une vive discussion, ils en sont venus aux mains.

- venir à bout de quelque chose (= parvenir à un but, finir de faire qqch)
  完成、戰勝某物
  - Il lui a fallu un mois pour venir à bout des termites.

- Où voulez-vous en venir ? (= Que voulez-vous / Que cherchez-vous en fin de compte?)
  你到底要怎樣？
  - Je ne vois pas très bien où vous voulez en venir avec cette histoire.

- venir au monde (= naître) 出生
  - Elle est venue au monde à deux heures du matin.

- prendre les choses comme elles viennent (= accepter les choses comme elles se produisent) 隨遇而安
  - Dans la vie, il faut prendre les choses comme elles viennent.

- Qu'est-ce que vous devenez ? (pour demander des nouvelles d'une personne qu'on n'a pas vue depuis un certain temps) 近來你怎麼樣啊？（久未見面的問候語）
  - Il y a longtemps qu'on ne s'est pas vus. Qu'est-ce que vous devenez ?

- parvenir à ses fins (= réussir à obtenir ce qu'on voulait) 達到目的
  - Tu es quand même parvenu à tes fins !

- C'est un(e) parvenu(e). (= nouveau riche, qui n'a pas de bonnes manières) 新貴、暴發戶
  - Je n'aime pas ses manières ; c'est un parvenu.

- Il vaut mieux prévenir que guérir. (dicton) (= éviter la maladie ou qqch de gênant, l'empêcher) 預防勝於治療。（諺語）

- Ça me revient ! (= Je m'en souviens à nouveau.) 我記起來了！
  - Ah ! ça me revient maintenant. Vous êtes l'épouse de M. Bouleau.

- Cela / Ça revient au même. (= C'est la même chose / C'est équivalent.) 這是同一碼事。這是同一回事。
  - Quoi que l'on fasse, ça reviendra au même ; il faudra licencier du personnel.

- revenir à soi (= reprendre conscience après un évanouissement) 恢復意識、清醒過來
  - Elle est revenue à elle rapidement.

- revenir de loin (= échapper à un grand péril : la mort, un échec, une défaite...) 死裡逃生
  - Il revient de loin ! (= Il a failli mourir.)
  - Notre équipe revient de loin. (= près d'un échec)

- faire revenir un aliment (cuisine = le cuire dans un corps gras pour le faire dorer) 不停翻炒成金黃色
  - Faites revenir les oignons trois ou quatre minutes.

04 Quelques questions
回答下列問題

- Tu viens de quelle région de Taïwan ? Où est située cette région ?

- T'est-il déjà arrivé(e) d'en venir aux mains avec quelqu'un ? Que s'est-il passé ?

- Qu'aimerais-tu devenir, plus tard ? Pourquoi ? Est-ce difficile d'y arriver ?

- Parviens-tu toujours à convaincre tes parents de t'autoriser à faire ce que tu veux ? Sont-ils faciles ou difficiles à convaincre ?

- Comment les nouvelles te parviennent-elles ? Lis-tu un journal chaque jour ?

- Penses-tu que l'on parviendra, un jour, à fabriquer un être humain par manipulation génétique ? Penses-tu que ce serait une bonne chose pour l'Homme ?

- Essaies-tu de prévenir les désirs de ton / ta petit(e) ami(e) ? Que fais-tu pour lui / elle ?

- Quand tu veux rendre visite à des amis, les préviens-tu avant de sonner à leur porte ? T'arrive-t-il d'arriver à l'improviste ?

- Si des amis viennent te voir sans te prévenir, comment les accueilles-tu ?

- Comment peut-on prévenir...
  - les accidents de la route - les inondations - l'usage de la drogue par les jeunes
  - les échecs aux examens... ?

- Existe-t-il des moyens de prévenir la population d'un tremblement de terre ?

- Avant de commencer à étudier le français, étais-tu prévenu(e) que c'était un peu difficile ? Et maintenant, penses-tu que c'est très / assez / peu difficile ?

- Les kiwis que l'on achète à Taïwan proviennent de quels endroits ?

- Est-ce que tu reviens parfois à l'école primaire où tu étais écolier(ère) ? Quels souvenirs te reviennent en mémoire ?

- Est-ce qu'il y a des rêves qui reviennent souvent ? Quels rêves ?

- Est-ce qu'il t'arrive de revenir sur des décisions que tu as prises ? Peux-tu nous citer un exemple ?

- Quels souvenirs te reviennent le plus facilement : les bons ou les mauvais ? Pourquoi ?

- Est-ce qu'il y a des gens dont la tête ne te revient pas ? Qui ? Pourquoi ?

- À combien revient une année d'études...
  - à l'école primaire - au collège - au lycée - à l'université ?

- As-tu déjà été victime d'un accident ? Comment est-il survenu ?

- Est-ce que les tremblements de terre surviennent souvent à Taïwan ?

- Aimerais-tu qu'un événement survienne dans ta vie ? Quel événement ?

- **au nord** 在北方
- **au sud** 在南方
- **à l'est** 在東方
- **à l'ouest** 在西方
- **au nord-ouest** 在西北方
- **au sud-ouest** 在西南方
- **au nord-est** 在東北方
- **au sud-est** 在東南方
- **(venir) de Taïwan / Taipei** 從台灣 / 台北來

- **près de...** 靠近

- **à 2 kilomètres de...** 離⋯⋯兩公里
- **à côté de...** 在旁邊
- **dans la banlieue de** 在⋯⋯的郊區

- **la télévision** 電視
- **la radio** 收音機
- **internet** 網路
- **la presse** 報刊
- **les journaux** 報紙
- **les magazines** 雜誌
- **le bouche à oreille** 口耳相傳

La campagne est devenue la ville.

038

VOIR（看見）APERCEVOIR（瞥見、覺察）
CONCEVOIR（想像、受孕）ENTREVOIR（隱約看見、瞥見）
PERCEVOIR（感覺、收取）PRÉVOIR（預料、預測）
RECEVOIR（接到、收到、接待、遭受）REVOIR（重新看到、重返、複查）

une vue（視覺、視力）- un aperçu（一瞥、概述）
une conception（概念、受孕）- une entrevue（會面、會晤）
une perception（感覺、徵收）- une prévision（預料、預測）
une réception（接到、接收、接待會）- une revue（回顧、雜誌）

Pierre fête son anniversaire et a invité quelques amis à la maison...
Pierre 慶祝他的生日，並邀請幾個朋友到他家來……

Pierre : Merci les amis d'être venus fêter mon anniversaire ! Je vois que vous êtes fidèles en amitié !

謝謝大家來慶祝我的生日！我覺得你們對友誼十分忠誠！

Rosalie : Tout le monde n'est pas encore arrivé... Tu vas revoir bientôt d'autres visages !

人還沒有全部到齊……你等等會看見其他新面孔！

Pierre : Je m'aperçois que vous avez bien prévu cette petite fête ! On va être combien ?

我看得出來你們將這個小小慶祝會規劃得很好！會有幾個人？

Rosalie : Si tout le monde vient, on devrait être une vingtaine... Et tu vas recevoir de superbes cadeaux !

如果全部的人都來，會有二十幾個……以及，你會收到很棒的禮物！

Pierre : Oh là là ! Je n'avais pas prévu si grand, mais ça me fait très plaisir de voir que vous ne m'avez pas oublié.

Sophie : Comment peux-tu concevoir que l'on t'oublie ? Tu étais déjà le chef dans la classe. Alors, tu resteras toujours notre meilleur copain !

Tous : Joyeux anniversaire Pierre ! Et c'est déjà prévu de se revoir dans un an !

Pierre : Pour l'an prochain, on verra plus tard ! Pensons à aujourd'hui et encore merci à tous d'être venus aujourd'hui !

天阿！我沒有想到會有那麼多人，但我真的很高興，你們沒有把我忘了。

你怎麼會想說我們把你忘記了？你以前就是班上的頭頭。之後，你也會一直是我們最佳的領頭！

生日快樂，Pierre！我們一年之後一定再見！

我們明年再見！讓我們專注於眼下，再次謝謝你們今天的到來！

---

01 Constructions des verbes et synonymes
動詞結構與同義詞

(1) Les essentielles 主要的動詞結構

- voir (qqch / qqn) (= recevoir les images des objets et des personnes par la vue)
  看見（某物 / 某人）
  - Il ne voit plus très bien.
  - Elle voit parfaitement.
  - Avez-vous vu le coucher du soleil ?
  - J'ai vu ta mère au supermarché.

- voir qqch / qqn (= examiner, observer attentivement)
  細看、查閱、察看、觀察
  - Le docteur va voir les malades.
  - J'ai vu beaucoup d'erreurs dans votre copie.

- voir qqch (= assister à qqch, être spectateur de qqch)
  觀看、參觀某物、親眼目睹某物
  - As-tu vu la dernière pièce de Jérôme Savary ?
  - Je vais voir le film de Spielberg.
  - Il a vu du pays.
  - Avez-vous vu la Tour Eiffel ?
  - Elle a vu beaucoup de pauvreté.

- voir qqn (= recevoir, rencontrer, accueillir qqn) 接見、碰見、探往某人
  - Aujourd'hui, il ne veut voir personne. (= recevoir, rencontrer)

- voir que + S1 / 2 + V (ind.) (= constater qqch)

  看到、發現＋主要子句 / 從屬子句的主詞＋動詞（直陳式）

  - Je vois que je suis de trop.

  - Elle a vu que tu étais en colère.

- voir comme / si / combien + S2 + V (ind.)

  (= constater qqch - vérifier qqch - s'informer de qqch)

  看到、察看、打聽、詢問（怎樣 / 是否 / 多少）＋從屬子句的主詞＋動詞（直陳式）

  - Tu vois comme c'est facile !

  - Je vais voir si elle est là.

  - Va voir combien ça coûte.

- voir qqch / qqn + V (inf.) (= constater que qqch / qqn fait qqch)

  看到某物 / 某人做某事＋原形動詞

  - J'ai vu des flammes sortir du réacteur.

  - Je vois des hirondelles tournoyer au dessus de la maison.

  - Elle a vu ton mari se disputer avec des policiers.

- apercevoir qqch / qqn (= voir faiblement ou de façon brève)

  瞥見、瞧見某物 / 某人

  - J'ai aperçu quelqu'un dans le jardin.

  - On aperçoit le sommet, au loin.

- s'apercevoir de qqch

  (réfléchi = prendre conscience de qqch, comprendre / constater qqch)

  發覺、意識到某事

  - Elle s'est aperçue de la disparition de ses bijoux. (= Elle a constaté la...)

- s'apercevoir que + S1 / 2 + V (ind.) (= prendre conscience de qqch, comprendre qqch)

  發覺、了解到＋主要子句 / 從屬子句的主詞＋動詞（直陳式）

  - Je me suis aperçue qu'il ne m'aimait plus. (= J'ai compris que...)

  - Il s'est aperçu qu'il n'avait aucune chance de gagner la course. (= Il a compris que...)

- concevoir qqch (= créer qqch par l'imagination - imaginer - inventer)

  想像、構想某物

  - Je conçois des logiciels de gestion.

  - Il a conçu une nouvelle méthode de fabrication.

- concevoir que + S2 + V (ind. / subj.) (= constater qqch (ind.) - comprendre qqch (subj.))

  了解、明白＋從屬子句的主詞＋動詞（一般性的確認某事則用直陳式，表示賞識則用虛擬式）

  - Je conçois que tu as beaucoup de travail. (= Je constate que tu as…)
  - Je conçois que tu aies beaucoup de travail. (= Je comprends que tu… = appréciation)

- entrevoir qqch / qqn (= voir à demi, rapidement ou peu clairement)

  隱約看見、瞥見某物 / 某人

  - Je l'ai entrevu au milieu de la foule.
  - Elle a entrevu la Vierge derrière un arbre.

- percevoir qqch (= sentir, éprouver une sensation) 感覺到某物

  - Pouvez-vous percevoir les battements de votre cœur ?

- percevoir qqch (= recevoir, recueillir une somme d'argent) 收取一筆錢

  - Nous percevons les loyers du premier au cinq du mois.
  - Avez-vous perçu vos allocations de chômage ?

- prévoir qqch (= imaginer un événement futur comme probable)

  預料、預測某事

  - La météo prévoit du mauvais temps pour demain.

- recevoir qqch

  (sens passif = être mis en possession de qqch - subir qqch - obtenir qqch)

  接到某物、接收某物、遭受某物

  - Pour mon anniversaire, j'ai reçu de nombreux cadeaux.
  - Tu as reçu deux lettres.
  - Est-ce que vous recevez TV5 ?
  - Il a reçu une gifle de sa mère.

- recevoir qqn (sens actif = accueillir qqn, faire entrer qqn chez soi)

  接待、接見某人

  - Elle reçoit beaucoup d'amis à dîner.
  - Il ne reçoit jamais chez lui.
  - Le médecin ne reçoit que sur rendez-vous.

- recevoir qqn (au passif) (= admettre qqn après un examen, une épreuve)

  接受、錄取某人（常用被動式）

  - J'ai été reçu(e) au bac.
  - Il n'a pas été reçu au concours d'administrateur.

- revoir qqch / qqn / qpart (= retrouver qqch / qqn / un endroit - voir une seconde fois) 重新看到某物 / 某人 / 某個地方
  - J'ai revu mon école.
  - Il n'a plus revu ses parents.
  - As-tu revu le film ?

- revoir qqch / qqn (= examiner une seconde fois - apprendre, réviser) 複查、複習某物、複檢某人
  - J'aimerais vous revoir dans une semaine. (= voir et examiner)
  - Je dois revoir mes maths avant l'examen. (= réviser)

- se revoir (réciproque = se retrouver) 再見
  - Nous nous reverrons bientôt !
  - Nous nous sommes revus le lendemain.

(2) Autres constructions 其他的動詞結構

- faire voir qqch à qqn (= montrer qqch à qqn) 出示某物給某人、拿某物給某人看
  - Fais-moi voir tes notes.
  - Je vais vous faire voir mon album de timbres.

- laisser voir qqch à qqn (= permettre qu'on voie qqch) 讓某人看某物
  - Je lui laisse voir les pièces de son dossier. (= Je lui permets de voir...)

- avoir qqch à voir avec / dans qqch (rien - peu) (= avoir une relation avec qqch) 與某事有關（與某事毫不相關 - 與某事有點關係）
  - Elle n'a rien à voir dans cette affaire.
  - L'inflation a peu à voir avec l'augmentation des salaires.

- se voir (réfléchi = voir sa propre image) 看見自己
  - Je n'aime pas me voir en photo.
  - Il aime se voir à la une des journaux.

- se voir (réciproque = se rencontrer) 互相見面
  - Nous nous voyons une fois par semaine.

- se voir (passif = qui peut être vu(e)) 被看見
  - Cette pièce se voit au Théâtre du Lucernaire.
  - La cicatrice ne se voit plus.
  - Ces histoires se voient tous les jours.
  - Ça ne s'est encore jamais vu.

- se voir + attribut / + de + V (inf.) (réfléchi = subir qqch, être contraint de faire qqch)
處於＋表語 / 受詞補語（作半助動詞，遭受某事、被迫做某事）
  - Il s'est vu obligé de vider son sac par le vigile.
  - Je me suis vu forcé de passer la nuit dans l'aéroport.

- apercevoir qqch (= comprendre qqch) 明白某事物
  - J'aperçois maintenant ses intentions. (= Je comprends.)

- s'apercevoir (réciproque = se voir mutuellement) 相互看到
  - Ils se sont aperçus dans le métro.
  - Nous nous apercevons de loin.

- s'apercevoir (passif = qui peut être aperçu(e)) 被發覺、被注意
  - Le phénomène peut s'apercevoir au microscope.

- concevoir qqn (= former un enfant - être enceinte) 受孕、懷孕
  - De nos jours, on peut concevoir des enfants artificiellement.

- entrevoir qqch (= avoir une idée vague de qqch / une lueur soudaine de qqch = pressentir) 模糊地看到、模糊地預感到
  - J'entrevois une solution à vos problèmes.
  - Il n'entrevoit aucune issue à cette crise.

- percevoir qqch (= comprendre, arriver à connaître qqch) 理解、領會某事
  - Nous percevons un changement de stratégie des partis d'opposition.

- prévoir qqch (= envisager qqch - organiser qqch à l'avance - décider pour l'avenir) 考慮到某事
  - Le Maire a prévu une baisse des impôts dans l'élaboration du budget.
  - La police a prévu tous les cas de figure.

- (qqch) recevoir qqch / qqn (= laisser entrer) （某物）接納、吸收
  - Le Musé du Louvre reçoit plus de dix mille visiteurs le dimanche.
  - Mon lit reçoit les rayons du soleil vers huit heures du matin.

- se recevoir (réciproque = s'inviter mutuellement) 互相接待（互相邀請到家中聚餐）
  - Nous nous recevons habituellement une fois par semaine.

- se recevoir (réfléchi = retomber d'une certaine manière) 著地、落地
  - Il s'est mal reçu et s'est fait une fracture du tibia.

- se revoir (réfléchi = se voir de nouveau - imaginer qqch - se souvenir de qqch)
重新看到自己、在回憶中看到自己、幻想看到自己
  - Je me suis revu parmi mes camarades de classe et notre maîtresse.

(3) Conjugaison 動詞變化

infinitif	présent	passé comp.	imparfait
voir	je vois	j'ai vu	je voyais
faire voir	je fais voir	j'ai fait voir	je faisais voir
laisser voir	je laisse voir	j'ai laissé voir	je laissais voir
se voir	je me vois	je me suis vu(e)	je me voyais
apercevoir	j'aperçois	j'ai aperçu	j'apercevais
s'apercevoir	je m'aperçois	je me suis aperçu(e)	je m'apercevais
concevoir	je conçois	j'ai conçu	je concevais
entrevoir	j'entrevois	j'ai entrevu	j'entrevoyais
percevoir	je perçois	j'ai perçu	je percevais
prévoir	je prévois	j'ai prévu	je prévoyais
recevoir	je reçois	j'ai reçu	je recevais
revoir	je revois	j'ai revu	je revoyais
se revoir	je me revois	je me suis revu(e)	je me revoyais

futur	cond. prés.	subj. prés.
je verrai	je verrais	que je voie
je ferai voir	je ferais voir	que je fasse voir
je laisserai voir	je laisserais voir	que je laisse voir
je me verrai	je me verrais	que je me voie
j'apercevrai	j'apercevrais	que j'aperçoive
je m'apercevrai	je m'apercevrais	que je m'aperçoive
je concevrai	je concevrais	que je conçoive
j'entreverrai	j'entreverrais	que j'entrevoie
je percevrai	je percevrais	que je perçoive
je prévoirai	je prévoirais	que je prévoie
je recevrai	je recevrais	que je reçoive
je reverrai	je reverrais	que je revoie
je me reverrai	je me reverrais	que je me revoie

02 Pratique des verbes
動詞練習

Construisez les phrases avec les éléments donnés :

01 - Elle / voir (p.c.) / toi / sortir

02 - Est-ce que / tu / faire voir (p.c.) / ta plaie / au docteur ?

03 - Je / voir (p.c.) / tu / ne pas aimer (imp.) / ma collègue

04 - Je / aller voir / si / les photos / être prêt

05 - Il / se voir (p.c.) / menacé de licenciement

06 - Elle / apercevoir (p.c.) / un écureuil / dans le jardin

07 - Je / s'apercevoir (p.c.) / mon fils / voler (imp.) / de l'argent / à moi

08 - Elle / ne pas concevoir / tu / pouvoir / quitter / elle

09 - Elle / recevoir (p.c.) / le premier prix

10 - Il / revoir (p.c.) / sa maison natale

03 Expressions populaires
通俗慣用語

- Un vu vaut mieux que cent entendu. (dicton) (= Il ne faut croire que ce que l'on voit.)
  一個看到比一百個聽到還好。（諺語）（眼見為實。）

- Qui vivra verra. (dicton) (= Seul l'avenir permettra de juger.) 日久自明。（諺語）

- Il n'est pire aveugle que celui qui ne veut pas voir. (dicton) 瞎莫過於心盲。（諺語）

- aller se faire voir (fam. = aller au diable) 去見鬼吧！
  - Si vous n'êtes pas content(e), allez vous faire voir !

- voir ça d'ici (fam. = imaginer, se représenter la situation) 可想而知
  - S'il y avait le feu dans ce cinéma, tu vois ça d'ici ! (= Tu imagines la catastrophe.)

- voir venir qqn (cf verbe venir) 看出某人的意圖

- voir loin (= avoir de la claivoyance) 有遠見
  - Il a vu loin. (= Il a su prédire ce qui s'est passé.)

- ne pas voir plus loin que le bout de son nez (= manquer de claivoyance, de discernement)
  缺乏遠見
  - Comment pouvez-vous lui faire confiance, il ne voit pas plus loin que le bout de son nez !

- aller se faire voir / fiche / foutre (fam. / vulgaire = se faire repousser par qqn)
  走開！滾開！去死！
  - Vous les enfants, allez vous faire voir ! (= Partez, ce n'est pas pour vous !)
  - Vas te faire foutre ! (très vulgaire = Pars, Vas-t-en !)

- voir la vie en rose / en noir (= être optimiste / pessimiste) 樂觀 / 悲觀
  - Elle voit la vie en rose.
  - Pourquoi tu vois toujours la vie en noir ?

- Il faudrait voir à voir ! (fam. = Il faudrait prendre garde à qqch, aviser.) 要留意喔！
  小心點！（通俗用法，表示威脅）

- Je voudrais t' / vous y voir ! (= Ce n'est pas facile dans cette situation.)
  我希望你我易地而處！
  - Je voudrais t'y voir si tu étais dans ma situation !

- On aura tout vu ! (= C'est le / un comble.) 這實在太過分了！
  - Il ne manquait plus que cela ; On aura vraiment tout vu !

- en voir d'autres (= voir des situations pires) 更糟的都領教過了！
  - Il en a vu d'autres !

- en faire voir (de toutes les couleurs) à qqn (= créer des problèmes, des tourments à qqn)
  給某人找麻煩、給某人製造問題、給某人吃（盡）苦頭
  - Il en fait voir de toutes les couleurs à sa mère.
  - Elle m'en fait voir !

- assez voir qqn (= être fatigué(e), las(se) de voir qqn) 看夠某人了！對某人覺得膩了！
  - Sortez ! Je vous ai assez vu !
  - Nous l'avons assez vue.

- ne pas / plus pouvoir voir qqn (= détester qqn) 無法看見某人、討厭某人
  - Je ne peux pas la voir ! (= Je la déteste.)
  - Elle ne peut plus te voir.

- Dites voir. (= dites-moi, pour voir / savoir) 你説説看。
  - Dites voir, avez-vous déjà rencontré cette personne ? (= Je veux (sa)voir si vous
    connaissez cette personne.)

- Voyons voir ! (fam. = Voyons cela!) 讓我們看看！

- il faudrait voir à + V (inf.) (fam. = Ce serait préférable de faire...)
  注意、當心、最好＋原形動詞
  - Il faudrait voir à ne pas jouer les caïds ! (= Ce serait préférable que tu ne...)

- Recevez, Monsieur / Madame, mes salutation... (formule de politesse pour finir une lettre)
  先生 / 女士，請接受我的敬意……（信尾的禮貌用語）

- Au revoir ! (pour prendre congé de qqn que l'on pense revoir) 再見！

- À la revoyure ! (fam. = au revoir) 再見！

04 Quelques questions
回答下列問題

- Est-ce que tu vois bien ? Portes-tu des lunettes ?

- Tu vois mal de près ou de loin ? Comment s'appelle ta déficience visuelle ?

- Est-ce que tu vas souvent voir un docteur / un dentiste / un opticien... ?

- Aimes-tu voir des films ? Où vas-tu en voir ? Vas-tu en voir souvent ?

- Quel est le dernier film que tu as vu ? Était-il intéressant ?

- Est-ce que tu aimes voir souvent tes amis ? Que faites-vous ensemble ?

- As-tu déjà vu un chirurgien pratiquer une opération ? Peux-tu nous raconter ?

- Est-ce que tu fais voir tes notes à tes parents ? Comment cela se passe-t-il ?

- Est-ce qu'il y a des parties de ta vie que tu ne laisses pas voir ? Lesquelles ? Pourquoi ?

- Quand tu étais un(e) enfant, est-ce que tu en faisais voir à tes parents ?
  Que faisais-tu qui les mettait en colère ?

- Est-ce que tu aimes te voir dans un miroir ? Et en photo ?
  As-tu beaucoup de photos de toi ?

- T'es-tu déjà vu(e) obligé(e) de faire quelque chose que tu ne voulais pas faire ?
  C'était quoi ? Comment l'as-tu fait ?

- Est-ce que tu arrives à apercevoir comment sera ta vie dans une dizaine d'années ?

- Quand tu t'aperçois que tu as fait une erreur, essaies-tu de la corriger ?

- Est-ce que tu peux concevoir que l'on vive sans mariage ? Pourquoi ?

- Est-ce qu'il y a des choses que tu ne peux pas concevoir ? Lesquelles ? Pourquoi ?

- Comment entrevois-tu l'avenir des relations entre Taïwan et la Chine ?

- Est-ce que tu reçois souvent du courrier ? De qui ? Y réponds-tu rapidement ?

- Est-ce que tu aimes recevoir tes amis chez toi ? Comment les reçois-tu ?

- Aimes-tu être reçu(e) chez des amis ? Préfères-tu recevoir ou être reçu(e) ?

- Vois-tu la vie plutôt en rose ou en noir ? Pourquoi ?

- Est-ce qu'il y a des gens que tu ne peux pas voir ? Qui ? Pour quelles raisons ?

- Est-ce qu'il y a des gens que tu vois venir quand ils t'abordent ? Qui ? Que font-ils ?

mini-dico 小辭典

- **une bonne ≠ mauvaise vue**
  好視力 ≠ 壞視力
- **être myope ≠ presbyte** 近視 ≠ 遠視
- **loucher** 斜視
- **avoir un strabisme** 斜視
- **convergent ≠ divergent**
  匯合的、集中的 ≠ 發散的、分歧的

- **le clonage humain** 複製人
- **l'euthanasie** 安樂死
- **la violence** 暴力
- **la liberté sexuelle** 性自由

- **l'homosexualité** 同性戀
- **la cohabitation** 同居
- **le divorce** 離婚
- **la maltraitance** 虐待
- **les armes de destruction de masse**
  大量毀滅的武器
- **la bombe atomique** 原子彈
- **les produits génétiquement modifiés**
  基因（改良）產品
- **l'intolérance** 氣量狹小、排除異己

On peut concevoir que les opinions sur les centrales nucléaires soient très partagées.

307

039

SEMBLER（好像、似乎）AVOIR L'AIR（好像、似乎、看起來是）
ASSEMBLER（集中、裝配、召開）
RASSEMBLER（集合、收集）RESSEMBLER（和……相像）

un semblant（外表、外貌）
une assemblée（集合、集會、會議、議會）
un rassemblement（集合、聚集）
une ressemblance（相像、類似）

Sandrine et Isabelle se retrouvent pour aller à une soirée...
Sandrine 和 Isabelle 會面去參加晚會……

Sandrine : Tu as l'air d'être en super forme Isabelle !

Isabelle : Oui, je suis très excitée d'aller à cette soirée. Toi aussi, tu me sembles en forme !

Sandrine : Oui, ça me fait très plaisir de retrouver nos anciens camarades. Ça faisait longtemps qu'on ne s'était pas rassemblés.

Isabelle : Ta coiffure ressemble à un champignon. C'est très recherché !

Sandrine : Ne m'en parle pas ! J'ai passé 3 heures dans le salon de coiffure. Les filles du salon se sont assemblées autour de moi pour faire des photos !

妳看起來狀況好極了，Isabelle ！

是的，我很期待今晚的晚會。妳也是，妳狀況看起來也很好！

沒錯，真的很高興能再見到我們的同學。大家已經很久沒有聚在一起了。

妳的髮型看起來很像香菇。真的太講究了！

別提了！我在髮廊待了 3 個小時。髮廊裡的女孩都聚在我身邊不斷拍照。

Isabelle : Je comprends pourquoi... Ce n'est pas tous les jours qu'on voit une telle coiffure !

Sandrine : La coiffeuse m'a même dit qu'elle allait s'en inspirer pour d'autres clientes.

Isabelle : Mais alors, vous allez toutes vous ressembler ?

我知道為什麼……並不是每天都能看到那樣的髮型！

髮型設計師還跟我說，這顆頭啟發她設計其他客人髮型的靈感。

但這樣子，不是都長得很像嗎？

01 Constructions des verbes et synonymes
動詞結構與同義詞

(1) Les essentielles 主要的動詞結構

- sembler + attribut (= avoir l'air, paraître : appréciation, sentiment)
  好像、似乎＋表語
  - Ce fruit semble mûr.
  - Ton absence m'a semblé longue.
  - Tu sembles fatiguée.

- avoir l'air + attribut (= sembler, paraître pour qqch de visible)
  好像、似乎、看起來是＋表語
  - Ce fruit a l'air mûr.
  - Tu as l'air fatiguée.
  - Il a l'air honnête.

- sembler + V (inf.) (= paraître faire qqch, donner l'impression de faire qqch)
  好像＋原形動詞
  - Elle semble étudier sérieusement.
  - Il semble prendre son travail à la légère.

- il semble à qqn + attribut + de + V (inf.) (impersonnel = avoir l'impression)
  某人認為、某人覺得＋表語＋de＋原形動詞（無人稱形式）
  - Il me semble bon de partir maintenant.
  - Il lui a semblé difficile de dire non.
  - Est-ce que ça te semble utile d'étudier tous ces verbes ?

- il semble à qqn + V (inf.) (= avoir l'impression, croire)
  某人覺得＋原形動詞
  - Il me semble vous avoir déjà vu. (= J'ai l'impression que je vous ai déjà vu.)
  - Il lui semblait être sur une autre planète. (= Il avait l'impresion d'être sur...)

- il semble + que + S + V (ind. / subj.) (= donner l'impression que, on peut penser que)
似乎、好像＋主詞＋動詞（主要子句為肯定句則用直陳式，主要子句為否定句則用虛擬式）
  - Il semble que le match est perdu. (ind. = C'est certain.)
  - Le match est perdu, semble-t-il.
  - Il semble que le match soit perdu. (subj. = Ce n'est pas encore certain.)

- il semble à qqn + que + S1 / 2 + V (ind. / cond.) (= avoir l'impression que, croire que)
某人覺得、某人認為＋主要子句 / 從屬子句的主詞＋動詞（直陳式 / 條件式）
  - Il me semble que je deviens impatient.
  - Il me semble que tu es encore jeune.
  - Il me semble qu'elle devrait refuser ce travail. (= Je crois qu'elle devrait...)

- assembler qqch (= mettre des choses ensemble) 裝配某物
  - Nous assemblons les ordinateurs dans notre usine de Hsinchu.

- rassembler qqn (= réunir des personnes dans un même endroit) 集合某人
  - Les gardiens ont rassemblé les prisonniers dans la cour.
  - Le proviseur a rassemblé les professeurs pour la réunion de rentrée.

- rassembler qqch (= mettre des choses ensemble) 集中某物
  - Rassemblez vos affaires, nous partons tout de suite !
  - Il a rassemblé tous ses documents pour les classer.

- (qqn) ressembler à qqn (= avoir des traits physiques ou psychologiques communs avec qqn) （某人）與某人相像
  - Vous ressemblez bien à votre père.
  - À quoi ressemble-t-elle ? (= Comment est-elle ?)

- se ressembler (réciproque = deux personnes ont des traits communs) 相像
  - Elles se ressemblent comme des sœurs jumelles.
  - Nous ne nous ressemblons pas.

- (qqch) ressembler à qqch (= avoir un aspect commun, des caractéristiques communes) （某物）與某物相像
  - Ces deux postes de télévision se ressemblent beaucoup.
  - Votre question ressemble à un reproche.
  - Cette pierre ressemble à du granite.

- se ressembler (réciproque = avoir un aspect commun) 相像
  - Maintenant, toutes les grandes villes du monde se ressemblent.
  - Les voitures se ressemblent de plus en plus.

(2) Autres constructions 其他的動詞結構

- s'assembler (réciproque = se réunir, se retrouver ensemble) 聚集、集合
  - Les manifestants se sont assemblés devant la Sorbonne.
  - Les spectateurs s'assemblent sur le pont pour admirer le feu d'artifice.

- rassembler qqn (= regrouper des personnes pour une action collective = unir)
  集合、聚集、集結某人
  - Ce mouvement écologiste rassemble des gens d'horizons politiques assez divers.

- se rassembler (réciproque = se retrouver ensemble, avec d'autres personnes)
  集合、聚集、集結
  - Les étudiants se sont rassemblés devant l'Assemblée Nationale.
  - Les élèves se sont rassemblés par classe.

(3) Conjugaison 動詞變化

infinitif	présent	passé comp.	imparfait
sembler	je semble	j'ai semblé	je semblais
il me semble	il me semble	il m'a semblé	il me semblait
assembler	j'assemble	j'ai assemblé	j'assemblais
rassembler	je rassemble	j'ai rassemblé	je rassemblais
ressembler	je ressemble	j'ai ressemblé	je ressemblais

futur	cond. prés.	subj. prés.
je semblerai	je semblerais	que je semble
il me semblera	il me semblerait	qu'il me semble
j'assemblerai	j'assemblerais	que j'assemble
je rassemblerai	je rassemblerais	que je rassemble
je ressemblerai	je ressemblerais	que je ressemble

Des gens semblent avoir besoin
d'un guide dans leur vie.

Construisez les phrases avec les éléments donnés :

01 - Vous / sembler / aimer / ma cuisine

02 - Hier / tu / sembler (imp.) / en colère contre moi

03 - Il semble / à elle / gênant / poser cette question

04 - Il semble / à moi / il / grossir (p.c.)

05 - Il semble / à moi / tu / perdre (p.c.) / beaucoup d'argent à la bourse

06 - Je / rassembler (p.c.) / vos affaires / dans le salon

07 - Nous / se rassembler (fut.) / devant l'Hôtel de Ville

08 - Vous / ressembler à / beaucoup / ma mère

09 - Avec ma sœur / nous / se ressembler / peu

10 - Cette poire / ressembler à / une pomme

03 Expressions populaires
通俗慣用語

- rassembler ses esprits / son courage (= reprendre son sang froid / faire appel au courage)
  集中精神 / 鼓足勇氣
  - À quelques centaines de mètres du sommet, il a rassemblé son courage pour atteindre le toit du monde.

- se ressembler comme deux gouttes d'eau (= être parfaitement identique à qqch / qqn)
  長得一模一樣
  - Ces montres se ressemblent comme deux gouttes d'eau, et pourtant celle-là est une contrefaçon.

- Qui se ressemble s'assemble. (dicton) (= Les ressemblances rapprochent les personnes)
  物以類聚。（諺語）

- À quoi ça ressemble ! (= C'est informe, cela n'a pas de sens.)
  這毫無意義！這像什麼樣子！

- Les jours se suivent et ne se ressemblent pas. (dicton) (= Chaque jour est différent des autres.) 日子一天一天過，但每天都不一樣。（諺語）

- Cela ne te / vous ressemble pas. (= Cela ne correspond pas à ton / votre caractère.)
  這一點都不像你（的個性）。

- Est-ce que ce livre te semble intéressant ?

- Qu'est-ce qui te semble le plus important dans la vie ? Pourquoi ?

- Est-ce qu'il te semble que la vie est plus facile maintenant qu'autrefois ?
  Comment a-t-elle changé ? Est-ce bon ou mauvais ? Pourquoi ?

- Est-ce qu'il t'a déjà semblé que la vie était vraiment belle ou difficile à vivre ?
  Dans quelles circonstances ?

- Lorsque quelqu'un a l'air malade ou fatigué, est-ce que tu le lui dis ?

- Si quelqu'un te dit que tu as l'air malade ou fatigué(e), comment réagis-tu ?

- Est-ce qu'il te semble que tu parles mieux le français qu'il y a trois mois ?

- Dans ta famille, est-ce que vous vous rassemblez souvent ? À quelles occasions ?
  Aimes-tu ces rassemblements familiaux ?

- T'arrive-t-il de te rassembler avec des amis ? Pour faire quoi ?

- As-tu déjà participé à de grands rassemblements populaires ? De quel genre ?

- À l'école primaire, avant les classes, est-ce que vous deviez vous rassembler ?
  Pour faire quoi ?

- Penses-tu ressembler davantage, sur les plans physique et psychologique, à ton père
  ou à ta mère ? Quelles sont ces ressemblances ?

- Est-ce qu'on t'a déjà dit que tu ressemblais à une personnalité célèbre ? À qui ?
  En as-tu été fier(ère) ou vexé(e) ?

- Aimerais-tu ressembler à une personnalité célèbre ? À qui ? Pour quelles raisons ?

- En quoi les chaînes de télévision se ressemblent-elles ?

- Dans tes relations amicales, préfères-tu les ressemblances ou les différences ? Pourquoi ?

- Es-tu d'accord avec le proverbe : «Qui se ressemble s'assemble» ?
  Pourrais-tu nous citer un exemple pour illustrer la vérité de ce proverbe ?

- T'est-il déjà arrivé(e) d'être obligé(e) de rassembler tout ton courage pour réaliser
  quelque chose ? Que s'est-il passé ?

- la santé 健康
- la famille 家庭
- l'amour 愛情
- l'amitié 友情
- l'argent 金錢
- la carrière 職業生涯
- les loisirs 休閒
- la liberté 自由
- le travail 工作
- les enfants 孩子
- la religion 宗教
- le bonheur 幸福

- le rythme de vie 生活節奏、生活步調
- la télévision 電視
- les moyens de communication 溝通方式
- internet 網路
- l'information 資訊、消息
- les voyages 旅行
- les moyens de transport 交通工具
- la vie à la campagne / ville
  鄉村生活 / 都市生活
- la pollution 汙染
- le stress 壓力
- la fatigue 疲勞
- la violence 暴力
- l'incivilité 不禮貌、粗野
- la délinquance 犯罪、違法
- le manque de respect 缺乏尊重
- l'agressivité 侵略性

- le nouvel-an chinois 中國年、農曆年
- la fête des lanternes 元宵節
- la fête des morts 清明節
- la fête des bateaux-dragons 端午節
- la fête de la mi-automne 中秋節

- un festival de musique / danse / théâtre
  音樂節 / 舞蹈節 / 戲劇節
- une manifestation politique / syndicale /
  étudiante 政治遊行 / 工會遊行 / 學生遊行
- une marche 步行、行進
- un défilé 遊行
- une campagne électorale 競選
- un meeting politique 政治集會

- la levée du drapeau 升旗
- le salut au drapeau 向旗子敬禮
- l'hymne national 國歌

- une émission littéraire / politique /
  de variétés
  文學節目 / 政治節目 / 綜藝節目

  de sport / pour la jeunesse
  運動節目 / 青少年節目
- une série télé 電視連續劇
- les informations 新聞
- la publicité 廣告
- l'audimat 收視率、收聽率
- le public 觀眾、大眾
- les téléspectateurs 電視觀眾
- un(e) téléspectateur(trice) 電視觀眾
- le câble 有線電視
- la télévision par satellite 衛星電視

040 AFFIRMER（肯定、確認）CONFIRMER（證實、肯定）
INFIRMER（削弱）NIER（否認）

une affirmation（肯定、確認）- une confirmation（證實、肯定）
une infirmation（宣告無效）
une négation（否定、否認）- une dénégation（否認）

Dans un poste de police... Une femme accuse un homme d'avoir essayé de lui voler son sac dans la rue...
在警察局裡，一名女性控訴一名男性試圖在街上偷她的包包……

Le policier : Madame, vous affirmez que ce Monsieur a essayé de s'emparer de votre sac, c'est ça ?

女士，您肯定這位先生試圖奪取您的包包，是嗎？

La dame : Absolument, Monsieur l'agent. J'étais en train de regarder un message sur mon téléphone quand il a tiré la dragonne de mon sac.

沒錯，警察先生。那時我在看著我手機上的訊息，他拉了我包包的提手把。

Le policier : Monsieur, confirmez-vous les dires de Madame ?

先生，您確定女士所說的是真的嗎？

L'homme : Je nie totalement ses accusations. Je marchais rapidement et mon bras s'est accroché à la dragonne de son sac, voilà ce qui s'est passé.

她的指控我全數否認。我那時走路很快，我的手臂不小心勾到她包包的提手把，事情就是這樣。

La dame : L'amie qui m'accompagnait peut confirmer mes dires.

那時在我身邊的朋友可以證實我所言。

Le policier : Monsieur, si Madame a un témoin, cela infirme ce que vous avez affirmé.

先生，若女士有目擊者，那麼就會推翻您所說的事實。

L'homme : Écoutez, si j'avais voulu lui dérober son sac, j'aurais tiré plus fort et serais parti en courant...

聽著，如果我真的想要偷她的包包，我就會用力拉包包，並快速逃跑……

01 Constructions des verbes et synonymes
動詞結構與同義詞

(1) Les essentielles 主要的動詞結構

- affirmer qqch (= soutenir que qqch est vrai = assurer - certifier)
  肯定、確認、表明某事
  - La police a affirmé sa volonté d'arrêter les coupables de cette tragédie.
  - Il affirme son innocence.

- affirmer que + S1 / 2 + V (ind.) (= soutenir, assurer que qqch est vrai)
  肯定、確定 ＋主要子句 / 從屬子句的主詞＋動詞（直陳式）
  - J'affirme que je n'ai rien à voir dans cette affaire.
  - Il a affirmé qu'elle était chez lui au moment du crime.

- affirmer + V (inf.) (= soutenir, assurer que qqch est vrai)
  肯定、確定＋原形動詞
  - Elle affirme ne pas connaître cette personne.
  - Il affirme être allé chez ses parents.

- confirmer qqch (= rendre certain, affirmer l'exactitude de qqch)
  證實、確定某事
  - Je confirme ma réservation pour le vol 284 à destination de Paris.

- confirmer que + S1 / 2 + V (ind. / cond.) (= affirmer l'exactitude de qqch)
  確定＋主要子句 / 從屬子句的主詞＋動詞（直陳式 / 條件式）
  - Elle confirme qu'elle participera à la réunion de samedi.
  - Elle a confirmé qu'elle participerait à la réunion de samedi.

- infirmer qqch (= affaiblir qqch dans sa force, sa vérité - aller à l'encontre de qqch)
  削弱某物、與某物背道而馳
  - Son témoignage infirme celui de sa femme. (= va à l'encontre de... ≠ confirme)

- nier qqch (= rejeter qqch - considérer qqch comme faux) 否認某事
  - Il nie sa participation au hold-up.
  - Elle nie sa responsabilité dans l'accident.

- nier + V (inf. passé) (= rejeter - réfuter qqch)
  否認做過某事＋原形動詞過去式
  - Il nie avoir donné l'ordre de tirer.
  - Elle a nié être allée chez cet homme.

- nier que (négatif / interrogatif) + S2 + V (subj.)
  否認（否定句／疑問句）＋從屬子句主詞＋動詞（虛擬式）
  - Il ne nie pas qu'elle soit venue le voir.
  - Niez-vous qu'elle vous connaisse ? (= Est-ce que vous niez qu'elle vous connaît ?)

(2) Autres constructions 其他的動詞結構

- affirmer qqch (= manifester qqch de façon nette, claire) 顯示某物
  - Les parents doivent laisser affirmer leur personnalité à leurs enfants.
  - Dans ce tableau, il affirme son talent pour le mariage des couleurs.

- s'affirmer (= se manifester avec force) 強烈地顯示出來
  - Son talent pour le piano s'affirme concert après concert.
  - Vous ne vous affirmez pas suffisamment.

- confirmer qqn (dans qqch) (= rendre qqn plus assuré dans qqch = fortifier - encourager qqn) 使某人（在某方面）更堅信、（在某方面）鼓勵某人
  - Ses parents l'ont confirmé dans ses projets. (= l'ont encouragé dans...)

- se confirmer (= devenir certain, exact) 更堅信、變得更堅定
  - Votre pronostic se confirme.
  - Mes inquiétudes se confirment.
  - Votre analyse s'est confirmée comme parfaitement exacte.

- nier que + S2 + V (ind.) (= rejeter - réfuter qqch)
  否認＋從屬子句的主詞＋動詞（直陳式）
  - Il nie qu'elle est venue le voir.
  - Elle nie que vous la connaissez.

(3) Conjugaison 動詞變化

infinitif	présent	passé comp.	imparfait
affirmer	j'affirme	j'ai affirmé	j'affirmais
s'affirmer	je m'affirme	je me suis affirmé(e)	je m'affirmais
confirmer	je confirme	j'ai confirmé	je confirmais
infirmer	j'infirme	j'ai infirmé	j'infirmais
nier	je nie	j'ai nié	je niais

futur	cond. prés.	subj. prés.
j'affirmerai	j'affirmerais	que j'affirme
je m'affirmerai	je m'affirmerais	que je m'affirme
je confirmerai	je confirmerais	que je confirme
j'infirmerai	j'infirmerais	que j'infirme
je nierai	je nierais	que je nie

02 Pratique des verbes
動詞練習

Construisez les phrases avec les éléments donnés :

01 - Il / affirmer (p.c.) / il / être (imp.) / chez lui / ce jour-là

02 - Il / affirmer (p.c.) / être / chez lui / ce jour-là

03 - Vous / affirmer / elle / ne pas connaître / vous ?

04 - Vous / s'affirmer / de façon négative

05 - Je / confirmer (p.c.) / ta présence / au mariage

06 - Le patron / confirmer (p.c.) / lui / dans son poste

07 - Elle / confirmer (p.c.) / elle / venir (cond. prés.) / dîner / ce soir

08 - Il / nier / sa responsabilité / dans cette affaire

09 - Elle / nier / avoir volé / cette robe

10 - Son témoignage / infirmer / celui des autres témoins

03 Expressions populaires et citations
通俗慣用語及名家語錄

- Si je n'affirme pas davantage, c'est que je crois l'insinuation plus efficace. (A. Gide)
  如果我沒有堅持，是因為我覺得暗示更有效。

- Non, non et non！不，不就是不！（不行就是不行！）

- Affirmatif！(= C'est cela.) 是的，就是這樣！

- répondre par l'affirmative ≠ la négative (= répondre oui ≠ non)
  回答是或不是，好或不好

- L'exception confirme la règle. (= L'exception prouve la règle.) 例外證實規則。

04 Quelques questions
回答下列問題

- Est-ce qu'on peut affirmer que...
  - 2 et 2 font 4 ? - la terre est ronde ?
  - qu'il n'y a pas de vie sur une autre planète ? - la vie est belle ?
  - il n'y a pas de fumée sans feu ? - etc...

- Comment affirmes-tu ta personnalité ?

- Crois-tu que c'est important de s'affirmer dans la société ? Pourquoi ?

- Penses-tu t'affirmer suffisamment face à tes parents / tes professeurs / tes amis / tes camarades ?

- Tes résultats aux examens confirment-ils les efforts que tu fais pour éudier ?

- Quand tu es invité(e) chez quelqu'un, confirmes-tu ta venue ?

- Qu'est-ce qui pourrait infirmer ces expressions :
  - la vie est belle - on récolte ce que l'on sème
  - la vie réussit à ceux qui se lèvent tôt - il n'y a pas de fumée sans feu
  - qui se ressemble s'assemble - l'argent ne fait pas le bonheur
  - etc...

- T'est-il déjà arrivé(e) de nier quelque chose dont on t'accusait ?
  De quoi t'accusait-on ? Comment as-tu nié cette accusation ? Était-ce vrai ?

- Peut-on nier (ne pas affirmer) que...
  - la société devient plus violente ?
  - l'argent prend de plus en plus de place dans la vie des gens ?
  - la religion est l'opium du peuple (citation de K. Marx) ?
  - le temps c'est de l'argent ?
  - les progrès de la technologie facilitent la vie de l'homme ?
  - il n'y a rien après la mort ?
  - etc...

mini-dico 小辭典

- **la misère** 貧困
- **la maladie** 疾病
- **la souffrance** 受苦
- **la famine** 飢餓
- **la guerre** 戰爭
- **l'injustice** 不公正、不公正的行為
- **la violence** 暴力
- **le terrorisme** 恐怖主義
- **le fanatisme** 狂熱
- **la solitude** 孤獨
- **la mort** 死亡

- **la chance** 機會、運氣
- **le hasard** 機遇
- **l'imprévu** 意外

- **le destin** 命運
- **la fatalité** 命運、天數
- **les relations** 關係
- **les rencontres** 相遇、會面
- **les amitiés** 友情
- **la famille** 家庭
- **les liens de parenté** 親屬關係

- **un vol** 偷竊
- **un accident** 意外
- **une tricherie** 欺騙
- **un copiage** 抄襲、仿冒加工
- **un mensonge** 謊言
- **une trahison** 背叛
- **une indiscrétion** 不得體、冒失

Je vous affirme que c'est vrai !
J'ai gagné au Loto !

041 PENSER（想、思考、認為） CROIRE（相信）
DÉPENSER（花費）

**une pensée（想法） - une croyance（信仰）
une dépense（花費）**

**Dans un bureau... Deux collègues discutent
de leurs conditions de travail...**
兩名同事在辦公室裡討論他們的工作狀況……

Théo : Est-ce que tu penses que le patron va nous augmenter le 1er janvier ?

你覺得老闆 1 月 1 日會幫我們加薪嗎？

Julie : Je crois que oui, il en a parlé lors du dernier comité d'entreprise.

我想是的，他在最後一次的委員會有說過。

Théo : Moi, je crois que la société ne pourra pas dépenser davantage pour les salaires. Il va falloir se serrer la ceinture pour faire des économies.

但我覺得公司不會想因為薪水而損失利益。它必須勒緊褲帶來節省。

Julie : Ça ne va pas trop mal pour la société, elle continue à faire des profits.

這對公司沒什麼不好的，公司一直有獲利。

Théo : Oui, mais ils baissent et les dépenses augmentent. Alors, je ne crois pas qu'il se risquera à augmenter les salaires plus que l'inflation.

沒錯，但獲利減少，而支出增加了。所以，我覺得他會比較偏向找新的人，而不是提高薪水。

Julie : Ne pense pas trop ! On verra en janvier sur nos bulletins de paie si on peut dépenser un peu plus...

不用想太多！等一月拿到薪資單就知道我們能不能多花一點錢了……

01 Constructions des verbes et synonymes
動詞結構與同義詞

(1) Les essentielles 主要的動詞結構

- penser qqch de qqch / qqn (= avoir un avis sur qqch / qqn - juger, raisonner, réfléchir)
  對某事／某人有某種想法、看法

  - Qu'est-ce que tu penses de la situation économique ? (Tu penses de ...)
  - Je pense que la crise ne fait que commencer. (Je pense que...)
  - Est-ce que tu penses que la crise est terminée ?
  - Je pense que oui / non. - Oui, je le pense. - Non, je ne le pense pas.
  - Qu'est-ce que tu penses de la nouvelle secrétaire ?
  - Je pense qu'elle est très efficace.
  - Je n'en pense rien.

- penser que + S1 / 2 + V (ind. / cond. / subj.) (= avoir une opinion sur qqch / qqn = croire qqch) 想＋主要子句／從屬子句的主詞＋動詞（直陳式／條件式／虛擬式）
  - Je pense qu'elle téléphonera.
  - Je pense que je devrais lui téléphoner.
  - Je pense qu'il pourra se rétablir en une semaine.
  - Je ne pense pas qu'il pourra / puisse se rétablir... . (indicatif / subjonctif)

- penser + V (inf.) (= avoir l'idée, le projet de faire qqch)
  想要（打算）做某事（原形動詞）
  - Est-ce que tu penses finir ce travail avant midi ? - Oui, je pense. - Non, je ne pense pas.

- penser à qqch (= ne pas oublier qqch = se rappeler qqch) 想到、記得某事
  - Est-ce que tu as pensé aux courses ? - Ah ! J'ai complètement oublié.
  - Tu penses à tes examens ? - Oui, j'y pense. - Non, je n'y pense pas.

- penser à qqn (= évoquer qqn dans sa mémoire) 想到、憶及某人
  - Est-ce que tu penses à tes enfants ? - Je pense à eux jour et nuit.
  - As-tu pensé à ta maman pour la Fête des mères ?
  - Oui, j'ai pensé à elle. Je lui ai acheté une belle robe.

- penser à + V (inf.) (= ne pas oublier de faire qqch = se rappeler)
  記得做某事（原形動詞）
  - As-tu pensé à acheter le pain ? - Oui, j'y ai pensé. - Non, j'ai oublié.

- croire qqch (= penser que qqch est vrai) 相信某事
  - Je crois ce que vous me dites.
  - Il ne croit pas votre histoire.

- croire qqn (= penser que ce que dit une personne est vrai = estimer, juger)
相信某人
  - Je vous crois.
  - Pourquoi tu ne la crois pas ?

- croire que + S1 / 2 + V (ind.) (= considérer qqch comme possible, vraisemblable)
認為＋主要子句 / 從屬子句的主詞＋動詞（直陳式）
  - Je crois que je pourrai assurer cette mission. (= Je crois pouvoir assurer cette mission.)
  - Tu crois qu'elle participera à la réunion ?
  - Je ne crois pas qu'elle participera à...
  - Je ne crois pas qu'elle pourra / puisse venir. (subjonctif = doute plus important)

- se croire (réfléchi = penser que l'on est.. = se prendre pour qqn / qqch)
自以為
  - Il se croit plus intelligent que les autres.
  - Elle se croit belle.
  - Arrêtez de vous croire le plus fort !
  - Il se croit le descendant de Napoléon.

- croire à, en qqch / qqn (= considérer une chose comme réelle, possible, vraisemblable - avoir confiance en qqn - être persuadé de l'existence d'un dieu ou de la valeur de qqch)
相信某事 / 某人；信任、信賴某事 / 某人；信仰
  - Je ne crois pas à votre parole.
  - Est-ce que je peux croire à vos promesses ?
  - Il ne croit plus à rien.
  - Est-ce que tu crois aux fantômes ?
  - Elle croit en l'avenir de notre pays.
  - Je crois en vos capacités.
  - Je crois en mes amis.
  - Croyez-vous en Dieu ?
  - Croyez-vous à la pataphysique ?

- dépenser de l'argent (= employer de l'argent pour payer qqch) 花錢
  - Aujourd'hui, j'ai dépensé dix mille dollars taïwanais.

- se dépenser (= se donner du mal pour qqch / qqn, utiliser son énergie pour réaliser qqch) 花費精力、盡力、賣力
  - Elle se dépense sans compter pour les autres.
  - Les enfants se sont beaucoup dépensés au football. (donnés au...)

(2) Autres constructions 其他的動詞結構

- penser à qqch (= appliquer sa réflexion à qqch)
  想著某事物、考慮某事
  - Est-ce que tu penses à ce que tu écris ?
  - Ne pensez plus à cette affaire !

- croire + V (inf.) (= éprouver comme vrai ce qui ne l'est pas absolument)
  認為＋原形動詞
  - Il a cru voir un fantôme.
  - J'ai cru entendre une voix. (= Ce n'est pas sûr.)

- dépenser de l'énergie / des efforts... (= employer une ressource pour qqch)
  花費精力 / 費力
  - Il a dépensé beaucoup d'énergie pour réaliser son projet.
  - Ne dépense pas autant de salive pour rien !

(3) Conjugaison 動詞變化

infinitif	présent	passé comp.	imparfait
penser	je pense	j'ai pensé	je pensais
croire	je crois	j'ai cru	je croyais
se croire	je me crois	je me suis cru(e)	je me croyais
dépenser	je dépense	j'ai dépensé	je dépensais
se dépenser	je me dépense	je me suis dépensé(e)	je me dépensais

futur	cond. prés.	subj. prés.
je penserai	je penserais	que je pense
je croirai	je croirais	que je croie
je me croirai	je me croirais	que je me croie
je dépenserai	je dépenserais	que je dépense
je me dépenserai	je me dépenserais	que je me dépense

02 Pratique des verbes
動詞練習

Construisez les phrases avec les éléments donnés :

01 - Qu'est-ce que / tu / penser (p.c.) / film ?

02 - Est-ce que / tu / penser / je / pouvoir / se présenter ?

03 - Elle / penser (p.c.) / ce cadeau / faire plaisir (cond. prés.) / à toi

04 - Il / penser / travailler / au Burkina

05 - Est-ce que / tu / penser (p.c.) / téléphoner / ta mère ?

06 - Elle / ne pas croire (p.c.) / toi

07 - Je / croire (p.c.) / elle / vouloir (imp.) / me gifler

08 - Il / se croire / en vacances

09 - Ce mois-ci / je / dépenser (p.c.) / peu

10 - Pourquoi / tu / se dépenser / autant / pour elle ?

03 Expressions populaires et citations
通俗慣用語及名家語錄

• Je pense, donc je suis. (Descartes) 我思故我在。

• Les grandes pensées viennent du cœur. (Vauvenargues) 偉大的思想源自內心。

• Aimer, c'est la moitié de croire. (V. Hugo) 愛是相信的一半。

• Je crois ce que je dis, je fais ce que je crois. (V. Hugo)
  我相信我所說的，我做我所相信的。

• On croit mieux ce qu'on craint, ou ce que l'on désire. (dicton)
  人們寧願相信他們所害怕的或所想要的事物。（諺語）

• penser du bien / du mal de qqch / qqn 對某事 / 某人有好的 / 壞的看法
  - Il pense beaucoup de bien de vous.
  - Je ne pense que du mal de ce projet.

• Honni soit qui mal y pense. (= honte à celui qui verrait du mal à cette proposition)
  凡事往壞的方面想的人實在可恥。

• dire à qqn sa façon de penser (= dire ce que l'on pense de qqn) 說出對某人的看法
  - Je vais lui dire ma façon de penser. (= Ce que je pense de lui / d'elle.)

- faire qqch sans y penser (= faire qqch machinalement)
  未加思索、機械化地做某事
  - Il a fait ça sans y penser. (= sans réfléchir, de façon machinale)

- faire qqch sans penser à mal (= de façon innocente, sans vouloir causer du mal)
  不懷惡意地去做某事
  - Elle a fait cela sans penser à mal.

- faire penser à qqch / qqn (= évoquer qqch / qqn) 使想起某事 / 某人
  - Taipei me fait un peu penser à Tokyo.
  - Son visage me fait penser à Madonna.

- Je ne dis rien mais je n'en pense pas moins. (= Je ne dis pas ce que je sais / pense.)
  我什麼都沒説並不是説我沒有任何想法。（我不説出我真正的想法。）

- flanquer un coup de pied où je pense (à qqn) (= donner un coup de pied au derrière de qqn) 踢某人一下屁股
  - Comme il était en colère, il lui a flanqué un coup de pied où je pense.

- faire croire qqch à qqn (= persuader, convaincre qqn de qqch) 使某人相信某事
  - Il veut me faire croire son histoire. (= Je ne crois pas son histoire.)

- croire qqn sur parole (= croire qqn sans preuve, sans vérification) 憑其話相信某人
  - Je la crois sur parole. (= Je crois sans preuve que ce qu'elle dit est vrai.)

- ne pas en croire ses yeux / ses oreilles (= être très surpris, étonné de ce qu'on voit / entend) 不敢相信自己的眼睛 / 耳朵
  - Je n'en crois pas mes oreilles. (= Ce que j'entends est incroyable.)

- y croire dur comme fer (= avoir une grande confiance en qqch) 堅信、深信不疑
  - Cette histoire, il y croit dur comme fer.

- croire au père Noël (= être naïf comme un enfant)
  相信聖誕老人（喻像小孩一樣天真）
  - Vous croyez au père Noël !

- regarder à la dépense (= être économe, faire attention à ce qu'on dépense)
  當心、留意花費
  - Avec son petit salaire, elle doit regarder à la dépense.

- ne pas dépenser un sou (= ne rien acheter, payer) 不花半毛錢
  - Pendant mon voyage je n'ai pas dépensé un sou, j'ai partout été invité par des amis.
  - Il ne dépense pas un sou pour sa femme.

04 Quelques questions
回答下列問題

- Quelle sont les personnes à qui tu penses le plus souvent ?
  Pourquoi penses-tu souvent à ces personnes ?

- Crois-tu que quelqu'un pense beaucoup à toi ? Qui ? Pour quelles raisons ?

- Est-ce qu'il t'arrive de penser aux gens qui meurent de faim ? Qu'en penses-tu ?

- Quelles sont les choses auxquelles tu penses le plus ? Pourquoi y penses-tu beaucoup ?

- Est-ce que tu penses que la vie est meilleure maintenant qu'il y a cent ans ?
  En quoi est-elle meilleure ? En quoi est-elle moins bonne ?

- Est-ce que tu penses que...
  - tu as plus de liberté que tes parents n'ont eu quand ils étaient jeunes ?
  - il faut développer l'énergie nucléaire ?
  - les garçons sont plus travailleurs que les filles ?
  - c'est bien de se faire teindre les cheveux ?
  - c'est bien de se faire percer ?
  - un garçon peut se marier avec un garçon et une fille avec une fille ?
  - les députés représentent le peuple ?
  - la démocratie doit être un modèle pour tous les pays ?
  - l'on doit infliger la peine de mort aux criminels ?
  - Taïwan deviendra une partie de la Chine ?
  - etc... - Pourquoi tu penses cela ?

- Est-ce que tu crois en un Dieu ? Lequel ? Que t'apporte cette croyance en un Dieu ?

- Est-ce qu'il y a des gens que tu ne crois pas ? Qui ? Pourquoi ne les crois-tu pas ?

- Est-ce qu'il t'est arrivé(e) de croire au père Noël ? En quelle occasion ?

- Est-ce que tu crois facilement ce que les gens te disent ou es-tu méfiant(e) ?

- T'est-il arrivé(e) de ne pas avoir été cru(e) par tes parents / tes amis / tes professeurs... ?
  En quelle(s) occasion(s) ?

- Est-ce que tu te crois beau / belle - intelligent(e) - généreux(se)... ?

- Est-ce que tu dépenses beaucoup pour tes loisirs ? Combien par mois ?
  Pour quels loisirs ?

- Es-tu quelqu'un qui aime dépenser ou économiser ? Pourquoi ?

- Est-ce qu'il y a des activités ou des personnes pour lesquelles tu te dépenses beaucoup ? Pourquoi tu te dépenses autant ?

mini-dico 小辭典

- les parents 父母
- le père 父親
- la mère 母親
- les grands-parents （外）祖父母
- le grand-père （外）祖父
- la grand-mère （外）祖母
- les frères et sœurs 兄弟姊妹
- un oncle 叔、伯、舅
- une tante 姑姑、姨媽、舅媽
- un cousin 堂（表）兄弟
- une cousine 堂（表）姊妹
- un neveu 姪兒、甥兒
- une nièce 姪女、甥女
- les amis 朋友
- un petit ami 男朋友

- une petite amie 女朋友

- la maladie 疾病
- la mort 死亡
- la guerre 戰爭
- un tremblement de terre 地震
- un typhon 颱風
- un incendie 火災
- un fantôme 鬼魂
- les études 學業
- un examen 考試
- l'avenir 未來
- un métier 職業
- une profession 職業
- une carrière 職業生涯

À Taïwan, on pense que le navet est un symbole de prospérité.

042 DEMANDER（要求、詢問）
QUESTIONNER（詢問、審問） RÉPONDRE（回答）

une demande（要求、需求） - une question（問題）
une réponse（回答）

À l'université... À la fin d'un cours, des étudiants viennent parler avec leur professeur.

在大學裡，課程結束後，學生們前去與教授談話。

Albert : Monsieur Duval, est-ce que je peux vous demander quelque chose ?

Duval 教授，我能請問你幾個問題嗎？

Le professeur : Allez-y !

來吧！

Albert : Voilà, je voudrais savoir comment va se passer l'examen final.

那個，我想要知道期末考怎麼考。

Le professeur : Vous aurez 3 heures pour présenter un des sujets que nous avons étudié ce semestre.

你們會有 3 個小時的時間，去報告我們這個學期學習到的其中一個主題。

Philippe : J'ai une autre question à vous poser.

我有另外一個問題。

Le professeur : Je vous écoute !

請説！

Philippe : Est-ce qu'on pourra utiliser notre Smartphone ?

我們能使用我們的智慧型手機嗎？

Le professeur : Il n'en est pas question ! Les Smartphones seront déposés dans une boîte à l'entrée de la salle d'examen.

這不用問！智慧型手機要放在考試教室入口的盒子裡。

Sylvain : Est-ce que l'examen sera difficile ?

Le professeur : Là, je suis désolé mais je ne peux pas vous répondre. Cela dépendra de votre préparation !

考試很難嗎？

這個嘛，我很抱歉我不能回答你。這依你們的準備而定。

01 Constructions des verbes et synonymes
動詞結構與同義詞

(1) Les essentielles 主要的動詞結構

- demander qqch à qqn (= faire savoir à qqn ce que l'on souhaite obtenir de lui = solliciter) 向某人要求某事物
  - J'ai demandé de l'aide à mon frère.
  - Elle lui a demandé un rendez-vous.
  - Il m'a demandé la permission de s'absenter.

- demander à + V (inf.) (même sujet = indiquer ce que l'on veut faire)
  要求做某事（原形動詞）
  - Je demande à sortir.
  - Il demande à être seul.
  - Nous demandons à repasser cet examen.

- demander à qqn de + V (inf.) (sujets différents = indiquer à qqn ce que l'on veut qu'il fasse) 要求某人做某事（原形動詞）
  - Je vous demande d'éteindre vos portables pendant le cours. (= ordonner)
    (= Je demande que vous éteigniez vos portables...)
  - Il nous a demandé de ne pas le déranger. (= prier) (= Il a demandé que nous ne le dérangions pas.)

- demander que + S2 + V (subj.) (= indiquer à qqn ce que l'on veut qu'il fasse)
  要求＋從屬子句的主詞＋動詞（虛擬式）
  - Je demande que vous veniez immédiatement. (= ordonner) (= Je vous demande de venir immédiatement.)
  - Elle a demandé que nous vaccinions tous les enfants. (= Elle nous a demandé de vacciner tous les enfants.)

- demander à qqn comment / si / pourquoi... (= questionner - interroger qqn)
  詢問某人如何 / 是否 / 為什麼……
  - Il m'a demandé comment je m'appelais.
  - Je lui ai demandé si elle était mariée.
  - Le patron m'a demandé pourquoi j'étais arrivé en retard.

- se demander (= se questionner soi-même) 自問
  - Je me demande si je pourrai terminer ce travail.
  - Il s'est demandé pourquoi elle avait refusé son invitation.
  - Je me demande où est passé mon sac.

- poser une question à qqn (= questionner qqn = interroger qqn = demander qqch à qqn) 向某人提出一個問題
  - Souvent, les étudiants ont peur de poser des questions à leurs professeurs.

- répondre qqch à qqn (= dire ou écrire sa réponse à la personne qui l'a sollicitée) 回答某人某事
  - Elle m'a répondu : «Je ne veux plus te voir.» (discours direct)
  - Elle m'a répondu qu'elle ne voulait plus me voir. (discours indirect)

- répondre à qqch (= réagir à un appel : téléphone - sonnerie...) 應答某物、對某物做出反應
  - J'ai frappé à leur porte mais personne n'a répondu.
  - Va répondre au téléphone !

(2) Autres constructions 其他的動詞結構

- demander qqch (= solliciter qqch - vouloir qqch - prier d'apporter qqch) 要求某事
  - Il demande le divorce. (= solliciter)
  - Je demande un peu d'eau. (= prier d'apporter)
  - Je vais demander l'addition. (= prier d'apporter)

- demander qqn (= faire chercher / venir qqn) 請某人來、找某人來
  - Il a demandé ses parents.
  - Elle demande un médecin.

- demander qqn en mariage (= déclarer à qqn que l'on souhaite l'épouser) 向某人求婚
  - Elle m'a demandé en mariage. (= Elle m'a déclaré qu'elle souhaitait m'épouser.)

- (qqch) demander qqch (= avoir pour condition) （某事物）需要某物
  - Ce travail demande beaucoup de patience. (= exiger)
  - Le voyage demandera une journée. (= durer)

- questionner qqn (= interroger qqn) 詢問某人、審問某人
  - Le juge est en train de questionner la personne interpellée.

- répondre à qqn (= faire connaître sa réponse à la personne qui l'a sollicitée)
  回答某人
  - Je lui répondrai dans les quarante-huit heures.
  - Il m'a répondu avec franchise.

- répondre à qqch (= être conforme à qqch, en accord avec qqch)
  適合、符合某事物
  - Cet article répond aux normes ISO 9002. (= est conforme)
  - La nouvelle loi répond aux vœux des citoyens. (= est en accord avec)

- (qqn) répondre de qqch / qqn (= être garant de qqch, s'engager envers qqn)
  （某人）為某事 / 某人擔保、保證、負責
  - Les parents doivent répondre des agissements de leurs enfants mineurs.
  - Elle ne répond plus des dettes de son mari.
  - Je réponds d'elle.

(3) Conjugaison 動詞變化

infinitif	présent	passé comp.	imparfait
demander	je demande	j'ai demandé	je demandais
se demander	je me demande	je me suis demandé(e)	je me demandais
questionner	je questionne	j'ai questionné	je questionnais
poser une question	je pose une question	j'ai posé une question	je posais une question
répondre	je réponds	j'ai répondu	je répondais

futur	cond. prés.	subj. prés.
je demanderai	je demanderais	que je demande
je me demanderai	je me demanderais	que je me demande
je questionnerai	je questionnerais	que je questionne
je poserai une question	je poserais une question	que je pose une question
je répondrai	je répondrais	que je réponde

Pratique des verbes
動詞練習

Construisez les phrases avec les éléments donnés :

01 - Elle / demander (p.c.) / à moi / préparer le dîner

02 - Il / demander (p.c.) / que / nous / préparer la leçon quinze

03 - Il / demander (p.c.) / à nous / préparer la leçon quinze

04 - Je / demander (fut.) / à elle / comment aller chez elle

05 - Elle / demander (p.c.) / à moi / pourquoi / je / ne pas prendre de vacances

06 - Je / se demander / souvent / si / les étudiants / comprendre / ce que je leur dis

07 - Il / répondre (p.c.) / que / il / ne pas pouvoir venir

08 - Je / répondre (p.c.) / à elle / :«Pourquoi pas ?»

09 - Cette Mazurka de Chopin / demander / beaucoup de virtuosité

10 - Vous / avoir à répondre (fut.) / vos paroles

03 Expressions populaires
通俗慣用語

- partir sans demander son reste (= s'enfuir de façon précipitée) 倉皇而逃
  - Il n'a pas insisté, il est parti sans demander son reste.

- ne pas demander mieux que de faire qqch (= accepter avec plaisir de faire qqch)
  非常樂意去做某事
  - Je ne demande pas mieux que de vous accompagner pendant ce voyage.

- demander la main d'une jeune fille (= demander en mariage) 向一位少女求婚
  - Ton fils a demandé la main de ma fille.

- ne pas demander l'heure à qqn (fam. = demander à qqn de s'occuper de ses affaires)
  叫人別管閒事
  - Je ne vous demande pas l'heure qu'il est, mêlez-vous de vos oignons !

- Qui ne demande rien n'a rien. (dicton)
  什麼都不要求，就什麼都沒有。（諺語）（不試試看怎麼知道能不能有所得。）

- Ça ne coûte rien de demander. (dicton)
  問一問又不花半毛錢。（諺語）（問問看有什麼關係。）

- La question ne se pose pas. (= C'est évident.)
  問題根本不存在。（這已經很明顯了。）

04 Quelques questions
回答下列問題

- Pour faire tes devoirs, est-ce que tu demandes de l'aide à tes camarades ?
  Et eux, est-ce qu'ils t'en demandent ?

- Qu'est-ce que l'on peut demander à...
  - ses parents ? - ses professeurs ? - ses amis ?

- Est-ce que tes parents te demandent de faire des choses que tu n'aimes pas faire ?
  Lesquelles ? Pourquoi tu n'aimes pas les faire ?

- Dans la vie de chaque jour, qu'est-ce qui te demande (prend) le plus de temps ?

- Est-ce que tes devoirs te demandent beaucoup de temps ?

- D'après toi, étudier le français demande...
  - de l'intelligence ? - de la patience ? - de la motivation ?
  - de l'inconscience ? - de la volonté ? - de la curiosité ?

- Est-ce qu'il t'arrive de poser des questions embarrassantes...
  - à tes parents ? - à tes professeurs ? - à tes amis ?
  Quelles questions ? Comment t'ont-ils répondu ?

- Est-ce qu'on t'a déjà posé des questions embarrassantes ? Quelles questions ?
  Comment as-tu répondu ?

- Est-ce qu'il y a des questions auxquelles tu refuses de répondre ?
  Pourquoi tu ne veux pas y répondre ?

- Est-ce que c'est poli de demander à quelqu'un...
  - son âge ?- s'il / elle est marié(e) ? - d'où il / elle vient ? - ce qu'il / elle va faire ?
  - son numéro de téléphone ? - s'il / si elle habite chez ses parents ?

- À Taïwan, quand des amis se rencontrent, quelles questions se posent-ils ?
  Et en France ?

- À Taïwan, est-ce qu'on pose facilement des questions sur leur vie privée à des amis ?

- Est-ce qu'il t'arrive de te demander...
  - pourquoi tu fais des études ? Comment peux-tu répondre à cette question ?
  - ce qui est important dans la vie ? Quoi ?
  - si quelqu'un t'aime ou te déteste ? Qui ? Comment peux-tu le démontrer ?
  - comment sera ta vie dans dix ans ? Comment la vois-tu ?

- Est-ce qu'on t'a déjà demandé...
  - si tu étais japonais(e) ?
  - si tu étais marié(e) ?
  - ce que tu faisais dans la vie ?
  - pourquoi tu étudiais le français ?
  - de participer à une activité ? Laquelle ? Y as-tu participé ?
  - de pratiquer une religion ? Laquelle ? Qu'as-tu fait ?
  - en mariage ?

- En classe, est-ce que tu poses parfois des questions au professeur ? Pourquoi ?

- Est-ce qu'il t'arrive de ne pas répondre au téléphone ? Dans quelles situations ?

- Quand des gens t'envoient des messages email, y réponds-tu rapidement ? Et s'ils t'envoient une lettre ?

- Est-ce que tu penses que la politique répond aux besoins de la population ? Que pourrait-on faire pour qu'elle y réponde davantage ?

- Penses-tu que l'on pourra, un jour, trouver une réponse aux limites de l'univers ?

Je demande à sortir !

- la patience 耐心
- l'affection 情感
- l'amour 愛情
- la disponibilité 隨意使用
- l'attention 注意、親切
- l'éducation 教育
- la connaissance 知識
- le respect 尊敬、尊重
- l'aide 幫助
- l'écoute 注意、留心
- la compréhension 諒解、理解

- faire le ménage / la vaisselle / la cuisine / les courses / la lessive / les devoirs
  做家事 / 洗碗筷 / 做飯 / 購物 / 洗衣服 / 做功課

- ranger la chambre 整理房間
- sortir la poubelle 拿垃圾出去丟
- s'occuper de son frère / de sa sœur
  照顧弟 / 妹

- rester à la maison 留在家裡
- manger lentement 慢慢吃
- ne pas regarder la télé 不看電視

- les études 學業
- le travail 工作
- le transport 交通
- les déplacements 旅遊、出差
- les devoirs 作業
- les amis 朋友
- les conversations au téléphone
  電話交談
- regarder la télé 看電視

- la timidité 羞怯
- la peur du ridicule 害怕成為笑柄
- le manque d'intérêt 缺乏興趣
- la paresse 懶惰
- le jugement des camarades 同學的批判

- l'intérêt 興趣
- la curiosité 好奇心
- la difficulté de compréhension
  有理解上的困難
- le manque d'explications du professuer
  缺乏老師的解釋

043 COMPTER（數、計算）
ESCOMPTER（期待、預期、貼現）

un compte（數、數目、帳戶）**- un comptage**（數、計算）
un escompte（貼現、（貼現時的）折扣）

> ## Paul parle avec Martine du voyage qu'il prévoit de faire...
> ### Paul 跟 Martine 談到他準備中的旅行……

Martine : Alors Paul, ce voyage ça se précise ?

Paul : Oui, je compte passer un mois au Vietnam et au Cambodge.

Martine : Ouah ! Ça va être super comme voyage ! Et tu penses faire des photos pour alimenter ton blog ?

Paul : J'escompte bien ! Et aussi des vidéos. Je te tiendrai au courant de tous mes faits et gestes...

Martine : C'est chouette de pouvoir t'accompagner dans ton voyage avec le blog. Tu sais que tu comptes beaucoup pour moi !

Paul : Bien sûr que je le sais. Ne t'en fais pas, je ne t'oublierai pas. Et puis, je te rapporterai quelques souvenirs des deux pays.

所以 Paul，旅行行程已經確定了嗎？

是的，我準備在越南和柬埔寨待一個月。

哇！那樣的旅行一定很棒！那你有計畫拍一些照豐富你的部落格嗎？

我期待這樣！還有影片。我會隨時告訴妳我所經歷的一切……

能夠在部落格上跟著你一起旅行真是太棒了。你知道你對我來說很重要！

我當然知道。不用擔心，我不會忘了妳的。而且，我會帶一些兩個國家的紀念品給妳。

Martine : Attention avec les cadeaux, il faudra compter tes sous...

要小心挑禮物，它會花你的錢……

Paul : Quand on aime, on ne compte pas !

當我們喜歡禮物，錢就不算什麼！

01 Constructions des verbes et synonymes
動詞結構與同義詞

(1) Les essentielles 主要的動詞結構

- compter qqch / qqn (calculer, déterminer une quantité = chiffrer, dénombrer)
  數、計算某物 / 某人

  - Il compte la recette de la journée.
  - Elle est en train de compter les moutons
  - Il compte le nombre de spectateurs dans la salle.
  - Il faut compter 5000 dollars taïwanais pour réparer cet ordinateur.

- compter + V (inf.) (avoir l'intention de faire qqch = projeter de faire qqch)
  打算、計畫做某事（原形動詞）

  - Cet été, je compte visiter le Canada.
  - Elle compte quitter son travail à la fin de l'année.

- compter que + S2 + V (ind. / cond.) (= espérer que qqn fera qqch)
  希望＋從屬子句主詞＋動詞（直陳式 / 條件式）

  - Je compte bien qu'il me remboursera ce qu'il me doit. (J'espère qu'il me...)
  - Je comptais qu'il assisterait à mon mariage. (cond. = futur dans le passé au discours indirect)

- compter (= être important = importer) 具有重要性

  - Dans nos sociétés seul l'argent compte.
  - Quand vous vous présentez pour un travail, votre tenue vestimentaire compte beaucoup.
  - Pour lui, les besoins des gens comptent peu.

- compter pour qqn / qqch / + V (inf.) (= être important pour qqn / qqch / faire qqch)
  對某人 / 某事 / 做某事（原形動詞）具有重要性

  - Ses amis comptent beaucoup pour elle.
  - Les ventes de Noël vont beaucoup compter pour notre chiffre d'affaires.
  - Dans la vie, l'argent compte beaucoup pour réaliser ses projets.

- compter sur qqch / qqn (= faire confiance, s'appuyer sur qqch / qqn)
  信賴、依靠某事 / 某人
  - Si tu as des problèmes, tu peux compter sur moi. (= t'appuyer sur moi)
  - Elle peut compter sur la solidarité de tous ses collègues.
  - Je compte sur ma prime de fin d'année pour acheter les cadeaux de Noël.

- escompter qqch (= s'attendre à qqch et se comporter en conséquence = espérer)
  期待、預期某事
  - Il escomptait une promotion, mais malheureusement il ne l'a pas obtenue. (= il espérait)

- escompter que + S2 + V (ind.) (=s'attendre à qqch = espérer qqch)
  期待＋從屬子句的主詞＋動詞（直陳式）
  - Il escompte que son patron lui donnera une pomotion. (= Il espère que...)

- se rendre compte de qqch (= comprendre, découvrir qqch = s'apercevoir de qqch)
  明白、發現某事、意識到某事
  - Elle ne s'est rendu compte de son oubli qu'une fois rentrée chez elle.
    (Dans l'expression « se rendre compte », le part. passé est invariable)

- se rendre compte que + S1 / 2 + V (ind.)
  明白、了解、意識到＋主要子句 / 從屬子句的主詞＋動詞（直陳式）
  - Il s'est rendu compte, une fois rentrée chez lui, qu'il avait oublié son portefeuille.
  - Parfois, le professeur se rendait compte que ses élèves s'ennuyaient dans sa classe.

- tenir compte de qqch / qqn (= donner de l'importance à qqch / qqn, prendre qqch / qqn en considération) 重視某事 / 某人
  - Dans les jugements de divorce, les juges tiennent compte des (souhaits des) enfants.

(2) Autres constructions 其他的動詞結構

- compter qqch (= mesurer pour limiter qqch : ses efforts, ses dépenses...)
  計算某物（以便有所節制：努力、花費等）
  - Il compte ses sous.
  - Elle compte ses efforts.
  - Ses jours sont comptés. (= Il ne lui reste que peu de jours à vivre.)
  - Elle dépense sans compter.
  - Il ne compte pas son temps.

- compter (= mesurer le temps, mesurer les jours, les heures) 計算（時間）
  - Il trouvait le temps long et comptait les heures.

- Elle comptait les jours qui la séparaient des vacances.
- Il faut compter deux semaines pour faire ce travail.

• sans compter / en comptant (= exclure / inclure dans un ensemble)
不算在內 / 算在內
- Nous avons vendu 26 voitures, sans compter celles d'occasion.
- Nous avons vendu 35 voitures, en comptant celles d'occasion.

• compter qqn / qqch parmi qqch (= faire partie de qqch, être inclus dans qqch)
某人 / 某事算是……一部分、某人 / 某事算在……之內
- Je vous compte parmi mes fidèles amis. (= Vous faites partie de mes...)
- Ce restaurant compte parmi les plus réputés de Taipei. (= est l'un des plus...)

• compter avec qqch / qqn (= tenir compte de qqch / qqn) 對某事 / 某人予以重視
- Dans notre projet il faut compter avec les imprévus. (= tenir compte des...)
- La Présidente doit compter avec l'opinion publique. (= tenir compte de...)
- À Taïwan, quand on construit, on doit compter avec les tremblements de terre.

• à compter de (= à partir de...) 從……開始
- L'assurance prend en charge les frais d'hospitalisation à compter du deuxième jour.
- La loi prendra effet à compter de sa publication au Journal Officiel.

• payer comptant (= payer l'intégralité de la somme à l'achat, sans crédit) 現金付帳
- Je paie comptant tout ce que j'achète.

• en fin de compte (= pour conclure, après tout, finalement) 終究、總之、最後
- Tu as réussi ton examen, en fin de compte.

• tout compte fait (= après avoir bien réfléchi) 仔細考慮後
- Allez ! Tout compte fait je vais aller au restaurant avec vous.

• compte tenu de qqch (= en faissant attention à...)
在考慮某種情況下、在重視某事的原因下
- Compte tenu de son état de santé, je ne peux pas lui confier cette mission.

• sur le compte de qqn (= au sujet de qqn, à propos de qqn) 有關於某人
- Je ne peux rien dire sur son compte, je ne le connais pas assez.

• régler / donner son compte à qqn (= payer le salaire dû à qqn = le congédier /
se venger à l'égard de qqn) 結清某人應得的薪資、解雇某人、與某人算帳
- Le patron lui a réglé / donné son compte le lendemain de la grève.
- Les vigiles ont réglé son compte au cambrioleur ; il est maintenant à l'hôpital.

- y trouver son compte (= trouver un avantage, un bénéfice à qqch)
  得到利益、好處
  - Avec cette solution, tout le monde y trouve son compte.

- s'en sortir / tirer à bon compte (= à bon prix) 全身而退
  - Il s'en est tiré à bon compte ; le tribunal ne lui a infligé qu'une faible amende.

- demander des comptes à qqn (= demander à qqn de se justifier)
  責問某人、要某人做個交待
  - Quand il est rentré, sa femme lui a demandé des comptes à propos de son retard.

- rendre compte (de qqch) à qqn (= expliquer, rapporter ce que l'on a fait, vu, entendu...) 向某人解釋、報告某事
  - Il a rendu compte de son voyage au directeur. (= Il a fait le compte rendu de...)

- escompter (= payer un effet de commerce avant échéance, moyennant une retenue)
  貼現
  - Pour payer ses créanciers, il a dû escompter sa lettre de change.

(3) Conjugaison 動詞變化

infinitif	présent	passé comp.	imparfait
compter	je compte	j'ai compté	je comptais
escompter	j'escompte	j'ai escompté	j'escomptais

futur	cond. prés.	subj. prés.
je compterai	je compterais	que je compte
j'escompterai	j'escompterais	que j'escompte

02 Pratique des verbes
動詞練習

Construisez les phrases avec les éléments donnés :

01. Il / compter (imp.) / obtenir ce travail
02. Je / compter / bien / il / inviter (fut.) / moi / à son mariage
03. Elle / compter / toi / parmi / ses ennemies

04. Tu / compter (p.c.) / beaucoup / dans ma vie

05. Il / compter (imp.) / sur / toi / pour / aider / lui / à déménager

06. Je / rendre compte (p.c.) / mes résultats / au PDG

07. Je / se rendre compte (p.c.) / elle / vouloir (imp.) / sortir avec moi

08. Il / se rendre compte (fut.) / rapidement / son erreur

09. Tu / ne jamais tenir compte / mon opinion

10. Il / escompter (imp.) / récupérer des dommages et intérêts

03 Expressions populaires et citations
通俗慣用語及名家語錄

- Dans la vie il faut savoir compter, mais pas sur les autres. (P.J Toule)
  在生命中要懂得計算，但千萬別依賴別人。

- Les bons comptes font les bons amis. (dicton) 親兄弟明算帳。（諺語）

- un compte à rebours (compter en allant vers le zéro : 5-4-3-2-1-0) 倒數
  - Le compte à rebours de la mise à feu de la fusée a commencé.

- compter pour du beurre (= ne pas être important) 不重要、算不了什麼
  - Et moi, je compte pour du beurre !
  - Dans les dépenses mensuelles, les frais de transport comptent pour du beurre.

- pour solde de tout compte (formule administrative = la totalité de la somme dûe est réglée)
  全額結清（行政用語）

- un règlement de comptes (= un meurtre, un règlement violent)
  算帳（謀殺、暴力解決事情）
  - Ce meurtre serait dû à un règlement de comptes entre bandes rivales.

- à ce compte-là (= d'après ce raisonnement) 按照這種講法、根據這種看法
  - Avec l'assurance chômage, tu es payé, même si tu ne travailles pas. À ce compte-là,
    pourquoi aller travailler ?

- mettre qqch sur le compte de qqch (= expliquer la raison de qqch) 歸咎於某事
  - On a mis sa mauvaise humeur sur le compte de ses problèmes familiaux.

- prendre qqch pour argent comptant (croire facilement ce qui est dit)
  認為某事是理所當然
  - Souvent, les enfants prennent ce qu'on leur dit pour argent comptant.

- Quand tu veux acheter quelque chose, est-ce que tu comptes ?

- Es-tu quelqu'un qui a tendance à dépenser sans compter ou plutôt quelqu'un qui regarde à la dépense ?

- Combien de temps faut-il compter pour aller, en voiture, de Taipei à Kaohsiung ?

- Est-ce que tu comptes...
  - aller, un jour, vivre en France ? - te marier ? - devenir riche ?
  - avoir beaucoup d'enfants ? - devenir célèbre ? - bien parler le français ?

- Pour toi, dans la vie qu'est-ce qui compte le plus ? Est-ce l'amour, la famille, l'argent... ?

- Penses-tu beaucoup compter pour quelqu'un ? Pour qui ? Pourqoi ?

- Quelles sont les personnes qui comptent le plus pour toi ?
  Pourquoi comptent-elles autant ?

- Quels sont les gens sur qui tu peux compter quand tu as des problèmes ?
  Leur as-tu déjà démandé de t'aider ? Dans quelles circonstances ?

- Qu'est-ce que tu escomptes de tes études ?

- T'est-il déjà arrivé(e) de compter le temps, de le trouver long ? À quelle occasion ?

- Est ce que tu comptes des étrangers parmi tes amis ?
  Comment as-tu fait leur connaissance ?

- Pour les examens, est-ce que tu comptes avec la chance ? T'a-t-elle déjà servie ?

- Quand tu achètes quelque chose, est-ce que tu payes comptant ou à crédit ?

- Quand tu fais une erreur, la mets-tu sur le compte d'une autre personne, de raisons extérieures, ou sur ton propre compte ?

- T'est-il déjà arrivé(e) de régler son compte à quelqu'un de façon violente ?
  Comment cela s'est-il passé ?

- Quand tu étais petit(e) et que tu faisais une bêtise, est-ce que tes parents te demandaient des comptes ou te pardonnaient-ils facilement ?

- Quand tu te rends compte que tu fais une erreur, essaies-tu de la corriger ?
  Mets-tu beaucoup de temps avant de t'en rendre compte ?

- Quand tu dois prendre une décision importante, tiens-tu compte de l'avis de tes parents ou de tes amis proches ?

- Pour toi, y a-t-il des choses qui comptent pour du beurre ?

- Es-tu d'accord avec ce dicton : «Les bons comptes font les bons amis» ?
  As-tu des exemples pour l'illustrer ?

- Que penses-tu de cette phrase de Paul-Jean Toulet : «Dans la vie il faut savoir compter, mais pas sur les autres» ? Partages-tu son opinion ?

mini-dico 小辭典

- l'amour 愛情
- la famille 家庭
- l'argent 金錢
- la santé 健康
- le bonheur 幸福
- l'amitié 友情
- les enfants 孩子
- la carrière 職業生涯
- le statut social 社會身分地位
- la réussite 成功
- les relations 關係
- la liberté 自由
- la passion 熱愛

- la tranquillité 安靜
- la paix 和平
- la religion 宗教
- la solidarité 團結一致
- la charité 慈善、施捨

- payer comptant 現金付帳
  en espèces / en liquide / avec une carte de crédit
  以現金 / 現金付款 / 用信用卡付款
  une carte Visa / par chèque
  用 Visa 卡付款 / 用支票付帳
- payer à crédit / à tempérament 分期付款
- mettre sur l'ardoise 賒帳

Dans nos sociétés, seul l'argent compte !

Annexes
附錄

Index des verbes
動詞索引

Corrigés
動詞練習答案

Dossier 1

01 - Tu as menti à ton professeur.

02 - Je ne t'ai jamais menti.

03 - Il m'a menti.

04 - Elle me raconte des mensonges.

05 - Il m'a raconté un gros mensonge.

06 - Il lui dit la vérité.

07 - Je vous ai dit la vérité.

08 - Elle m'a raconté des histoires.

09 - Tu me mènes en bateau.

10 - Il l'a menée en bateau.

Dossier 2

01 - J'ai offert un ordinateur à mon fils.

02 - Elle offrira une pipe à son père.

03 - Mes enfants m'ont fait un beau cadeau.

04 - Elle m'a fait cadeau de son portable.

05 - Je te fais cadeau de ma collection de papillons.

06 - Je lui ai donné ma montre.

07 - Il m'offre de passer le week-end à la mer.

08 - Je me suis offert un dîner au Ritz.

09 - Tu te permets d'utiliser mon parfum !

10 - Elle a reçu de bonnes nouvelles.

Dossier 3

01 - Je lui ai conseillé la prudence.

02 - Elle te conseille de ne plus téléphoner.

03 - Je vous conseille de ne pas prendre l'autoroute.

04 - Il donne des conseils à tout le monde.

05 - Je te recommande d'essayer les sorbets.

06 - Notre professeur nous incite à travailler davantage.

07 - Je vous engage à passer plusieurs concours.

08 - Il m'a suggéré de poser ma candidature.

09 - Je te déconseille d'aller dans ce restaurant.

10 - Elle nous a dissuadés de faire ce voyage.

Dossier 4

01 - Elle a occupé les enfants à dessiner.

02 - J'occupe mes loisirs à faire du jardinage.

03 - Il occupe ses week-ends à construire sa maison.

04 - Je m'occupe à écrire mes mémoires.

05 - Il s'est très mal occupé de sa famille.

06 - Tu t'occupes d'acheter les billets.

07 - Ses examens la préoccupent peu.

08 - L'avenir de mon entreprise me préoccupe.

09 - Elle ne se préoccupe pas beaucoup de ses problèmes.

10 - Je ne me préoccupe jamais des questions d'argent.

Dossier 5

01 - J'ai peur des chiens.

02 - Il a peur de conduire dans Taipei.

03 - Tu as peur que ta femme le sache.

04 - Je suis parti(e) de bonne heure de peur d'arriver en retard.

05 - Je pars tôt de peur qu'il (n') y ait des embouteillages.

06 - Les araignées lui font peur.

07 - Les spécialistes craignent un nouveau typhon.

08 - Il a craint pour son emploi.

09 - Je redoute de devoir repasser l'examen.

10 - Nous redoutons que le temps (ne) se gâte.

01 - Elle m'a permis d'utiliser son ordinateur.

02 - Est-ce que vous permettez que je vous tutoie ?

03 - Il s'est permis de prendre 100 euros (€) dans ton sac.

04 - Est-ce que c'est permis d'utiliser le dictionnaire pendant l'examen ?

05 - Il m'a autorisé à m'absenter une heure.

06 - Je vous ai défendu de manger dans la classe !

07 - Ton père t'a interdit de lui parler.

08 - Je m'interdis de boire de l'alcool.

09 - Est-ce que c'est interdit d'importer de la viande ?

10 - Il nous a défendu de sortir.

11 - Mes parents me permettent de sortir le soir.

12 - Il se permet de me tutoyer.

13 - C'est permis d'utiliser les parasols.

14 - Il a autorisé sa fille à prendre sa voiture.

15 - Je vous défends d'utiliser vos calculettes.

16 - C'est défendu de marcher sur les pelouses.

17 - Mon avocat m'a interdit de parler aux journalistes.

18 - Il s'interdit de boire seul.

19 - Il est interdit de fumer dans le bâtiment.

20 - C'est illégal de cultiver de la marijuana.

01 - Elle souhaite te rencontrer.

02 - Je te souhaite bon voyage.

03 - Je lui souhaite de trouver un bon travail.

04 - Il souhaite que tu viennes chez lui.

05 - J'espère que tu pourras réaliser ton projet.

06 - J'espère que demain il ne pleuvra pas.

07 - Elle désire rencontrer le directeur.

08 - Je désire que vous ne m'importuniez plus.

09 - Elle aimerait que tu lui prêtes ta voiture.

10 - Je rêve de devenir pilote d'avion.

Dossier 8

01 - La patronne me sert toujours avec le sourire.

02 - Je me suis fait servir le petit déjeuner dans ma chambre.

03 - Tes conseils lui ont beaucoup servi.

04 - Cet ordinateur me sert tous les jours.

05 - Ce téléphone sert à appeler la police.

06 - La phare nous sert de repère.

07 - Tu te sers toi-même.

08 - Je me sers de ma voiture pour mon travail.

09 - J'utilise mon portable pour me réveiller.

10 - Tu ne dois pas utiliser ma brosse à dents.

Dossier 9

01 - J'ai honte de vous dire la vérité.

02 - Il a eu honte de montrer son carnet de notes à ses parents.

03 - Je ne me moque jamais des problèmes des autres.

04 - Elle se moque que tu lui offres des fleurs.

05 - Je me fiche de tes problèmes de cœur.

06 - Tu te fous de ma gueule !

07 - Je plains les gens qui doivent travailler sous ce soleil.

08 - Tu te plains sans arrêt de ta femme.

09 - Il se plaint que tu ne lui téléphones jamais.

10 - Elle se plaint que ses enfants travaillent mal à l'école.

Dossier 10

01 - Il a accepté ma proposition.

02 - Elle a accepté de travailler avec moi.

03 - J'accepte que ma femme sorte avec des amis.

04 - J'admets qu'on puisse se tromper.

05 - Il ne tolère pas que les employés boivent du café pendant le travail.

06 - Elle ne tolère pas les écarts de langage des journalistes.

07 - Elle ne supporte pas qu'on la dérange quand elle fait la sieste.

08 - J'ai refusé de donner mon accord pour ce projet.

09 - Il se refuse à admettre son erreur.

10 - Je refuse de faire des choses que je ne veux pas faire.

Dossier 11

01 - Je rendrai sa voiture à Jacques demain.

02 - Il s'est rendu à l'Opéra à vélo.

03 - Elle a mis une heure à préparer le dîner.

04 - Je me suis mis à étudier la dernière année.

05 - Elle s'est mise en colère immédiatement.

06 - Est-ce que tu as fait contrôler la pression des pneus ?

07 - Il s'est fait posséder par le vendeur.

08 - Je ferai de la confiture avec ces abricots.

09 - Qu'est-ce que tu as fait de la télécommande ?

10 - Est-ce que vous vous faites à la vie parisienne ?

Dossier 12

01 - J'ai regretté mon manque de prudence.

02 - Il a regretté de ne pas être venu à la soirée.

03 - Je regrette que vous n'aimiez pas ce genre de musique.

04 - Il s'en veut d'avoir placé toutes ses économies à la bourse.

05 - Je suis désolé(e) que tu ne puisses pas venir avec nous à Disneyland.

06 - Elle est désolée de ne pas pouvoir répondre favorablement à votre requête.

07 - Il a déçu tous ses amis.

08 - Je suis déçu(e) de / par mon travail.

09 - Tu es déçu(e) de ne pas avoir obtenu une meilleure note à l'examen.

10 - Je suis déçu(e) que mes enfants n'aiment pas étudier.

Dossier 13

01 - Pouvez-vous lui rapporter son moule à gâteaux ?

02 - J'ai emporté les poissons chez moi.

03 - Elle s'est emportée sans raisons.

04 - Nous avons reporté la réunion la semaine prochaine.

05 - Elle reporte son amour sur son chat.

06 - Ce travail comporte des horaires décalés.

07 - Pourquoi tu te comportes comme ça ?

08 - Elle a porté plainte contre toi pour menace de mort.

09 - Le journal nous apporte des nouvelles inquiétantes.

10 - Le vent a emporté le cerf-volant du petit garçon.

Dossier 14

01 - Je tiens cette photo de mes parents.

02 - Il tient à son travail.

03 - Qu'est-ce que tu tiens dans la main ?

04 - Elle tient à te rencontrer.

05 - Il tient à ce que tu assistes à son récital.

06 - Vous pouvez vous tenir à la rambarde.

07 - Elle s'en tient au travail minimum.

08 - Je n'ai pas retenu votre nom.

09 - Je me suis retenu de lui envoyer une claque.

10 - Pourquoi tu soutiens que tu n'as jamais vu cette femme ?

Dossier 15

01 - Il nous a trompé(e)s.

02 - Il m'a bien attrapé(e).

03 - Il vous fera marcher.

04 - Je me suis trompé(e) de bus.

05 - Vous avez fait fausse route depuis le début.

06 - Si vous le croyez, vous vous mettez le doigt dans l'oeil.

07 - Je ne trompe jamais ma femme.

08 - Tu as commis une faute impardonnable.

09 - Il a commis un meurtre.

10 - Il ne commettra plus jamais de tels actes.

11 - Tu as eu raison de l'envoyer balader.

12 - Il a eu raison de refuser cette proposition.

13 - J'ai eu tort de le croire.

14 - Elle a eu tort de continuer ce travail.

15 - Il a trompé plusieurs fois ses parents.

16 - Il trompe sa petite amie avec une autre fille.

17 - Je me suis trompé(e) de valise.

18 - Excusez-moi, je me suis trompé(e) de numéro de téléphone.

19 - Tu as commis une erreur de taille !

20 - Il ne faut plus que tu commettes une telle faute.

Dossier 16

01 - Elle est sortie du bureau il y a 10 minutes.

02 - J'ai sorti la voiture du garage.

03 - Demain, nous sortirons à l'Opéra.

04 - Il sort d'une grave maladie.

05 - Ce livre sortira au début de l'année.

06 - Il sort d'une école de commerce.

07 - Je suis sorti(e) de cette affaire grâce à vous.

08 - Elle s'en est sortie avec facilité.

09 - J'ai trouvé un travail immédiatement au sortir de l'université.

10 - Je ne veux pas que vous sortiez le soir, après dix heures.

Dossier 17

01 - Vous avez prouvé votre bonne foi.

02 - Nous prouverons que nous avons raison.

03 - Elle éprouve des difficultés à convaincre le patron.

04 - J'éprouve des sensations agréables dans l'eau.

05 - Nous avons approuvé votre candidature.

06 - Il n'approuve pas la nouvelle politique de l'entreprise.

07 - Elle a désapprouvé le nouveau texte de loi.

08 - Le Président a été désapprouvé par 60% des électeurs.

09 - Est-ce que vous pouvez prouver votre identité ?

10 - Je réprouve la tricherie aux examens.

Dossier 18

01 - J'ai passé quatre années à étudier le français.

02 - Il peut passer du chinois au français sans difficultés.

03 - Pour venir, je suis passé(e) par le centre-ville.

04 - Ce film est passé sur HBO il y a un mois.

05 - Quand je prépare les examens, je me passe de sorties.

06 - Je t'ai passé le dossier hier.

07 - J'aime me faire passer pour ma sœur.

08 - Vous avez dépassé la vitesse autorisée.

09 - Mon père est dépassé par ses problèmes financiers.

10 - Elle repassera vous voir ce soir.

Dossier 19

01 - Il a senti une odeur de brûlé.

02 - Je le sens inquiet.

03 - Elle ne pouvait pas sentir ses beaux-parents.

04 - Il m'a fait sentir qu'il ne voulait plus me voir.

05 - Le manque de travail s'est fait sentir dans ses résultats.

06 - Comment te sens-tu ?

07 - Il ressent de la compassion vis-à-vis des sans logis.

08 - Est-ce que vous vous ressentez encore de votre opération ?

09 - J'ai été pressenti(e) pour réaliser ce projet.

10 - J'ai le pressentiment qu'il refusera notre proposition.

Dossier 20

01 - J'ai trouvé un bon restaurant.

02 - Elle a trouvé ce portable dans le bus.

03 - Comment tu as trouvé ce spectacle ?

04 - Je trouve que ce professuer est trop strict.

05 - Est-ce que tu as trouvé le moyen de te connecter à internet ?

06 - Si ça se trouve, elle te rappellera ce soir.

07 - Je la retrouverai tôt ou tard.

08 - Nous nous retrouvions le samedi soir dans un pub.

09 - Quand ma femme m'a quitté, je me suis retrouvé seul avec trois enfants.

10 - Avec tout ce bazar, comment tu peux t'y retrouver ?

Dossier 21

01 - Elle cause à / avec ta mère des vacances.

02 - La tempête a causé de gros dégâts à la forêt.

03 - Sa vanité a été la cause de sa perte.

04 - Je suis en retard à cause des bouchons.

05 - Il a pu payer ses dettes grâce à un prêt de sa banque.

06 - L'école est fermée pour cause d'épidémie de méningite.

07 - Il t'a mis en cause dans le détournement de fonds.

08 - Le mauvais temps remet en cause notre randonnée en montagne.

09 - Ma mère m'a mis hors de cause dans la disparition du pot de confiture.

10 - Le Président a pris fait et cause pour le ministre déchu.

Dossier 22

01 - Tu nous ennuies avec tes histoires.

02 - Est-ce que vous vous ennuyez dans la classe de français ?

03 - Vous nous distrayez avec vos blagues.

04 - Elle se distrayait en regardant les passants.

05 - Quand j'étais petit(e), je m'amusais avec mes voisins.

06 - Son charme a joué dans sa promotion.

07 - Dimanche, je jouerai au tiercé.

08 - Elle a déjà joué dans plusieurs films.

09 - Nous jouions souvent au tarot.

10 - Tu t'es joué(e) de tous les pièges.

Dossier 23

01 - Elle ne connaît pas ton nom.

02 - Est-ce que tu connais son numéro de téléphone ?

03 - Il s'y connaît en informatique.

04 - Est-ce que tu sais comment elle s'appelle ?

05 - Je ne sais pas si elle acceptera de te parler.

06 - Est-ce que tu sais piloter un avion ?

07 - Il savait que tu voulais arrêter ton travail.

08 - Est-ce que tu sais si elle rentrera pour dîner ?

09 - J'ignorais qu'elle était mariée.

10 - J'ignore où elle a caché le chocolat.

Dossier 24

01 - Est-ce que tu as rangé tes livres ?

02 - Nous nous sommes rangés par taille.

03 - Elle a arrangé un rendez-vous avec le metteur en scène.

04 - Nous devons nous arranger avec les voisins pour sortir les poubelles.

05 - Ma sœur a dérangé tous mes vêtements.

06 - Elle s'est dérangée pour venir lui dire bonjour.

07 - Vous avez importuné le directeur au milieu de son travail.

08 - Ses crises d'asthme l'ont gênée pendant plusieurs années.

09 - Est-ce que je vous ai gêné(e) ?

10 - À l'université, on ne se gêne pas pour sécher les cours.

Dossier 25

01 - Ce mauvais temps m'inquiète.

02 - Son comportement a inquiété ses parents.

03 - Je me suis inquiété(e) de savoir où il allait.

04 - Elle s'inquiète de / pour ta santé.

05 - Il était inquiet parce qu'elle ne lui avait pas téléphoné depuis 8 jours.

06 - J'ai rassuré ses amis.

07 - Je suis rassuré(e) de vous voir en si bonne forme.

08 - L'arbitre a calmé les joueurs en les menaçant d'exclusion.

09 - Si vous ne vous calmez pas, vous n'aurez pas de glace.

10 - La tempête s'est calmée hier soir.

Dossier 26

01 - Elle a laissé plusieurs CD.

02 - Vous avez laissé une bonne impression au directeur.

03 - J'ai laissé mon adresse à la secrétaire.

04 - Elle m'a laissé sans nouvelles une semaine.

05 - Tu m'as laissé la clé de ta voiture ?

06 - Il laisse ses employés lire le journal.

07 - Nous vous laisserons disposer de la cuisine.

08 - Il s'est laissé manipuler par sa mère.

09 - Pourquoi tu as délaissé ta collection de minéraux ?

10 - Ses amis l'ont délaissée.

Dossier 27

01 - Elle n'a pas levé les yeux pendant toute la conversation.

02 - Le soleil s'est levé derrière les montagnes.

03 - Ils ont mal élevé leurs enfants.

04 - À l'école, on élevait des poules et des lapins.

05 - Les nuages se sont élevés en cinq minutes.

06 - Nous nous sommes élevés contre la discrimination au travail.

07 - Est-ce que vous avez enlevé vos chaussures ?

08 - Le percepteur a prélevé 500 euros (€) sur / de mon salaire.

09 - J'ai relevé le numéro d'immatriculation de la voiture.

10 - La population s'est soulevée contre la décision du gouvernement.

Dossier 28

01 - L'imagination lui manque.

02 - Ton petit ami te manque.

03 - Il lui manque des relations.

04 - J'ai manqué de chance.

05 - Je ne manquerai pas de vous téléphoner dès mon arrivée.

06 - Vous avez très bien réussi votre omelette aux champignons.

07 - Le voleur a réussi à entrer par le toit.

08 - Ce traitement vous a parfaitement réussi.

09 - Il a échoué au concours de l'ENA.

10 - Une baleine s'est échouée sur la plage.

Dossier 29

01 - Il est monté dans sa chambre.

02 - Elle est descendue dans la rue.

03 - Est-ce que tu as descendu la poubelle ?

04 - Il est monté sur le toit vérifier la cheminée.

05 - Le prix des loyers à Taipei a très peu monté en un an.

06 - Le montant de ses honoraires s'est monté à 40 000 dollars taïwanais.

07 - Dans quel hôtel es-tu descendu(e) ?

08 - Elle ne descend pas d'une famille aisée.

09 - Ce semestre, mes notes ont baissé.

10 - On s'est baissé pour entrer dans l'avion.

Dossier 30

01 - Il m'a bien possédé(e).

02 - La colère la possède.

03 - Sa famille l'a dépossédé de l'héritage.

04 - Il avait beaucoup de chagrin.

05 - Nous avions les cheveux teints.

06 - Je ne dispose pas d'assez de temps.

07 - Elle disposait d'un vaste appartement.

08 - Vous disposerez d'une voiture avec chauffeur.

09 - Je me disposais à partir quand il est arrivé.

10 - Est-ce que vous êtes disposé(e) à accepter ma proposition ?

Dossier 31

01 - Son comportement t'a blessé(e).

02 - Elle s'est blessée en tombant de cheval.

03 - Je me suis fâché(e) avec mon meilleur ami.

04 - Votre remarque a vexé votre fils.

05 - Il est vexé que tu ne l'invites pas à ton mariage.

06 - Mes parents m'ont félicité(e) pour mon succès au bac.

07 - Je me félicite de vous connaître.

08 - Nous sommes très honorés que vous acceptiez de participer à notre festival.

09 - Ce matin, je n'ai pas salué mes camarades de classe.

10 - Ce film rend hommage au fondateur de notre constitution.

Dossier 32

01 - Tu as oublié ton sac dans le taxi.

02 - J'ai souvent oublié de faire mes devoirs.

03 - Tu n'oublieras pas de rendre ce livre à la bibliothèque.

04 - Vous oubliez que samedi on ne travaille pas.

05 - Elle te rappellera demain.

06 - Je te rappelle que tu m'as promis de m'aider à déménager.

07 - Elle s'est bien souvenue de mon nom.

08 - Je ne me souviens plus où j'ai mis ce livre.

09 - Elle se rappelle t'avoir donné cet argent.

10 - Je me souviens que nous l'avons rencontré l'année dernière.

Dossier 33

01 - Elle te plaît.

02 - Ce restaurant ne lui a pas beaucoup plu.

03 - Il s'est plu dans ce travail.

04 - Elle se plaît à constituer son arbre généalogique.

05 - Il me déplaît.

06 - Ton attitude lui a beaucoup déplu.

07 - Il s'est déplu dans son nouvel appartement.

08 - Est-ce que ça te plairait d'aller au théâtre ?

09 - Pourquoi tu te complais dans cette situation ?

10 - Il se complaît à raconter des mensonges.

Dossier 34

01 - Est-ce que vous avez pratiqué le yoga ?

02 - Dans les accouchements, les césariennes se pratiquent deux fois sur trois.

03 - Il faut exercer votre mémoire.

04 - Les policiers exercent leurs chiens à sentir la drogue.

05 - La loi s'exerce pour tous les citoyens.

06 - Pour cette compétition, je me suis exercé(e) pendant six mois.

07 - Il s'est exercé à faire des gâteaux.

08 - Nous avons entraîné le prof à danser avec nous.

09 - Nous nous sommes entraîné(e)s pendant les vacances d'été.

10 - Ce chien a été entraîné à attaquer, si besoin était.

Dossier 35

01 - Elle a pris votre voiture.

02 - Tu l'as pris pour mon mari ?

03 - Ce devoir m'a pris trois heures.

04 - Pour aller à l'école, tu prendras le bus.

05 - Il a pris sur lui de finir ce projet malgré sa maladie.

06 - Elle s'en est prise aux enfants.

07 - Elle s'y prend bien avec les malades.

08 - Elle m'a appris une mauvaise nouvelle.

09 - Notre professeur nous apprend à utiliser un ordinateur.

10 - Il a compris que tu ne voulais pas continuer ce travail.

Dossier 36

01 - Est-ce qu'elle peut te poser une question ?

02 - L'avion s'est posé sans difficultés.

03 - J'ai déposé mes économies à la Caisse d'Epargne.

04 - Je te déposerai devant chez toi.

05 - Le concours opposait les meilleurs étudiants.

06 - Les riverains de l'aéroport se sont opposés à la création d'une nouvelle piste.

07 - Les professeurs s'opposent à ce que nous utilisions des dictionnaires électroniques.

08 - Je lui reposerai cette question demain.

09 - Il s'est reposé tout l'après-midi.

10 - J'ai reposé tes livres sur ton bureau.

Dossier 37

01 - Elle vient de chez le coiffeur.

02 - Je viens d'acheter un nouvel ordinateur.

03 - Il en est venu à battre sa femme.

04 - Tu ne parviendras pas à la convaincre de rester avec toi.

05 - Est-ce que vous avez prévenu sa famille de sa disparition ?

06 - Je vous préviens que le voyage ne sera pas de tout repos.

07 - Ces légumes proviennent de mon jardin.

08 - Je n'en reviens pas qu'il ait réussi son bac.

09 - Son mariage nous est revenu très cher.

10 - Le tremblement de terre est survenu alors que j'étais dans mon bain.

Dossier 38

01 - Elle t'a vu sortir.

02 - Est-ce que tu as fait voir ta plaie au docteur ?

03 - J'ai vu que tu n'aimais pas ma collègue.

04 - Je vais voir si les photos sont prêtes.

05 - Il s'est vu menacé de licenciement.

06 - Elle a aperçu un écureuil dans le jardin.

07 - Je me suis aperçu(e) que mon fils me volait de l'argent.

08 - Elle ne conçoit pas que tu puisses la quitter.

09 - Elle a reçu le premier prix.

10 - Il a revu sa maison natale.

Dossier 39

01 - Vous semblez aimer ma cuisine.

02 - Hier, tu semblais en colère contre moi.

03 - Il lui semble gênant de poser cette question.

04 - Il me semble qu'il a grossi.

05 - Il me semble que tu as perdu beaucoup d'argent à la bourse.

06 - J'ai rassemblé vos affaires dans le salon.

07 - Nous nous rassemblerons devant l'Hôtel de Ville.

08 - Vous ressemblez beaucoup à ma mère.

09 - Avec ma sœur, nous nous ressemblons peu.

10 - Cette poire ressemble à une pomme.

Dossier 40

01 - Il a affirmé qu'il était chez lui ce jour-là.

02 - Il a affirmé être chez lui ce jour-là.

03 - Vous affirmez qu'elle ne vous connaît pas ?

04 - Vous vous affirmez de façon négative.

05 - J'ai confirmé ta présence au mariage.

06 - Le patron l'a confirmé dans son poste.

07 - Elle a confirmé qu'elle viendrait dîner ce soir.

08 - Il nie sa responsabilité dans cette affaire.

09 - Elle nie qu'elle a volé cette robe.

10 - Son témoignage infirme celui des autres témoins.

Dossier 41

01 - Qu'est-ce que tu as pensé du film ?

02 - Est-ce que tu penses que je peux me présenter ?

03 - Elle a pensé que ce cadeau te ferait plaisir.

04 - Il pense travailler au Burkina.

05 - Est-ce que tu as pensé à téléphoner à ta mère ?

06 - Elle ne t'a pas cru.

07 - J'ai cru qu'elle voulait me gifler.

08 - Il se croit en vacances.

09 - Ce mois-ci, j'ai peu dépensé.

10 - Pourquoi tu te dépenses autant pour elle ?

Dossier 42

01 - Elle m'a demandé de préparer le dîner.

02 - Il a demandé que nous préparions la leçon quinze.

03 - Il nous a demandé de préparer la leçon quinze.

04 - Je lui demanderai comment aller chez elle.

05 - Elle m'a demandé pourquoi je ne prenais pas de vacances.

06 - Je me demande souvent si les étudiants comprennent ce que je leur dis.

07 - Il a répondu qu'il ne pouvait pas venir.

08 - Je lui ai répondu :«Pourquoi pas ?»

09 - Cette Mazurka de Chopin demande beaucoup de virtuosité.

10 - Vous aurez à répondre de vos paroles.

Dossier 43

01 - Il comptait obtenir ce travail.

02 - Je compte bien qu'il m'invitera à son mariage.

03 - Elle te compte parmi ses ennemies.

04 - Tu as compté beaucoup dans ma vie.

05 - Il comptait sur toi pour l'aider à déménager.

06 - J'ai rendu compte de mes résultats au PDG.

07 - Je me suis rendu compte qu'elle voulait sortir avec moi.

08 - Il se rendra compte rapidement son erreur.

09 - Tu ne tiens jamais compte de mon opinion.

10 - Il escomptait récupérer des dommages et intérêts.

國家圖書館出版品預行編目資料

流利法語的157個關鍵動詞
Des verbes pour le dire / Alain Monier（孟尼亞）著
-- 初版 -- 臺北市：瑞蘭國際, 2019.05
368面；19×26公分 --（外語學習；57）
ISBN：978-957-8431-99-7（平裝）
1. 法語 2. 動詞

804.565   108005667

外語學習系列 57

流利法語的157個關鍵動詞
Des verbes pour le dire

作者｜Alain Monier（孟尼亞）· 解說翻譯｜黃雪霞 · 對話翻譯｜林珊玉
責任編輯｜林珊玉、王愿琦、葉仲芸 · 校對｜Alain Monier（孟尼亞）、林珊玉、王愿琦
對話翻譯校對｜Grégory Simon（孟詩葛）、王思堯

封面設計、版型設計｜劉麗雪 · 內文排版｜余佳憓 · 美術插畫｜吳晨華、粘耿嘉

瑞蘭國際出版

董事長｜張暖彗 · 社長兼總編輯｜王愿琦
編輯部
副總編輯｜葉仲芸 · 主編｜潘治婷
設計部主任｜陳如琪
業務部
經理｜楊米琪 · 主任｜林湲洵 · 組長｜張毓庭

出版社｜瑞蘭國際有限公司 · 地址｜台北市大安區安和路一段104號7樓之1
電話｜(02)2700-4625 · 傳真｜(02)2700-4622 · 訂購專線｜(02)2700-4625
劃撥帳號｜19914152 瑞蘭國際有限公司 · 瑞蘭國際網路書城｜www.genki-japan.com.tw

法律顧問｜海灣國際法律事務所　呂錦峯律師

總經銷｜聯合發行股份有限公司 · 電話｜(02)2917-8022、2917-8042
傳真｜(02)2915-6275、2915-7212 · 印刷｜科億印刷股份有限公司
出版日期｜2019年05月初版1刷 · 定價｜560元 · ISBN｜978-957-8431-99-7
　　　　　2022年12月二版1刷

本書採用環保大豆油墨印製